本著作出版受到国家社科基金项目"近三十年民族神话研究学术史"经费资助,项目号 14BZW155,也受到平顶山学院伏牛山文化圈研究中心和省级重点学科现当代文学的学科经费资助。在此一并致谢!

近四十年民族神话
研究学术史

汪保忠 著

中国社会科学出版社

图书在版编目（CIP）数据

近四十年民族神话研究学术史／汪保忠著．—北京：中国社会科学出版社，2023.2

ISBN 978-7-5227-1431-8

Ⅰ.①近… Ⅱ.①汪… Ⅲ.①神话—文学研究—中国 Ⅳ.①I207.73

中国国家版本馆CIP数据核字（2023）第027948号

出 版 人	赵剑英
责任编辑	张　浩
责任校对	姜志菊
责任印制	李寡寡

出　　版	中国社会科学出版社
社　　址	北京鼓楼西大街甲158号
邮　　编	100720
网　　址	http://www.csspw.cn
发 行 部	010-84083685
门 市 部	010-84029450
经　　销	新华书店及其他书店

印　　刷	北京明恒达印务有限公司
装　　订	廊坊市广阳区广增装订厂
版　　次	2023年2月第1版
印　　次	2023年2月第1次印刷

开　　本	710×1000　1/16
印　　张	18.5
字　　数	275千字
定　　价	98.00元

凡购买中国社会科学出版社图书，如有质量问题请与本社营销中心联系调换

电话：010-84083683

版权所有　侵权必究

目 录

引 言 1

第一章 研究对象与学术分析 4

第一节 研究对象与范围 4
一 神话概念梳理 4
二 神话界定及历史沿革 7
三 民族神话研究在中国的发展 11
四 本书研究范围 17

第二节 学术史分期 21
一 "以西释中"的民族神话研究 21
二 民族神话研究的发展历程 23
三 民族神话研究分期 28

第三节 学术分析 29
一 神话与宗教、历史等相关学科的关系 29
二 研究现状及特点 35
三 民族神话的研究意义 41

小 结 43

第二章 民族神话收集整理期的学术成就 44

第一节 "形象思维"讨论与民族神话研究 44

一　"形象思维"概念的提出 …………………………………… 44
　　二　原始思维与民族神话研究 ………………………………… 46
　　三　神话本体研究 ……………………………………………… 48
　　四　本时期民族神话研究范围 ………………………………… 51
第二节　文化人类学视野下民族神话研究的复兴（一）
　　　　——南方神话研究 ………………………………………… 57
　　一　民族神话文本整理与研究概观 …………………………… 57
　　二　代表性学者研究述评 ……………………………………… 79
第三节　文化人类学视野下民族神话研究的复兴（二）
　　　　——北方神话研究 ………………………………………… 100
　　一　"摩苏昆"研究 …………………………………………… 101
　　二　赫哲族"伊玛堪"研究 …………………………………… 107
　　三　三大史诗研究 ……………………………………………… 116
　　四　萨满神话研究 ……………………………………………… 118
　　五　满通古斯神话研究 ………………………………………… 129
小　结 ………………………………………………………………… 142

第三章　民族神话理论阐发期的学术成就 …………………… 144
第一节　方法论热潮与民族神话研究 …………………………… 144
　　一　方法论思潮的兴起 ………………………………………… 144
　　二　图像学与民族神话研究 …………………………………… 149
　　三　相关民族神话研究 ………………………………………… 151
　　四　此时期人口较少民族神话研究 …………………………… 166
第二节　跨学科研究与域外借鉴 ………………………………… 171
　　一　不同民族之间神话的相似性 ……………………………… 171
　　二　域外借鉴，融会新知 ……………………………………… 172
　　三　研究趋向 …………………………………………………… 175
　　四　民族神话研究热点分析 …………………………………… 183

五　重要研究述评 …………………………………………… 186
　小　结 …………………………………………………………… 191

第四章　21世纪民族神话研究的全面繁荣 ………………… 192
　第一节　多民族神话研究新格局 ……………………………… 192
　　　一　研究概述 ………………………………………………… 192
　　　二　个案分析 ………………………………………………… 203
　　　三　学科理论探讨 …………………………………………… 208
　第二节　非物质文化遗产与民族神话研究 …………………… 210
　　　一　什么是非物质文化遗产 ………………………………… 210
　　　二　个案分析 ………………………………………………… 211
　　　三　附记：南方少数民族神话仪式活动——彝族火把节 …… 221
　小　结 …………………………………………………………… 225

第五章　学术期盼与当代神话学研究 ………………………… 227
　第一节　学术期盼 ……………………………………………… 227
　　　一　民族神话的当代文化价值 ……………………………… 227
　　　二　研究成绩 ………………………………………………… 228
　第二节　存在问题和未来方向 ………………………………… 238
　　　一　个案研究：以《密洛陀》搜集整理和研究为例 ……… 238
　　　二　学科理论与创新性发展方向思考 ……………………… 243
　第三节　民族神话研究的当代意义 …………………………… 251
　　　一　神话的创造性转换 ……………………………………… 252
　　　二　民族神话的创造性应用 ………………………………… 254
　　　三　民族神话与图像艺术 …………………………………… 255
　　　四　海外的神话资源转化 …………………………………… 256
　　　五　民族神话的传承方式创新 ……………………………… 258
　　　六　民族神话的社会价值 …………………………………… 260

七 理论创新的意义 …………………………………………… 261
　小　结 ……………………………………………………………… 262

参考文献 ……………………………………………………………… 264

结　语 ……………………………………………………………… 290

引　言

　　拙著是国家社科基金项目"近三十年民族神话研究学术史"（14BZW155）结项后的修改撰述成果。结项后，笔者用了将近一年的时间进行打磨修改，尽管还很不尽如人意，现在也只好等再版时修改了。由于立项后，学术发展日新月异，特别是21世纪以来民族神话研究突飞猛进的发展，因此目前著作文稿不得不改为《近四十年民族神话研究学术史》。本书注重梳理少数民族神话研究资料，目的是让学术界保持对民族神话研究的持久热情，让各少数民族优美而动人的神话故事和文化血脉，能够代代相传，不致湮灭在历史的长河中，而是能够更好地弘扬中华诸民族的传统文化，扩大少数民族神话的文化影响力。通过研究非物质文化遗产与民族神话，让世人了解到很多民族神话演唱，因为史诗演唱都有着特定的节奏，即程式化，由于非物质文化传承人的稀缺和语言的隔离，许多民族神话即将有失传的危险。

　　本书认真总结了近四十年民族神话研究的得失，或许能够对未来的神话研究提供某些借鉴。结合国内外，尤其是日本、韩国、俄罗斯、美国、西欧诸国的民族神话研究的理论和学术实践，为当代神话资源的创造性转换提供理论支持。通过各民族神话的研究增强民族自信和中华民族认同感，增加民族的凝聚力和文化自信。梳理神话和史诗研究的学术史可以发现，少数民族有很多创世神话，也有三大著名的民族史诗。神话与史诗，以前西方学者认为中国缺少这两种文类，或者即使具有神话这种文类，也是体系不完备，缺乏自洽的系统。民族神话的研究可以打破对西方文化的盲从和迷信，构建中国神话理论的话语体系，"神话"是从国外引进的概念，用西方神话的理论阐释中国神话总有削足适履之感。中国各民族具有十分丰富的神话，也有汗牛充栋的民族神话研究，深入开展这样的学术研究可以促进西方神话理论的"中国化"，构建中国神话学的话语体系。

本书主要包括五章内容。

第一章为研究对象与学术分析，包括三节内容。分别是研究对象与范围、学术史分期、民族神话研究学术分析。首先介绍了什么是神话，神话引进中国的文化背景，延伸论述了神话内涵与外延界定及历史沿革，也申明了本书研究范围；其次论述了我们"以西释中"的民族神话研究现状，探讨民族神话研究的发展历程，为了研究论述的便利，按照时间纵向发展的线索，对民族神话研究进行了分期表述；再次是论述了神话与宗教、历史等相关学科的关系，分析民族神话的研究现状及其特点，也从总体上阐述了民族神话研究的重大意义。

第二章为民族神话收集整理期的学术成就，包括"形象思维"讨论与民族神话研究、文化人类学视野下神话研究的复兴之南方神话研究和北方神话研究三节。首先回顾了"形象思维"概念的提出及其文化背景，梳理了原始思维与民族神话研究的关系，也简单勾勒出本时期神话本体研究的轮廓，如神话图像学研究、女性主义神话学、神话学史研究的开拓等；其次是阐述了南方神话研究的文本整理概况，对代表性学者进行了研究述评；最后是北方神话研究的学术性总结，探讨了民族神话研究方法创新和理论创新。

第三章阐述了民族神话理论阐发期的学术成就，包括方法论热潮与民族神话研究、跨学科研究与域外借鉴两大板块。首先论述了方法论热潮兴起与民族神话研究的迅猛发展，兼及论述图像学与民族神话研究、相关的民族神话研究学者述评。其次是跨学科研究与域外神话研究的经验借鉴，阐述了不同民族之间神话的相似性，海外学者的理论资源对民族神话研究的启示意义，剖析了近十位学者的最新学术论述和理论策略，如历史比较神话学、现代科学与神话融合论、神话表演理论、"差异的神话学"等，

引　言

同时展开了对民族神话研究热点的学术分析。

第四章论述了21世纪民族神话研究的全面繁荣，包括多民族神话研究新格局的出现和非物质文化遗产与民族神话研究两节内容。首先论述了文学人类学、四重证据法、新神话主义、现代口承神话的民族志研究、神话母题研究及数据库建设和各类民族神话研究著作的出现，此部分容量很大。还结合《密洛陀》的研究进行了个案分析，兼及论述民族神话研究存在的问题与努力方向。其次论述的是非物质文化遗产与民族神话研究，也进行了个案分析。最后还以《南方少数民族神话仪式活动——彝族火把节》为附记，展示了非遗传承与民族神话仪式的生动画面。

第五章为学术期盼与当代神话学研究。首先在丰硕的民族神话研究成果的基础上，论述了民族神话的当代文化价值；其次结合个案研究指出了民族神话研究存在的问题和未来努力方向，同时也对学科理论与创新性发展方向进行了思考；再次论述了民族神话研究的当代意义。

最后是本书的结语。这一部分笔者思考了著作从撰述以来的资料收集、田野调查、文献分析等学术心得。对民族神话研究学术史进行梳理分析，进而进行学术评价是费力不讨好的事情，学术名家灿若星河，文献资料浩如烟海，很多时候笔者迷失其中，背离研究的最初设想。同时，断断续续的研究中，民族神话的学术研究、创新传承与发展也在21世纪呈现出新的面貌，自然引起我们对新时代民族神话研究格局和未来方向的思考。

第一章 研究对象与学术分析

本章介绍了神话的学术概念，以及神话观念如何介绍到中国、神话的研究范围和研究方法。神话研究本不是中国的固有学术领域，而是在20世纪初引入的学术概念。后来学者们用西方神话理论挖掘、探讨中华诸民族的神话资料，形成了具有中国特色的民族神话研究。

第一节 研究对象与范围

一 神话概念梳理

"神话学"这一学科诞生于欧洲，在欧洲，由于受古埃及神话、古巴比伦神话、古希伯来神话的影响，后起的希腊神话吸收转化了其中很多的神话故事。希腊神话内容丰富，传之久远，在今天已经成为欧洲思想文化的血脉。在世人的想象中，神话是初民的虚构与幻想，但实际上，神话是先民思想和生活经验的必要范畴。神话是原始初民以自己感性的方式、有限的经验了解世界、认识世界的形式之一，是其内心情感和敬畏生命的表达，显示着人性的丰富情感与原始本真的状态。而考"神话"一词，却发现它不是中华民族的固有语汇，而是中国学人在20世纪初从日本引入的学术概念。日语表达中，"神"的概念内涵与汉语表达庶几近之，"话"即"物语"，就是讲述古往今来、天下奇闻之事，即人物故事以及神祇的传说，如《源氏物语》《竹取物语》等等。在日语中，"神话"的原意为

"神灵创世和神祇游历的故事"。文献记载，中国人是1897年开始"神话"的翻译，孙保福先生在《实学报》上有文字发表。① 20世纪初年，梁启超在《历史与人物之关系》一文中首先使用"神话"一词②。神话是根据mythos一词翻译而来，英语写作Myth，德语写作Mythos，法语写作Mythe。在台湾神话研究上，音译为秘索思，在意义上也许比翻译为"神话"更为恰当，神秘，隐秘，充满隐喻天启的机锋。Mythos的词根是mu，意思是"咕哝"，即从口中发出模糊含混的声音。关于神话，维科（Giambattista Vico，1668—1744）在《新科学》中告诉我们，最开始本是真实、神圣的，后来随着社会的发展融合民间凡俗社会风尚变成为普通风俗，失去往日神秘、神圣的光环。赫尔德也指出，原始初民的思维是直观的、感性的和隐喻的，对未知世界的想象、演唱和言说就形成神话和史诗。最初的语言是诗，经由某些晦涩的暗喻来解释，从而逐渐变成神话和寓言。黑格尔也认为神话需要隐喻解释才能理解其真实含义。他说："尽管我们现代人在神话里所见到的东西古人原不曾想到，我们并不能从此得出结论说，古代的神话表现根本不是象征性的，因此就不能当作象征的东西去了解。因为古人在创造神话时就生活在诗的氛围里，还没有把抽象的普遍观念和具体的形象分割开来，所以他们不用抽象思考的方式而凭想象创造形象的方式，将其最内在、最深刻的内心生活变成认识的对象"。③ 列维·斯特劳斯（Claude Lévi-Strauss 1908—2009）也认为不同文化的神话都天然具有符号指向系统，神话的支持者与信仰者往往并不理解其真正含义。

尼采（Friedrich Wilhelm Nietzsche，1844—1900）在《悲剧的诞生》中曾经说过："没有神话，一切文化都会丧失其健康的天然创造力。唯有一种用神话调整的视野，才把全部文化运动规束为统一体。一切想象力和日神的梦幻力，惟有凭借神话，才得免于漫无边际的游荡。"④ 尼采这里强

---

① 谭佳：《中国神话学研究七十年》，《民间文化论坛》2019年第6期。
② 刘锡诚：《20世纪中国民间文学学术史》，河南大学出版社2006年版，第17页。
③ ［德］黑格尔：《美学》第2卷，朱光潜译，商务印书馆1981年版，第16—18页。
④ ［德］尼采：《悲剧的诞生》，周国平译，广西师范大学出版社2002年版，第182页。

调的是神话对文化的巨大影响，神话是文化创新的力量源泉。神话是神圣性的言说，描绘了初民时代的人类社会形态和生活面目。神话讲述是"指具有象征价值并且被铭记而转换成记忆的一种理念、一个事件、一个人物或一种叙事"。[①]"在文化记忆中，基于事实的历史被转化为回忆的历史，从而变成了神话。"[②] 从字面意义上来理解，讲述"神"或"神性人物"相关事迹和活动的"话"，概括起来就是"神话"。

美国文学理论家 M. H. 艾布拉姆斯（Meyer Howard Abrams，1912—2015）界定了神话概念，他认为神话是曾经被特定的文化群落视为是真实的，并流传下来的故事体系，它（从神明及其他超自然人的意向和行为的角度）解释了世界为什么是这个样子和事物为什么以这样的方式存在，以此为社会习俗惯例提供依据，并建立人们生活所应遵循的规则[③]。这个神话概念解释了神话的演变过程和神话的阐释功能。

芬兰民俗学家、土尔库大学民俗学与比较宗教学教授劳里·航柯（Lauri Olavi Honko，1932—2002）认为，神话涉及神灵信仰，有原始宗教的色彩，神话的真正环境是在宗教仪式和礼仪之中[④]。正如现代学者刘宗迪所言，"神话"这一充满歧义的术语，背后有着深远的历史文化背景和潜行默运的权力机制[⑤]。劳里·航柯还认为，除了语言，书面的或口头的语言，神话还通过祈祷神灵或祭祀活动等形式来传播。

我国神话学者刘魁立在一些著作导言和序跋中说过，神话就其实质而言是生存在原始蒙昧时代的原始初民在不知不觉间，用其原始思维对大自然的景象和其所生活的社会事物进行抽离，并对这些景象事物进行想象、

---

① [德] 阿莱达·阿斯曼：《历史与记忆之间的转换》，教佳怡译，《学术交流》2017年第1期。

② [德] 扬·阿斯曼：《文化记忆：早期高级文化中的文字、回忆和政治身份》，金寿福、黄晓晨译，北京大学出版社2015年版，第46页。

③ [美] M.H艾布拉姆斯：《文学术语词典》（第7版），北京大学出版社2009年版，第340页。

④ [芬兰] 劳里·航柯：《神话界定问题》，[美] 阿兰·邓迪斯：《西方神话学读本》，朝戈金等译，刘魁立主编，广西师范大学出版社2006年版，第61页。

⑤ 刘宗迪：《概念辨析：神话和神话学》，《民间文化论坛》2004年第4期。

人格化而形成的，与原始信仰密切相关的一种特殊的幻想性叙事。神话虽然是特定历史条件、特定社会环境下产生的，但是其中的一部分却通过口耳相传或文字文本传承至今，并且成为不可企及的楷模，具有永久性的艺术魅力。这一论述具有马克思文论的色彩，如"不可企及的楷模"，马克思经典作家论述希腊神话时曾经说过这样类似的话语。神话的概念具有广义狭义之分，狭义创世神话指宇宙起源神话，其核心母题是天地开辟和万物起源，林惠祥又称其为"开辟神话"，即"天、地、人类及动植物等的起源的神话"①。这里的起源是指最初的起源，具有本原性、初生性。广义创世神话除了包括狭义创世神话，还包括世界万物和人类的毁灭与再生的母题，具有再造性、重生性、更新性。广义创世神话往往是复合型的推原神话，可以与一些单体型英雄神话、祖先神话、图腾神话、宗教神话等相区别，比如杨利慧《中国神话母题索引》一书中所涉及创世神话母题即属于广义创世神话。

二 神话界定及历史沿革

前面提到的劳里·航柯曾经在 20 世纪 70 年代提出了神话界定的四个方面：形式、内容、功能、语境。从形式来看，神话就是神圣的叙事：一是用语言表达，二是非语言如祈祷文、神圣图片（圣像或象征符号）和祭祀仪式来表达神话故事。特别是第二类在史前无文字时代尤其珍贵。1925年王国维就说过："古来新学问起，大都由于新发现。有孔子壁中书出，而后有汉以来古文之学；有赵宋古器出，而后有宋以来古器物、古文字之学。"② 王国维发掘新材料，扩展新学问的意思包括传世文献和地下发掘文献，他列举了五项新材料：殷墟甲骨卜辞、敦煌与西域残存之简牍、敦煌千佛洞之六朝唐人所书卷轴、内阁大库之书籍档案、中国境内之古外族遗文。近年叶舒宪提出："三重证据"法和"四重证据"法，"三重证据"

---

① 林惠祥：《文化人类学》，商务印书馆 1996 版，第 271 页。
② 王国维：《最近二三十年中国新发现之新学问》，见《王国维学术经典集》（上），江西人民出版社 1997 年版，第 175 页。

法是指在王国维提出的"二重证据"——"纸上材料"与"地下材料"之外,再加上跨文化的人类学材料,如原始宗教、习俗、图腾、仪式、神话、史诗等。"四重证据"法是加上民族学、人类学的证据和比较图像学或图像人类学的证据①。就内容而言,有创世神话:天地开辟、民族和人类起源;自然神话:四季更替、雷公电母风婆婆;神祇生活:阿波罗与太阳车、西王母与昆仑山;动植物神话:盘瓠神话、鹰神话等。就神话功能而言,可以了解神祇或文化英雄们的创造性活动。还可能具有医学的神圣治疗和禳灾辟邪②的功能。再就是神话的语境,很多时候就是神话或祭祀"仪式"。"是一种行为的范式……神话为行为的神圣形式提供意识内容。仪式赋予了创世时的创造事件以生气,并使它们在此时此地重现。"③

以神话作为研究对象的学科就是神话学。在欧美神话学领域,18世纪之前主要限于古希腊古罗马神话的研究。中世纪时期由于基督教的唯我独尊,神学发达,希伯来神话受到极大重视。今天西方思想文化领域的两大传统,即希腊罗马神话及其文化传统和《圣经》基督教传统已经基本形成。而东方,包括神话研究较为发达的日本,比起欧洲,均起步较晚。

古希腊哲学家如柏拉图(Plato,公元前427—公元前347)、亚里士多德(Aristotle,公元前384—公元前322)对神话基本保持贬斥的态度。"神话"在亚里士多德的《诗学》中意为"情节""叙事性结构""寓言故事"。柏拉图认为神话迷惑世人,亚里士多德认为《荷马史诗》吟唱的希腊神话和赫西俄德吟唱的《神谱》根本就是无稽之谈,不过是"把谎话说的圆满"而已。

在中世纪近千年的时间里,基督教与《圣经》一枝独秀,希伯来神话受到极大关注。希腊神话中的神祇被视为异教诸神。柏拉图、亚里士多德、荷马、贺拉斯等必须接受基督的洗礼,在但丁的《神曲》里面是等待

---

① 叶舒宪:《千面女神》,上海社会科学院出版社2004年版,第5页。
② 叶舒宪:《文学人类学教程》,中国社会科学出版社2010年版,第219—333页。
③ [芬兰]劳里·航柯:《神话界定问题》,[美]阿兰·邓迪斯:《西方神话学读本》,朝戈金等译,刘魁立主编,广西师范大学出版社2006年版,第64页。

在宗教候判所里。作为"新时代最初的一位诗人",也是"中世纪最后一位诗人"的但丁,其作品《神曲》已经是中世纪晚期、14世纪初文艺复兴初露曙光之时的作品。

文艺复兴为了反对基督教,恢复了人文传统,充满"人"的意味的神祇为世间所热爱,人神同形同性。希腊罗马神话得到复兴,重新得到传播。教堂里画满希腊诸神的画像,阿佛洛狄忒、阿波罗、雅典娜的画像已经被世人普遍接受。

18世纪意大利学者维科是神话研究进程中的划时代人物。他认为东西方各民族在时间的维度上均经历神的时代、英雄时代、人的时代三个发展阶段。神的时代,即是人类的童年时代,天真烂漫,人神共处,富于想象,生活技能原始低下。人们希望冥冥之中有神灵帮助,大自然中的雨雪风暴、山崩海啸往往被想象成天神发怒,风调雨顺、春花秋月的四季自然更替也想象成神司其职。启蒙运动的伟大思想家们如法国的伏尔泰(Voltaire,1694—1778)、狄德罗(Denis Diderot,1713—1784)、孟德斯鸠(Charles de Secondat,Baron de Montesquieu,1689—1755)都给予了神话并不很高的评价,原因也不难理解,他们都是理性主义者,高举着科学主义的大旗。伏尔泰就认为《荷马史诗》和《旧约》中的神话没有内在逻辑,处处暴露出"野蛮气息"。而在德国,温克尔曼(Winckelmann,1717—1768)、赫尔德(Johann Gottfried Herder,1744—1803)却对神话与其他民间文学推崇备至。

19世纪初浪漫主义兴起,诗人们以极大的热忱去拥抱远古瑰丽而奇异的神话。德国格林兄弟(Jacob Grimm,1785—1863;Wilhelm Grimm,1786—1859)创立"神话学派"去挖掘远古神话的遗迹,通过研究,他们认为印欧语系存在原始共同神话:如印度神话的大神梵天、希腊神话的众神之父宙斯、罗马的朱庇特和北欧的托尔,都具有共同的含义"天空"。

英国神话学家马科斯·缪勒(Max Muller,1823—1900)倡导神话的产生、传播是由于"语言疾病说"。他认为神话最早是初民对迷惑不解的普遍事物的叙述,后来由于语言讹变、脱落、演变发展,就使故事荒诞离奇而成为神话。初民的神话讲述充满诗性色彩："在创造神话的那个时代，每个词，无论是名词，还是动词，都有充分的原生功用，所以，我们对于神话学语言中的千奇百怪，只能理解为会话的自然成长过程。在我们的谈话里是东方破晓，朝阳升起，而古代的诗人却只能这样想和这样说：太阳爱着黎明，拥抱着黎明。在我们看来是日落，而在古人看来却是太阳老了，衰竭和死亡。"① 这样的看法，是说语言美丽的错误而导致美丽的神话得以产生。

19世纪初期，人类学学科进入了人们的学术研究视野。摩尔根（L. H. Morgan，1818—1881）、泰勒（E. B. Tylor，1832—1917）、安德鲁·郎（Andrew Lang，1844—1912）等学者研究了人类社会的文明起源与演变。19世纪后期，泰勒《原始文化》（1871年）出版，认为东西方各民族尽管山川异域，语言不通，但是在社会风俗、宗教观念、艺术风尚诸方面有许多共同之处。神话来源于初民对死后魂灵不灭的信仰，并且他们以这种眼光观察社会。人类学派的神话研究强调收集第一手资料，强调文献文字文本材料与田野调查材料进行比照研究，揭示神话背后的文化与历史意义。

19世纪末期，生于波兰成名于英国的著名人类学家布·马林诺夫斯基（Bronislaw Malinowski，1884—1942）主张通过田野调查取得第一手资料，与调查地点的当地居民同吃同住，学会了当地居民习用的语言和日常生活习惯，这种参与观察法开创了田野作业的新模式，注重收集活态的神话材料。马林诺夫斯基认为神话与原始时期的仪式、巫术紧密结合在一起，具有实用的功能。

20世纪初，奥地利心理学家弗洛伊德（Sigmund Freud，1856—1939）的精神分析理论（psychoanalysis）为神话研究开辟了新方向。弗洛伊德分析了《俄狄浦斯王》（Oedipus Rex，429 B. C.）中的杀父娶母故事情节，他对无意识理论的研究发现，"俄狄浦斯情结"（Oedipus complex）的泛性

---

① ［英］马科斯·缪勒：《比较神话学》，金泽译，上海文艺出版社1989年版，第68页。

欲归纳，并且以此解释一切神话和艺术创作①，在古希腊索福克勒斯（Sophocles，约496B.C.—406B.C.）的悲剧中，俄狄浦斯逃离父母之邦，目的就是为了避开杀父娶母的神谕。但是在与路人争执中，浑然不知所杀的正是自己的生父，后来因为除掉吃人的妖怪，被拥立为国王，娶了老国王的王后，也不知是自己的生母。最终得悉真相，愧愤之余，遂自挖双目，逊位退隐，以赎前愆。弗洛伊德的学生荣格（Carl Gustav Jung，1875—1961）修正了老师的情欲学说，提出了集体无意识理论，把神话解释为无意识的心理活动，是一个民族的原始意象或者深层次的心理结构，是民族存在的不可缺少的"话语"。

20世纪50年代，法国民族学家、人类学家克列维·施特劳斯（Claude. Lévi-Strauss，1908—2009）提出了原始思维的概念，认为原始思维不仅仅是具体的、直观的、感性的思维，还具有综合、判断、分类、推理的能力。俄国民间文艺家普罗普（Vladimir Propp，1895—1970）和美国学者阿兰·邓迪斯（Alan Dundes，1934—2005）也使用结构主义的理论进行了卓有成效的神话研究。

苏联神话学家阿·洛谢夫、叶·梅列金斯基等学者对神话学有扎实深入的研究，芬兰、美国和日本也有众多学者从事神话学的研究。

马克思认为，神话是人类童年时代的产物。但是，神话在后世社会发展中"仍然能够给我们以艺术享受，而且就某方面说还是一种规范和高不可及的范本"。

三　民族神话研究在中国的发展

中国神话研究肇始于20世纪初。鲁迅、周作人、茅盾、谢六逸、袁珂、苏雪林以及海外华人学者张光直、日本学者白川静等都有出色的成绩。如前所述，"神话"一词源于古希腊的mythos（一般译为"迷索思"，即今天所称的神话），词义在古希腊文化中是与logos（通常译为"逻各

---

① 文学批评家布鲁斯（Harold Bloom，1930—　）把仇父恋母情结应用在创作心理上，称为"影响的焦虑"（anxiety of influence）。

斯"）相对而言的，当时的行吟诗人赫西俄德和荷马是古希腊神话最初的传唱者。在古希腊时代，神话（mythos）指强势的权力话语，而逻各斯（logos）则相对而言，是弱者的声音。在今天的中国台湾，他们把"神话"翻译成"迷索思"或"迷思"，也许更接近其本来意义。

20世纪初西方神话学传入我国，主要通过两条途径：一是东洋即日本；二是西洋即欧美。"'神话'和'比较神话学'这两个词，最早是在1903年几部从日文翻译过来的文明史著作中开始流传的，如高山林次郎的《西洋文明史》《世界文明史》，白河次郎、国府种德的《支那文明史》等。同年，留日学生蒋观云在《新民丛报》（梁启超于1902年在日本创办的杂志）上，发表了《神话历史养成之人物》一文。此后，一批留日学生，如王国维、梁启超、夏曾佑、周作人、周树人、章太炎等，相继把'神话'的概念作为启迪民智的新工具，引入文学、历史领域，用以探讨民族之起源、文学之开端、历史之原貌。"[1] 这种说法是目前学术界流行的看法，但是著名神话学专家刘锡诚提出了不同意见，他认为，是《历史与人种之关系》的作者梁启超第一次使用了"神话"这个新的名词。"当希腊人文发达之始，其政治学术宗教卓然笼罩一世之概者，厥惟亚西里亚（或译作亚述）、巴比伦、腓尼西亚诸国。沁密忒人（今译闪族人——引者），实世界宗教之源泉也，犹太教起于是，基督教起于是，回回教起于是。希腊古代之神话，其神名及其祭礼，无一不自亚西里亚、腓尼西亚而来。"[2] 刘锡诚认为是梁启超1902年第一次使用"神话"一词。北京大学陈连山也支持此一观点，认为"1902年梁启超第一次使用日本学者发明来用于翻译英语中myth的'神话'一词。"[3]

中国现代神话学对于神话概念的引入，则要晚于欧洲18世纪启蒙主义运动。这是西方现代神话学界根据自己的立场，通过对于古希腊神话作品

---

[1] 马昌仪：《中国神话学发展的一个轮廓》，《民间文学论坛》1992年第6期。
[2] 梁启超：《梁启超史学论著四种》，岳麓书社1985年版，第255页。
[3] 陈连山：《走出西方神话的阴影——论中国现代神话学之西方神话观念的局限》，《长江大学学报》（社会科学版）2006年第5期。

的归纳分类而得出的一个学术结果。早期的希腊神话包括神祇的故事和英雄传说。基督教兴起后，为了维持一神教信仰和基督教的利益，打击思想文化领域的异端邪说，基督徒编造说，异教神灵都是不存在的。随着西方理性主义的兴起，历史学家开始将神话与历史的界限进行了极其严格的划分和区分。因此，在西方现代神话学研究过程中，对于myth这个单词，一般只用来表述神祇的故事，而不包含原有的英雄传说。

神话学初入中土，中国缺乏神话学的学术概念，不得不在中国文化传统中去"发现神话"，用西方理论来阐释神话，这是西方神话理论"中国化"的过程。因为唯有在中国本土诸民族中发掘神话，神话学这个学科未来在中国才有可能发扬光大。在引入西方深化理论之后，通过对中国诸多民族文化典籍的探寻，尤其是古代氏族英雄传说、民族史诗的探索，那些涉及天地开辟、人类诞生、洪水毁灭人类、部落英雄降魔除妖等内容的荒诞故事，就被顺理成章地发展成为了神话。经过以顾颉刚、杨宽为代表的"古史辨派"及茅盾、谢六逸、袁珂等人的努力，发掘出大量的文献资料，构成了中华诸民族古代神话的资料集，从日本、西欧传来的神话学这一学科才在中国经过百余年的发展有了今天的成就。20世纪30年代后，随着一批学者的努力，"活态神话"才开始进入神话学研究的学术视野。

中华民族神话包括中国各民族创造的神话，由于民族融合和文化交流，我国少数民族神话一方面受到汉民族成熟而发达文化的影响，形成了丰富而有系统的神话系列，包含不少发达文明的因素。另一方面，少数民族神话中反映的生活环境、文化形态，又比较原始、古朴。有人为宗教的渗透，神话、传说、民间幻想的故事熔为一炉。民族碰撞、交融过程中的这一文化互相渗透的内在机制，左右了世界各民族文化相互传播、兼收并蓄的活动，影响了文化最终呈现的形态。少数民族神话既吸收周围文化区域的养料，又不失自己原始、古朴的内涵。[①]

中国现代神话学者把符合西方神话标准的古代文献和少数民族的口头

---

① 谢选骏、曹溦芳：《两面观——中国少数民族神话的文化特质》，《民族文学研究》1986年第2期。

传统、民族史诗、图腾仪式的文化寓意归属为神话,"神话"只是学术范围内对于某些符合规范的传奇故事的定义,我们只是用西方的神话标准来发现寻找我国诸民族的神话,由于神话的诞生与神话学理论相伴而生,因此,在现代语境中,mythology 一词,既可以指神话学,又可以指神话集,由于这样的原因,今天的研究者才无法把"神话"和"神话学"截然分开而分别阐述。

正如古希腊神话诸神的故事因为《荷马史诗》得以保存一样,少数民族神话也离不开史诗的演唱、神话的口耳相传。"史诗"一词最初来自于希腊文,原来意义是"谈话"或"故事"。古希腊哲学家柏拉图是第一个提到"史诗"的学者。而让"史诗"一词流行于世界,源于亚里士多德的理论著作《诗学》,以后历代学者都沿用了《诗学》中的史诗概念。美国南加州大学比较文学系及东亚系张错教授认为,"以民族英雄的故事为题材,以恢宏的风格作长篇叙事,且叙述是从故事中段开始,内容往往叙述超凡英雄的艰辛求索历程,充满神奇惊险的遭遇,最后以超人的力量完成任务,这就是古代史诗"。① 在欧洲,早期的代表性史诗无疑是目盲的行吟诗人荷马的口述作品《伊利亚特》和《奥德赛》,其中史诗中祈求缪斯赐诗人以灵感,在我国少数民族史诗演唱时也有体现,很多少数民族史诗也有梦中神授的情节。早期的代表作品还有古罗马诗人维吉尔叙述罗马帝国的建国和历史,歌颂罗马祖先建国的丰功伟绩,也歌颂屋大维的开国神话《埃涅阿斯纪》,奥维德的 15 卷本《变形记》主要是叙述变形神话的故事,但丁的《神曲》以诗人游历地狱、炼狱、天堂描述了天上人间与冥界的故事。其他代表性作品有英国民族英雄史诗《贝奥武甫》、法语史诗《罗兰之歌》、西班牙的《熙德之歌》、德国的《尼伯龙根之歌》、俄罗斯的《伊戈尔远征记》等,文艺复兴时代英国大诗人弥尔顿的《失乐园》也流传很广。欧洲传统之外,东方古老国家印度的两大史诗《罗摩衍那》《摩诃婆罗多》,大约写成于公元前 4 世纪到公元 4 世纪之间,在亚洲地区影响极

---

① 张错:《西洋文学术语手册》,上海译文出版社 2012 年版,第 106 页。

大。季羡林就论述过孙悟空与《罗摩衍那》中神猴哈奴曼的渊源[1]，赵国华论述过《西游记》中大鹏金翅鸟、孙悟空的72般变化、大闹天宫、猪八戒的故事，其源头来自《摩诃婆罗多》[2]。

神话和史诗关系密切。史诗的主要内容反映人类童年时期的主要活动，以及具有重大意义和价值的历史事件或神话传说。经过漫长的历史进程，可以确认史诗是人类最早的精神产品，对我们了解和认知早期人类社会具有重大意义。每个民族的史诗都包含有该民族的神话和传说，史诗的神圣性是建立在神话神圣性基础上的。目前学术界根据史诗的故事内容，将其分为创世史诗和英雄史诗两大类。

正如民族神话的研究是20世纪初兴起的新学科一样，现代中国的史诗研究也是从零开始的。1956年，作家老舍在中国作家协会第二次理事会扩大会议上评价《格萨（斯）尔》时，提出《格萨（斯）尔》和《江格尔》"两大史诗"的说法。1958年计划列入的史诗有《格萨（斯）尔》《苗族古歌》《梅葛》等。从此之后，学术界才开始对诸民族史诗展开大规模搜集和研究，《格萨（斯）尔》《江格尔》《玛纳斯》《苗族古歌》《阿细的先基》《梅葛》等诸民族史诗被陆续发现，一时让西方学界为之侧目。梅葛，是西南各地彝族语的音译。"梅"即"嘴"，"葛"即久远。表达的意思就是用语言把祖先的历史告诉别人、告诉子孙后代。祖先的历史即梅葛史诗，分创世、造物、婚事与恋歌、丧葬等四部分，彝族民众演唱梅葛史诗，是彝族的文化历史传统。北方史诗收集整理也成就非凡，青海地区已经搜集藏族《格萨尔》有19部74个异文本。蒙古族英雄史诗《格斯尔》《江格尔》也有多种版本出版。柯尔克孜族史诗《玛纳斯》也记录了各种变体。南方各民族史诗搜集整理成果也陆续被出版，如《阿细的先基》《梅葛》《苗族古歌》《密洛陀》《创世纪》等。

---

[1] 季羡林：《〈罗摩衍那〉在中国》，《印度文学研究集刊》第2辑，上海译文出版社1986年版，第1—37页。

[2] 赵国华：《〈西游记〉与〈摩诃婆罗多〉》第2辑，上海译文出版社1986年版，第256—289页。

虽然在史诗口头文本的搜集整理、翻译、材料取舍等诸多方面还有许多工作要做，但是我们不可否认开创者的功绩和筚路蓝缕以启山林的勇气，是这些学者发现和保存了中华民族大家庭诸兄弟民族的史诗。中国各民族史诗采录、收集的学术实践值得借鉴和总结，并且诸民族史诗的发现，证明了除了希腊史诗和印度史诗，中华民族也有自己的辉煌的民族史诗。

史诗研究的草创时期，学术性不足，有很强的政治色彩，较为重要的学术论文有徐国琼的《藏族史诗〈格萨尔王传〉》、黄静涛的《〈格萨尔〉序言》、刘俊发等的《柯尔克孜族民间英雄史诗〈玛纳斯〉》、云南楚雄调查队的《论彝族史诗〈梅葛〉》等①。在国内史诗研究领域处于领先地位的是中国社会科学院民族文学研究所，曾经多次获得国家重点研究课题，收集整理了中国三大史诗和南方史诗研究专著 4 部，"中国史诗研究"丛书 7 部，从 20 世纪 60 年代开始，另有许多田野调查文字资料、音频文本、影像图片和田野实物。20 世纪 70 年代末期，我国多个少数民族地区挖掘出大量的活形态的英雄史诗，其中最著名的也最为世人关注的就是藏族的《格萨尔》、蒙古族的《江格尔》和柯尔克孜族的《玛纳斯》。

此处仅以彝族为例来谈论史诗研究之大致情况。聚居在中国西南地区的彝族是世界上同一语种拥有多部母语史诗的古老民族之一，也是世界上拥有独立的古代母语诗学理论体系的民族之一。史诗传统无疑是彝族文学乃至彝族文化史中不断深入凝聚并有效传承至今的彝族文化精神、美学思想和母语智慧的集中体现。据不完全统计，现在已经翻译、整理出版的和内部编印成册的彝族史诗已达 49 部。其中，流传在云南各地彝族地区的创世史诗有《查姆》《梅葛》《老人梅葛》《阿细的先基》《洪水泛滥》《居次勒饿》《洪水连天》《洪水滔天史》（路南）、《洪水滔天史》（俄山）、《洪水泛滥史》（新平）、《万物的起源》《阿赫希尼摩》《尼迷诗》《天地起源》《尼苏夺节》《门咪问扎节》《青棚调》《冷摘调》《罗泼古歌》《阿

---

① 冯文开：《史诗研究七十年的回顾与反思（1949—2019）》，《民间文学论坛》2019 年第 5 期。

卜多莫若》《布木乌乌图》《阿普多莫》《阿文敬兹图》《创世纪》《史诗》《开天辟地》《阿普独慕》《吾查们查》等；英雄史诗有《阿鲁举热》《铜鼓王》《大英雄阿龙》《哈依迭古》等；流传在贵州彝族地区的创世史诗有《天地祖先歌》《洪水泛滥史》《洪水纪略》《天地津梁断》《天地论》《天生地产》《物始纪略》等，英雄史诗有《戈阿楼》《夜郎在可乐》《支格阿鲁王》《支格阿鲁》等；流传在四川大凉山彝族地区的创世史诗有《勒俄特依》《古侯阿补》《武哲史》《勒乌略夫》，英雄史诗《支格阿龙》等；流传在广西那坡彝族地区的创世史诗有《来源歌》等。彝族史诗可分为"源流史诗"和"功能史诗"两大类。前者如"公、母勒俄"，启迪人类"向真"；后者如"玛牧"引领人类"向善"。史诗是彝族历史文化的主要传播方式，文化的生命就在于传承，绵远恒长。史诗是彝族传统精神创造、传承、传播、创新的主要方式，是彝族人历史生命的自觉、自呈、自律、自省的形式。传播价值成为史诗生命的印证。

四 本书研究范围

拙著研究近四十年藏、满、蒙、回和西南、西北、东北各民族神话，启迪智慧、激荡情怀、汲取力量。民族神话是中华诸民族共有的精神财富。积极传播和弘扬民族神话，能够向世界展示我们独特的文化血脉传承、独特历史命运，展示中华民族多元一体、丰富多样的文明大国形象，展示我们"和而不同"的民族文化特色。中华文明经历上下 5000 年的历史变迁，但始终一脉相传，积淀着中华民族独特的精神标识，为中华民族生生不息、不断壮大繁荣提供了丰厚滋养。民族神话产生于中华大地，是各民族独立发展而又相互融合的结果。因此，在民族文化复兴的今天，我们当代学者，有不可推卸的责任和义务，推动源远流长、博大精深的民族神话及其研究走向世界，让更多的人通过民族神话了解中华文化、热爱中华文化。站在绵延 5000 年的文化历史的神话平台上，我们有信心把民族神话的思想价值和智慧光芒传播得更远，为增强国家文化软实力做出更多贡献。

神话的内容包罗万象，按神话传承主体的民族属性来看，包括汉族和55个少数民族神话组成的中华民族神话。按神话传承主体居住区域来看，包括北方少数民族神话与南方少数民族神话，还可以细分为东北地区少数民族神话、西北地区少数民族神话、东南地区少数民族神话、西南地区少数民族神话。按照传承主体使用语言谱系来看，包括汉藏语系神话、阿尔泰语系神话、南亚语系神话、南岛语系神话、印欧语系神话。按照语族来分，包括壮侗语族神话、藏缅语族神话、苗瑶语族神话、满通古斯语族神话、突厥语族神话、蒙古语族神话。

神话有不同的分类标准，从传播的形式划分，有书面的文献典籍神话，也有口头传播的活形态神话。从神话的内容来划分，神话又可以比照史诗分为创世史诗和英雄史诗一样，分为创世神话与英雄神话两大类[①]。以神话起源与发展来为标准，可以分为原始神话、古典神话与文明神话三类。按照神话的作用和功能，又可以分为祭祀神灵、现象解释、巫术活动、占卜吉凶等四类。[②] 更加细致的分类，有的学者把神话按内容分为创世神话、洪水神话、族源神话、文化起源神话、英雄神话、战争神话、自然神话。这七种类型大致可以梳理出中国上古神话的全貌和整体格局。海外还有一些学者，如英国宗教学家斯宾塞在《神话学绪论》中将神话分为创造神话、人类起源神话、洪水神话、太阳神话、月亮神话等21类等。

按照神话的传承情况划分，神话分为四种。一是文献，包括纸质文献，也包括数字媒体中记录的神话。二是活态口头神话。三是文物器物神话，既包括考古发现的遗物、遗迹，也包括岩画、雕刻、绘画、宗教器物、民族服饰等保存下来的神话印记。四是民俗神话，即民间祭典、节日活动、婚丧嫁娶等民俗中包含的神话内容。

下面结合拙著研究中涉及的民族神话内容，谈谈主要的神话类型。

---

① 杨堃、罗致平、萧家成：《神话及神话学的几个理论与方法问题》，《民间文学论坛》1995年第1期。

② 赵沛霖：《中国神话的分类与"山海经"的文献价值》，《文艺研究》1997年第1期。

第一章 研究对象与学术分析

创世神话。创世神话是关于宇宙世界的创造、关于人的创造的神话，是原始初民面对他们感到十分神奇陌生的世界，出于自己的理解，对自然环境与社会生活环境认识的反映，又可以分为自然起源、文物起源两类神话。自然起源神话包括对天地、日月、星辰的解释性想象，文物起源神话如谷物的产生、发明取火、发明衣服、发明房屋制作、发明制陶、发明车船等等，所谓"文化英雄"一词，即与此密切相关。文化英雄一般指那些给人类带来有益的、意义深远的发明和发现的人物，更广的意义上是指最先发明和发现种种文化成果（如使用火种、发明劳动工具、培育农作物、驯养动物等等）并将其技艺授予人类的神话人物，也包括那些制定最初的婚姻制度、习俗礼仪，以及降妖除魔、为人类确定生活秩序的神话英雄[1]。更加详细的划分，创世神话包括自然神话、社会神话、洪水神话、英雄神话、族源神话、生产生活神话与宗教神话七大类。应该指出的是，我们要区分创世英雄神话和争战民族英雄故事，英雄神话是指神话或者史诗中涉及创世英雄的神话，与后世国家争战中的民族英雄的神话是不同的。如《荷马史诗》即是英雄史诗，歌颂的是特洛伊战争的双方英雄赫克托耳、阿喀琉斯等顶天立地的英雄。民族英雄多是民族国家形成之后，为国而战，坚强不屈，甚至流血牺牲，保家卫国为一民族而死的英雄。当然神话的划分不可太绝对，往往多种类型的神话交织在一起，一部史诗或者神话可以作多种解读。创世神话对于一个民族具有文明肇始的原初意义，是一个族群对于其本民族自我认同的核心，是民族发展历史长河中永恒的文化记忆。1989年，陶阳和牟钟秀在国内首部创世神话专著[2]《中国创世神话》中把创世神话分为天地开辟、人类诞生、民族来源、天象来历、文化起源等五类。对于"各种文化现象起源"，他们认为，农耕、饲养、天文和医疗等，都是创世神话。

英雄神话。英雄神话主要是歌颂氏族英雄保卫部落民众的生命财产安

---

[1] 杨利慧：《神话与神话学》，北京师范大学出版社2009年版，第105页。
[2] 李滟波：《中国创世神话研究述评》，《上海师范大学学报》（哲学社会科学版）2006年第5期。

全出生入死的传奇故事，往往是部落的首领、王子等等。如藏族说唱体史诗歌颂的格萨尔王的神话，说格萨尔王是天神之子，为人间降妖伏魔、为民除害。经过重重磨难，最终借神力称王，战胜敌人，平定三界，还归天国。卫拉特蒙古族的《江格尔》、柯尔克孜族的《玛纳斯》、藏族的《格萨尔王传》为我国著名的三大民族英雄史诗，也都是吟唱民族英雄降妖除魔的神话传说。

原始神话。原始神话分为氏族社会的神话与部落社会的神话两种类型。氏族社会的神话，如关于动物、植物图腾的神话，视图腾为氏族的祖先。旧石器时代晚期，宗教尚不发达，属于原始宗教，各地不同形式的图腾信仰与图腾崇拜，是影响原始初民的主要禁忌。图腾是最早的原始宗教，图腾神话也是最早的神话之一。图腾如果为同一动植物，民众就彼此认作为同一种动植物的后代。女娲是普遍的崇拜对象，在神话中，伏羲和女娲是作为中华民族共同的始祖神来崇拜的，女娲氏是母系氏族社会时代以石为图腾的氏族女始祖的化身。动物植物类的图腾神是诞生人类的创世大神，龙、虎、熊、鹰、蛇、柳树等都是诞育人类的图腾之物。中华民族今天还在强调的"我们是龙的传人"，是神话对于我们身份的认同，我们身上永远保持着图腾神话不可磨灭的印痕。

古典神话。古典神话不同于原始神话，它是经过古代历史学家、文学家加工过的神话。模拟神话、挪用神话反映现实或讽谕现实的作品，通常也称神话。马克思所爱好的古希腊神话，并非荷马之前千百年间流传在民间的原始神话，而是古希腊时期的古典神话，亦即经过古希腊的诗人、戏剧家、雕刻家、绘画家、史诗吟唱者等的艺术加工后的古典神话，这种神话具有永恒的艺术魅力。古希腊的原始神话，对于古希腊原始社会的研究有史料上的宝贵价值。

文明神话。在现代社会里，也有许多新的神话被人们想象出来，这就是文明神话。马克思所说神话随着阶级的消亡，神话也就消失，这一观点具有时代的局限性。鲁迅就曾经说过，"中国人至今未脱原始思想，的确尚有新神话发生，譬如'日'之神话，《山海经》中有之，但吾乡（绍兴）皆谓太阳之生日为三月十九日，此非小说，非童话，实亦神话，因众皆信之也"[1]。21世纪，中国神话学者杨利慧教授所言神话的创造性转换，看起来似乎是神话的应用，如果视为新的文明神话的产生，也未尝不可。因为，不仅保留原始社会残余形态的民族会创造神话，在今天社会文明高度发达的现代社会，也会不断创造出新的神话。如果神话仅仅停留在古典神话阶段，终究会消亡，而今天神话焕发越来越旺盛的生命力，发出炫目的光彩，说明神话一直是人类的梦想。

以上论述了研究的大致范围，拟选择近四十年民族神话研究学术成果，包括国外学者的论著，作为研究对象，对近四十年民族神话研究文献进行辑录、甄辨、阐释，集中分析，探讨出规律性的结论。

第二节 学术史分期

中国民族神话发展百年以来，不同时期是不平衡的。早期是运用西方神话理论发现中国神话资源的过程，缺乏学术自觉的意识。同时20世纪的中华民族多灾多难，只是到了1949年10月1日中华人民共和国的成立，民族神话研究随着民族识别再次启动，但是因"文化大革命"又横遭厄运，一直到了20世纪80年代改革开放，才真正带来民族神话研究的春天。

一 "以西释中"的民族神话研究

中国神话研究自从20世纪初开始以来，学者们引进运用西方神话学的各种学术流派的研究方法，融汇贯通，以中国各民族的民族神话作为研究主体，参照世界各民族有代表性的神话文本，为架构具有中国特色的新体系的民族神话学做出了特殊的贡献。使中国诸民族的神话和史诗得以为世人所了解，也扩大了中华诸民族的影响力。

民族神话学是利用西方神话理论研究中国诸民族神话的文化现象，神

---

[1] 鲁迅：《250315致梁绳袆》，《鲁迅全集》第11卷，人民文学出版社2005年版，第464页。

话的学术观念 20 世纪初叶才引进中国。但是西方学者 19 世纪就对中国神话给予极大关注。1875 年伯诺翻译了《山海经》中的《西山经》，让西方学术界对中国神话的奇异色彩、内容有别于海洋民族的神话有所了解。目前所知，第一部外国人研究中国神话的专著，是俄国学者齐奥杰维斯基的《中国人的神话观与神话》（1892 年，圣彼得堡版）。这本书第一次在中国人自己并不清楚"神话"具体所指的情况下提出了"中国神话"的概念，探讨了诸如中国神话的产生、演变和分类问题，并对中国各民族神话的一些独有理论问题进行了研究。但由于语言阻隔，20 世纪的战火与硝烟，阶级、国家、民族的偏见，这些早期著作并没有产生十分广泛的影响。20 世纪初，国内外学者刚刚研究神话时，多认为中国人的神话思维不够丰富，不像希腊罗马神话那样具有鲜明的神祇谱系。中国神话，无论是汉族神话还是诸少数民族的神话，一开始便有人神合一趋向，当然，神祇的形象多是初民按照人类自己的形象塑造的，盘古开天辟地、女娲采五色石以补苍天、神农以身试毒尝百草、精卫口衔木石以填苍海、仓颉作书造字、大禹治水、夸父逐日、后羿射九日、姮娥盗食不死之药以奔月等汉族神话，少数民族神话中，盘瓠神话、鹰神话、《格萨尔》史诗与神话，都具有很强的俗世色彩，缺乏与生俱来的神性光辉。这些民族神祇或天生就与人有着深厚的感情，神与人之间是和睦、平等的，而诸少数民族神话也是彼此交融，共同地成长在中华大地上。

中国创世神话所记述的神祇看上去都具有亲和力，虽然不苟言笑，但他们注重品行和德操的修养，并且尊贤重能，从不戏谑人类，更不会嫉妒和残害人类。在中国人的心目中，这些大神受到人们顶礼膜拜，而且还承担着"始祖"的身份。中国的创世神，不仅创世，大抵还担负着某一器物发明家、文化英雄的角色，伏羲造舟船，黄帝成车辆，蚩尤冶兵器，女娲用笙簧……中国古人把工匠称为"圣人之作"，这也就是今天我们所谓的"工匠精神"吧。

神话中蕴含着丰富的文化传统，民族神话自觉地融入中华民族传统文化，表现出鲜明的特点。一是神话产生的时间跨度大。既有史前文明神话，也有近现代不断产生的神话。二是神话数量大，类型多。三是中国神话叙事形态丰富。在没有文字的史前文明时代，历史就是通过神话口耳相传的方式传承下来。

西汉司马迁撰写《史记》时民间关于历史的神圣叙事多是口述神话。虽然《史记》这类文献把黄帝放在突出位置，但单单依靠"黄帝者，少典之子。姓公孙，名曰轩辕。生而神灵，弱而能言"，黄帝"教熊、罴、貔、貅、貙、虎，以与炎帝战于阪泉之野"，以及"舜、禹、契、后稷皆黄帝子孙"之类的概括叙述，两千年之后，已经很难获得关于黄帝的丰满形象。黄帝有制衣裳、植桑麻、造城邑、造房屋、发明文字、制历法、定饮食、发现磁石、始作陶、为山川河流命名等一系列非凡业绩，不乏文化英雄的角色。从神话形成因素而言，也许是把黄帝后代所创造的辉煌，都附会到祖先黄帝身上，让他成为一个"箭垛式"的人物，并不断升华为激励中华民族凝聚力与自豪感的文化始祖象征，这也是文化精英的特征。"黄帝四面"的解读，孔子解释说是"黄帝取合己者四人，使治四方。"这个解释失去了神话色彩，强调的是黄帝治理四方的现实才能。孔子具有强烈的入世情怀，"不语怪力乱神"，虽然对于黄帝，早就有神话流传，作为中华民族始祖神的黄帝，生有"四面"也未尝不可。

文化传承与民族精神涉及神话及其意义，通过对各民族神话再创造和再解读，我们能领悟到民族神话作为民族文化传统的开放性与创新性。特别是民族神话的形成演变史、传播史，面向未来，走向世界，需要文化信心和开拓的勇气。新时代，挖掘民族神话的阐释空间，赋予其新的时代价值，能够激活民族情感，这与中华民族的胸襟与气质颇为一致。从"图腾"的起源到"创世神话"的出现，是人类循着"远取诸物，近取诸身"的感性思维，向"天人合一"类比思维发展的必然产物，是人类心智逐渐走向成熟的标志。无论是远古的先民还是现代的民众，都保有对"我自何处来""天地自何处来"的永恒追问的极大热忱。

二 民族神话研究的发展历程

民族神话研究的学术史自 20 世纪 30 年代至今，将近百年，期间历经波折，民族神话研究从起初的寂寂无闻，到近些年来的成绩斐然，其过程本身是这门学科发展的缩影。20世纪至今这一百多年以来，整体俯瞰中华民族神话研究，可以看出其具有强烈的学术史的书写意识。从民族神话整理与研究走过的历程来看，中华人民共和国成立后，随着社会形态的更替，社会环境的巨大改变，民族神话研究随着20世纪50年代的民族识别，也进入到大量发现民族史诗、民族神话的新阶段。但是，站在学术史的角度，20世纪80年代对于我国神话研究具有划时代意义，因为在此之前，我国各民族神话研究还始终处于很原始的水平，收集来自民间的神话与史诗，分析其思想内容、艺术特征是主流的学术风气，研究范畴和学术话语还大量套用西方的理论，我们自己的理论资源相对贫乏，没有形成自足的体系。20世纪80年代之后，民族神话研究随着中国神话学会的成立，逐渐成为具有相对独立性的一门学科。

20世纪80年代初，发现、挖掘、整理民族神话资源，如民族史诗、民间说唱、图腾祭祀仪式、节日庆典等，阐释其社会功能和社会意义成为主要的学术动机。各民族的神话资源如出土文物一般，一经发现，便惊世骇俗。一些具有深厚民族特色和地域特色的神话文字文本和口传神话文本逐渐成为经典。但是在政治挂帅、突出意识形态的年代，神话研究被阶级论和反映论所主导。面对这样的学术环境，学者们在"文化大革命"结束，国家"拨乱反正"伊始，摒除"以阶级斗争为纲"的惯性思维之时，便开始忙于对学术的返璞归真，坚持"实事求是"的思想路线。其中以贾芝的文章《扼杀民间文学是"四人帮"反马克思主义的一场疯狂表演——兼驳"文艺黑线专政"论》[1]和钟隆的文章《文艺作品要以情动人——兼评"四人帮"对民族民间文学的污蔑》[2]为代表，从民间文艺学（当然也包括民族神话研究）的角度用政治话语发出学者自己的愤怒。这样，民族

---

[1] 贾芝：《扼杀民间文学是"四人帮"反马克思主义的一场疯狂表演——兼驳"文艺黑线专政"论》，《文学评论》1978年第1期。

[2] 钟隆：《文艺作品要以情动人——兼评"四人帮"对民族民间文学的污蔑》，《思想战线》1979年第2期。

神话研究终究未能迈进本体论的门槛。

当时许多论述文化名人对民间文艺学见解的文章相继发表，鲁迅、蔡元培、郭沫若、高尔基的文论研究等一时间成为最热门的选题，作者为了证明研究者胸中既有的结论，只是借助文化名人为自己呐喊助威罢了。进入20世纪80年代，学界抛弃阶级斗争，进而转向民族神话学术研究。当然，这毕竟是民族神话研究由外部进入到内部的视域转换，一方面强调民族神话的口头性、集体性、传承性和变异性，强调民族神话独特的审美价值和美感表达，以示其具有迥异于作家文学的文体本质。另一方面，20世纪80年代民族神话研究的价值取向，与20世纪初新文化运动的启蒙者倡导的"到民间去""歌谣运动"等的意义基本吻合，重视原生态的民间文化，也是"五四"文化精神的回响。

在这一社会语境之下，学者们自然无暇顾及学术史。学术史需要学术研究发展到一定阶段后冷静地梳理、沉潜地思考，回顾前辈学者已经完成的研究成果，展望下一时代的研究方向。因此，呼唤民族神话研究学术史的出台，构建民族神话研究基础上的精心之作，需要研究者具有不彷徨于既往，不畏惧于将来的学术勇气。民族神话研究学术史不仅仅是拓展研究领域、研究方法和学术视野的问题，而且与民族神话研究这一新兴学科的命运休戚与共。

当然，民族神话学研究的基本任务，是通过深入民间，不断搜索神话资源，并对这些搜索得来的文本进行解读和分析，进而将神话资源结合实际开发利用。学术史离不开田野调查和对田野收集的神话文本的分析阐释，没有具体扎实的个案研究，就不是成熟的学术史，但编写学术史并不仅仅只是包含个案研究，学术史也不只是对于记录文本的简单整理。从神话文本收集整理到神话研究再到学术史评述，这是一种从神话文本采录、研究、对研究进行再研究的递进式的关系。1984年"三套集成"工作启动，2006年国家非物质文化遗产工程启动，2018年"民间文学大系工程"启动，这些都是影响巨大的文化工程，但主要还是资料收集整理的基础性工作。

20世纪80年代以前的神话研究,在很大程度上陷入了学术概念的似是而非中难以自拔。20世纪80年代以来,学术界不遗余力地翻译介绍新理论,但在民族神话研究中,研究方法固然重要,但不是最主要的。民族神话研究需要的是前瞻性的学术眼光和海纳百川的胸怀,如文化英雄、新神话主义、口头传统、非物质文化遗产等也并不是中国神话学界始终存在的概念,也许也会在新的理论浪潮面前黯然失色。钟敬文先生1980年发表的《一九七九年民间文学工作简述》①,即被认为是开风气之先的"研究的研究",钟先生认为列举文化名人论述民间文学,还不足以建构学术史。而同一时期马昌仪先生的《人类学派与中国近代神话学》②和刘魁立先生的《欧洲民间文学研究中的第一个流派——神话学派》③已经论及这一问题,呼唤神话研究新局面的出现。学术史的书写难以避免两个方面的不足:一是文本的阅读与理解不全面不深入,海量的文献总让人有望洋兴叹之感;二是学术视野受已有知识,即接受理论"前见"的影响,聚焦局部研究领域,视野不开阔。

20世纪90年代的知识分子处于一种理想精神跌落神坛的焦虑之中。随着市场经济(当时称为商品经济)的蓬勃发展和互联网资讯传播的开辟,大众传媒发展迅猛,打破了文化消费的单一化。更何况被认为是"小众传统"的民族神话及其研究,本来就处于社会边缘,此时更加远离中心。记录神话文本、民族神话文本阐释和学术建构不再成为学者的追求目标,这正是90年代中后期民族志式神话研究兴起的原因。这种研究倾向,为推动神话学领域田野研究和语境视角的转换起到了积极的推动作用。面对这种突如其来的学术转向,神话学界迷离其中,学术史的自觉意识自然难以形成。对神话研究进行学术史检讨和梳理,便成为神话研究史。1999

---

① 钟敬文:《一九七九年民间文学工作简述》,《思想战线》1980年第4期。
② 马昌仪:《人类学派与中国近代神话学》,《民间文艺集刊》第1集,上海文艺出版社1981年。
③ 刘魁立:《欧洲民间文学研究中的第一个流派——神话学派》,《民间文艺集刊》第3集,上海文艺出版社1982年。

年，董晓萍教授发表了《民间文学体裁学的学术史》①一文，开启了民间文学学术史书写的先河。多年后，万建中教授《现代民间文学体裁学术史建构的可能高度与方略》②发表，再次触及这一问题。

进入21世纪，学者们可以从容地回过头去客观冷静地审视民族神话研究的学术历程。刘守华、贺学君、漆凌云、安德明、李欣、陈泳超、陈平原、华积庆、陶阳、潜明兹、贾芝、梁庭望、毛巧晖等人都先后出版了这方面的专著。刘魁立、陈建宪、施爱东、田茂军、刘锡诚、陈泳超、王孝廉、车锡伦、钟宗宪、高有鹏、李稚田都在学术论坛上发表过自己的观点。回顾改革开放后40年的中国神话研究，能够看到一直存在重神话资料的搜集整理、轻分析研究，重民族神话内容研究、轻民族神话研究学术史研究的倾向。民族神话学包括三个方面：民族神话学理论、民族神话文本搜集与研究、民族神话研究学术史。学术史发展本身与学科发展现状有关，另外也需要宏观的视野，不可能一蹴而就，只有理解和把握神话学研究的学术历史，才能正视目前问题和思考未来学术发展的方向。

仅仅就20世纪的民族神话传承整理收集而言，不同阶段有不同的特点：1949年以前，从众人的采集过程来看，诸民族神话广泛存在于较为闭塞的民族传统社会中，存活在人们的日常口头中，可以说处于其原有文化生态之中自然流传的状态。

1949—1978年之间，在主流意识形态等多种因素作用下，民族神话中的很多内容受到空前的重视，用以凸显人民的主体地位。然而神话是关于"神"的故事，很多内容被认为不符合无神论的思想，各民族神话传说中，关于世界人类起源的故事，也不符合马克思主义唯物史观，所以民族神话研究与文献整理未能得到应有的重视。

1978年之后，思想渐渐开放。文化政策随之逐渐放宽，随着"三套集成"工作的启动，全国再次进入大规模的民间文学搜集整理中，神话也被

---

① 董晓萍：《民间文学体裁的学术史》，《北京师范大学学报》1999年第6期。
② 万建中：《现代民间文学体裁学术史建构的可能高度与方略》，《西北民族研究》2018年第2期。

人们从记忆深处挖掘出来。但随着经济为中心的社会风气形成，文化日渐边缘化，神话也并未重新走入人们的生活，而是时隐时现。

如果把时间轴延伸到当下，神话传承则有三个阶段：19 世纪以前是纯粹的口传时代，各民族并无自觉的"神话"观念；20 世纪是口传与文字记录并行的时代；21 世纪则是多媒体参与记录和传承的时代。这三个阶段是以传承方式来区分的，如果以群体的大多数对神话的态度来划分，则可以分为四个阶段：1949 年以前，"日用而不知"；1949—1978 年，"少言慎谈"；1978—2004 年，"若即若离"；2004 至今，主动追寻。其中的三个节点分别是：1949 年中华人民共和国成立、1978 年全国科学大会、2004 中国加入"非遗公约"。而当今传播媒体多元化、智能化、数字化，古老的民族神话传统能否兼容于现代文明社会的日常生活，能否融入人们喜闻乐见的传播形式和神话仪式，决定着神话能否有效传承和传承久远。

三　民族神话研究分期

由于诸少数民族神话研究的复杂性，试图对中国少数民族神话研究的发展进行阶段性划分，只能在学理层面上通过笼统的梳理而作出主观性的假设，目的是让读者在时间维度上对该类研究有一个大致的印象，进而为推进学科建设提供相应的参照依据。

近四十年少数民族神话研究发展迅速，理论也随着时间推移日趋成熟。以研究时间先后为序，可以将近四十年民族神话研究分为三个时段：第一阶段是 20 世纪 80 年代至 90 年代初的民族神话材料收集整理期。这是历经十年沉寂之后的思想解放时代，文化上"百家争鸣"的风气可以与"五四"时代相媲美，大量西方学术著作翻译介绍到中国，一时有让人眼花缭乱之感，少数民族神话资料搜集与整理工作也迎来了很好的发展机遇。"八十年代以后，随着民族民间文学普查的展开与深入，中国少数民族神话宝库被进一步打开，数量之惊人，涉及面之广阔是举世罕见的。"[①]

[①] 钟敬文：《评价〈活态神话——中国少数民族神话研究〉》，《民族文学研究》1993 年第 3 期。

第二阶段是 20 世纪 90 年代初到 21 世纪初的民族神话理论阐发期，可以看作是少数民族神话研究的成熟期与创新期。这一时期学者们经受了市场经济大潮的洗礼，学术成果得到了沉淀，一些标志性成果已经达到民族神话研究这门学科发展的高度，为后来的研究者树立了示范和标杆。第三阶段是 21 世纪前 20 年的民族神话研究全面繁荣时期。进入 21 世纪，中国少数民族神话研究呈现出多领域繁荣发展的态势，无论是民族神话本体研究，还是方法探讨、理论创新都取得可圈可点的成绩。刘锡诚提出："对于中国神话来说，20 世纪是其学科建设从草创到初步建成的重要时期。"[①] 这一论断也同样适用于 21 世纪初叶至今的少数民族神话研究。近四十年的中国少数民族神话研究，基本实现了民族神话学的学科定位与理论体系建构，为这门学科的后续繁荣与发展、与世界学术前沿的沟通联系奠定了良好的基础。

第三节　学术分析

一　神话与宗教、历史等相关学科的关系

民族神话让我们重新认识中华诸少数民族的优秀文化，这是各民族共有的精神家园。中华文化是中国 56 个民族各具特色的文化，中华文明是 56 个民族共同创造的结果。文化认同能够超越各少数民族文化的固有藩篱，构筑共有的精神文化家园，形成中华民族多元一体的文化格局。

神话不仅是古人的宗教信仰和历史，也是古人的科学和艺术。神话是古人用他们当时最高的科学成就来阐释世界，用他们的天文学、地理学知识来创造出神话。神话故事是古人的文学；同时神话也是古人的舞蹈，因为古代的神话讲述有时候是配有专门舞蹈的；还是古代的音乐，因为在讲述神话时会有音乐伴奏；甚至还有绘画，如墓壁画、崖画均继承着古代神

[①] 刘锡诚：《〈中国神话学百年文论选〉序言》，见马昌仪主编《中国神话学百年文论选》（下册），陕西师范大学出版社 2013 年版，第 7 页。

话的内容。所以，神话也是古人的艺术。

神话是古代社会的基本规范。古人的整个社会制度是用神话来证明的。社会文化的那些规范，都是通过神话得到证明，得到肯定。因此，神话在古人的精神生活社会生活中起着非常重要的作用。这也就是学术界对神话进行严格定义的根本原因。

神灵信仰、宗教信仰铭刻了原始初民的文化印记。今天我们要深入理解神话的本质，理解古人创造神话的原因，就要把自己沉潜到各民族原始信仰的神话中去。神话学是人文科学，需要利用科学的思维来解释远古人类的所思所感，也需要用现代艺术的方法来欣赏神话，从而释放神话在当代社会的价值。但是，所有研究的基础是回到创造了神话的古代社会生活中，看神话究竟表达了什么。

民族神话与宗教的关系。早期的宗教相对是比较简单的，它都是通过故事，凭借原始思维的直觉，而不是通过复杂的哲学理念来论证宗教的。所谓通过故事，其实就是用各民族的神话来构筑自己的宗教信仰。中国古代汉民族神话中的神祇很多，但是有一个最中心的神祇叫天帝，按照人们的想象，此即天上的皇帝。最初，这个天帝是我们中国人崇拜的最高天神，在《山海经》里天帝是反复出现的。在中国古代神话里，天帝处于最高地位，此外还有其他的一些神，山神、河神、火神、水神等。《山海经》里边记载，全国东、西、南、北、中五方山脉，每一山脉都有自己的山神，人类需要用特定的祭祀仪式对它们进行祭祀，并奉献祭品。这些神灵都是古代人普遍崇拜的对象，而古代神话就是敦促古人都去信这些神。

盘古神话，东汉时期已经有记录。或许在东汉之前就有类似神话，但是没有流传下来。目前保留完整的，就是三国时期《三五历纪》中盘古开天辟地的故事。女娲是古代神话中另外一位著名的女性神祇。西汉时期的《淮南子》里记录有女娲补天的神话。东汉应劭的《风俗通》记录了女娲用黄土造人的故事。正如我们之前所论述，人类在世界上生活，孤独无依，茫然地面对世界，所以古人就需要神灵的帮助，女娲实时地满足了古人的需要。

古人崇拜盘古、女娲，这是一种原始的宗教。通过讲神话故事，让人们都去信仰盘古、女娲，古人用神话来证明盘古、女娲作为创世始祖的神圣性，形成了稳定的原始宗教信仰。按照古典神话的说法，无论是汉民族，还是其他少数民族，都有这样的神话传说。盘古开天辟地，女娲用泥土造人，原始初民通过神话故事，赋予了这个世界一定的目的性——世界是由神创造的，是神提供人类生活日常所需，世界万物都是帮助人类生存的，而人类则是万物之灵长。

人通过神话的证明使自己获得神圣性，神话让人生获得了意义。原始宗教对古人来说具有追寻人生终极目的的重要性。神话给古人提供了重要的精神支持，改善了当时人类在客观世界中无依无靠的境地。这就是古人创造神话的原因和目的。

神话与古人的科学和知识体系的关系。古人想象的世界，与我们今天看到的世界大不相同。比如古人就认为天圆地方，在古人的朴素想象中，原来有一个盘古支撑在天地之间，后来盘古去世，那么天是不是要倾塌下来？古人认为大地之上有八根天柱支撑着天空，所以天空不会倾塌。不过由于古代文献没有保存完整，到了今天这八根天柱我们只知道其中的三根，其中之一就是昆仑山。这个昆仑山并不是我们今天地理概念上的昆仑山，它是古人想象中的神山，是天柱，是黄河的源头。与昆仑山相关的"昆仑神话"自成体系，昆仑山在中国民族神话中类似于希腊神话中的奥林匹斯山。昆仑山的本义，就是圆形之山，初始之山，含义就是神灵居住的山峰[1]。在神话中，这个昆仑山是天上诸神在人间的都城。诸神从天堂下到人间之后，都住在昆仑山上，诸如黄帝、西王母等，他们都住在那里。此外还有一座不周山也是天柱，还有一棵神树，也是天柱，这就是神树建木。《山海经·海内经》说"有木，青叶紫茎，玄华黄实，名曰建木，百仞无枝，上有九欘，下有九枸，其实如麻，其叶如芒，大皞爰过，黄帝所为"，并且认为是连接天地的通道。神话中的天神下凡，都是从建木神树上下来，地上的凡人要想登上天界，也只能从建木爬上去。这有些巴比

---

[1] 王增永：《神话学概论》，中国社会科学出版社2007年版，第262页。

伦神话中巴别塔的意味,是连接人间与天上的通道。

古人的神话世界里还有地维之说,古人在推理的时候,认为大地之上有八根擎天之柱撑着让天空不致坍塌下来,但是大地漂浮在海上,还有可能会沉到海里去。所以古人根据自己原始思维的朴素想象,认为天空上面又垂下来四条绳子,四条绳子分别挂在大地的四个边角上,这样就保证大地被天空挂住,不会沉入海中。从逻辑上来讲,这个神话内容其实是一个循环论证:怕天塌下来,所以用地上的柱子支撑住天;又怕大地沉陷下去,所以又想象天空用绳子扯住大地。

这是古人对最初的宇宙面貌的基本假设。这个假设符合古人的直觉感受。因为古人在考察这个世界的时候,用的是直观感受。比如说他从立足之地往南出发,走多少里之后,走到南海,然后看到那边是海洋。之后又往北走多远,往东走多远,往西走多远,这种直观的经验考察之后,大概就走出了一个方形的感知,所以古人才会想象大地是方的。而且古人想象大地是平的,因为古代测量仪器不发达,它无法准确测出大地表面是个球面,因此古人直觉上认为大地是平的。当他们仰望天空时,因为人类视觉观察到的天空是弧形的,所以古人认为天是圆的。这些都符合当时人们的直觉,所以神话里边描述这些的时候,都是古人的真实体验,这是他们的感性的认知。古人看天空的时候,根据视觉体验,发现北斗七星是旋转的,这个感知同我们今天是一样的,所以古人认为天空是旋转的。而在神话中,古人怎么解释这个宇宙天空的旋转呢?古人认为天空的中心是北极星,认为北极星上住着神祇,叫做太一神,太一神出行的时候,他坐在北斗星里面,在天空旋转,巡视整个天空。目前出土的一些汉代画像石、画像砖,其中就有"太一出巡图",就是描写这个神话内容的,所以北斗星又叫作帝车。古人就是这样,用神话来解释天文现象、地理现象,因此可以认为,神话体现着远古时代的科学。

《山海经》是周代的地理志,保存了内容丰富的神话。《山海经》里面古人描述大地的样子:天地之东西 28000 里(古里约等于今天的 0.7 华里),南北 26000 里。按《山海经》的说法,大地是个接近于方形的长方形。《山海经》说这是"帝"派人测量的,这个"帝"就是大禹。在《山海经》里,大禹的身份比较特别,他既包含着某些天神的成分,有超自然的能力,同时他也有古代帝王的成分。大禹命令竖亥用步行的方法来丈量世界。从大地的东边走到西边,竖亥一边走一边记录着,右手拿着算盘,把自己走的路程全部记录下来了。《淮南子·地形训》的说法略有不同:大禹派遣太章丈量了东西长度,派竖亥丈量了南北长度。《山海经》和《淮南子·地形训》的说法不同,反映了神话流传过程中出现了变异。神话变异性正是不同的神话讲述者对信息的遗漏或添加造成的。讲述大地形状、长度和面积大小的这段神话反映的就是古人的地理学。古人正是用这样的神话来解释世界。在神话之前,古人面对一个世界无法理解的时候,充满对无知的恐惧,当古人能够用理智对它进行解释,即使这个解释可能不科学,但是有了解释之后,这个世界就在古人心中变得安定下来了,古人的安全感随之提高,这就是神话作为古人的科学的一个实际功能。

神话与古人的历史观的关系。神话不仅解释宇宙的来历,还解释了人类的历史,比如说我们古代有三皇五帝的神话传说。所谓三皇有各种不同版本,其中包括天皇、地皇、人皇为其中一说,这是比较抽象的三皇,后来古人就把它具体化了。唐代历史学家司马贞,他给司马迁的《史记》补作《三皇本纪》,三皇就是伏羲、女娲和神农。可是,其中伏羲、女娲传说中都是"蛇身人首"的形象,神农是"人身牛首"形象。他们都是半人半兽、半人半神的形象,神话色彩极其浓厚。古人的历史观是从盘古开天辟地再到三皇五帝这样一路连续下来的,三皇五帝的神话反映了华夏民族对历史的理解和认同。伏羲发明八卦,而女娲以泥土造人,而且很多的文化事项都是由她发明的,比如说婚姻制度,在神话中女娲就是最早的"月下老人"。神农则是发明农业的人,同时也发明了中药。黄帝是国家制度的创立者,从他开始有了首都,而且我们的服装、青铜鼎等,都是他发明的,他的妻子嫘祖是养蚕缫丝的发明人,也是文化英雄。黄帝的手下大臣也很厉害,有发明文字的,有研究数学的,有擅长绘画的,有发明马车的,等等。黄帝也因此被视为是神话传说中的华夏民族的人文始祖。所以说，古代神话给我们提供了大量的古人看来认为是真实的历史。

民族神话与民族起源。中华民族第一个王朝是从夏朝开始的，《史记·夏本纪》说，黄帝生昌意，昌意生颛顼，颛顼生鲧，鲧生大禹。大禹治理洪水建立不世之功，帝舜把首领之位禅让给了大禹。大禹死后其儿子启继承首领之位，建立夏朝，从此开启了我国世袭制王朝制度。所以古代的大禹治水神话，其主要功能并不是强调人定胜天、能战胜洪水，而是要证明国家制度的起源、世袭制的起源，同时这也是夏民族的起源。夏之后是商，商民族的祖先叫契，传说契的母亲简狄吃了玄鸟之蛋，结果就怀孕生下了契，这是商民族的起源神话。接替商朝的是周，周民族传说自己的祖先为后稷，根据《诗经·大雅》的说法，后稷是母亲姜嫄踩了巨人的脚印，随后怀孕生子。这也是今天无孕生子神话这一类型的典型代表。后稷自然是周民族的始祖，传说是后稷发明了周民族的农业及种植技术。民族起源的神话，都是在证明自己民族的祖先是神的子孙，自己这个民族是伟大的民族，都强调本民族始祖的神圣来源，强调本民族始祖的伟大功勋，强调他们有高尚道德，是人伦的雅范，最终的目的就是要证明本民族是神圣的。

神话是原始宗教的教义，通过宣扬神灵威力，持续强化人们的信仰，使世界和人类都获得了神圣性，解释了大自然和万物的起源，使初民理解迷茫的世界。叙述人类历史，使人类文化和社会制度得到合法性的证明。通过这几方面，古人就创造了完整的宇宙观、历史观和道德观，从而为人类生存创造了意义。这就使人类能够在大地上"诗意地栖居"，人与神灵与自然万物和谐相处，让整个世界获得了意义，充满人文气氛，人类的生活也由此获得了价值，成为一个有温度的世界。

传承千年、文化积淀深厚的诸民族神话流传到当代，发生了一些变化，一是各民族神话的绚丽唯美色彩趋于平淡，浪漫的英雄故事，诗意情怀有所弱化，民族神话的传播者和接受者普遍认同神话诗意的当下性，在进行民族神话创造性转化的同时，打开了进入社会世俗生活和大众狂欢的大门。也许这种学术观点过于悲观，当代更需要民族神话叙事的唯美色彩和想象空间。因此，随着现实世界的经济发展和人们消费理念的升级，当代民族神话研究中，实用主义的理念越来越得以凸显；二是电子传媒手段的现代化便捷方式丰富和更新了当代民族神话的内容。比如新近推出的电影《哪吒——魔童降世》、前几年推出的《阿凡达》《神话》均以优美的画面、动人的音乐打动万千观众，特别《哪吒——魔童降世》的动漫设计、《阿凡达》的科幻色彩和人文理念，都是新神话主义的体现；三是当代民族神话显示着草根阶层和精英阶层意识形态的整合。古代少数民族神话诞生于民间的土壤，其生产和传播主体是草根社会，当代神话的生产过程尽管主要由民间主导，然而当代神话的主要传播方式必须依赖主流传媒才能得以进行。[①] 比如，强调中华民族大家庭的文化融合、民族团结观念，神话传播也强调中华民族多元一体格局，"各美其美，美美与共"，56个民族像石榴子一样紧紧团结包融在一起的国家观念。

二 研究现状及特点

当代少数民族神话学术研究的力量最集中的是云贵川、广西、东北、内蒙古、新疆、西藏、青海、广西、贵州等少数民族地区，汇集了许多神话研究学者。云南是少数民族最多的省份，自然民族神话资源也更丰富。贵州集中研究了苗族古歌中的神话、彝族神话和彝族文化。广西地区壮族、侗族、瑶族的神话随着走出封闭、对外开放，也被重新认识。北方通古斯语族神话、萨满教神话、西王母神话一直是学术研究的热点之一。东北伊玛堪研究、渔猎神话由于有众多学者的多年研究，目前也在神话研究上取得突出成绩。

少数民族神话研究，目前许多研究成果在理论上已达到较高水平。显示着学者们宏观把握的气势和微观研究的深入，从少数民族神话的起源、发展、演变以至于消失，到神话与民族来源、宗教信仰、文化习俗、历史演变，从单一民族神话的研究到诸民族神话的横向比较，都有所展开。从各种神话理论，到具体神话文本的起源、迁移与传播，也都受到学者们的

[①] 颜翔林：《当代神话及其审美意识》，《中国社会科学》2009年第5期。

学术关注。甚至一些学者提出神话的谱系研究、神话的创造性转换，不难发现民族神话研究无论是研究范围还是研究的深度都具有新时代的学术进展。

目前，民族神话研究在学术界已经产生很大影响，许多神话学家成就斐然。有的完成了自成系统的民族神话学著作，如文学人类学神话研究、神话母题研究、单一少数民族神话的整理等等。这是几代学者前赴后继、学术传承创新的结果。丰富的民族神话资源，无论是文本的还是活形态的，都一视同仁地受到学术界的关注。神话是民族在蒙昧时代集体智慧的结晶，研究者的论著，大多自觉追求语言表达的民族化，神话理论的中国化，力求形成中国民族神话研究自己的话语体系。

首先，少数民族神话研究形成了较准确的学科定位。这门学科从20世纪80年代开始，学术界对中国少数民族神话学科定位进一步自觉。袁珂在《从狭义的神话到广义的神话》[1]一文中提出"广义神话"的概念，表达出对少数民族神话的关注，再如谷德明的《论少数民族神话的历史地位》[2]、陶立璠的《中国少数民族神话的体系和分类》[3]等；到进入21世纪之后，那木吉拉的学术著作《中国阿尔泰语系诸民族神话比较研究》[4]、文日焕、王宪昭的《中国少数民族神话概论》[5]等，都对民族神话的"广义""狭义"概念的论述有所突破。推陈出新的大量成果都突出了少数民族神话的学科特点和体系性。叶舒宪在2004年韩国汉城（今首尔）召开的"东亚神话学大会"上所做的题为《中国神话的特性之新诠释》的报告中，对"中国神话"概念提出明确的观点，认为根据中国文化多民族多样性的事实，若存在一种作为国别神话的"中国神话"，其根本特征在于神

---

[1] 袁珂：《从狭义的神话到广义的神话》，《社会科学战线》1982年第4期。
[2] 谷德明：《论少数民族神话的历史地位》，《西北民族大学学报》1983年第1期。
[3] 陶立璠：《中国少数民族神话的体系和分类》，《民族文学研究》1984年第2期。
[4] 那木吉拉：《中国阿尔泰语系诸民族神话比较研究》，学习出版社2010年版。
[5] 文日焕、王宪昭：《中国少数民族神话概论》，民族出版社2011年版。

话存在形态的多样性，对此他明确提出要用"四个辩证"①的特征去研究汉族神话与少数民族神话。种种学术实践证明，这一时期对少数民族神话研究的学术定位进一步明确，并以整体的力量和大量研究成果使民族神话研究达到了一个新的境界和高度。

其次，少数民族神话研究形成了稳定的研究队伍与学术阵地。近四十年民族神话研究涌现出一大批少数民族神话研究学者，有民族神话研究领域相对稳定的学术队伍。钟敬文、马学良、袁珂、刘锡诚、潜明兹、谷德明、梁庭望、陶立璠等一大批学界先贤都表现出对少数民族神话的高度关注。在具体研究方面，如李子贤、刘亚虎对云南地区少数民族神话的研究，刘守华、向柏松等对土家族神话的研究，白庚胜对纳西族神话的研究，过竹、燕宝、陈立浩、李子和、吴晓东等对苗族神话的研究，蓝鸿恩、梁庭望、农冠品、丘振声等对壮族神话的研究，史军超等对哈尼族神话的研究，曾思奇、鹿忆鹿等对南岛语族神话研究特别是台湾原住民神话的研究；郎樱、毕桪、卓玛等对西北地区少数民族神话的研究，王小盾、谢继胜、林继富等对藏族神话的研究，满都呼、邢莉、那木吉拉、陈岗龙等对蒙古语族诸民族神话的研究，富育光、孟慧英、黄任远等对东北地区萨满神话的研究，汪立珍对鄂温克神话的研究等。研究领域宽泛、年龄梯队合理的少数民族神话研究队伍已初步形成。在少数民族神话学术阵地方面也表现出不断拓展的趋势，如1979年中国社会科学院成立的少数民族文学研究所（2002年更名为民族文学研究所），在成立之初就一直把少数民族神话研究作为一项重要的基础性工作，1983年创刊的《民族文学研究》为例，是中国少数民族文学的国内唯一民族文学专业性学术期刊，创刊至今刊发了大量各民族神话研究领域的论文和评述文章。其他许多科研院所、高等院校特别是民族院校以及中国少数民族文学学会、中国神话学学会、中国民族文学网、中国民俗学网等也日趋成为少数民族神话研究与成果发表的重要阵地。

---

① 叶舒宪：《中国神话的特性之新诠释》，《中国社会科学院研究生院学报》2005年第5期。

第三，少数民族神话研究方法多样化。20世纪80年代以来学术相对自由的空气在很大程度上推动了神话研究的理论创新与方法创新。主要表现在，一方面对外来理论的大量引介，如刘魁立、吕微等对普洛普的故事形态、类型功能的阐释，叶舒宪对原型批评的引入，陈建宪、户晓辉等对神话学母题理论的解读，陈连山等对斯特劳斯结构主义神话学的关注，朝戈金、尹虎彬、安德明等对民俗学方法的翻译等，都在一定程度上影响到少数民族神话的方法选择和运用；另一方面，许多学者又将现代神话学理论或相关学科的研究方法与自己的研究实践相结合。如在少数民族神话母题研究领域，杨利慧、张成福的《中国神话母题索引》（陕西师范大学出版社，2013年）、王宪昭的《中国神话母题W编目》（中国社会科学出版社，2013年）都是集中了中国各民族神话母题编码的大型工具书，将少数民族神话母题与神话数据分析相结合，为各民族神话文本的定量、定性分析和多视角比较研究提供了现实有效的依据。在这一时期，许多神话研究者还从根本上改变了以往只以汉文献神话为主导的传统研究理念，也给中国神话学研究带来了新的生机。

第四，少数民族神话研究成果斐然，学术影响不断提高。有研究者通过对这一时期特定阶段的中国神话研究成果统计，提出"自1978至1998的20年间，计出版专著784部，发表论文及有关文章6465篇，与1950年至1977年近三十年的发表量相比，增加9倍。"[1] 据不完全统计，自1978年至2015年期间发表的少数民族神话研究学术论文多达3820篇，是中国神话发展到20世纪80年代近八十年论文总量的近百倍，足见少数民族神话研究发展趋势的迅猛。此期研究创新主要表现在：一是文学史对少数民族神话的定位。如毛星主编的《中国少数民族文学》（湖南人民出版社，1983年），马学良、梁庭望、张公瑾的《中国少数民族文学史》（中央民族学院出版社，1992年）以及该时期公开出版的近四十部单一民族文学史都把神话作为少数民族文学不可分割的重要组成部分，有的还进行了专题

---

[1] 贺学君、蔡大成等编《中日学者中国神话研究论著目录总汇》，中国社会科学出版社2012年版，第5页。

性介绍。这一时期出版的少数民族神话学专著数量颇丰,如过竹的《苗族神话研究》(广西人民出版社,1988年),孟慧英的《活态神话——中国少数民族神话研究》(南开大学出版社,1990年),李子贤的《探寻一个尚未崩溃的神话王国——中国西南少数民族神话研究》(云南民族出版社,1991年),黄任远的《通古斯-满语族神话研究》(黑龙江人民出版社,2000年)等。二是少数民族神话资料建设为民族神话研究提供了持续支持。大型神话系列丛书方面,如开始于20世纪80年代的《中国民间故事集成》县卷本、各省(市、自治区)卷本《中国民间故事集成》(共30卷,中国ISBN中心,1992年至2009年不同年度出版),《中华民族故事大系》(共16卷,上海文艺出版社,1995年),姚宝瑄主编的《中国各民族神话》(共16卷,书海出版社,2014年);一些单行本少数民族神话作品集如谷德明的《中国少数民族神话》(中国民间文艺出版社,1987年),陶立璠、赵桂芳等主编的《中国少数民族神话汇编·人类起源篇》(中央民族学院少数民族古籍整理出版规划领导小组办公室,1984年);云南省民间文学集成办公室编的《白族神话传说集成》(中国民间文艺出版社,1986年),满都呼主编的《中国阿尔泰语系诸民族神话故事》(民族出版社,1997年),农冠品编注的《壮族神话集成》(广西民族出版社,2007年)等,共辑录了数以千计的少数民族神话文本,这些少数民族神话有的是原来的文献整理,更多的则是调查搜集的民间口头文本,极大拓展了中国少数民族神话研究的视野。三是少数民族神话的类型研究、单一民族神话微观研究和多民族神话的宏观研究都取得了突破性进展。[①]。

总之,近四十年的中国少数民族神话研究学术发展史上,这一研究领域的学术队伍、研究成果、研究方法、学术影响等方面都得到极大发展,她不仅是中国整体文学史和中国神话学建设不可或缺的重要组成部分,也日趋成为一个具有稳定学科自觉意识和中国特色的重要学术领域。

拙著的研究内容结合当代神话学研究实践,以时间为顺序,分析有代

[①] 王宪昭:《中国少数民族神话研究的学术发展分期刍论》,《民族文学研究》2016年第3期。

表性的学术著作、学术论文和少数民族神话作品集。

理论研究。介绍近四十年来民族神话的理论成就,主要从神话的基础理论研究和跨学科跨民族、母题与主题研究三方面进行评述。

作品研究。对神话典籍进行注释、神话资料整理、神话分类、文本样式研究。

神话体系研究。天神、神人体系,自生体系,图腾体系,等等。南方少数民族多是水生型的创世神话,而北方神话一是动物图腾现象突出,这与北方少数民族生活的地域环境、生产条件相关。各民族的动物图腾本身具有多元的性质,又随着各民族先民的交往发生演变与融合,体现出中华民族神话一体多元的实质。二是英雄神话突出,这与民族性格相关。北方少数民族被称为马背上的民族,民族性格豁达、彪悍,其英勇神武的神话传说俯拾皆是。人间的英雄一般都有神界的出生来源和神界的庇护,亦人亦神,能够镇妖降魔,有的还被视作民族的始祖,受到全民族子子孙孙的膜拜。

神话渊源学研究。包括口头传统、古代经典文献、民族史志等等。关于神话的口头传统,或者说口传神话,由于缺乏书面的文献记载,多生存于民间,相当长一段时间以来,一直没有进入神话研究者的视野。何谓口头神话?即指那些凭借口头语言来传播的神话,有些民族的原始先民根本没有文字,只能依靠口耳相传来讲述演唱神话。在中国各少数民族神话中,神话传承者主要有祭司、毕摩、土老师、萨满、巫师等。对于口传神话的考察,目前大多是在少数民族中进行的,主要原因是学术界曾经普遍认为神话是原始文明的孑遗,只有人迹罕至的少数民族村落中,才能发现原始神话的遗踪,才能看到神话本真的、原初的、活态的面目。"人在社会化过程中才形成记忆,记忆不仅是个人的,更是一种集体的社会行为,存在于社会框架之上,受社会因素制约。[①]"许多民族具有语言却没有发明文字,历史文献很难查找关于他们的文字记载。对于无字族群而言,他们

---

① [法]莫里斯·哈布瓦赫:《论集体记忆》,毕然、郭金华等译,上海人民出版社2002年版,第199—200页。

的历史储存在个体文化记忆中，存在于口耳相传的神话中，神话、史诗、歌谣、宗教仪式、舞蹈、图腾、面具和符号都是其民族历史文化的存在形式。

考察神话体系不能只重文献而轻口传，很多书面文献来自于口头传统，讲述人可能是行吟诗人、民间祭师、村老乡贤，也可能是采集者的亲戚朋友，最后经文人之手有选择地把所见所闻记录下来。口头传统是孕育神话生命的汪洋大海，文献只能算得上一家之言，而口头传统则更多表现出灵活性与多元性，这也正是民族神话多种变异性的主要原因。

三 民族神话的研究意义

民族神话研究在中国已经有百余年的历史。研究民族神话的意义与价值到底有哪些？

民族神话的文学价值与历史文化价值。美国人类学家马文·哈里斯认为"文化是社会成员通过学习从社会上获得的传统和生活方式，包括已成模式的、重复的思想方法，情感和动作（即行为）"。[1] 民族神话有助于今天的人们了解原始初民的文化习俗、宗教信仰、自然现象、民族来源、文化图腾等等。民族神话是各民族社会发展的历史见证者。在没有受到现代文明影响的民族或地区中，能够发现原始社会的残余形态，这已经具备文化遗产的价值。民族神话是研究发现原始文化的活化石，是一种累积着厚重文化的标本。

民族神话与民族精神。研究民族神话，可以发现民族的来源、演变和发展，一些民族神话本来就是民族史诗。一是民族神话集中体现了民族精神。民族神话借助历史场景、英雄人物、文化事项等表达民族在生存、发展进程中处理人与自然、人与社会、人与自我的关系中来集中体现和彰显民族精神。如谢选骏的《神话与民族精神》（山东文艺出版社，1986年）。二是史诗不断培育民族精神。一个民族的民族精神不是一蹴而就的，它需要长时间的沉淀、过滤、凝聚、构型，进而文本化的过程，各民族的神话

---

[1] 鲁云涛：《民族文化与民族文学》，云南民族出版社1991年版，第2页。

和史诗记录民族精神，同时成为培育这一精神的重要途径和文本。三是各民族的神话充分实践本民族的民族精神。从民族神话与历史实践过程看，可见人类文明的推进过程就是运用已经取得的文明的成果，来不断实践自己的全新的精神欲求的过程。四是民族神话努力实现族群理想。族群理想寄托着一个民族对未来的希望，能够激起民族个体成员的民族自信心，促进民族凝聚力的形成。

　　文明溯源与国民性精神反思。近四十年的民族神话研究，除了思想启蒙和消解"阶级斗争"论之外，还被赋予发现民族文化源头、原始宗教的产生，思考民族思维的特点，讨论社会大众国民性等任务，如冯天瑜的《上古神话纵横谈》（上海文艺出版社，1984年），张福三、傅光宇的《原始人心目中的世界》（云南人民出版社，1986年），何新的《诸神的起源》（生活·读书·新知三联书店，1987年），郑凡的《震撼心灵的古旋律》（四川人民出版社，1987年），刘魁立、马昌仪、程蔷主编的《神话新论》（上海文艺出版社，1987年），刘成淮的《中国神话》（上海文艺出版社，1988年），潜明兹的《神话学的历程》（北方文艺出版社，1989年），谢选骏的《空寂的神殿：中国文化之源》（四川人民出版社，1989年），王小盾的《原始信仰与中国神话》（上海古籍出版社，1989年），邓启耀的《中国神话的思维结构》（重庆出版社，1992年），徐华龙的《中国神话文化》（辽宁教育出版社，1993年），叶舒宪、田大宪的《中国古代神秘数字》（社会科学文献出版社，1998年），田兆元的《神话与中国社会》（上海人民出版社，1998年），孙作云的《美术考古与民俗研究》（河南大学出版社，2003年），尹荣方的《神话求原》（上海古籍出版社，2003年），丁山的《古代神话与民族》（商务印书馆，2005年），刘宗迪的《失落的天书：〈山海经〉与古代华夏世界观》（商务印书馆，2006年）等等。特别是20世纪80年代中国各民族神话研究兴起之时，何新的《诸神的起源》连续再版，点燃了人们通过民族神话探寻文明源头的欲望。

小　　结

本章主要论述了什么是神话、拙著的研究对象和研究范围，同时也对民族神话研究学术史分期进行了讨论。

首先是界定了研究对象与范围。选择近四十年民族神话研究学术成果，包括国外学者的论著，作为研究对象。研究神话的界定问题，即神话的内涵与外延问题。对近四十年民族神话研究文献进行辑录、甄辨、阐释，集中分析，探讨出规律性的结论。

其次是进行学术史分期。以研究时间先后为序，将近四十年少数民族神话研究分为20世纪80年代至90年代初的民族神话材料收集整理期、90年代的理论阐发期、21世纪的全面繁荣期。

再次是进行学术分析。结合当代神话学研究实践，以时间为顺序，分析有代表性的学术著作、学术论文和少数民族神话作品集。理论研究方面，介绍近四十年来民族神话的理论成就，主要从神话的基础理论研究和跨学科跨民族、母题与主题研究三方面进行评述。作品研究方面，对神话典籍注释、神话资料整理、神话分类、文本样式进行研究。神话体系研究方面，包括对天神、神人体系、自生体系、图腾体系等的研究。神话渊源学研究方面，包括口头传统、古代经典文献、民族史志等。

第二章 民族神话收集整理期的学术成就

从 1981 年开始,《中国民间文学三套集成》成为规模浩大的国家文化工程,一直到 2009 年才大功告成。2017 年又启动《中国民间文学大系》出版工程,这些都是传统文化、民间文学研究上的千秋大业。其中各民族神话、传说的搜集整理出版工作,投入人力几十万、上百万之众,极大地推动了民族神话领域的研究进展。同时,改革开放,"解放思想,实事求是"的思想路线带来整个社会的思想启蒙,受当时美学蓬勃发展的影响,受文化寻根思潮的影响,民族神话研究成为当时的学术热门。

第一节 "形象思维"讨论与民族神话研究

一 "形象思维"概念的提出

20 世纪 80 年代的中国,一切都正如刚睡醒的模样,正如当时的中科院(包含今天的社科院)院长郭沫若先生在《科学的春天》中引用白居易的名句"日出江花红胜火,春来江水绿如蓝"所说的那样,整个社会富有激情,充满对新的社会秩序、美好生活的向往。社会变革,带给人们巨大的社会热情和文学梦想,民族神话研究正是在这样的环境中开始的。民族神话之兴,彰显着中华文化纵贯古今的传承和认同、横跨四海的魅力影响。民族神话内容厚重深邃、历久弥新,需要人们去重新发现、重新整理,一代一代地传承下去,而当今时代正提供了这样难得的机遇。讨论民族神话的变异性、口头性、集体性等理论特征，才使民族神话研究开启复兴之路。

回顾1949年中华人民共和国成立之初，百废待兴，民族神话研究领域也是一片荒芜。由于西方的孤立和封锁，我们的文化、教育甚至意识形态在很大程度上受第一个社会主义国家苏联的影响。"形象思维"的学术概念最早在20世纪30年代就从苏联传入中国，最初是由俄国著名的文学理论家别林斯基提出来，当时说的是"寓于形象的思维"。后来屠格涅夫、普列汉诺夫、高尔基等文化名人也有相关论述，但是我们冷静思考后会发现，俄罗斯文论家和小说家尽管强调"形象"的重要，却不是在思维层面谈论的。这个问题，在"文化大革命"之前就有所讨论，"文化大革命"结束之后思想解放，西方各种文化思想大规模的引进，这时"形象思维"问题又在20世纪80年代初的文化氛围中，重新得到极大关注。

在改革开放之初，学者们考虑的是用"形象思维"消解"阶级思维"的影响。当时法国学者列维·布留尔的《原始思维》、意大利学者维科的《新科学》和英国人类学家弗雷泽的《金枝》在中国学术界备受推崇，"集体表象""诗性智慧""神圣的仪式"这些新的学术表述契合了20世纪80年代初的文化心理诉求。"形象思维"的理论热点是争论"形象"是不是可以作为一种思维方式，虽然这一争论看起来属于认识论的范畴，但是文化界争论的目的，不是为了弄清楚思维科学的途径之一这样的问题，而是为了文学发展本身，无论是作家文学还是民间文学（包括各民族神话），其艺术性如何体现及其存在的真正理由。由于政治及意识形态领域的巨大影响，现在尘埃落定，使我们能够看清楚当年民族神话研究，甚至整个人文学科的发展困惑。

20世纪50、60年代，民族神话研究的学者普遍认为，民族神话研究不能仅仅从文学出发，还应当包括民族学、人类学、宗教学等学科领域的知识储备，但是当时的文化现状有别于今天21世纪的文化环境。接受的理论指导最主要的是苏联文学理论的"三驾马车"：别林斯基、车尼尔雪夫斯基、杜勃罗留波夫的文学理论观念，另外主要是1942年毛泽东同志的

《在延安文艺座谈会上的讲话》的精神要义,至于"五四"文化启蒙运动如"歌谣"运动对民族神话研究的影响和古代传统文化和古典文论的影响,则是居于次要地位的。20世纪50年代、60年代的"形象思维"论争是与美学大讨论联系在一起的,争论"美"到底是主观的还是客观的,本来在今天看来是正常的学术讨论,但是当时文学过多受政治的影响,讨论美学问题是为了确立文学艺术与政治宣传的区别,当时的美学家朱光潜、蔡仪、李泽厚都参与其中。

随后讨论"形象思维"的著作和论文纷纷面世:1978年5月上海文艺出版社出版《形象思维问题参考资料》,1978年9月四川人民出版社出版《形象思维问题资料选编》,1979年1月中国社会科学出版社出版《外国理论家、作家论形象思维》,1979年4月辽宁人民出版社出版《形象思维资料辑要》,1979年10月吉林人民出版社出版《形象思维问题论丛》,1980年3月人民文学出版社出版《形象思维资料汇编》等。美学家朱光潜、蔡仪、李泽厚等发表了许多相关论文。这是当年美学理论发展的黄金时期,思想活跃,学者们敢于发表自己的见解。人们渐渐抛弃了"文革""三突出"(在所有人物中突出正面人物,在正面人物中突出英雄人物,在英雄人物中突出主要英雄人物)和"三结合"(领导出思想、群众出素材、艺术家出技巧)这个套路的政治说教。

二 原始思维与民族神话研究

伴随着形象思维的讨论,神话学界兴起的是原始思维研究。20世纪80年代,人类学走向繁荣。泰勒的《原始文化》、弗雷泽的《金枝》、摩尔根的《古代社会》、马林诺夫斯基的《巫术、科学与宗教》、列维·布留尔的《原始思维》、维柯的《新科学》等著作陆续翻译介绍到中国。特别是后面两部著作,给神话学、人类学研究者予以极大的启迪。叶绪民分析了原始思维在英雄神话中的制约作用,从原始思维的角度比较探讨了中国少数民族英雄神话与外国英雄神话的关系。少数民族神话是人类原始社会产生的文化意识形态,天然地与原始初民的幻想有着千丝万缕的联系。神灵观念和神灵信仰并非原始人主观想当然的产物，而是在原始社会生活着的原始初民的原始思维制约他们思考与想象能力的结果①。

神话原型批评。20世纪80年代神话原型批评呈现出不同于以往的特点：一是学术界大量引进西方有关神话原型批评的理论，传播给社会一般读者。如1983年著名比较文学研究领域的学者张隆溪先生在《读书》上发表了《诸神的复活》，这是对于原型批评的研究述评。再如1987年叶舒宪先生编译的《神话——原型批评》译文集，这些西方学者理论著作的引入，为当代民族神话的深入研究奠定了扎实的基础。此书的序言是前一年作者发表的论文《神话——原型批评的理论与实践》，比较全面地介绍评价了神话原型批评理论的特点、产生和发展。方克强先生在1990年、1991年先后发表了《〈补天〉的神话隐形结构与题旨》《神话原型批评评介》《原始主义：刚性与纯朴性》等文章，介绍了原型理论，兼及神话研究；二是国内的学者结合诸民族神话和古代文学进行跨越性研究取得了一定的成就，获得学界认可。如萧兵的《楚辞与神话》《黑马——中国民俗神话学文集》；三是对于神话原型批评理论还没有实现话语体系的"中国化"，神话原型理论研究还没有完全在我国落地生根，而对神话原型批评的研究在20世纪90年代才得到了加强。加拿大学者弗莱的名著《批评的剖析》被视为神话原型批评的集大成之作，该书由陈慧翻译，1988年由百花文艺出版社出版。弗莱在虚构性文学作品的五种模式中，首先论述的就是神话。1987年黄奇铭先生翻译了瑞士心理学家荣格的《探索心灵奥秘的现代人》，冯川先生翻译了荣格的《心理学与文学》，这样，荣格的"集体无意识"学说和原型理论成为日益兴起的神话原型批评的理论基础。另一个理论来源是英国人类学家弗雷泽《金枝》所阐述的"仪式派"人类学思想，但王钟陵在《神话原型批评之我见》中却提出："20世纪神话原型批评的直接源头，我认为是尼采。"② 维柯、卡西尔的理论也启发着神话原型批

---

① 叶绪民：《原始思维在英雄神话中的制约作用——中国少数民族英雄神话与外国英雄神话的比较探讨》，《民族文学研究》1986年第5期。

② 王钟陵：《神话原型批评之我见》，《文学评论》1998年第3期。

评。维柯的《新科学》把人类的历史分为神的时代、英雄时代和凡人时代，并以古希腊的社会研究成果印证《荷马史诗》。卡西尔的《神话思维的概念形式》《人论》强调文化是符号形式的表达内容，人类活动本质上是一种"符号"或"象征"活动，启发了象征符号美学的诞生。荣格把"集体无意识"的内容，按照自己的理解阐释为"原型"，认为自从洪荒时代就已经存在的普遍意识，是在人类最原始社会形态就已经形成的。

原始初民首先具备的是直觉的想象，对能够看到、触类联想的形象，依照原始思维的规律，启迪着粗浅的智慧。随着对原始文化的关注和文化研究的兴起，民族神话发展迎来了历史的机遇。民族神话是伴随着各民族的古老历史而产生的，具有某一民族独特的文化内涵和特点。对诸少数民族神话和汉族神话、域外神话加以比较研究，辨别文化渊源和发展走向，可以总结中国少数民族神话的特征。诸少数民族神话保存了众多的自然神的形象，综合性的万能神较少，代表抽象观念的神祇更不多见。希腊神话有智慧之神、爱与美之神、酒神这样的概念神，中国诸少数民族神话中却比较少见。一些少数民族还没有发明文字，也缺乏历史文献的记载，民族神话中的神并不像汉族神话那样，与历史人物结合成为历史故事，当然是具备神灵特征的历史人物，而始终保持了其独立性与完整性。这与汉族神祇相异，汉民族的早期神祇三皇五帝本是神话传说中的人物，但后来进入了历史。少数民族神话保留了众多的女神形象，具有母系社会遗留下来的意识形态的痕迹，尊重女性神祇，并进行大力讴歌。①

三 神话本体研究

此时的神话研究，就研究者个人而言，袁珂、萧兵是其中的一时突出者，袁珂先生集毕生精力、皓首穷经从事中国古典神话研究，提出了"广义神话"的学术概念，成就卓著。其主要贡献有三：一是在深入研究的基础上，以历史为线索，进行神话文献的归类重组，充分占用神话资源。将

---

① 邢莉：《中国少数民族神话与汉族神话比较之管窥》，《民族文学研究》1990年第2期。

古典神话进行系统化的整理与阐释，这是了不起的贡献，他也因此成为这一时期最为著名的神话学研究者之一；二是对《山海经》的阐发研究，其著作《山海经校注》（上海古籍出版社，1980年）第一次从神话的角度对《山海经》这部古代经典给予系统阐释，《山海经》历来是迷雾重重，虽然可以看做是地理著作，但未尝不是古典神话集大成之作；三是倾数十年心血，心无旁骛，独立完成《中国神话传说词典》（上海辞书出版社，1985年）和《中国神话大词典》（四川辞书出版社，1998年）两部煌煌大作，集中体现了其神话理论建树。萧兵开辟的"楚辞"神话研究领域，视界开阔，观念和方法力求追随学术的最新进展，主要论著有《楚辞与神话》（江苏古籍出版社，1987年）、《楚辞新探》（天津古籍出版社，1988年）、《中国文化的精英——太阳英雄神话比较研究》（上海文艺出版社，1989年）、《楚辞文化破译》（湖北人民出版社，1991年）等。这些著述，以"楚辞"文化为出发点，一方面深入民族文化的核心，对诸多文化成因和文化现象，进行探究隐微，破译原始文化的"密码"；另一方面通过中华上古文化与不同民族、不同地域文化、世界其他民族神话的横向比较，意在更为广阔的背景中进一步阐释其特殊的文化底蕴，内容涉及民族起源、人类创世、洪水神话、日月星辰神话、山川河流神话、图腾神话、原始宗教与神话、民间信仰与神话、考古研究与神话等，代表了这一时期神话研究的水平。

同一时期，也涌现出一些具有重要影响的学术论著，如《原始信仰与中国古神》（王小盾，上海古籍出版社，1989年）由民族神话与原始信仰之联系切入主题，分析了原始初民的神灵信仰与神祇故事的关系。《空寂的神殿》（谢选骏，四川人民出版社，1987年）试图借民族神话探索"中国文化之源"。《英雄与太阳》（叶舒宪，上海社会科学院出版社，1991年）希望借助各民族"英雄与太阳"神话的研究重构"中国上古史诗原型"。《中国上古神话通论》（刘城淮，云南人民出版社，1992年）意在揭示上古神话起源、演变、发展、传播的轨迹。《中原上古神话流变考》（张振犁，上海文艺出版社，1991年）由张振犁的老师钟敬文先生作序，该著作以大量田野调查得到的中原活形态神话为原始资料，结合社会民俗活动与古典文献进行分析，在中原神话研究上享有很高声誉。在此书出版之前，张先生于1987年还出版了《中原神话专题资料》（中国民间文艺家协会河南分会，资料本）一书。中原神话是与少数民族神话分不开的，如中原大地上流传的蚩尤神话，也广泛流传在少数民族地区，一些少数民族更把蚩尤作为自己的始祖。《神祇与英雄》（陈建宪，生活·读书·新知三联书店，1994年）关注的是"古代神话的母题"研究。《女娲神话与信仰》（杨利慧，中国社会科学出版社，1997年）则借助民俗学立场进行神话阐释，收集了许多活形态的女娲神话，探讨了神话与民俗的关系。

在今天的学术视域中，中华民族的神话自然应当由包括56个民族在内的所有民族所创造、保存的全部神话（书面的和口头的），这样的神话观念已经普遍被学界所认同。在这种学术观念影响下，少数民族神话成为所有民族共同的宝贵文化资源已经成为共识。据有关统计，至20世纪90年代末，已新征集神话六十余万篇，逾十亿字，理论研究也日益深入，已经形成相对独立的学术板块。民族神话受到学术界极大关注，比较集中的是西南和东北地区的民族神话，特别是南方地区的盘瓠神话和东北地区的萨满神话。列表如下：

表2-1　　　　20世纪80年代以来神话研究代表性论著

作者	著作名称	出版时间
赵橹	《论白族神话与密教》	1983年
过竹	《苗族神话研究》	1988年
和志武	《纳西东巴文化》	1989年
富育光	《萨满教与神话》	1990年
乌丙安	《神秘的萨满世界——中国原始文化根基》	1990年
丹珠昂奔	《藏族神灵论》	1990年
孟慧英	《活态神话——中国少数民族神话研究》	1990年
李子贤	《探寻一个尚未崩溃的神话王国——中国西南少数民族神话研究》	1991年
钟仕民	《彝族母石崇拜及其神话》	1992年

续表

作者	著作名称	出版时间
勒包齐娃	《景颇族创世史诗》	1992 年
杨知勇	《宗教·神话·民俗》	1992 年
石伟光	《苗族萨满跳神研究》	1993 年
农学冠	《盘瓠神话新探》	1994 年
杨利慧	《女娲的神话与信仰》	1997 年

这些学术著作在对少数民族神话文本展开民族文化追根溯源的同时，有意将其置于中华民族多元一体的文化大系统中进行深入考察，在全方位比较中探讨不同民族文化融合交流、"各美其美、美美与共"的关系。值得一提的是，由中国社科院民族文学研究所主编的《中国少数民族文学史丛书》，具有自觉的学术意识，用中华民族文学整体观念审视、考察、研究诸民族的族别文学，当然也包括各少数民族的神话研究，是这一时期产生较大影响的学术著作。

四 本时期民族神话研究范围

除了前述所提及各少数民族神话文本之外，此一时期民族神话研究也呈现出一些新的现象。

（一）神话图像学研究

对图像里面所包含的民族神话进行研究，在国际汉学和中国神话学界历来不乏其人，20 世纪 80 年代更取得丰硕成果。例如俄罗斯汉学家李福清曾详细考察了伏羲女娲的图像，并由此证明在中国古代艺术中，神话人物图像的发展是从兽形到人兽共体，逐渐递至全然人化的过程。这些内容在李福清的著作《中国神话故事论集》有比较详细的论述。此书由马昌仪等翻译到中国，1988 年在中国民间文艺出版社出版。

目前最新的神话图像研究著作有 2015 年在社会科学文献出版社出版的叶舒宪著作《中华文明探源的神话学研究》、2018 年在江苏大学出版社出版的王倩著作《汉画像石西王母图像方位模式研究》、2019 年在科学出版社出版的王青的著作《中国神话的图像学研究》，同年在陕西师范大学出版社发行的刘惠萍的著作《图像与神话：日月神话研究》，以及 2021 年在生活·读书·新知三联书店出版的朱存明的著作《神话之魅：中国古代神话图像研究》等。

（二）女性主义神话研究

在国内的神话学界，由于 20 世纪末世界妇女大会在中国的召开，女性主义崛起，对中国神话中女神形象的发掘与研究也出现前所未有的局面，像 1993 年在河南大学出版社出版的龚维英著作《女神的失落》，1997 年在中国社会科学出版社出版的杨利慧著作《女娲的神话与信仰》，2004 年在陕西人民出版社出版的叶舒宪著作《高唐神女与维纳斯》等一批专著的相继问世，似乎让人觉得女性主义神话学在中国大陆的美好未来是值得期许的。

（三）神仙道教与民族神话研究

御手洗胜的《神仙传说与归墟传说》、铁井庆纪的《中国神话的文化人类学的研究》收录有《昆仑传说试论》（1975 年）、《"中"：神话学的试论》（1980 年）、《道家思想乐园思想》（1980 年）、《中国古代神话传说：圣俗对立》（1983 年）等。此外，京都大学的小南一郎著有《西王母与七夕传说》《中国神话与故事》《楚辞的时间意识——从九歌到离骚》等。这些日本学者的神仙文化研究，有中国传统文化的影响，神仙是与道教炼丹长寿、得道升天的思想密切相关的。中国的神仙道教神话充斥于古代文化典籍，可以说是汗牛充栋。2021 年有青年学者李鹏博士在东方出版社出版的著作《神仙、动物与人类社会：谷种神话概述》，选取谷种神话为研究对象，为学术界提供了新的研究视角。

（四）神话学史研究

20 世纪新时期首开风气的学者，当推钟敬文教授，神话学复兴之初，首先专注于对鲁迅、茅盾等文坛名宿的神话观念的研究，以及人类学派对中国近代神话学的影响等问题。由于钟敬文的学术影响和倡导，这一领域受到更多学者的关注和重视，如潜明兹、马昌仪等。潜明兹出版《中国古代神话与传说》《中国神话学》《中国神源》等多部专著，成果突出，是 20 世纪颇具影响的神话学家。她对神话学史的研究起步于 20 世纪 80 年代，一方面发表论文，论述闻一多、顾颉刚、袁珂等人的神话研究，另一方面潜心研究，有多部学术著作问世，1989 年出版了《神话学的历程》，这是目前中国唯一一部系统梳理神话学历史进程的学术论著。潜明兹教授近四十年来，先后出版了《史诗探幽》（1986 年）、《史诗与史诗学概略》《中国少数民族英雄史诗》《神话学的历程》（1989 年）、《中国神话学》（1994 年）等皇皇巨著。这其中，《史诗探幽》是国内学术界最早研究史诗这一文体类型的集大成之作，有史诗类型研究、创世史诗与神话起源研究。更有史诗个案研究，如对藏族英雄史诗《格萨尔》、傣族英雄史诗《兰嘎西贺》的研究。《神话学的历程》和《中国神话学》是神话学学术史著作，介绍了清末以来一直到 20 世纪末中国神话学研究的学术史。2008 年新版的《中国神话学》融合了旧版《神话学的历程》和《中国神话学》两部著作的精华部分。马昌仪对神话学的研究也始于 20 世纪 80 年代民族神话复兴之初，当时即有关于鲁迅、茅盾等人神话思想的专论问世，其后一直心系于此，时有文章发表，1994 年出版《中国神话学文论选萃》。该书属于论文选辑，眼光独到，选文俱是一时之选，又在文后附以版本、出处及作者介绍，显示着马先生对中国神话学史发展轨迹的洞悉和把握。2013 年，马昌仪先生又推出《中国神话学百年文论选》，据编著者本人所言，是在 1994 年《中国神话学文论选萃》的基础增加或置换了 48 篇新选的论文，更是好评如潮，追随着学术发展的时代步伐。

（五）综述类研究

20 世纪 80 年代以来，较早关注民族神话的是何新先生。其著作《诸神的起源》1986 年 5 月由生活·读书·新知三联书店出版发行，由历史学家杨希枚和美学家李泽厚分别撰写了序言。该著作运用文字训诂学的知识，结合东西方各民族神话和原始宗教的材料，得出结论说中国神话也存在日神崇拜。中国古代帝王的尊号如皇、昊、神、华均与太阳神崇拜有关。太皓、太昊、帝俊、重华（舜）、曦和等都是太阳神的名讳。

在《诸神的起源》问世数月之后，谢选骏的《神话与民族精神——几个文化圈的比较》也于1986年10月由山东文艺出版社出版，是《文化哲学丛书》其中的一部。作者选用今天看来大家非常熟悉的汉民族神话、希腊罗马神话、希伯来神话的材料，阐释其中蕴含的民族精神和人文理想。作者用的是散文化的笔调，并非严肃的民族神话学研究性著作，主要观点在今天看来已经是神话学的基本常识。但不得不指出来的是，20世纪80年代的学术风气迎合了急剧变革的大时代浪潮。封闭走向开放，思想禁锢减少，学者们纵横捭阖，议论风生，有这一时代放眼四海的胸襟和气魄。

1989年萧兵教授70多万字的皇皇巨著《中国文化的精英——太阳英雄神话比较研究》在上海文艺出版社出版。利用东西方各民族神话材料，将太阳神话概括为射手英雄、弃子英雄、除害英雄、治水英雄、灵智英雄等五种类型。在第一篇《射手英雄：感生与化身》里面，作者列举了东西方太阳神的三个谱系：如"帝俊—后羿—弈""帝喾—契—昭明""太皞—少皞—般"（中国）；"上帝—天王郎—朱蒙"（高句丽）；"宙斯—阿波罗—法厄同""宙斯—珀尔修斯—赫拉克勒斯"（希腊）。通过比较分析，作者认为他们都是鸟图腾的后代，如果有毒蛇猛兽危害太阳，他们就是保护太阳的射手，故归纳为射手英雄。在第二篇《弃子英雄：履迹生子和图腾受孕》中，作者有美国神话学家坎贝尔《千面英雄》类似的论述，以《诗经》等经典文献中"古者姜履天帝之迹于畎亩之中，而生后稷"这一感生神话的神话类型为中心。联系到东西方其他民族中母亲无孕生子而遗弃孩子，孩子长大却成为后世英雄的神话传说，作者把这类神话又分为两类：一是漂流型或河海型，即弃置于水边；二是"物异型或山野型"，母亲生下面目狰狞或丑陋怪异的孩子，不敢示人而抛弃于山间荒野，推而广之，作者还分析了树生、竹生、果生类的神话类别。第三篇《除害英雄：异禀和勋绩》，部落英雄降世，适逢妖物为祸人间，杀妖、斩蛇为民除害，树立大功业，大英雄又成为天帝都害怕的神祇。第四篇《治水英雄：抗灾与救世》，在人类抗击自然灾害能力非常低下的蒙昧时代，洪水神话在东西方民族普遍存在。第五篇《不死的英雄：抗灾与牺牲》中，印度神猴哈奴曼与《西游记》中的神猴孙悟空、夸父与普罗米修斯都经历生与死的命运：死亡、复活、化为神祇。作者收集了十分丰富的神话材料，包括神话文本和神话研究成果，并用文学人类学的研究方法加以列举、利用和分析。材料收罗穷尽，但又有枝蔓过多、旁逸斜出的感觉。

这一时期神话研究具有突出影响的是中国社科院的叶舒宪研究员。他的著作有《神话—原型批评》（1987年）、《结构主义神话学》（1988年）、《符号——语言与艺术》（与俞建章合著，1988年）、《探索非理性的世界》（1988年）、《英雄与太阳——中国上古史诗的原型重构》（1991年）、《中国神话哲学》（1992年）。这些著作建构起民族神话研究领域文学人类学方向的基石。

《英雄与太阳——中国上古史诗的原型重构》首先对东西方各民族史诗的产生和发展演变的原因做了宏观的概括，并从中归纳出了游牧文明的"战马英雄"型史诗和农业文明的"太阳英雄"型史诗这两大不同类型的史诗架构，从而为中国上古英雄史诗的原型重构与阐释提供参照。叶舒宪先生认为，中国神话中的后羿就是初民时代的"太阳英雄"，有关后羿的神话就隐喻着太阳运行迹象的英雄史诗。通过对后羿射日原初神话内容的考量，认为射日神话出现在后羿作为太阳神时代，降妖除魔是太阳神转变成人之后的事情。这也就是作为神祇可以射日，作为人又不能永生百世的根本原因，同样都是后羿，却有两种身份。并且叶舒宪把后羿神话与古巴比伦史诗《吉尔伽美什》作了深层次的比较，二者都具有射日神话母题，通过母题归类进行比较研究，凸显出后羿神话的史诗结构，这也具有史诗探源的历史，一定程度上证明了中华民族也存在民族史诗。

《中国神话哲学》内容分为上中下三编，上编为《易有太极——神话哲学的元语言》，叶舒宪根据《史记》和《汉书》记载的"太一"祭祀仪式以及祭祀时所唱的四季歌谣《青阳》《朱明》《西颢》《玄冥》，研究分析得出结论说，"太一"祭祀仪式与太阳神崇拜的宗教活动密切相关。中编是《黄帝四面——神话的时空哲学》，在2005年的新版本中，论述了黄帝真实面目的消解与重构，作为四面神与宇宙树、十字架的联系。下编是《九州方圆——神话的生命哲学》，论述了息壤创世神话与史前亚美文化。在这两部分内容中，叶舒宪参照东西方各民族的神话材料进行了复原、解读和阐释，认为黄帝是太阳神的人格化和历史化，黄帝的四张面孔象征着他所钦定的神圣的四方空间，"黄帝四面"隐喻着太阳运行变化而成的四方和四时。考察《荆楚岁时记》"人日"的礼俗：第一天上天造鸡，第二天造狗，顺秩为羊、为猪、为牛、为马，直到第七天造人，认为能够与基督教神话《圣经·旧约》"上帝创世"一较高下。通过东西方神话的比较研究，完成了中国的太极、两仪、四象的神话宇宙模式的复原和重建。《中国神话哲学》还具有本门学科理论学术范式的意义，"率先用结构主义、人类学、原型批评等理论研究中国神话，……代表了那个时代的神话学研究高度与深度"。①

湛江师范学院蔡茂松教授《比较神话学》1993年10月由新疆大学出版社出版。被认为是国内第一部以"比较神话学"署名的著作。内容涵盖《比较神话学的基本知识》和《中外神话比较研究》两部分，研究民族文化心理结构的差异性，涉及世界比较神话学界的九个热门研究课题，如主神系统、造物主、女神形象、天国观念等。还对人类学派专门进行了学术评价。视野开阔，神话材料丰富，如对中西创世神话、人类起源神话、氏族英雄神话、洪水神话都做了分析。② 以今天的学术标准来看，内容比较浅近，利于普及神话学基础知识。

山东大学刘敦愿教授，20世纪40年代曾经受教于著名神话学家丁山先生。是历史考古学家，也有丰富的神话研究实践，神话方面的论文有

---

① 谭佳：《中国神话学研究七十年》，《民间文化论坛》2019年第6期。
② 李子慧：《新的角度 新的成果——读蔡茂松〈比较神话学〉》，《湛江师范学院学报》（哲学社会科学版）1994年第3期。

《古史传说与典型龙山文化》（1963年）、《汉画像石中的针灸图》（1972年）、《马王堆西汉帛画中的若干神话问题》（1978年）、《从夔典乐到夔魖魊——中国古代神话研究片段》（1980年）、《释"飞鸟之所解其羽"》（1981年）、《试论战国艺术品中的鸟蛇相斗题材》（1982年）、《神圣性的肠道——从台江苗绣谈到大波那铜棺图像》（1989年）。将文献记载与地下考古材料相结合，多所创建。神话学学术专著《美术考古与古代文明》（1994年），是作者参加发掘洛阳烧沟汉墓群、青岛郊区东周遗址、泗水尹家城、临淄齐故城后，神话与考古结合研究的学术结晶①。

第二节　文化人类学视野下民族神话研究的复兴（一）
——南方神话研究

一　民族神话文本整理与研究概观

我国少数民族多数分布在东南、西南、东北、西北边陲之地，绝大多数跨越国境而居，我国少数民族人口占全国总人口的百分之八，而分布地域却占全国领土的三分之二。由于民族众多，语言文化生活习惯各异，使少数民族拥有极为丰富的神话资源，少数民族居民分散在全国各地，使少数民族神话能够在全国各地流传。

从新中国成立至今，少数民族神话只是零星出版，从20世纪80年代至今先后出版的书籍主要有：1982年上海文艺出版社策划出版的《少数民族故事大系》，内含神话，该系列丛书预定56卷，按族别选编，55个少数民族各族一本，其故事是指散文体裁的民间文学作品，包括了神话、传说等等，但是，最终只出版了10多本，没有实现最初的预定目标。1983年西北民族大学印刷了《中国少数民族神话选》（谷德明编辑），1985年四川民族出版社出版了《中国少数民族神话传说选》（陶立璠、李耀宗编辑）、《中国少数民族神话汇编》（人类起源篇，陶立璠、赵桂芳、吴肃民

---

① 宋百川：《刘敦愿教授与考古学和古代艺术研究》，《文史哲》1987年第5期。

等编)。1997年民族出版社出版了《中国阿尔泰语系诸民族神话故事》(满都呼主编)等。另外是民间文学三套集成和新世纪启动的《中国民间文学大系》工程,这已在它处有所说明,此处不赘述。相对于多元一体的中华民族神话而言,民间卷帙浩繁的少数民族神话一直没有得到全面、系统的挖掘与出版,少数民族优秀传统神话被遮蔽。在少数民族神话的文献整理上,是一个从无到有、历经艰辛的过程。

(一)《阿细的先基》文献整理

1943—1944年,光未然发掘、收集、整理了彝族创世史诗《阿细的先基》,这部史诗在云南弥勒市西山一带的阿细人中间长时间以口头形式流传。昆明北门书屋以《阿细的先鸡》为书名出版,由李公仆先生发行。中华人民共和国成立之初,光未然先生重新修订,更名为《阿细人的歌》,由(北京)人民文学出版社出版发行。1959—1960年,中国作家协会昆明分会红河调查队更名为《阿细的先基》,由云南人民出版社出版发行。2003年,武兴明、卢惠香演唱,石连顺以彝语国际音标、直译、意译三行体对照整理《阿细颇先基》,由云南民族出版社出版发行。《阿细的先基》认为"最古的时候,没有天和地"。天和地是由"云彩"这种具体的物质演变而来,天地形成之后并不稳固,阿底神用四根柱子把天支撑固定起来,银龙神和阿托把地固定不致于摇荡,最后,金姑娘和金龙神等神人一起努力,改造了天地,创造了天地之间的万事万物,这与汉族神话擎天巨柱有相似之处。

此外还有1978年云南人民出版社再版的张德鸿整理本《阿细的先基》,同年云南省民族民间文学红河调查队搜集翻译整理,里面配有许多精美的插图版本《阿细的先基》面世,这部民族史诗在学术界也比较有影响。

(二)《查姆》文献整理

1962年,中国作家协会昆明分会民间文学工作部《查姆》汇集成册,编印成《云南民族民间文学资料》7 册在内部发行。1976 年，郭思九、陶学良、黄生寓等对《查姆》多次进行认真整理，1981 年由云南人民出版社正式出版发行。《查姆》中"独眼人时代""直眼人时代""横眼人时代"的叙述，集中反映了彝族古老朴素的审美观念和道德观。

2015 年云南人民出版社出版了署名楚雄州文学艺术联合会，由郭思九、陶学良整理的《查姆》，这部史诗曾经用老彝文记载于"彝书"和"贝玛经"中。同年，云南民族出版社出版了张海英的《查姆译注》（上、中、下三册）。2021 年，武汉大学出版社出版了张永祥选编，郭思九、陶学良整理，杨柳翻译的英汉对照本《查姆》，扩大了《查姆》的传播范围，产生了一定的海外影响。

（三）《尼苏夺节》《尼迷诗》文献整理

1985 年，李八一昆、白祖文、白刊宁彝文翻译，孔昀、李宝庆整理《尼苏夺节》，完稿后由云南民族出版社出版发行。《尼苏夺节》是流传于云南红河州的彝族创世史诗，由 10 个神话传说组成，包括开天辟地、姐弟婚配、洪水神话等，内容丰富，是研究彝族历史文化重要的文献资料。1989 年，昂智灵、李红昌、张海英收集、翻译、整理《尼迷诗》，成书后由云南民族出版社出版发行。《尼迷诗》也是彝族史诗，叙述的是人类诞生之初经历的冰雪、干旱、洪水三大灾害，特别是洪水之后，人类只剩下阿尔和阿诗兄妹，为了繁衍后代，只好兄妹成婚，这在少数民族神话中是比较多见的爱情传说。

（四）创世史诗与神话研究

化生型神话认为，天地是由巨人神将某物变成的或者是巨人神的躯体或者动物躯体化生而成。彝族史诗《梅葛》认为世界是虎化生的，因此彝族人民将虎作为图腾。彝族的创世史诗《阿细的先基》中提到人类的祖先"啊达米"和"野娃"是由女神阿咪和男神阿热分别用白泥和黄泥制造出来的。彝族洪水神话讲述，大洪水后，遗民兄妹婚后，只生女不生男，其女嫁给熊、虎、蛇等动物才能繁衍人类。民族族源神话是指民族起源的神话，据云南省滇中一带彝族《洪水泛滥》和彝族宗谱记载，远古时期彝族先民的父系氏族从细德依开始，后代传承三十六世祖到阿普笃慕，阿普笃慕的六个儿子发展成古代彝族恒、布、默、武、乍、糯六大部落。

（五）彝族历史文化影响

在漫长的历史长河中，彝族先民不仅创造和传承了本民族语言，也吟唱传承着若干口传类创世史诗，如《查姆》《阿细先基》《尼迷诗》《阿佐与爱莎》《彝族阿哩：生辰长诗》等综合性创世史诗，也有单篇的口传类创世史诗，如《天地演变歌》《唤日唤月》《诺谷造人种》《洪水滔天歌》《满锦十二发》《人类进化歌》《天地起源》《争世主》《动物造天地》《嫫紫荣阿依与迷紫荣阿玛》《虹》等，不胜牧举。这些史诗中包含着丰富的民族神话内容。

彝族史诗《梅葛》文献整理。《梅葛》作为楚雄彝族最为重要的口头传统，2008年被列入第二批国家级非物质文化遗产民间文学类保护名录。《梅葛》内容丰富，为长篇巨制，有5775行，具备大型史诗的宏伟规模。"梅葛"是根据彝语音译而来，意为用口头传唱过去的事情。《梅葛》一共分为四部，分别为创世（包括天地开辟）、造物（包括修建住宅、狩猎和畜牧、农事、制造生产工具、制盐、生产蚕丝）、婚事和恋歌（包括相配、说亲、请客、抢棚、撒种、芦笙、安家）、丧葬（包括死亡、怀亲）。

《梅葛》流传于楚雄彝族自治州姚安、大姚、永仁等县彝族地区。"梅葛"是一种彝族曲艺曲调的总称，有数十种唱腔，有"辅梅葛""赤梅葛""娃娃梅葛""青年梅葛""老年梅葛"等，"辅梅葛"俗称"喜调"，节奏相对活泼自由，适宜婉转抒情，多用于婚嫁和喜庆节日。"赤梅葛"俗称"哀调"或"古腔调"，节奏缓慢沉重，旋律沉郁忧伤，多用于丧葬和祭祀。"娃娃梅葛"是儿童演唱，曲调欢快活泼。"青年梅葛"是谈情说爱时演唱，曲调欢快流畅。"老年梅葛"和"毕摩梅葛"是"梅葛"的核心部分，即创世史诗《梅葛》，它由毕摩、巫师或老年歌手演唱，曲调舒缓，显得庄严肃穆，显示着史诗的神圣性。

《梅葛》是彝族先民生产劳动、社会生活和历史文化的见证，展示了彝族先民的恋爱、婚事、丧葬、怀亲等风俗，是初民时代彝族社会的"百科全书"，在彝族人民心目中是本民族的"根谱"，具有重要的民俗学、文学与历史文献研究价值。

随着社会和文化的发展变迁，宗教仪式的消失，民族传统习俗的变化，史诗"梅葛"日渐式微。作为传承人的毕摩的职能逐渐日薄西山，原始宗教、原始思维、神祇信仰渐渐消失在文明社会的历史长河中。传统的彝族社会普遍信仰原始宗教，毕摩是彝族社会的神职人员，其灵魂能在天界与人世间任意游走，是沟通人与神的桥梁，是彝族原始宗教信仰的传承人和神的使者。原始宗教是创世史诗"梅葛"生存的重要土壤，原始宗教活动为"梅葛"的文化传承提供了强有力的支持。史诗"梅葛"依靠祭祖场合、丧葬仪式场合、婚嫁仪式场合得以发扬光大，不致湮灭。比如彝族的祭土主、羊神节、"勒波基"（送鬼）祭仪、祭龙仪式这些活动都要由毕摩通过祭词的形式吟唱"梅葛"。

"梅葛"作为史诗的神圣性，在21世纪的今天，渐渐趋向世俗化，融合在现代文明之中。然而彝族的口头传统，由于必须用彝话讲述、吟诵才会有特色和韵味。所以现在对"梅葛"流传地的语言应该未雨绸缪，开始重视和保护，一旦语言缺失，"梅葛"也就难以一代代传承下去。

在他们的古歌里，人类祖先是兄妹成亲后所生的肉胎砍碎后挂于不同树上而来的。挂在马缨花树上就衍生出彝人的先祖。所以，马缨花为彝族民族始祖之花。彝谚云："马缨花盛开的地方，有祖灵的护佑"。崇尚万物有灵，这是彝人与生俱来代代相传的生活信仰。他们视"虎"和"马缨花"为图腾。

（六）瑶族《密洛陀》研究

广西《密洛陀》是以口头传承为主的瑶族史诗，主要流传在布努瑶支系，流传区域覆盖滇、黔、桂、湘交界地带。《密洛陀》主要讲述人类创世母神密洛陀和她的两代儿女工神、武神创造天地万物和人类，以及瑶族祖先和瑶族南迁的传说，是创世神话、英雄神话和民族迁徙为一体的复合型史诗，规模宏大，内容庞杂，被誉为布努瑶的"百科全书"。

《密洛陀》的最早记录，发现于民国时期刘锡蕃所著《岭表纪蛮》一书，其中提到"桂省西北之苗瑶于盘古大帝外，兼祀伏羲兄妹及迷霞（女性）、迷物（女性）、含溜（性别不详）诸神。"[①] 文中的"迷霞""迷物"，从名称和性别上看，应是"密洛陀"的音译。

20世纪50年代到改革开放前的零散搜集和整理。根据已故布努瑶学者蒙通顺《〈密洛陀〉札记》一文记载，1954年，他曾带领中央民族学院（即今天的中央民族大学）语文系瑶语班的十多位大学生到都安下坳、大兴等瑶区实习，用国际音标记下蒙元东等巫公喃唱的《密洛陀》主要章节。随后在1956年至1958年间，蒙通顺又跟随中国科学院民族语言研究所瑶语调查组到广西田东、平果、巴马、凌云和云南的富宁等县进行调查，再次搜集了部分《密洛陀》。不过，由于这些材料没有及时公开出版，影响微弱。60年代初，广西民间文学研究会的农冠品、黄承辉到都安县进行采风，收集流传在民间的神话与史诗，在七百弄乡（今属大化县）收集到了三千多行的《密洛陀》，油印本文献开始在社会上传阅。受此影响，中央民族大学的刘保元、盘承乾等人也前去七百弄等地采录。莎红和广西民族大学教师黄书光、巴马民族师范学校教师张增华等人则顺藤摸瓜到巴马县东山乡采访，获得七份有关《密洛陀》的原始材料，最后由莎红整理出来，发表于1965年《民间文学》的第1期，终为世人所知晓。为更好地表达《密洛陀》代表着"创世始祖"的神圣性，莎红在瑶、壮和汉语的相互翻译之中，把"杂密"译成"密洛陀"："密"即"母亲"，"洛陀"意为"古老"，两部分合起来即为"古老的母亲"。这个译名，既蕴含"创世母神"之意，又符合"密洛陀"是"一切道理之母"的丰富内涵，

[①] 刘锡蕃：《岭表纪蛮》，商务印书馆1934年版，第87页。

第二章　民族神话收集整理期的学术成就

此后一直沿用至今①。

"文化大革命"期间,摧毁传统文化,民族神话被认为是"四旧"之一,《密洛陀》更被认为是封建余毒,不少巫公、歌手惨遭游斗、毒打,相关搜集人员也因此遭殃,有的还被关进了牛棚,《密洛陀》的搜集整理工作因此被迫中断。1978 年 12 月,具有深远历史意义的中国共产党十一届三中全会召开,实事求是、解放思想的路线得到确认,文化领域的思想禁锢得以解禁。1978 年,《密洛陀》的搜集整理工作才又重新启动。以蓝怀昌、蒙通顺、蒙冠雄、蓝永红、蓝正录、蒙有义为代表的一批布努瑶学者逐渐成为此后搜集整理甚至学术研究的中坚力量。至今,这些搜集整理的成果,分为以下两大类:一类是文学版本,即汉语意译的版本;另一类是科学版本,即在搜集整理《密洛陀》时,经过瑶文(布努语)、国际音标、直译、意译四道工序,或最少要经过三道工序,即国际音标、直译和意译。

《密洛陀》文学版本,目前已经出版的有三个版本。第一个版本是 1986 年的潘泉脉、蒙冠雄、蓝克宽搜集整理的《密洛陀》,后被编入《广西瑶族社会历史调查》。这个版本的《密洛陀》中,瑶族古歌源于当时保存相对完整的七百弄乡,除"开头歌"外,共分为二部十八章。第一部十章,记录从密洛陀出世到为密洛陀补粮续寿。第二部共八章,反映的是布努瑶来到广西,特别是来到都安以后的神话传说,这些内容是莎红版本所没有的。第二个版本是 1988 年由中国民间文艺出版社出版的《密洛陀》。由蓝怀昌、蓝京书、蒙通顺搜集整理,歌源主要来自巴马县的东山乡,共有三十四章,主要内容有造神、造天地万物、造人类、分族分家与逃难迁徙、祭祀等,南方民族史诗的复合型特点已清晰可见。全书艺术想象丰富,在语言上大量运用比拟、夸张、复叠的表现手法,文学性强,极富感染力。第三个版本是 1999 年广西民族出版社出版的《密洛陀》,由蒙冠雄、蒙海清、蒙松毅整理,实际上是 2002 年《密洛陀古歌》科学版本出

---

① 覃琮、吴絮颖:《从古歌到民族史诗:〈密洛陀〉的搜集整理和研究综述》,《民族学刊》2020 年第 5 期。

版之前的文学版本。这个版本，严格区别了《密洛陀》和《祖宗歌》，为古地名作注，注解近百个神祇，附录歌手和道公、巫师名单，介绍他们的生平简历和艺术特长，使材料更加翔实可靠。

（七）土家族创世神话研究

土家族创世神话是整个土家族神话的重要构成部分，它们以口传韵文体和散文体的两种语体形式流传于武陵山区。土家族创世神话相对集中地保存于土家族长篇古歌《摆手歌》中，部分保存于《梯玛歌》及民众的口头传承。土家族创世神话与其他民族的创世神话一样，由"天地开辟""万物起源""人类起源""洪水遗民"等基本母题构成叙事序列。其神话系统不仅丰富，也自成体系，体现出鲜明的民族特色和地域特色。土家族神话的历史形态是巴人神话，影响最大的巴人英雄神话"廪君神话"（又称廪君传说）保存于传世典籍如《世本》《后汉书》中。此外，还有其他更多土家族神话以口承方式活态流传于武陵山区。20世纪中期以来，一些极具代表性的活态土家族神话得到了抢救、搜集与整理。土家族创世神话是土家族神话中的一个最重要的构成部分，具有深厚的文化意蕴和鲜明的民族特色与地域特色。

恩施本土学者曹毅先生认为《摆手歌》是土家族创世史诗，它渊源于散文体神话，比如起源于散文体的《祖先》《开天·辟地·定人化》《陈古烂年的老话》《卵玉射日》等神话，《摆手歌》中的"雍尼补所"综合改造了这些散文体神话的情节并有了发展。所以，从不可吟唱的散文体神话到能够演唱的包含史诗的神话，"经历了一个由简单到复杂、粗糙到精致、不合逻辑到合情合理的发展演变过程"[①]，但是这一观点受到质疑，因为今天的散文体土家族创世神话多为新中国成立以来学者及文化工作者从民间采集来的，不适合演唱，且不如以土家语吟唱的《摆手歌》和"梯玛神歌"完整。由于时代发生了巨大变迁，一些相对零散的散文体创世神话也有可能是从《摆手歌》和"梯玛神歌"中"脱落"或"转译"出来的。

---

① 曹毅：《土家族民间文化散论》，中央民族大学出版社2002年版，第145—146页。

《摆手歌》或者"梯玛神歌"是在重要的社会活动或神圣仪式场合，由德高望重的梯玛等所唱诵，梯玛是指从事祭祀神灵、驱去鬼怪精通巫术的土老师，土家语称为"梯玛"。《摆手歌》是民众听闻摹习的神圣范本，而民众的摹习和转述往往是碎片化的，是易变的，所以从总体上来看，我们应该以《摆手歌》和"梯玛神歌"为主体，辅以其他材料来研究土家族创世神话。《摆手歌》保存土家族创世神话最为完备。湘西彭勃先生搜集整理的《摆手歌》已出版两种版本。岳麓书社1989年出版的土家语汉译对照本《摆手歌》包括《天地、人类来源歌》《民族迁徙歌》《农事劳动歌》《英雄故事歌》四个部分。外语教学与研究出版社2018年出版的汉译英译对照本分为《天地人类起源歌》《雍尼和补所》《民族迁徙歌》《农事劳动歌》《英雄故事歌》五个部分，其实二者并无二致，岳麓书社版第一部分《天地、人类来源歌》包括"制天制地"和"雍尼补所"两部分，对应于外研社版的第一部分和第二部分。《摆手歌》中的创世神话《天地、人类来源歌》是一个完整的叙事结构，其中"制天制地"生动、形象地叙述了天地、万物和人类的来历，"雍尼补所"则是"雷公复仇"型的洪水遗民神话，讲述了洪水灭世和人类的重生以及世界秩序的重建。其他土家族的散文体创世神话多是由《天地、人类来源歌》中的一个或极少量母题构成主要情节，但都没有《摆手歌》所唱述的完备。"梯玛神歌"有多个版本，外语教学与研究出版社2018年出版的英译汉译对照本《梯玛歌》中的讲述的土家族神话属于不同的话语系列，值得与《摆手歌》中的创世神话并置考察。

  土家族创世神话关于"天地开辟"的讲述有四个神话体系，分别是《摆手歌》中的天神墨贴巴命令张古老和李古老制天制地，《梯玛歌》中的绕巴涅和惹巴涅姐弟用大树大竹撑开天地，民间讲述的卵玉姑娘用箭射开天地，《鸿钧老祖歌》中的鸿钧老祖"一气化三青"的化出天地。《摆手歌》的基本内容是：最初天地原本就有，但是天和地是紧密连接着的，画眉、青蛙的叫声能传上天，马桑树、葛藤、芭茅草能长上天，大鱼的翅膀也长上了天，天上的人用斧头砍鱼翅，大鱼负痛打一个筋斗把天和地捅出了洞洞和坑坑，从此天地之间一片混沌黑暗，于是天神墨贴巴命令张古老和李古老创造天地。张古老勤劳认真，用钉子和岩头补天，岩头变成了云，钉子变成了星星，他用的火把变成了月亮，汗水变成了露珠。张古老制好了天，李古老还在酣睡，被张古老弄醒后，他慌慌张张地造地，所以大地被弄得疙疙瘩瘩，坑坑洼洼，形成了山岭、江河和洞穴。土家族先民以合情合理的浪漫想象解释了天地的来源和天地的特征，尤其是对大地特征的解释完全契合武陵山区的喀斯特地质地貌。在其他散文体创世神话中，流传于鹤峰县走马一带的《张古老制天，李古老制地》，湖南土家族地区的《张古老制天，李古老制地》等，与《摆手歌》所述神话属于同一系列。这一系列的天地开辟神话，"表现了土家先民独特的宇宙观。他们认为天地是本来就有的，只不过结构不合理，天与地的距离靠得太近"。[①]《梯玛歌》第六章"开天辟地"讲述的主要内容是：最初的世界一片混沌，没有天和地，绕巴涅和惹巴涅姐弟用大树大竹撑开混沌，形成了天和地。[②]武陵山区流传的卵玉分离天地的神话故事，说的是古时世上一片黑烟，无天无地，一阵狂风吹散黑云，飘来一朵白云，白云里有个蛋，蛋白如天，蛋黄似地，蛋裂开之后跳出一个姑娘叫卵玉，卵玉见天地相粘，便用箭射开了天和地，从此天地分离[③]。恩施州咸丰县及重庆黔江接壤一带流传的《鸿钧老祖歌》说的是在盘古开天地之前，还有鸿钧老祖传三教，一气化三青化出天地[④]。

土家族的图腾是"白虎"，图腾神是"白虎神"。在土家族神话中，有着许多的感生神话，有些虽然被宗教信仰遮蔽，或者被理性世界观改造，但是还或多或少能够看出图腾神话的原貌[⑤]。土家族存在着多神信仰，彭继宽在《土家族原始宗教述略》总结的神祇就有数十位之多：白虎神、梅

---

① 曹毅：《土家族民间文化散论》，中央民族大学出版社2002年版，第126页。
② 彭荣德、王承尧整理并汉译：《梯玛歌（汉英对照本）》，张立玉、李敏杰、杨快、邓之宇译注，外语教学与研究出版社2018年版，第162—168页。
③ 杨昌鑫：《土家族风俗志》，中央民族大学出版社1989年版，第10页。
④ 陈宇平：《土家族神歌的宗教功能流变刍议》，《湖北民族学院学报》2015年第2期。
⑤ 朱炳祥：《土家族文化的发生学阐释》，中央民族大学出版社1999年版，第103页。

山神、阿密婆婆、火烟神、火畲婆神、四官神、五谷神、土地神、灶神、门神、社巴神、毛娘神、财神、井水神、树神、龙神、山神、高坡神、雷公神、风神、麻阳神、摆子神、青草鬼、瘟神、地仙神、焚山神、茶神、烟神、田神、牛神等等①。李星星总结归纳西水地区的神祇有土地神、四官神、灶神、开春神、茶神、米神、木仓神、窑神、庙神、隔门神、游师五道神、半天无有神、五谷神、五岳神、五瘟神、五鬼神、招魂神、奶姆神、七星父母神、山神、黑神（雷神）、龙神、毛花神等等②。这些研究，证明土家族多神信仰的普遍性，在土家族人们的日常生活中，随处可以看到神灵的影子。

朱炳祥的《土家族文化的发生学阐释》对土家族神话研究有一定总结性，全书共六章，其中《土家族巫术文化原始》《土家族图腾文化索因》《土家族神话文化阐释》《土家族宗教文化述由》与神话研究关联紧密，该著作对于土家族神话与文化的研究达到了20世纪末期的高度，也有许多对于西方神话理论的借鉴和分析。

（八）阿昌族创世神话整理

20世纪80年代初，阿昌族创世神话《遮帕麻和遮米麻》被发掘整理出版。阿昌族人口较少，生活于云南金沙江、澜沧江、怒江流域一带。没有自己本民族的文字，神话与史诗靠艺人演唱的形式口耳相传。著名歌手原来多是巫师，阿昌族人称为"和袍"。由上代歌手传承下来的歌手称为阳传巫师，神明传授的称为阴传巫师。据云南民族大学兰克老师介绍，最有名的、能够演唱完整《遮帕麻和遮米麻》的歌手是赵安贤。仪式是庄严肃穆的："赵安贤用陶罐打来山泉水，焚香净手，在祖宗祭坛上点燃两盏香油灯，焚烧纸钱。他双目微闭，口中念念有词，开始祈祷。随行的翻译告诉我们，祷词的大概内容是：天公啊，地母啊，我好久没有给族人们唱你们造田织地的故事了，但我每天都在心里默念。今天，我要在不是死

---

① 彭继宽：《土家族原始宗教述略》，《民族论坛》1996年第6期。
② 李星星：《曲折的回归》，上海三联书店1994年版，第131页。

人，也不是祭祀的时候，向两个信得过的外族人唱你们的故事，希望你们不要怪罪我。祷告完毕，只见他深深地打了个哈欠，顿时，脸色煞白，精神一下子委顿下来，好像大病初愈一般。他站立起来，用一白瓷茶盏盛上清水，奉献在神祖牌位的前面。接着，他拿出一根用植物麻丝做成的，象征着天公造天时使用的赶山鞭，横放在胸前，开始唱史诗了。"① 民族创世史诗《遮帕麻和遮米麻》内容分四部：第一部演唱的是天公遮帕麻地母遮米麻在宇宙混沌一片时造天织地；第二部演唱的是天地洪荒，天公地母制伏洪水灾害；第三部演唱的是妖魔腊訇作乱，造假太阳使人间遭受旱灾，地母请回天公降妖除魔；第四部演唱的是天公以咒语和巫术制伏妖魔，挽弓射日，重整大地。

（九）盘瓠神话研究

盘瓠神话流传于中国南方苗、瑶、畲、黎诸民族之间。既有吴越、荆楚南方文化的浪漫瑰丽色彩，也有神犬图腾的原始信仰。由于有了共同的民族始祖，盘瓠作为民族群体的标志和徽章，是南方少数民族的向心力与凝聚力之源，保持了民族群体的相对稳定。今天，南方畲、苗、瑶也乐于承认自己属于盘瓠的后代——盘瓠蛮，已经完全排除了历史上含有的贬斥意义、带有侮辱色彩的"蛮"，客观地去承认是一种历史文化记忆。

盘瓠神话的最早文献记载。晋人干宝所著志怪小说《搜神记》，内容博杂，有神话、有仙话，也有鬼话。有作者自己的亲身见闻，也有远古神话与传说的辑录。不乏记载民族源头的少数民族神话，民族始祖，在蛮荒之域，繁衍子孙，筚路蓝缕，以启山林。我们看卷二十四《盘瓠》：

> 高辛氏，有老妇人，居于王宫，得耳疾历时。医为挑治，出顶虫，大如茧。妇人去后，置以瓠篱，覆之以盘，俄尔顶虫乃化为犬，

---

① 兰克：《关于阿昌族神话史诗的报告》，原载《民间文学论坛》，1985年第5期，署名阿兰。见于马昌仪：《中国神话学百年论文选》（下），陕西师范大学出版社2013年版，第633页。

其文五色。因名盘瓠，遂畜之。时戎吴强盛，数侵边境，遣将征讨，不能擒胜。乃募天下有能得戎吴将军首者，赠金千斤，封邑万户，又赐以少女。后盘瓠衔得一头，将造王阙。王诊视之，即是戎吴。为之奈何？群臣皆曰："盘瓠是畜，不可官秩，又不可妻。虽有功，无施也。"少女闻之，启王曰："大王既以我许天下矣。盘瓠衔首而来，为国除害，此天命使然，岂狗之智力哉。王者重言，伯者重信，不可以女子微躯，而负明约于天下，国之祸也。"王惧而从之。令少女从盘瓠，盘瓠将女上南山，草木茂盛，无人行迹。于是女解去衣裳，为仆竖之结，着独力之衣，随盘瓠升山，入谷，止于石室之中。王悲思之，遣往视觅，天辄风雨，岭震，云晦，往者莫至。盖经三年，产六男，六女。盘瓠死后，自相配偶，因为夫妇。织绩木皮，染以草实。好五色衣服，裁制皆有尾形，后母归，以语王，王遣使迎诸男女，天不复雨。衣服褊裢，言语侏离，饮食蹲踞，好山恶都。王顺其意，赐以名山广泽，号曰蛮夷。蛮夷者，外痴内黠，安土重旧，以其受异气于天命，故待以不常之律。田作贾贩，无关繻、符传、租税之赋，有邑，君长皆赐印绶。冠用獭皮，取其游食于水。今即梁、汉、巴、蜀、武陵、长沙、庐江郡夷是也。用糁，杂鱼肉，叩槽而号，以祭盘瓠，其俗至今。故世称"赤髀，横裙，盘瓠子孙。"①

这就是流传至今的盘瓠神话。早在干宝《搜神记》问世 170 年之前，东汉应劭《风俗通义》就有与上文大致类似的记载，但是今天流传下来的《风俗通义》却并无盘瓠神话。后来范晔《后汉书·南蛮西南夷列传》辑录了以上"盘瓠神话"原文，只增添了一句："今长沙武陵蛮是也"。但是我们注意到一个问题，神犬盘瓠是氏族图腾，作为神犬，取名盘瓠（大葫芦），犬与葫芦似乎风马牛不相及，然则如此命名，有何寓意呢？

应劭最早记载这则神话时，他自己对盘瓠神话的发源地湖南武陵一带是非常熟悉的，祖父、父亲都曾经是武陵太守。沅、湘山水之间几乎是葫

---

① （晋）干宝：《新辑搜神记》，李剑国辑校，中华书局 2007 年版，第 401 页。

芦的世界。依山而居的民族喜爱葫芦，用葫芦本身为食材原料烹制菜肴，成熟晾干用以贮酒、舀水，等等，不一而足，民风民俗如此，至今依然。《搜神记》前面所加的这两段解释性神话，本来应劭著作以及后来的范晔《后汉书》是没有的。干宝出生地为河南新蔡，历史上也隶属楚国，后来又定居南方。葫芦并不鲜见。所以从这一点来看，《搜神记》记载的盘瓠神话是具有深厚的民间文化基础的，神话作为民间文学历来就存在于民间丰沃的土壤上。

盘瓠神话的辗转流传与相关研究。近百年来，神话学界对盘瓠神话有许多研究。一般认为"如茧"之"顶虫"化为神犬，与早期巫术密切相关，是一种图腾仪式转变。假借神灵默许，葫芦经过变虫、覆盘、化犬等巫术仪式之后，最终转化成神犬。盘瓠氏族顺利完成了由葫芦图腾转化为神犬图腾的嬗变。神犬成为盘瓠氏族的合法图腾，盘瓠氏族取得了崇拜新图腾的神圣权利。《搜神记》记载的"盘瓠神话"不过是这种巫术祭礼的口头程式而已。

降至民国初年，刘锡番《岭表纪蛮》辑录有广西瑶族的盘瓠神话：

> 狗王，惟狗瑶祀之，每值正朔，家人负狗环行炉灶三匝，然后举家男女向狗膜拜，是日就餐，必扣槽蹲地而食，以为尽礼。其祀狗之原因，诸说不一。或谓"瑶之始祖，生未旬日，而父母俱亡。其家畜猎犬二，一雌一雄，驯警善伺人意，主人珍爱之。至是，儿饥则雌犬乳儿，兽来则雄犬逐兽，儿有鞠育，竟得生长。娶妻生子，支裔日繁，后人不忘狗德，因而奉祀不替"。
>
> 或又谓瑶之始祖，畜一犬甚猛鸷。一日临战，于阵上为某大酋所执，将杀之，刃举而犬猛啮酋，酋出不意，竟死。甚狗德，封之为王，以所爱婢妻之。其后子孙昌大，遂成一族。
>
> 其又一说，则与范晔《后汉书》所云相类似，惟谓"太子长成之后，与狗父出猎，狗父老惫，坠崖而亡，子负犬还，犬时口流鲜血，沿子肩部下交于胸，子哀之，自后缝衣，即象其形，另缀红线两条，

以为纪念。"①

民国学者刘锡番《岭表纪蛮》一书，田野调查与文献考据俱为精审，用力甚勤。查阅文献时，看到的书籍可能为社会学先辈吴文藻所赠，题有"吴文藻，一九三四，九，二九"字样。在该书第 3 页，还辑录有《图书集成》1410 卷部分内容，大致内容也颇相近：

> 南越王有犬名盘瓠，王被擒，其母传令有能脱王归者，当以王女妻之。盘瓠闻言欣然往，窃负而逃，遂妻以女。盘瓠纳诸百谷，与之交媾，生子数人：曰獞、曰猺、曰獠、曰狼、曰伶、曰狪，各成一族，自为部落，不相往来。故猺人多姓盘，嫌犬名不雅，改为盘。且冒称盘古之裔，其实非也。②

动物养育人间英雄或帝王，在中西民族起源上所在多有。在罗马狼神话中。罗马的民族始祖埃涅阿斯，历尽艰辛，艰难建国，虽为女神维纳斯之子，也得益于狼的抚育。这在欧洲第一部文人史诗《埃涅阿斯记》中有令人神往的描述。除此之外，刘锡番《苗荒小纪》第八章还有如下文献：

> 瑶之始祖，父犬而母人，或曰，女为高辛氏公主，生四子。及长，挈犬出猎。犬老愈不能工作。子怒，推之河，死焉。及归，其母问犬，子以告。母大恸，以实语子。子亟赴河，负犬尸还。犬时口流鲜血，沿子胸部而下。子哀之，自后缝衣，必纫红线两条，交叉于胸，所以为纪念也。

同一神话，亦见于樊绰《蛮书》卷 10 所引王通明《广异记》。文字大同小异，不赘述。

1940 年，岑家梧《盘瓠传说与瑶畲的图腾制度》一文，收录有拉容基

---

① 刘锡番：《岭表纪蛮》（第一册），商务印书馆 1934 年初版，第 81—82 页。
② 刘锡番：《岭表纪蛮》（第一册），商务印书馆 1934 年初版，第 3 页。

耶 La jonquiére 的田野调查。中国皇帝盘皇与高王交战，盘皇败北，盘王招募天下武士，许诺征服高王者，即配以公主。盘瓠咬死高王辄遂所愿，娶公主生六男六女，是为瑶人初祖，且奉盘皇旨意免除徭役。

唐段成式《酉阳杂俎》前集卷四也有民族地区盘瓠神话的只言片语，可窥民风之一斑：

> 峡中俗，夷风不改。武宁蛮好着芒心接离，名曰荸绥。尝以稻记年月，葬时以芉向天，谓之刺北斗。相传盘瓠初死，置于树，以芉刺其下，其后化为象。①

此外，同一神话传说在不同民族间异文甚多。岑家梧作过比较：

表 2-2　　　　　盘瓠神话文献与神话传承差异对照表

文献出处	王名	狗名	狗妻	戎酋	狗的功绩	狗娶妻情形	狗的后代
搜神记	高辛氏	盘瓠	少公主	戎吴	衔得戎吴首	盘瓠将女上南山	生六男六女，自相夫妻
后汉书	高辛氏	盘瓠	少公主	吴将军	衔得吴将军首	盘瓠负女上南山	生六男六女，自相夫妻
广异记	高辛氏	盘瓠	公主	吴将军	啮得吴将军头		生七人分为七姓
连山瑶人	盘古	盘瓠	公主	番王	衔得番王头	公主骑盘瓠入山	生瑶族十万人
两广板瑶	某国王	狗头	公主		平外患	公主偕狗头入山	生子女各七人，自相为婚
大瑶山板瑶	评王盘护	龙犬	三宫女	紫王	咬得紫王首级	入宫与宫女结婚后送入嵇山居住	生四男四女，分为八姓
修仁山子瑶	天王	狗	大公主	妖王	咬死妖王	结婚后到深山峡谷居住	传为瑶族
都安瑶人	北京皇帝	蓝狗公	公主七娘	潘喜韦赵	杀死潘喜韦赵		生二子

---

①（唐）段成式撰，曹中孚校点：《酉阳杂俎》，上海古籍出版社 2012 年版，第 27 页。

续表

文献出处	王名	狗名	狗妻	戎酋	狗的功绩	狗娶妻情形	狗的后代
安南瑶人	评王	盘护或盘瓠	公主	高王	咬高王首级	公主偕狗入会稽山	生男女各六人
浙江畲族	高辛王	名龙期号盘瓠	公主	犬戎将军	衔犬戎将军首	狗变成人身，狗头然后与公主结婚	生三男一女

盘瓠神话与神犬图腾。畲、苗、瑶等南方少数民族的民族起源，涉及远古时期的血缘婚制度。特别是人与犬婚配，是美女与野兽的民族神话版。《搜神记》说六男六女在盘瓠死后，"自相配偶，因为夫妇。"兄妹婚配，是典型的血缘内婚制，感觉怪诞，似乎不具备现实的人伦基础。但也正是这一点，显示了盘瓠神话的独特文化价值。盘瓠是苗、瑶、畲族创世之祖，文化英雄的色彩是南方少数民族的共同历史记忆，族内婚姻，族群认同，蕴含着番国政治的文化印记。苗、瑶、畲诸族没有固定的生存领地，依山而住，与安土重迁的汉民族相反，翻山越岭，住无定所。而民族神话维系着该民族的向心力和凝聚力。

盘者，大也。盘瓠，望文生义就是"大葫芦"。说明这个神话起源于葫芦崇拜。同时，盘瓠神话里面犬图腾是主体，葫芦图腾次之。有学者分析，犬图腾氏族，实际可能是迁徙而来的强大氏族，文化上融合了当地的葫芦图腾，富有策略的文化融合避免了异族文化的入侵带来的文化冲击乃至情感冲突。

犬图腾具有世界性的民族文化意义。台湾"中央研究院"院士凌纯生经过大量研究后认为，中国、东北亚、东南亚、亚太地区、南北美洲甚至古老的印度都有犬图腾崇拜。流传世界各地的神犬图腾神话应该有统一的文化渊源，"其源地不在古代中国即在东亚。"[①] 苏联学者 M·O·柯斯文论述了犬与人息息相关的世界性，不仅我们亚洲，欧洲、澳洲也如此。

---

① 凌纯声：《中国边疆民族与环太平洋文化》，台北联经出版公司1979年版，第690页。

"最初出现于阿齐尔时期的初驯服的狗，成为后人在行走时忠实的同伴和助手。从澳大利亚人和他们的被驯服的狼狗算起，很多部落和部族之间，狗帮助人行猎。狗还在原始人日常生活中的其他方面起着一些相当重要的作用，如守卫人的驻地，预先警告危险，有时代人运输。"① 考古发现确认了犬与人类很早即已结缘这一事实，"属于公元前一万二千年的伊拉克帕勒高拉洞遗址，发现狗是当时唯一被驯养的家畜。"② 由于习见习闻，产生盘瓠神话就不觉奇怪了。世界各地多有犬的神话，或把犬作为民族部落图腾的。如爪哇的卡郎土著、托列斯海峡西部图图与赛培西岛的居民、新几内岛东部的美拉尼细亚人、萨摩亚人、日本北海岛与库页岛的虾夷、治湾及琉球的太幺族，澳洲中部的阿伦他族、中非东部的巴干达人，中非维多利亚的班索加人、西非黄金海岸的芳梯人、北美的摩基卡人及美诺米尼人和奥基白瓦人、秘鲁中部的凡卡族，等等。③

中国多个民族地区很早就出现犬图腾崇拜。犬戎就是中国远古时期最早出现的以犬为图腾的氏族。《山海经·海内北经》："犬封国曰犬戎国，状如犬"。《山海经·大荒北经》："有犬戎国。有神，人面兽身，名曰犬戎。"《说文》："狄，北狄也。本狗种"。远古时代，汉族人自大自雄，边疆少数民族被称为"四夷"，即"南蛮""北狄""东夷""西戎"。犬图腾崇拜遍及"四夷"。边疆地区的神犬图腾，都与犬戎密切相关。盘瓠神话中的犬图腾崇拜，从文化信息放送者的角度分析，应该源于犬戎部落的犬图腾崇拜。犬戎氏族是华夏文化圈中犬图腾崇拜的文化之根。

盘瓠神话中，神犬图腾与人间女子婚配生子形成民族的始祖，确认了图腾动物神犬为氏族的男性祖先。考诸文献，此神话广泛流传于中国南方许多民族之间。自东汉应劭记载至今，已近两千年。可能口传神话产生的时代更早。神话反映了几千年前，氏族明确的图腾意识。汉族（当时居于

---

① [苏] M·O·柯斯文《原始文化史纲》，张锡彤译，人民出版社1955年版，第71页。
② 林耀华：《原始文化史》，中华书局1984年版，第234页。
③ 龙海清：《从系统论看盘瓠神话及其它——兼论一般图腾神话的起源问题》，见巫瑞书、林河、龙海清：《巫风雨神话》，湖南文艺出版社1988年版，第66页。

正统,南方的楚国)与南方少数民族之战,虽然汉族取胜,但是神话中也突出了南方民族的骁勇善战的特点。

民间传说使盘瓠神话具有幻想之美。泸溪、麻阳苗族有盘瓠神像,盘瓠碑,瑶、畲民族有"评皇券牒""过山榜"、狗头杖、龙犬图,这些都是民间艺术活动的孑遗。同一民族共同的信仰,维系着民族的精神血脉。"明哲之士,必洞达世界之大势,权衡较量,去其偏颇,得其神明,施之国中,翕合无间。外之既不后于世界之思潮,内之仍弗失固有之血脉,取今复古,别立新宗,人生意义,致之深邃,则国人之自觉至,个性张,沙聚之邦,由是转为人国。"① 以此审视盘瓠神话,民族特色与文化传承自是融于其中。"武山,高可万仞,山半有盘瓠石窟,中有一石,狗形,云是盘瓠之遗像。"② "古代神话,以今昔礼俗之殊,已莫明其本旨。蛮荒民族,传说同一怪诞,而与其现时之信仰制度相和合,不特不以为异,且奉为典章。由是可知古代神话,正亦古代信仰制度之片影,于文化研究至有价值,非如世人所谓无稽之谈,出于造作者也。"③ 历代作家、神话与史诗的传承人借鉴神话典故的故事情节、题材和意象,重新建构了神话及其神话隐喻:神话意义的能指与所指。阐释自己的神话观念,以及对神话题材的独特理解,开启民智,以新民智,从而达到改造国民性的社会使命。一百年前,作为中国神话学继往开来的大师,与黄遵宪、夏曾佑并驾齐驱的"诗界三杰"的蒋观云说:"一国之神话与一国之历史,皆于人心上有莫大之影响。""神话、历史者,能造成一国之人才。然神话、历史之所由成,即其一国人天才所发展之处。其神话、历史不足以增长人之兴味,鼓动人之志气,则其国人天才之短可知也。""盖人心者,不能无一物以鼓荡之。鼓荡之有力者,恃乎文学,而历史与神话(以近世言之,可易为小说),其重要性首端矣。""故欲改进其一国之人心者,必先改进其能教导一国人

---

① 鲁迅:《文化偏至论》,《鲁迅全集》第一卷,人民文学出版社1981年版,第56页。
② 《太平御览》四九引《武陵记》。
③ 周作人:《欧洲文学史》,东方出版社2007年版,第5页。

心之书始。"① 作为诗界革命的旗帜之一，提倡神话，敢为风气之先，用语也颇具梁启超"新民体"的特点。论述的虽然是一国之神话，但也同样适用于少数民族神话。梁启超本人也说过："文化是人类思想的结晶，思想的发表，最初靠语言，次靠神话，又次才靠文字。"② 盘瓠神话，靠口头传承、文字记载、民间祭祀，使南方少数民族的文化精神生生不息。

神话隐喻表达了一种原发性、神圣性的民族情感与精神信仰。随着社会文明的进步，民族神话的结构模式、神人谱系关系会发生某些外在的变化。但在岁月之流的砥砺之下，神话意识渐渐上升成为一种民族向心力，成为人们认识古老世界，思考世世代代人生历程的永不磨灭的历史记忆，默默相传，永无穷尽。湘西苗族至今在盘瓠庙祭祀，也依然祭祀盘瓠洞。还有"椎牛""吃猪"以及系列盘王节活动。祈求保佑子孙后代繁荣昌盛。在民族禁忌上，不吃狗肉，有的地方家里狗死去，还要举行葬礼。越南北部的大板瑶，不仅自己以食用狗肉为禁忌，甚至也要求他人不得以狗肉为食。③

21世纪今天的中国是众语喧哗的时代，多元文化背景下，人民试图解构历史、重新建构话语体系。人们试图从远古神话的精神家园中汲取现代文明所匮乏的精神力量。通过交汇、融通、升华，思考人类家园的生存与发展、民族精神与民族灵魂的复苏与觉醒。民族精神借助神话的滋润，酝酿着时代的变革。"当一个时代能够为神话的再现提供充分的空间和时间，那么，无疑便孕育了强烈的民族意识和进取动机。一定程度上，通过神话资源的转化，人类文化的总体精神与诗性智慧得以传承和理解，人类的本质意义得到维护与强调"。④

盘瓠神话记录着一个民族的光辉历史，其传播的目的是纪念民族的共

---

① 蒋观云：《神话历史养成之人物》，载《新民丛报·谈丛》1903年第36号。
② 梁启超：《神话史、宗教史及其他》，见马昌仪：《中国神话学百年文论选》（上册），陕西师范大学出版社2013年版，第47页。
③ 汪保忠：《从盘瓠神话看南方诸民族文化传承》，《平顶山学院学报》2017年第3期。
④ 万建中：《神话的现代理解与叙述》，《北京师范大学学报》2009年第1期。

同始祖。芬兰学者劳里·航柯阐释史诗的文化功能时认为，史诗是表达文化的认同，是民族文化自我定位的标识。这种论述也适用于盘瓠神话的研究。维吉尔的文人史诗《埃涅阿斯记》就是追叙罗马祖先的伟大，并附会神迹，被认为是维纳斯的后代，作为神人之子，受上天庇护。民族与国家的情感认同需要建构神圣的历史，神话顺应这种宏达叙事的要求，建构了民族国家的宏伟历史。

古老的神话，作为原始艺术混生状态的混融一体，不仅孕育着原始的宗教和原初的哲学观念，而且孕育着艺术的，特别是口头艺术的胚胎，以及民族血脉深处的文化元素。2006 年 6 月，盘瓠祭祀作为典型民族性、地域性的原生态民俗活动，入选湖南省第一批非物质文化遗产名录。湖南省麻阳等处有盘瓠神庙，"武陵蛮七月二十五日祭祀盘瓠，种族四集于庙，扶老携幼环宿其旁，凡五日，祀牛，酒酥，椎酒欢饮即止。"传之久远的神话积淀着远古的文化信息和文化编码，具有许多精神层面的内在因素。盘瓠神话在苗族、瑶族之间盛传，有犬祖图腾的印记，汉族文人如应劭、干宝等辑录的盘瓠神话中融入了汉文化的内容，即是民族融合的例证。

盘瓠神话与盘古神话区别是很大的，但也有关联性影响。杨鹓、胡晓东论述了苗族远祖传说对盘古神话的影响，文章认为，"盘古"神话最早见于三国时吴人徐整所著的《三五历记》。《三五历记》有南方少数民族盘瓠或盘古影响，从盘古神话的形成及后世演变来看，它显然是在民族交往中，受到多民族创世神话的影响，其中尤以苗族远祖传说影响最为直接、最为主要[①]。

盘瓠神话在南方少数民族中很有影响，雷金松进行了畲瑶盘瓠神话比较研究，认为盘瓠神话作为活态神话，是我国南方各民族中流传最广、图腾色彩最浓的原始神话之一。不仅遍及我国南方许多少数民族地区，而且远涉东南亚并形成传说圈流传至日本。其中，尤以我国南方的畲族和瑶族流传最广，影响最大。雷金松从盘瓠神话的整体上进行深入探讨，并比较

---

① 杨鹓、胡晓东:《试论苗族远祖传说对盘古神话的影响》，《民族文学研究》1986 年第 4 期。

研究了各族盘瓠神话在其民族历史、文化中的地位和作用，通过比较畲族和瑶族的盘瓠神话，以探求其异同及造成异同的原因①。

盘瓠神话今天依然以活形态神话的方式在中国大陆苗、瑶、仡佬、畲、黎等诸民族地区流传，在中国台湾以及日本、东南亚也有发展。中国社会科学院民族文学研究所郎樱在《盘瓠神话与日本犬婿型故事比较研究》、周翔在《台湾原住民盘瓠神话类型与来源研究》都有所论及。国内对盘瓠神话研究的学术著作主要有 1994 年农学冠完成的《盘瓠神话新探》，2010 年李祥红、王孟义完成的《瑶族盘瓠龙犬图腾文化研究》。论文选集和盘瓠神话资料汇编有：1988 年湖南省湘西土家族苗族自治州泸溪县民族事务委员会编选的《盘瓠研究与传说》、1990 年张永安主编的《盘瓠神话》。2017 年吴晓东、王宪昭等编选的《盘瓠神话文论集》。

（十）洪水神话与葫芦崇拜

洪水神话在东西方民族神话中普遍存在，在中国南方的洪水神话中，葫芦占有极特殊的地位，洪水泛滥自然与可以漂浮于水中的葫芦联系在一起。学术界对葫芦有种种解释，洪水传说是一部神化了的历史，具有生动的教育价值②。宋兆麟研究员在这一时期从事史前史、民族学、民俗学的研究，在民族地区广泛开展田野调查与考古工作。神话学专著有《中国原始社会史》（1983 年）、《巫与巫术》（1989 年）、《巫与民间信仰》（1990 年）、《生育神与性巫术研究》（1990 年）、《妈祖传说与海神信仰》（1992 年），神话学方面的论文主要有：《原始社会的"石祖"崇拜》（1983 年）、《日月之恋与祭祀图画》（1985 年）、《青蛙神与稻作农业》（1986 年）、《洪水神话与葫芦崇拜》（1988 年）、《人祖神话与生育信仰》（1991 年）、《盘瓠图与图腾祭祀》（1991 年）等。

在 20 世纪 80 年代后期，葫芦的神秘意义引起民族神话研究者极大的兴趣。主张葫芦为图腾者有之，主张葫芦为中华民族母体崇拜者有之，主

---

① 雷金松：《畲瑶盘瓠神话比较》，《民族文学研究》1988 年第 3 期。
② 宋兆麟：《洪水神话与葫芦崇拜》，《民族文学研究》1988 年第 3 期。

张葫芦为山洞者有之，更有学者主张为人类繁衍生育的母体子宫。很多民族神话都传说洪水淹没人间之后，大地一片荒芜，兄妹结婚，如壮族、布依族、白族、凉山彝族、拉祜族、哈尼族、高山族、黎族、仡佬族、侗族、傣族、苗族、瑶族、畲族、佤族、傈僳族等少数民族中都广泛流传。佤族的洪水神话讲述的是，洪水淹没大地，一片汪洋，人类灭绝。为了延续人类，只好兄妹婚配，这在洪水神话中是大致相似的情节。葫芦在我国种植历史久远，传说葫芦原来产于印度，后来引入中国，但是目前缺乏充分的证据。考古发现，七千多年前的浙江余姚河姆渡文化遗址即有葫芦和葫芦种子。古代葫芦亦称匏、瓠、壶。成熟后体重较轻、由于内中是空心，在水中浮力大，易于在水上漂浮。在西南地区，人们把葫芦系于腰间，有在水中漂流或涉水而行的传统，很有些类似今天救生圈的作用。在论文《洪水神话与葫芦崇拜》中，作者否认了葫芦图腾说、葫芦母体崇拜说。

二 代表性学者研究述评

西南少数民族神话资源丰富，包含民族学、宗教学、民俗学的原始资料。在西南少数民族中，既保存着民族文字（如纳西族东巴文、彝文、傣文）记载的文献神话，也有口头传承的神话，还有较为典型的活形态神话。云南是中国少数民族类别最多的省份，有24个少数民族，无论是少数民族人口较多的彝族，还是人口仅仅4千余人的独龙族，都具有丰富的民族神话。许多民族还出现篇幅较长的神话，如彝族的《开天辟地史》《支格阿龙》，纳西族的《人类迁徙记》、德昂族的《祖先的来历》等。并且云南多数少数民族神话，呈现神话与史诗的混合形态，创世史诗已经融合了创世神话、族源神话、洪水神话和文化英雄神话。中华民族的神话不仅包括汉文典籍神话、还包括少数民族口传神话、用少数民族文字记载的书面神话、各民族史诗中的神话。因此在分类上，作者认为主要是创世神话、人类起源神话、自然神话、洪水神话、文化发明神话、英雄神话、风俗神话、动植物神话以及图腾神话。

云南大学李子贤教授是西南边陲著名的神话研究者。李子贤教授1938年11月出生于云南省昆明市，2020年7月13日逝世。他从事少数民族神话研究起步较早，1962年3月参加云南省小凉山彝族民间文学调查队，在宁蒗县以及泸沽湖地区收集很多彝族、纳西族（摩梭人）的神话资料。1963年9月，又赴贡山县独龙江两岸进行独龙族民族神话调查，收集到一部分神话和一部完整的史诗。

（一）主要学术贡献

1964年参与编著《云南省少数民族文学资料集》，收集许多傣族、彝族、藏族、傈僳族、怒族、独龙族等民族在内的西南少数民族神话。1980年开始发表作品《试论云南少数民族的洪水神话》。1990年李子贤编著《云南少数民族神话选》出版。1991年学术著作《探寻一个尚未崩溃的神话王国——中国西南少数民族神话研究》由云南人民出版社出版，内容主要集中在南方神话特别是云南民族神话研究，北京师范大学杨利慧教授在其《神话与神话学》（2009）一书中将该书称之为"中国神话研究的范例"之一[1]。同时也引起很多国外学者的学术关注，如俄罗斯学者李福清院士在其著名的《神话与鬼话——台湾原住民神话故事比较研究》一书中就多次引用、讨论李子贤先生的学术著作及其观点。虽然李福清院士说他很难同意李子贤先生的意见，不认可李子贤先生说佤族神话是"神话王国中最古朴的珍品"，但是又在注释中说："很可能佤族是云南各族中最古朴的，但从比较民间文学来看并不是那么的原始"[2]。

（二）佤族神话研究

佤族，中国云南、缅甸居住的少数民族之一，民族语言为佤语，属南亚语系孟高棉语族佤德语支，没有通用文字，而阿佤山地区特殊的文化环

---

[1] 杨利慧：《神话与神话学》，北京师范大学出版社2009年版，第270页。

[2] ［俄］李福清：《神话与鬼话——台湾原住民神话故事比较研究》（增订本），社会科学文献出版社2001年版，第75、111页。

第二章 民族神话收集整理期的学术成就

境,保证了佤族神话以活的形态传承千年。

论文《论佤族神话——兼论活形态神话的特征》即阐释了佤族神话。佤族神话内容丰富,创世史诗《司岗里》(人从圣洞出生或人从葫芦里面出生)讲述了人类起源神话以及后世的繁衍发展,"司岗"就是崖洞的意思,"里"是从山洞里面出来,"司岗里"就是从崖洞里面出来。李子贤在这篇著名的论文中,论述了阿佤山的活形态神话及其特征,讲述人类来源的神话《西岗里》,人类的起源,在史诗演唱中是人从石洞出或人从葫芦出。《司岗里》作为西南民族的创世史诗,2008年6月即被国务院列为第二批国家级非物质文化遗产名录。神话讲述,人从葫芦(或圣洞)中出来之后,分成佤族、汉族、傣族、拉祜族等民族后裔,后来遭遇洪水灾害,天神梅吉指示人类砍下人头祭祀,才使洪水退却。佤族的文化发展相关的神话颇有意味,主要讲述的是谷物起源和家畜起源。《司岗里》讲述说:人和各种动物从"司岗"出来后一起前行,当时约定只能奔向前方,不能扭头转向身后看。可是在不知不觉中,百兽之王老虎回头向后看了看,这可把老虎身后的动物吓坏了,它们都因为惊吓害怕跑进森林里面去了,老虎也只好跟着一起跑起来。结果,跑在老虎前面的驯化成了家畜,身后的动物仍然是野兽。谷物起源神话说:艾蒳娶佤族姑娘牙昂为妻,牙昂的大哥大格浪去向艾蒳借谷种,艾蒳借出的是煮熟的谷种,结果稻谷播种难以发芽。后来艾蒳又借给大格浪九粒谷种,并教他只要砍人头来供木鼓房,谷种就能萌发出苗来。大格浪依计而行,最开始砍下的是蛇头供奉木鼓,谷种果然长出苗来,接着,砍下的是一个姑娘的头颅,谷子长的更好。[①]李子贤还在文章中详细分析了猎头习俗——即用人头或动物头颅来进行祭祀。通过祭祀祈求谷物丰收,驱除灾难以保人畜平安。神话解释了佤族猎头的起源,1985年李子贤及其学生在他们收集的《会叫的鸡头》这则神话中讲到:古时候,天神叫汉族、佤族、傣族来议事,尔后杀鸡煮熟给众人吃,天神把与鸡子身体分离的鸡头给了佤族。鸡头虽然离开了身体,但是仍然会张口鸣叫。佤族人没有立即食用,便将鸡头放入挎包中。回家的路

[①] 李子贤:《论佤族神话——兼论活形态神话的特征》,《思想战线》1987年第6期。

上，鸡头突然叫唤起来。同行的汉族人听到鸡叫声，遂设计将佤族的鸡头骗走，这才引起佤族的猎头行为。

佤族的猎头祭典包括猎头、接头、祭祀、送头等活动。原始含义是祭谷。李子贤先生比较了世界各地的猎头习俗之不同，澳洲基威岛上的麦威塔人和基威人，用猎头仪式吸引异性的爱慕，男子猎头可以显示男性阳刚之美和勇敢无畏。印度尼西亚伊利安岛上的阿散特玛人，则认为头颅可以驱鬼，并能够将死者的力气转移给小孩。我国台湾高山族用人头祭祀鬼神，认为可以消灾解难。

（三）西南少数民族创世神话研究

南方民族创世神话认为，古时候天地是连接在一起的，如景颇族人说，古时天地相连，木米送伯、木米送春两人找来了铜和铁，用铜和铁锻造出来形成刀具，然后用刀具割断了连接天和地的脐带，才有后来的天地开辟。怒族人说，天地最初是相连在一起的，后来一个女人织布时用梭子把天摆上去了。独龙族人说天和地是由九道土台连起来的，后来土台被一只大蚂蚁踩倒毁坏，天地就分开了。还有一些民族认为，天空是由动物尸体腐化而生成的。如彝族神话《阿录茵造天地》传说女神阿录茵的左眼变成了太阳，右眼变成了月亮，肠胃变成江河湖海，头发变成了青草树木。白族人说天地是由盘古、盘沙变成的。哈尼族人说，杀死翻天牛后造出了天和地。布朗族则流传着巨人神顾米亚杀死犀牛造天地的神话。属于大树撑开天地的有壮族、苦聪人（今属于拉祜族）的神话，还有一些民族是大型动物撑开天地的神话传说。

由于民族众多，南方神话中人类起源神话也有许多类型。葫芦神话涉及很多民族，李子贤先生的文章《傣族葫芦神话溯源》发表于1982年《民间文艺集刊》时，季羡林先生在《关于葫芦神话》一文中就提出不同意见，认为葫芦神话具有普遍性，世界上其他民族也存在这种神话类型，如南美洲印第安人。关于人类起源，还有天神以土造人说，希腊神话中是传说普罗米修斯用泥土做人，汉民族神话中是女娲泥土造人，埃及神话也有与此类似的神话。此外，一些少数民族认为动植物是氏族始祖，类似于图腾神话。如怒族有蛇与蜂交配生下女始祖的神话，德昂族流传着一百片树叶或者茶树变成了人的神话，独龙族神话讲述人是树所变的神话。彝族有竹子生人的神话，藏族流传着岩石与猴子交配生人的神话。更有卵生神话，如哈尼族、苗族、丽江纳西族。甚至还有特殊类型，布朗族神话有用牛脑造人神话，楚雄州和小凉山彝族神话中说，天神撒下雪变成了人。这些研究涉及众多的民族，来源于田野调查与书案神话文本之中，这些创世神话今天仍然富有蓬勃的生命力，在西南诸少数民族中广泛流传。

自然神话出于对自然的想象，解释日月星辰的来历。洪水神话诞生了兄妹婚配、天女婚配神话。文化英雄神话在南方民族比较丰富，汉族神话是燧人氏钻木取火，希腊神话是普米修斯利用芦苇管从奥林波斯山上偷来火种送到人间，而傣族神话里传说是螳螂教给人工火种的发明，拉祜族神话传说是老鼠从厄莎天神那里为人类偷来了火种。

云南民族神话也蕴藏着丰富的英雄神话。初民时代，原始人生产力低下，幻想有神灵或者大英雄出来拯救他们，除去危害人间的妖物或者害虫。如丽江纳西族的神鹏、永宁纳西族的神鸟，都为人间降伏了恶龙。布朗族的顾米亚、拉祜族的扎努扎别、彝族的支格阿孔、白族的杜朝选、段赤诚等等。射日神话不仅仅存在于汉族中，如后羿神话，也在哈尼族、壮族、彝族、独龙族中普遍存在。

李子贤先生还认为，云南少数民族神话分布有西南古族氏羌系统、百越系统、百濮系统、盘瓠系统，每一神话独立，有一定的文化差异。

（四）西南诸民族神话特点

一是受多元文化影响。云南神话自古以来受到中原文化、南方文化、印度文化的影响。傣族流传有蚩尤神话，壮族、彝族、苗族、白族流传有盘古神话，在壮族、藏族、苗族、瑶族中流传着女娲、伏羲的神话，白族还传承着观音神话，傣族流传有释迦牟尼神话，这些民族神话明显是受印度佛教文化的影响。在云南各民族神话中，自然神、祖先神、守护神居多，爱情之神、缪斯女神、酒神、正义之神、复仇之神，这些希腊神话的概念神，在中国神话中比较缺乏。二是图腾神话。早期神祇形貌怪异，有图腾性质，后来演变为人与兽的结合，再后来进入母系氏族社会，才出现类似于希腊神话的"神人同形同性"的神祇，如永宁纳西族神话中的人类始祖母神柴红吉吉美、守护神黑底干木，瑶族神话中造物主密洛陀，红河州彝族神话中阿黑西尼摩，独龙族神话中为人间带来谷种的仙女木美姬。三是神祇形态多所变化，神的形象是各民族文化观念和思维观念的反应。

（五）活态神话

李子贤先生在《活形态神话刍议》①中认为，神话的存在方式，一是文献神话，包括汉文古代典籍和藏文、纳西族东巴文、彝文、傣文神话，但是这类神话已经停止口头传播，只有通过借助文化人类学、文化史、民俗学、宗教学等学科资料的考证，方可"还原"其活形态神话的本真面目。二是口头神话，如谷德明先生选编的《中国少数民族神话选》、李子贤先生选编的《云南少数民族神话选》、河南大学中文系选编的《河南民间故事选》等著述中搜集的神话，研究方面主要有河南大学张振犁先生及其学生高有鹏、陈江枫、程君健等人的中原神话研究。中原神话主要是汉民族神话，但是汉民族也对少数民族神话产生巨大的影响，一些神祇已经进入少数民族神话体系。三是活形态神话②。李子贤先生解释了佤族的"猎头"习俗与宗教、神话解释，佤族与其他原始部落宗教一样，信奉的都是万物有灵。凡信奉万物有灵的原始宗教之间都有着千丝万缕的共通点，相信灵魂不灭，人或者动物的灵魂能够保护或者为祸氏族后代子孙。其中最惊心动魄的莫过于"猎头"和"血祭"。野蛮而神秘的部落文化看来充满血腥，但是这也正是迥异于汉民族文化的地方。佤族是我国最久远的原始部落民族之一，其历史渊源可追溯到秦汉以前。"司岗里"是有关佤族来源的传说，据说在远古时候，人都被困在大山的岩洞内，洞外还有

---

① 李子贤：《活形态神话刍议》，《西北师范大学学报》1987年第4期。
② 李子贤：《谈永宁纳西族的神话及史诗》，《民族文化》1982年第6期。

猛虎把守着。万能的神灵为了把人类营救出来，派了麻雀、老鼠、蜘蛛等动物到洞内把人类救出来才得以到世间生活。"司岗里"的意思是"从岩洞走出来的人"对佤族人来说"司岗里"是人类历史的起源，是无比神圣的存在。① 这在前面佤族神话部分已经有所论述，此处不赘述。

关于"活形态神话"的研究，除了李子贤先生之外，武世珍、孟慧英诸先生也有许多相关的论述。如孟慧英先生的《活态神话——中国少数民族神话研究》（南开大学出版社，1990 年）、武世珍先生的《神话学论纲》（敦煌文艺出版社，1993 年）等等。"活形态神话"的目的在于去调查、搜集、整理、研究在民间传承的、具有口头传播特点的各民族神话，往往与民间祭祀神灵等仪式活动结合在一起。

马林诺夫斯基说，神话研究如果只在文献中思考，是非常片面的。"无法再听到信徒们的意见，无法认识与它们同时的社会组织、道德行为、一般风俗……最少，也就无法得到近代实地工作者容易得到的丰富材料。况且说，传到现在的文字记载，无疑地已经与原样的故事大不相同，因为经过传抄、疏证，以及博学的祭司与神学家等人之手而不同了。打算要在神话的研究中知道原始生活的奥秘，必须转到原始的神话，尚在活着的神话。"② 活形态神话，独特地显示着不同民族的文化系统。李子贤不同意顾颉刚先生提出的昆仑系统和蓬莱系统，认为这不包括少数民族神话，特别是少数民族活形态神话。20 世纪 40、50 年代，现在我们能够看到的活形态洪水神话还没有大量被发掘出来，学者们大多看到的是汉文典籍神话。后来南方与中原活形态神话陆续被发现出来，才可以与文献记载的典籍神话进行互补互证。

西方学术界由于不了解中国少数民族的活形态神话，并且多数学者涉猎的是古代文献记载中的汉文化典籍神话，便简单认为创世神话只有"盘

---

① 李子贤：《李子贤学术文选——探寻一个尚未崩溃的神话王国》，云南人民出版社、云南大学出版社 2015 年版，第 74 页。

② ［英］马林诺夫斯基：《巫术科学宗教与神话》，李安宅译，商务印书馆 1936 年版，第 127 页。

古神话""女娲神话"这些汉民族典籍神话,因此一些域外学者说,中国可能是主要的古代文明社会中唯一没有真正的创世神话的国家。由于中国神话体系众多,不像希腊罗马神话那样具有完备的体系,零散地保存在《山海经》《搜神记》等古代汉文文献中,因此西方学者认为,"中国古代神话的情节无论如何不能看成是专有的。"[①] 今天各民族活形态神话大量被发现出来,创世神话类型众多,举凡天地分离、尸体化生、大树撑天、巨型动物撑天等都有体现,这就不言自明地证明了西方学者的虚妄与狭隘。21世纪初,叶舒宪等人在上海交通大学成立中华创世神话研究基地,进行中华创世神话研究,2018年出版《中华创世神话六讲》,《中华创世神话六讲》一书分为六讲:田兆元主讲天地日月——中国自然神话和造人创物——中国创始神话两次讲座,叶舒宪讲了三讲,即龙飞凤舞——中国图腾神话、炎黄祖先——中国祖先神话、尧舜圣德——中国圣人神话,钱杭讲了最后一讲,即鲧禹治水——中国洪水神话。这些学术活动,一时成为学术热点。

(六) 洪水神话

李子贤先生的《试论云南少数民族的洪水神话》谈到云南洪水神话的特点,一是洪水神话与兄妹婚姻紧密联系在一起,这与兄妹洪水神话、葫芦漂流,后来婚配一样。二是兄妹婚姻繁衍子孙,成为各氏族的始祖。如景颇族洪水神话中兄妹婚配后生下两个孩子在九岔路口被砍碎后,变成了许多分属汉族、景颇族、傣族、傈僳族、苗、藏、回等民族的男女青年。三是面对自然的生存艰难历程,洪水淹没大地,一片荒芜,先民面对大自然作着残酷的生存挣扎。

东巴神话中,把大洪水归因于兄妹乱伦造成天神震怒。《崇搬图》说:"利恩五兄弟求配偶,可惜无对象可匹配"。于是只好兄妹婚配,这种"乱伦"婚姻"亵渎了天地日月星辰,天昏地暗,日月失明,男神和女神厌恶

[①] [美] 杰克·波德:《中国的古代神话》,载《中国民间文艺集刊》第2辑,上海文艺出版社1982年版。

了人间"。天神决定惩罚人类，用洪水使人类灭绝。大水滔天，山崩地裂，沧海横流。人类即将彻底在地球上消失，只是由于民族始祖从忍利恩曾经为都神治疗过伤，才在天神的指点下于洪水之前躲进皮囊里面而死里逃生①。

李子贤的《傣族葫芦神话溯源》认为，葫芦与洪水神话紧密相连，葫芦可漂浮于江海湖泊，南方民族地区多山多水，是避难逃生的工具。也有神话传说人是从葫芦中产生的，还有万物都在葫芦里面产生的神话传说。傣族上古时代的分期，我们也能够看出与葫芦的关联性，一是葫芦时期，即人类从葫芦里诞生；二是火的时期，即大火烧到16层天；三是洪水时期；四是风的时期，即叭英用风将洪水吹干露出陆地；五是佛教荷花时期②。其中葫芦时期和洪水时期紧密相关。

（七）羌族神话

李子贤的《羌族始祖神话断想》认为，始祖女神为天女木姐珠。《木姐珠和冉必娃》讲述的是天神木巴的女儿木姐珠和猴子冉必娃的爱情故事。猴子冉必娃后来变成了英俊的男子，木巴送给他们五谷种子、花草树木以及禽兽。后来他们忘记了天神木巴的告诫，才让一些跟在他俩后面的禽兽逃散而为野物，本来已经给人间的许多粮食又让木巴收回到了天上。这个故事流传很广，羌族人祭祀或婚丧嫁娶等大型活动时，总有男女长幼聚聚一堂，吟唱本民族的史诗，其中就包括《木姐珠和冉必娃》，这也从一个侧面说明羌族或党项族存在的猴祖神话传播之久远。以天神木巴之女为中心，融合了天婚、难题考验、谷种起源、天地分开等复合性的神话，是记录民族成长的史诗。羌族、藏族、纳西族、彝族、独龙族、普米族从文献来看，都具有天婚型神话。作者还比较了羌族神话中的天神木巴与汉

---

① 和方读经、周汝诚翻译：《崇搬图》，丽江县文化馆1963年石印本。转引自李子贤：《李子贤学术文选——探寻一个尚未崩溃的神话王国》，云南人民出版社、云南大学出版社2015年版，第103页。

② 李子贤：《李子贤学术文选——探寻一个尚未崩溃的神话王国》，云南人民出版社、云南大学出版社2015年版，第117页。

民族神话中的神农炎帝，认为木巴是太阳神，人间的谷种是他的馈赠，因此又被称为农业神。汉文典籍也记载炎帝有三个女儿，《搜神记》说：

> 赤松子者，神农时雨师也，服水玉，以教神农，能入火自烧。往往至昆仑山上，常止西王母石室中，随风雨上下。炎帝少女随之，亦得仙俱去。

这说明少数民族神话与汉民族神话的文化融合关系，不同民族的神话有共通的母题。

（八）女儿国神话

李子贤的《东西方女儿国神话之比较研究——以彝族女儿国神话为中心》，借助历代古籍以及域外文献，比较了不同民族的女儿国现象。《山海经》《太平御览》《后汉书》《唐书》《马可波罗行纪》《大唐西域记》等古典文献均记载有女儿国。作者还搜集了云南省楚雄彝族自治州永仁县女儿国神话的讲述内容。这则神话讲述，女儿国中女子生有巨乳，女子迎风受孕，男性英雄搓日阿补改变了女儿国的风俗。但对女性有丑化的一面，作者比较了印第安人的神话《怪齿女人》，神话讲述女人阴道里面长满了牙齿，害死了许多男人。但是，神话英雄凯欧蒂用磨箭柄的石头，假装与女子交合，将其阴道里面的牙齿除掉，后来女子只好嫁给他。希腊女儿国神话《亚马孙》也与此类似，女儿国的女子自称是战神阿瑞斯的子孙，国人如果生下女孩，就培养她成为猎人或战士，如果生下男孩，就杀掉，或者送到他父亲身边去。女子饮水可以受孕，女子还与怪物、过路的商人交配，与雅典士兵交合，获取"男性种子"[①]。

人类从葫芦里面诞生的神话主要流传于沧源县班洪地区，部落首领就被称为葫芦王。洪水滔天时，从远方漂来一只大葫芦，从葫芦里面走出了人。也有的地方，民间活态神话说，水中漂来的大葫芦后来在水中沉没，

---

① [日]斋藤森宏：《女儿国〈亚马孙〉》，朱鹏译，《文化译丛》1984年第2期。

变成了一座大山——葫芦山,后来从山洞里走出来了人类。人源于圣洞的传说今天仍然广泛流传于云南省西盟佤族自治县这一地区。

(九) 纳西族神话

李子贤先生在《永宁纳西族的神话及史诗》中论述,阿注婚的风俗,孩子认母不认父。永宁纳西族把神话、传说称作"阿莎夸",意即古时候的事情。《月其嘎儿》反映的守护神神话,民族的守护神神鹰月其嘎儿与恶神龙王、水鬼的斗争。这则神话与丽江纳西族关于神鹰的神话很相似。龙王不下雨,天神松基派神鹰制伏龙王。《黑底干木》的语义中,"黑底"是永宁,"干木"的意义是女山神。女神黑底干木住在狮子山上,传说她经常骑着骏马或鹿,庇护永宁坝子和当地部落的原始初民,使其生活富足,无忧无虑。后来女神看到初民满足于眼前的生活,不再劳动,也不敬奉神祇,女神发怒离去。女神离去后,永宁之地遂木枯花谢,庄稼受灾,瘟疫流行。后来初民认识到自己的错误,恭请女神回归,才又使得大地复苏,人丁兴旺。神话传说每年七月二十五日举行隆重祀礼祭之以求福佑,神话被视为母系家庭及"阿注婚"长期得以存续的精神支柱。人们想象风景秀丽的干木山上住着福佑他们的女神。死而复生的女神类似如古埃及神话中的奥西里斯和希腊神话中的阿多尼斯,干木山上的女神保护纳西族人幸福安康。一旦初民藐视神明时,女神黑底干木生气就离开了"干木山"。

纳西族每年七月二十五日纪念祭祀女神,这就是纳西族的绕山节。女神自己也向往"阿注"的生活,女神婀娜多姿,风采迷人,结交了众多男子和男性神祇。神话传说,她在几个男神之间引起了许多纠葛和爱情纷争。有一次,女神正在与临时阿注则枝山山神偶居,不料被她的长期阿注瓦如卜拉山神发现,盛怒之下,瓦如卜拉山神用刀将则枝山山神的生殖器割下。因此,在"干木山"下的达坡村旁,至今还保存着一座长条状的山丘。

纳西族的始祖神是柴红吉吉美,祭祀活动的日期是每年的10月25日。人间男子曹直鲁若在天神的指点下爱上湖水中沐浴的三仙女中的老大木默甲子美。但是后来误打误撞地娶了三仙女柴红吉吉美,这使大仙女木默甲子美妒忌得发狂,"她变成一头牛去践踏曹直鲁若和三仙女种的庄稼,并设计将曹直鲁若诱到远方并让其昏迷过去,然后再指使一只公猴去与柴红吉吉美同居并生一男一女。过了许多日子,曹直鲁若苏醒过来,他回家见到公猴后勃然大怒,便杀死了公猴。他可怜两个孩子,便不忍心将其杀害。后来,这两兄妹长大后便互为婚配,所生子女即为纳西族。①"

(十) 哈尼族神鱼神话

李子贤先生《鱼——哈尼族神话中生命、创造、再生的象征》一文中讲述,神话传说中,在混沌中翻腾的雾气变成了大海,水中生出了一条巨大的鱼。后来,大鱼将右鱼鳍往上一甩,变成了天;将左鱼鳍往上一甩,变成了地②。我们联系春秋战国时代庄子的散文,论及鲲鹏,在古代汉族神话传说中是不是也存在这样的大型动物传说?生命与天地的起源与鱼密切相关,这在西南少数民族神话中是最具有民族特色的。

哈尼族还有鱼化生为谷种的神话。神话中说,在什么物种也没有的时代,神祇发现大鱼的腹中藏有各种生物,就开始捕获大鱼,在大鱼的腹中找到各种动物,最后找出了五谷种子。因此可以说,大鱼就是哈尼族的创世神和生殖神,是物种起源之神。这在西南民族神话中具有普遍性的意义,傣族史诗《巴塔麻嘎捧尚罗》就讲述"水神鱼",说主宰大海之神就是水神鱼,鱼吐出的气,成了太空里面的烟雾。白族史诗《创世纪》说,洪水之后兄妹合婚时,各将一根棒丢入水中,结果在水中分别变成了一条公鱼和一条母鱼。

在世界上其他民族神话中,如德林克特人的神话中,比目鱼的身体可以随意变化。它摇头摆尾使大地裂开,形成现在的沙罗德后诸岛。太平洋群岛土著鱼部族的人相信自己来自鱼类,非洲柏柏人说鳄鱼是他们的后

---

① 李子贤:《李子贤学术文选——探寻一个尚未崩溃的神话王国》,云南人民出版社、云南大学出版社 2015 年版,第 181 页。

② 《哈尼族民间故事选》,云南人民出版社 1984 年版,第 1 页。

代，非洲的青花鱼族自认为自己是青花鱼的子孙，阿比族的神话认为其祖先印仙那与一个由鱼变成的女子结婚繁衍了后代，婆罗洲土著则认为他们最初的母亲是鱼的女儿。① 印度的维什努神也被认为是降世而来的鱼，日本的神话也认为鱼承载着大地。

李子贤先生还在文章中提到，我国学者中对鱼的神话研究最早的是现代学者闻一多先生。1988年，赵国华在《中国社会科学》上发表了《生殖崇拜文化略论》一文，明确提出考古发掘出来彩陶上的鱼、蛙、鸟等文化符号是生殖崇拜的象征。"远古人类以鱼象征女阴，象征女性身体的一部分。……发展为象征男女配偶和情侣。再后来，鱼变成了社会生活中的一种'吉祥物'。""以鱼（还有贝壳类）象征女阴，实行生殖崇拜，不但是中国的甚至是世界范围内远古人类的一种共同的思维方式和普遍的巫术行为。"② 这些论述都说明鱼在神话时代是女性生殖的象征物。

李子贤先生还在文章中说，贵州丹寨苗族认为谷神是年轻女子，祭祀谷神时是年轻小伙子带着芦笙在田边跳舞，取悦谷神，暗示男女交合与谷物生长。而云南哀牢山区彝族祈雨之时，秘密地派出9个赤裸未婚女子在天亮之前到水潭边跳舞，取悦水神，求其赐予雨水，更有所求神圣的意味，从神话隐喻意义来看，"鱼有很强的性的暗示"，英国学者卡纳说，"古人常把鱼刻在碑铭之上，以象征某种含义，这和希腊司性爱之神阿佛洛狄忒（即罗马神话中的维纳斯）的崇祀很有联系的。罗马天主教会在礼拜五集会，不食肉而食鱼，礼拜五（Friday）之名，原为'维纳斯之日（Dies Veneris）'。③"因此，将鱼理解为性的象征，隐喻着神秘的生殖能力，看来是与包括哈尼族在内的各族先民的原始心理以及原始思维方式是一致的。希腊神话中的阿佛洛狄忒本是多情的女神，婀娜多姿，尽管与火神赫菲斯托斯结婚成为神仙眷侣，但她与众神之父宙斯、战神阿瑞斯、人间美男子阿多尼斯都纠缠不清。她是性欲旺盛的代名词，这在神话时代是

---

① 岑家梧：《图腾艺术史》，上海文艺出版社影印本1988年版，第25—31页。
② 赵国华：《生殖崇拜文化略论》，《中国社会科学》1988年第1期。
③ ［英］卡纳：《人类的性崇拜》，方智弘译，海南人民出版社1988年版，第44页。

无伤大雅的,神话时代神祇与凡人都是天真烂漫的。但阿佛洛狄忒与性相关是不争的事实。

在 20 世纪 80 年代出版的学术文献中,对这一学术问题关注较多的还有袁珂先生。《山海经·大荒西经》有颛顼死而复生的神话:"有氐人之国,(氐人在传说中就是人鱼生物,人面鱼身)……有鱼偏枯,名曰鱼妇。颛顼死即复苏。风道北来,天及大水泉,蛇乃化为鱼,是为鱼妇。颛顼死即复苏。"袁珂先生对此解释说:"鱼妇当即颛顼之所化,其所以称为'鱼妇'者,或以其因风起泉涌、蛇化为鱼之机,得鱼与之合体而复苏,半体仍为人躯,半体已化为鱼,故称'鱼妇'也。①"

(十一)死体化生型神话

李子贤《牛的象征意义试探——以哈尼族神话、宗教仪礼中的牛为切入点》一文,分析了死体化生型神话。在哈尼族的神话、宗教祭祀以及丧葬活动中,牛非常重要。原始史诗《奥色密色》讲述,天地玄黄,宇宙洪荒之际,没有天地日月、白天和黑夜的区分。于是,天王派来了 9 个神人造地,又派来了 3 个神人造天。杀死神牛后形成天地,牛皮变成天,牛肉变成地,牛的左眼变成太阳,右眼睛变成月亮,牙齿变成星星,骨头变成石头,牛头变成草木,眼泪变成雨水,牛舌变彩虹,牛血变江河,牛死时的吼声变成天雷,喘气成为大风……其他少数民族也有类似的神话,这与汉民族盘古神话何其类似!布朗族神话《顾米亚》讲述的是顾米亚杀死犀牛后造出天地。用犀牛皮做天,犀牛肉做地,犀牛骨头变成石头,犀牛血化成江河,眼睛成了星星,四条腿用来支撑天空。藏族神话《斯巴》也有类似的神话故事。珞巴族神话《三只神牛》也讲到了牛化生万物。文章也讲述了剽牛祭祀,祈求神灵保佑的故事。我们注意到哈尼族对牛像神一样的敬畏,"家中老人去世,众亲友须团团跪在牛前痛哭,直到哭出牛粪为止。倘若牛粪始终不出,则哭泣者用手按压牛腹,直至将牛粪压出为止。牛粪一出,便盛入一个簸箩中,置于仓中存留,并请'贝玛'(祭司)念

---

① 袁珂:《山海经校注》,上海古籍出版社 1980 年版,第 417 页。

诵咒语。'贝玛'手握竹筒绕室敲击不止，边敲边念。孝子孝孙随着'贝玛'的念咒声和击竹声旋转而哭。在墨江和新平交界地哈尼族长者死亡举办丧礼仪式时，大女婿必须跪在牛尾之后，用一幅自织土布接牛粪。待接到牛粪后，便用手捧到屋里存放，表示死者已经给后人留下了财富。"① 李子贤先生对西南诸少数民族神话了如指掌，同一母题，往往在多个民族能够找出来很多相似的神话传承。

（十二）谷物起源神话

在《云南少数民族谷物起源神话类型与多元文化》中，李子贤将谷物起源神话分为九种类型：

一是自然生成型。楚雄彝族史诗《梅葛》说，在人类直眼睛时代，地上已经有荞麦、水稻、小麦等粮食作物，但是直眼睛的人类不会耕种，并且还糟蹋粮食。怒族神话讲述怒族的祖先带狗追赶麋鹿，到了长满了谷穗的怒江边上，便在怒江边居住下来并开始种庄稼。西双版纳傣族的神话传说，古时猎人打猎的时候忽然闻到稻谷的香味后，便在水塘边的地上找到了稻子。独龙族原始史诗《创世纪》说，在人类之初大地就长满了玉米、荞麦等粮食作物。傈僳族神话传说，远古时代，地上长着巨大的粮食树木，稻谷、玉米、高粱、荞麦、小麦都长在树上，人们可以不劳而获地取用食物。但是人们无事可干，随地大便，臭气熏天，惹得天神发怒，于是从人间把粮食树又收回到了天庭。结果，地上的人和动物没有食物可吃，凄凉的叫声感动了天神，天神于是又送给人间一点五谷种子，让人类自己去春播秋收，自己养活自己。

二是稻子飞来型。古时候，稻谷颗粒很大（像鸡蛋或萝卜一般大小），能够自动飞到粮食仓库里面，后来被一个懒女人打碎，颗粒变小了，就不会飞了。景颇族、瑶族谷物飞来神话与此大同小异。布朗族人加上了自己

---

① 毛佑全、李期博：《哈尼族》，民族出版社 1989 年版，第 114 页。见李子贤：《李子贤学术文选——探寻一个尚未崩溃的神话王国》，云南人民出版社、云南大学出版社 2015 年版，第 202 页。

的想象：当时的颗粒很大、会飞的谷子被一个妇人打得粉碎，于是谷子逃到海上，变成了金鱼，钻入海底。后来，金鱼变成了一个老太婆——谷神"牙班豪"，她将被打碎了的谷粒撒入土中，成了今日的谷子。

三是动物运来型。人类之初或者大洪水之后，人类无谷种，天上（大海、远处或水中）有谷种，由神灵或者动物取回来谷种。彝族、佤族、布朗族、阿昌族、水族、哈尼族都具有类似的神话。

四是尸体化生型。佤族神话《烟斯》讲述，一个头发很长，不洗脸、相貌很丑的名叫烟斯的人被佤族弄死，傣族人看见了，用毛巾把他盖好。后来烟斯复活了，教会了傣族人开水田、种稻谷。在日本神话中，《古事记》《日本书纪》里面均记载有被杀死的神灵的尸体上生出了栽培植物。日本学者大林太良《南岛稻作起源传说系谱》讲述奄美大岛的神话，神话传说有一个青年男子在外面旅行，好不容易找到一家住宿的地方，这一家只有一个老妇人，男子饥饿难忍，于是请求老妇人为他做晚饭。后来，青年发现老妇人用她的牙垢、鼻涕、眼屎、耳垢为他做晚饭。男子很恶心、很怒火，将老妇人杀死了。此时，老妇人嘴里生出米，鼻子长出麦子，眼睛里面长出野菜，耳朵长出甘薯，这些都是粮食作物，可都是从老妇人死后的尸体里面生长出来的。

还有一个神话讲述道，当地渔民在一个浅水滩捉鱼的时候，在鱼的肚子里面发现了稻谷。

五是英雄盗来型（普罗米修斯）。彝族支系阿细人原始史诗《阿细的先基》讲述道，西尾家四兄弟，用竹竿将天神柜子里面的粮食种子戳下来，地上才开始有了稻谷、玉米、荞麦和高粱。大小凉山彝族《谷种的来历》讲述道，人间英雄阿合木呷历经艰辛，从龙王那里偷来了谷种，但是自己却被龙王将他变成了一条卷毛狗。后来，由于得到了一个姑娘的爱情，最后才恢复人的形貌。独龙族神话《木彭哥》说，木彭哥乘太阳来到了天庭，在天神处偷来了谷种。哈尼族的神话《英雄玛麦的传说》也讲述了玛麦从天上偷来了谷种。傣族神话《九隆王》讲述道，九隆为报父仇，用九只长剑、一把宝刀战胜了湖中的九条毒龙，毒龙被迫向九隆献出了珍宝，其中就有稻谷种子。

六是祖先取回型。云南楚雄苗族的神话讲述道，古时候人走到天边，在马鹿、老虎、野猪的帮助下，找回了玉米、高粱和黄瓜种子。大理白族神话说，跋达（人名）跋山涉水，从南海观世音菩萨那里要来了水稻、小麦等作物种子。沧源佤族说人类的始祖葫芦兄妹到水潭中取回了谷种。李子贤先生自述 1988 年 8 月在红河县架车乡牛威村哈尼族收集有这样的神话：洪水过后，所有的谷种都被龙收去了，一个叫克玛的妇人、一个叫匹优的姑娘、一个叫罗披的男子，去远方喊回了谷种。日本研究者提出的始于云南的稻米之路，可以从我国西南少数民族谷物起源神话得到印证。

七是天女带来型。洪水过后，人间唯一的男子到天上向天女求婚，天女从天上带来了谷物种子与男子一起返回人间。这一点与中原地区牛郎织女神话类似，传说织女从天上带来了织布的技术，教会了人间的凡人自己织布。但是云南民族神话说，天女带来的谷物种子却很少包括稻谷种子。独龙族说，天神的小女儿木美姬与人间男子美根明返回人间时，天神给了各种杂粮种子，但唯独不给稻谷种子，是天女将这些种子偷偷藏在指甲缝里面才带到了人间。在云南纳西族、四川羌族，直到今天，仍然将从天上带来谷物种子的女神柴红吉吉美、木姐珠视为女性民族始祖。日本学者大林太良在《南岛稻作起源传说系谱》说，在琉球群岛的宫古岛，流传着类似的谷物起源神话。天神的女儿下凡创建了岛屿，天神降下来红土和黑土，但是天神不给人类种子，使人类无法种植粮食。于是天神的女儿从院子里面偷出来种子藏在衬衣里面带到岛上。我国台湾神话中，也流传着由天女带来谷物种子的神话。日本学者大林太良认为，宫古群岛与高山族神话有相似性的联系，并推断说，大概是南岛地区古代杂粮栽培神话的一部分。

八是穗落型。飞鸟带来谷物种子。傣族神话说，天神叭英得知景洪坝子无粮食、水果，就指令老雕、孔雀、喜鹊等飞到远方寻找谷物、水果种子，后来把种子撒向西双版纳各地。从此，大地上就长出来了粮食、水果。

九是神人给予型。半人半神的神人送来谷物种子，教导人类如何种植。

（十三）理论探讨

李子贤在《创世史诗产生时代刍议》中认为，钟敬文先生的观点"史诗产生于人类的童年时代"[①]是值得商榷的。今天看来，社会飞速发展，神话也会随着发展，神话性叙事作品、影视作品的出现，更促进了神话在民众中的传播。马克思主义经典作家的观点，史诗只能产生于"艺术发展的不发达阶段上"，即艺术生产尚未作为艺术生产出现之前[②]，有时代认知的局限性。马克思谈到神话时曾经把神话说成是人类童年时代的产物，在划分原始社会各个阶段时，把猿到人这一过渡时期视为"人类的童年时代"，即蒙昧时期的低级阶段。李子贤先生也不赞同别林斯基的观点，即史诗产生于"各民族形成的童年时代"，因为民族也是不断变化发展的，有原始社会时期形成的民族，也有奴隶社会形成的民族，还有封建社会形成的古代民族，战争、迁徙、民族融合，都会使民族有所变化，历史上有的民族渐渐消亡，也渐渐产生过新的民族。作者联系世界上目前所知道的最古老的巴比伦史诗《埃努玛·埃里什》以及稍后的《吉尔伽美什》，对比纳西族史诗《创世纪》（《崇搬图》）《黑白之战》《哈斯争战》出现的先后次序，论述了创世史诗到英雄史诗的发展历程。一些东西方英雄史诗，如古希腊的《荷马史诗》，印度的《罗摩衍那》《摩诃婆罗多》，都产生于奴隶制时代，中世纪欧洲史诗如法国的《罗兰之歌》、西班牙的《熙德》、德国的《尼伯龙根之歌》、俄罗斯的《伊戈尔远征记》都是中世纪封建国家形成后的产物，当然中世纪欧洲这几部史诗客观上也有民族兴起的内容叙述。

在苗族、布依族中，人们曾经把创世史诗称为"古史歌"，把创世史诗所描述的故事俨然视为真实的历史。欧洲与印度，也把史诗当作历史，

[①] 钟敬文：《民间文学概论》，上海文艺出版社1980年版，第283页。
[②] 《马克思恩格斯选集》第2卷，人民文学出版社1972年版，第113页。

认为史诗是真实存在的历史事件。阿昌族的创世史诗《遮帕麻和遮米玛》开篇即唱到："阿昌的子孙,阿昌的后代,你要知道阿昌的历史,就仔细听听《遮帕麻和遮米玛》"。楚雄自治州的彝族人,曾经把《梅葛》看作自己的"根谱",这是人尽皆知的事情,每一个民族的创世史诗总是带有原始神话的特点。

李子贤先生在《创世史诗的特征》中认为,从亚里士多德、伏尔泰、黑格尔到别林斯基,在这些学者的著述中,论及史诗都是指的英雄史诗,国内外学者对创世史诗很少提及。在原始初民时代,早期的英雄史诗与创世史诗是与神话水乳交融的,《吉尔伽美什》《荷马史诗》都有丰富的神话。《辞海》早期版本在阐释"史诗"条目时,其内容也专指英雄史诗。"史诗"一词,最早出现在亚里士多德的著作《诗学》之中。"史诗"源自希腊文,原意是"谈话"。英语中,史诗仍然读作 epos,其意是口头传诵的原始叙事诗。原始先民"用以咏叹他们的悲伤和喜悦的歌谣,通常也不过是用节奏的规律和动作的重复"。[①] 这其实也就是我们今天所说的"程式化"特点。在我国,大小凉山、楚雄、红河等地流传的彝族创世史诗《勒俄特依》《梅葛》《查姆》《阿细的先基》有古老的神话,也有民族先祖的生活印迹。再如丽江纳西族,其民族创世史诗以民族始祖忍利恩为活动中心,盛行母系制的泸沽湖地区,摩梭人讲述民族始祖柴红吉吉美的神话故事。吟唱民族史诗,还往往与祭祀活动联系在一起。如阿昌族的祭司(何袍)在演唱史诗《遮帕麻与遮米麻》时,要点燃长明灯,并在肃穆的气氛中向遮帕麻与遮米麻这两个神祇祷告,然后才可以演唱。传承创世史诗主要依靠祭司口诵的口头文本以及原始宗教经典文字文本。如彝族的毕摩、哈尼族的贝玛、摩梭人的达巴,以及纳西族的"东巴经"。

(十四) 对神话与史诗资料整理的回顾

在《南方少数民族原始性史诗形成和发展的历史根源》一文中,李子贤认为,南方少数民族多有讲述自己民族起源和天地万物发展变化的长篇

---

① [德] 格罗塞:《艺术的起源》,蔡慕晖译,商务印书馆1937年版,第244页。

原始性史诗。广西瑶族有自己的原始性史诗《密洛陀》，此书由莎红整理，广西人民出版社1981年出版。广东瑶族的民族史诗《盘古书》（即《瑶族歌堂曲》），此书由陈摩人、萧亭整理，广东人民出版社1981年出版。云、贵、川三省的凉山州、宁蒗县、楚雄州、红河州、毕节市等地区的彝族，均分别有自己的原始性史诗。云南省楚雄彝族自治州在大姚县流传着《梅葛》，在双柏县流传着《查姆》两部内容不同的史诗，《梅葛》由云南人民出版社1959年初版，1978年再版，《查姆》由郭思九、陶学良整理，云南人民出版社1981年出版，云南彝族还有《阿细的先基》《阿墨西尼摩》也在这一时期出版。云南思茅地区的拉祜族在不同地区流传着《牡帕密帕》和《古根》两部史诗。《牡帕密帕》由刘辉豪整理，云南人民出版社1979年出版，《古根》由陶学良整理，刊载在《民间文学》1981年第5期。纳西族的原始史诗《崇搬图》（《创世纪》）由和芳读经，周汝诚译，后用《创世纪》为名在云南人民出版社于1960年初版，1978年再版，其间丽江县文化馆曾经在1973年出过石印本。布依族的古歌以《布依族古歌叙事歌选》为名在贵州人民出版社于1981年出版。阿昌族的《遮帕麻和遮米麻》由兰克、杨智辉整理，云南人民出版社1983年出版。四川彝族的《勒俄特依》收入《大凉山彝族长诗选》，由四川人民出版社1960年出版。云南佤族的《葫芦的传说》由刘允褆、陈学明整理，云南民族出版社1980年出版。哈尼族的《奥色密色》由刘辉豪、白章富收集整理，1980年发表在《山花》总第3期上，哈尼族还有民族迁徙史诗《哈尼阿培聪坡坡》，发表在《山花》1983年第4期上，以哈尼族祝酒歌《哈尼哈巴》吟唱了哈尼族民族祖先的迁徙历史。景颇族的《木脑斋瓦》（《景颇创世纪》）由李向前搜集整理，云南民族出版社1982年出版。

北方民族以英雄史诗较为常见，南方多是民族原始性史诗。但是也不绝对，如土族婚礼歌《混沌周末歌》就属于原始性史诗，南方民族如傣族史诗《厘俸》《兰嘎西贺》、纳西族民族史诗《黑白之战》、羌族的《羌戈大战》都是英雄史诗。历史上，《梅葛》没有文字记载，靠口耳相传。"梅葛"一词，是彝族语言的音译，本来是一种调子的名称。因为云南楚雄彝族自治州姚安县等地彝族的创世史诗是用"梅葛"调吟唱的,并借用"梅葛"调流传,所以人们就把这部创世史诗称为《梅葛》。20 世纪 50 年代由徐嘉瑞先生等收集整理出版。全诗歌 5700 余行,分为"创世""造物""婚事和恋歌""丧歌"四个部分①。

羌族史诗《羌戈大战》1983 年由羌族罗世泽整理出版。羌族从字面意义上来讲,从羊从人,是牧羊人的意思。春秋战国时代,古代羌人由西北向西南迁徙,与当地原有的羌部落产生民族融合,发展演变为今天藏缅语族的一支。而其中的一支,大约在公元 7 世纪中叶以后开始迁徙到岷江上游,形成今天的羌族。《羌戈大战》有中国神话特有的巫术色彩,歌颂的是半神半人的英雄②。

(十五)其他著述

1983 年由朱宜初、李子贤主编的《少数民族民间文学概论》由云南人民出版社出版,这是同类著作中的开山之作。1989 年,该书荣获中国少数民族文学学会授予的"最佳著作奖"。1996 年李子贤、刘鸿武、段炳昌合著的《中国少数民族文化简史》由云南人民出版社出版,这是国家民委主持出版的《中国少数民族地区马克思主义教育丛书》的其中之一。1997 年李子贤教授参与日本冲绳艺术大学加治工真市教授主持的"冲绳与中国云南少数民族基层文化的比较研究"项目(1997—2002),与日本学者一起共赴元阳、绿春等地进行哈尼族文化的田野调查。2001 年李子贤教授主编的《多元文化与民族文学——中国西南少数民族文学的比较研究》由云南教育出版社出版,这是国家社科基金项目结项成果,2004 年荣获云南省文艺界最高奖——"第四届云南省文学艺术创作奖励基金"文艺评论类一等奖,也获得"第五届中国民间文艺山花奖·第二届学术著作奖"二等奖。

---

① 李子贤:《彝族创世史诗〈梅葛〉简论》,见《李子贤学术文选——探寻一个尚未崩溃的神话王国》,云南人民出版社、云南大学出版社 2015 年版。

② 李子贤:《一种特殊类型的英雄史诗——试论羌族史诗〈羌戈大战〉》,见《李子贤学术文选——探寻一个尚未崩溃的神话王国》,云南人民出版社、云南大学出版社 2015 年版,第 266 页。

撰写了《〈梅葛〉的文化学解读》（该书 2007 年由云南大学出版社出版，2009 年荣获第九届中国民间文艺山花奖·民间文艺学术著作奖）一书的提纲，并开始着手对彝族创世史诗《梅葛》传承现状及叙事文本的田野调查，提出研究创世史诗要探寻新的路径，既要跳出文本，又要回归文本，关注创世史诗与文化生态系统的内在联系。2002 年与人合著的《云南民族文化形态与现代化——楚雄民族文化考察报告》由巴蜀书社出版发行。2010 年以论文《存在形态、形态结构与文化生态系统——神话研究的多维视点》（《云南师范大学学报》2006 年第 3 期）获得第六届云南省文学艺术创作奖励基金民间文学论著类一等奖。

  李子贤先生的民族神话研究有显著的文化影响，特色鲜明。一是研究类型和研究视野开阔，涉及西南地区许多民族的神话。用多个学科的理论进行综合阐释，探索了西南诸少数民族独特的神话世界和丰富的文化内涵。二是注重影响研究，不是独立孤立的分析，总是置于多元文化的生态之中。三是多有跨越国界的、跨越文明体系的比较研究。比如日本神话、希腊神话、南岛神话与云南民族神话的比较。着眼于国内外神话研究的最新成就，能够参与中外神话学对话，极大地扩大了我国民族神话的世界影响。四是立足于我国西南少数民族的文化环境和文化生态，重视田野调查和活形态神话的研究。既有宏观的整体把握，又有微观的细致考察，把一般的神话理论与西南少数民族地区的特殊神话现象结合起来。不仅拓展了民族神话研究的学术视野，而且具有较高的理论水平。

第三节　文化人类学视野下民族神话研究的复兴（二）
——北方神话研究

  东北中俄边境地区是我国"一带一路"在东北地区的重要边境地带，沿线分布满族、鄂温克族、鄂伦春族、赫哲族、朝鲜族等跨境民族，其中大部分民族有语言无文字，有关民族的历史渊源等重大问题传承在神话、史诗、传说故事等口头文学里，这些口头文学是各民族历史文化的源头，在各民族社会发展与经济建设中发挥重要作用。然而，随着通用语言文字的推广，少数民族母语正在被强势语言文字所替代，以口头讲述为载体的鄂温克、鄂伦春等中俄边境民族口传神话濒临失传。到目前为止，对这一地区跨境少数民族神话的研究还处于零散性的阶段，尚待开掘。如果我们不马上采取积极有效的抢救性整理与研究措施，随着传承人离世与民族语言濒危，很多蕴含民族文化密码的母语口头文学资料将永远消失在历史的长河中。

一　"摩苏昆"研究

鄂伦春族主要分布在中国东北部内蒙古自治区和黑龙江省的大、小兴安岭地区，过去的生产生活以狩猎为主、采集和捕鱼为辅。鄂伦春族有本民族语言，无文字，但其口头文学蕴藏却极其丰富，尤其是神话非常发达。自20世纪50年代，国内学者开始对鄂伦春族神话传说进行搜集整理和出版，取得了举世瞩目的成绩。鄂伦春族是我国28个人口较少民族之一，"鄂伦春"一词本是民族自称，一说是"使用驯鹿的人"，一说是"山岭上的人"。鄂伦春族又称为"玛涅克尔""毕拉尔""满珲""奇勒尔"等。中国境内的鄂伦春族神话传说的搜集整理始于1956年。全国人大民族委员会和中央民族事务委员会于1953年组织了全国性的民族识别调查，1956年开始少数民族民族语言、社会历史调查。另外，内蒙古少数民族社会历史调查组、内蒙古历史研究所等单位二十多位调查组成员数次对鄂伦春族聚居地进行调查，内容包括鄂伦春族的社会、历史、经济、地理、民俗文化、宗教信仰等诸多方面，同时也进行着民族神话文献的搜集整理，这是中国学者第一次对鄂伦春族进行全面系统的调查。

据2010年第六次全国人口普查数据，鄂伦春族现有8659人，主要居住在内蒙古呼伦贝尔市鄂伦春自治旗，以及黑龙江省呼玛、逊克、黑河、嘉荫等地。鄂伦春族有本民族的语言，属阿尔泰语系满-通古斯语族通古斯语支，但无文字。曾学习使用过满文，现在主要使用汉语，信奉萨满教、山神"白那查"、天神"恩都力"，崇拜自然物。以狩猎、采集为主要生产方式。千变万幻的自然景色、足智多谋的游猎生活，勤劳、勇敢、淳朴、豪爽的性格，造就了鄂伦春人天才的诗人特质与语言天赋，以及出口成歌、能歌善舞的才华。他们在森林里、小溪边、炕头上世代传承着本民族的神话与传说、英雄叙事诗、民歌等多种形式民间文学，这些口头文学书写了鄂伦春族千百年来的历史记忆与文化变迁，也是他们顽强、乐观、坚毅的性格展现，以及对自然对生活的热爱与讴歌。纵观鄂伦春族英雄叙事诗，人口不到一万的鄂伦春人，在漫长的历史发展进程中，以其特有的冰雪情怀、林海智慧、森林思维创作了底蕴丰厚、样式独特、类型丰富的英雄叙事诗，如《英雄格帕欠》《波尔卡内莫日根》《布格提哈莫日根》等名篇，这些英雄叙事诗的思想性、艺术性、学术性堪与世界经典英雄史诗相比。三部鄂伦春族英雄叙事诗《英雄格帕欠》《波尔卡内莫日根》《布格提哈莫日根》，流传于黑龙江省一个名不见经传却底蕴极为深厚的神奇地方，即小兴安岭北部沾河流域逊克县新鄂鄂伦春民族乡，新鄂鄂伦春民族乡现有人口1000多人，包含鄂伦春、满、蒙古、达斡尔、朝鲜、汉等民族，其中鄂伦春族人口为200多人，汉族人口占绝大多数。该民族乡地处偏僻、交通不便，公共汽车通行是新世纪才实现的。尽管该民族乡地处边缘地带，历史却极为悠久，据当地老人讲，一百多年以前，这里的鄂伦春族人口比现在要多一些，在文化单调的岁月中，讲唱英雄叙事诗是他们生活常事和乐趣所在。

开始民族神话采集整理工作后，1956年形成了鄂伦春族神话传说的第一批出版物，1959年11月北方文艺出版社出版刘思平搜集整理的鄂伦春族神话传说《阿什库进京》，这是第一本鄂伦春民间口头文学作品出版物。1962年12月，北方文艺出版社出版了由隋书金整理的神话传说《吴达内的故事》①。著作里面有刘惠民的插图，故事讲述吴达内是个机智勇敢的孩子，出生于鄂伦春族一个老猎户之家，为了让族人过上幸福生活，外出打猎，历经千辛万苦，终于杀死祸害鄂伦春人的魔鬼。

---

① 徐昌翰、隋书今、庞玉田：《鄂伦春族文学》，北方文艺出版社1993年版，第20—21页。

第二章 民族神话收集整理期的学术成就

20世纪60年代中期开始，十年文化浩劫，民族神话研究少有人问津，直到"文革"结束，鄂伦春族神话研究工作才开始恢复。1978年9月，秋浦著《鄂伦春社会的发展》出版，收录了神话传说五篇分别为：《阿依吉伦和伦吉善》《白衣仙姑》《嘎仙洞和窟窿山的传说》《兴安岭和甘河的传说》《毛意》。其中第九章萨满教与萨满这一部分专门介绍了鄂伦春族的自然崇拜、图腾崇拜和祖先崇拜等一些内容[1]。

从1980年开始，陆续有大量的鄂伦春神话传说集、神话传说选出版，主要有：内蒙古人民出版社出版张凤铸、蔡伯文编《鄂伦春民间文学选》（1980）；黑河市群众艺术馆编辑出版《刺尔滨河》（1983）；中国民间文艺研究会黑龙江分会主编《黑龙江民间文学》第11集鄂伦春神话传说专辑（1984）；中国民间文艺出版社出版巴图宝音搜集整理《鄂伦春族神话传说集》（1984）；上海文艺出版社出版隋书今编《中国少数民族民间文学丛书·故事大系 鄂伦春族神话传说选》（1988）等等。

1988年9月，上海文艺出版社出版隋书今编选的《的鄂伦春族神话传说选》，该书共收录83篇神话传说，其中前言中提到，鄂伦春族神话传说按习惯分为神话故事、民间传说（又称为乌印）等等。相比较其他神话传说集成，该书较全面地记录了每篇作品的流传地区、搜集整理的时间地点、口述、翻译、搜集整理者的姓名等详细信息[2]。

1993年6月，孟淑珍《鄂伦春民间文学》出版，该书收录了流传在小兴安岭北麓的"毕拉尔千"中74篇鄂伦春民间文学作品，并按体裁分为神话、传说等类别。而且，作者对搜集的作品进行鄂伦春语国际音标标音、汉语直译、汉文整理，采用直译、意译、（讲唱者）表演形态与动态和谐统一的方法进行整理[3]。这与前面所论述南方史诗《密洛陀》的文献收集整理方法大致类似。

2002年10月，王肯著作《1956年鄂伦春手记》出版，作者作为1956

---

[1] 秋浦：《鄂伦春社会的发展》，上海人民出版社1978年版，第1—3页。
[2] 隋书金编：《鄂伦春神话传说选》，上海文艺出版社1988年版，第385—386页。
[3] 孟淑珍：《鄂伦春民间文学》，黑龙江省民族研究所，1993年，第1—2页。

年东北师范大学鄂伦春调查组成员，负责对鄂伦春地区的文化，包括民俗、宗教、神话传说等资料的搜集，四十六年后根据采录资料形成该书。书中第二篇为鄂伦春神话故事，分为天真朴素的神话、奇特的巨人传说、萨满的传说、猎人的故事、爱情故事、动物传说、当代故事共计38篇，所收录的鄂伦春族神话传说大多数为过去未曾公开发表的新材料。

鄂伦春族神话传说的海外研究也值得关注，1810年日本学者间宫林藏（1780—1844）根据自己的采录调查著成《东鞑纪行》一书，记载了中国的固有领土库页岛，也描绘了黑龙江流域一带的风土人情，还在书中绘制了大量的彩色图片。1859年俄罗斯学者P. K. 马克对中国境内鄂伦春族进行研究，著有《黑龙江旅行记》一书①，虽然没有关于鄂伦春族神话的专题研究，但为全面深入研究鄂伦春族的神话传说产生了积极的影响。其中，最著名的是俄国著名通古斯学者史禄国及其著作《北方通古斯的社会组织》《通古斯人的心理情绪》。史禄国对包括鄂伦春人在内的通古斯人的实地考察于1912—1913年和1915—1917年中进行，根据调查的情况形成了英文著作 *Social organization of the northern Tungus* 由上海商务印书馆于1933年出版。日本人川久保悌郎和田中克己将史禄国的著作翻译成日文，由东京岩波书店于1941年出版。1985年1月由内蒙古人民出版社出版的译著《北方通古斯的社会组织》由吴有刚、赵复兴、孟克根据1933年英文版 *Social organization of the northern Tungus* 和1941年出版的日本版本翻译而成。《北方通古斯的社会组织》虽没有对神话传说进行专门的调查研究，但文中提及通古斯人的萨满教神话，对万物有灵论、萨满教的主要特征等问题进行了阐述，对研究鄂伦春族的神话具有重要的参考价值②。

在世界各国民族的口头文学中，都有以"英雄"为主题的民族史诗。如我国藏族的《格萨尔》、蒙古族的《江格尔》、柯尔克孜族的《玛纳斯》，古希腊的《伊利亚特》《奥德赛》，法国的《罗兰之歌》，德国的

---

① 王丙珍：《鄂伦春族文学研究的发展历程》，《前沿》2013年第5期。
② ［俄］史禄国：《北方通古斯的社会组织》，吴有刚、赵复兴、孟克译，内蒙古人民出版社1984年版，第1—4页。

《尼伯龙根之歌》,英国的《贝奥武夫》等蜚声世界的名篇。长期以来,学术界对我国英雄叙事诗的关注多停留在藏族的《格萨尔》、蒙古族的《江格尔》、柯尔克孜族的《玛纳斯》三大史诗上。造成这种认识的主要原因在于,鄂伦春族英雄叙事诗书面化进程较缓,从20世纪70年代末才开始发现、搜集、记录、整理,在此之前,大量英雄叙事诗仍处于口传的活态形式。而对鄂伦春族英雄叙事诗的研究起步则更晚,系统研究在20世纪80年代后才真正展开,导致大家对鄂伦春族英雄叙事诗的认识不足,忽略了鄂伦春族英雄史诗丰富多彩的事实。黄任远先生主编的国际音标本《黑龙江流域少数民族英雄叙事诗·鄂伦春族卷》富有创建性的为世人呈现了鄂伦春族英雄叙事诗的世界性、民族性与独特的艺术性。

国内研究方面,20世纪50年代至今,陆续有国内学者撰写的鄂伦春族研究专著问世,如《大兴安岭鄂伦春》(关小云,2003年)、《鄂伦春族历史、文化与发展》(韩有峰,2003年)、《最后的传说:鄂伦春族文化研究》(吴雅芝,2006年)、《环境与小民族生存——鄂伦春文化变迁》(何群,2006年)、《鄂伦春原生态文化研究》(王为华,2009年)、《鄂伦春族萨满文化遗存调查》(关小云、王宏刚,2010年),等等。其中,部分著作中有专门章节阐述鄂伦春族的神话,如秋浦著《鄂伦春社会的发展》第八章涉及鄂伦春神话传说;赵复兴著《鄂伦春族游猎文化》第十章第二节神话、传说和故事;关小云、王宏刚著《鄂伦春族萨满调查》第六章萨满教诸神的神话传说。

1993年7月,徐昌翰、隋书金、庞玉田著的第一本关于鄂伦春族文学研究专著——《鄂伦春族文学》在北方文艺出版社出版。作者对鄂伦春族进行了五年的田野调查,并且根据已出版的鄂伦春族研究成果形成此书,该书按照鄂伦春族神话传说的特点进行归类和整理,运用比较研究的方法进行分析,对鄂伦春族文学同中华各民族文学乃至世界文学进行比较研究,提供了良好的开端。正如东北师范大学汪玲玢所言,著作取材广泛,分类齐备,有神话,还有其他文学样式。用七章来进行叙述。还附录有民间故事家、歌手、说唱家以及翻译工作者的大略介绍。这个开拓性的基础工程，他们做得踏实而庄严。①

2014年12月王丙珍、关小云、关红英著《鄂伦春族文学研究》出版，这是2011年9月至2014年6月期间，几位研究者对鄂伦春自治旗及俄罗斯埃文基民族地区等地进行调研，搜集的口头资料和文本资料。该书从鄂伦春族远古时期至21世纪初叶文学发展进行了梳理，以鄂伦春族的神话、传说等为研究切入点，进行了理论的阐述和跨学科、跨地域、跨文化的比较研究②。

鄂伦春族的神话传说研究，不仅仅是民族内部研究，更多的是跨民族、跨文化、跨语言界限的比较研究。多是从中国各民族、北方民族、阿尔泰语系诸民族、满-通古斯诸民族等更广阔的视域对包含鄂伦春族在内的相关民族民间文学进行研究。主要著作有：《通古斯-满语族神话研究》（黄任远，1999年）、《中国阿尔泰语系民族民间文学》（满都呼主编，2005年）、《满-通古斯诸民族民间文学研究》（汪立珍，2006年）、《中国各民族人类起源神话母题概览》（王宪昭，2009年）、《中国阿尔泰语系诸民族神话比较研究》（那木吉拉，2010年）。其中，2005年3月，满都呼主编的《中国阿尔泰语系民族民间文学》对中国阿尔泰语系18个民族的民间文学以民族为单位，按照神话传说、民间歌谣、民间说唱的结构进行了文献整理。该书对进一步研究阿尔泰语系各民族民间文学做比较和全面系统地分析论述提供良好的学术基础③。

2006年5月，笔者导师汪立珍教授著作《满-通古斯诸民族民间文学研究》出版，该书是阿尔泰语系中满-通古斯诸民族民间文学研究的综合性成果，第一章对满-通古斯诸民间文学形成的历史文化背景和搜集整理以及民间文学的研究价值进行概述；第二至四章对满-通古斯诸民族的神

---

① 汪玲玢：《北方狩猎文化的精萃——〈鄂伦春族文学〉问世》，《学习与探索》1994年第4期。
② 王丙珍、关小云、关红英：《鄂伦春族文学研究》，北方文艺出版社2014年版，第379页。
③ 满都呼：《中国阿尔泰语系民族民间文学》，内蒙古教育出版社2005年版，第1—3页。

话、民间传说、神话传说分别从内涵、类型和特征等进行全面的解析。从二十世纪八十年代神话研究复兴以来的近三十多年里，汪立珍教授对北方少数民族神话，特别是人口较少民族神话的研究及其体系建构、少数民族神话现状调查以及少数民族神话学教学与人才培养诸方面，都有较大的贡献。

此外，还有大量的学术期刊论文涉及鄂伦春族的神话。《鄂伦春族人类起源神话探奇——浅谈神话产生的三个基本因素》（白水夫，1986年）、《鄂伦春族萨满神话的传承与变异》（王丙珍，2007年）、《鄂伦春族射日神话浅论》（杨金戈，2016年）、《论鄂伦春族鄂温克族达斡尔族神话产业发展途径》（杨金戈，2016年）、《20世纪50年代以来鄂伦春族神话研究综述》（杨金戈，2017年）、《鄂伦春族神话研究》（杨金戈，2017年）等等。

在近年研究鄂伦春族神话方面，杨金戈所著《鄂伦春族神话研究》，带有学术研究阶段总结的性质。著作借鉴比较文学、民俗学、文化人类学等相关学科理论，对鄂伦春族神话进行神话学阐释，并与满-通古斯在民族神话进行比较研究。《鄂伦春族神话研究》在前人的类型研究基础上，对鄂伦春族神话进行了类型确定。[1]

二 赫哲族"伊玛堪"研究

（一）研究概述

赫哲族其中的"赫哲"在汉语中意义是"东方的人们"或"下游的人们"[2]。因为赫哲族的祖先很早之前就生活在松花江、牡丹江、乌苏里江以及黑龙江中下游直达东海海滨一带，所以是"下游的人们"。今天赫哲族人主要居住在黑龙江省的同江、抚远和饶河等县，少数居住在桦川、依

---

[1] 汪立珍：《北方少数民族神话研究新力作——〈鄂伦春族神话研究〉》，《品位·经典》2019年第9期。

[2] 黑龙江省编辑组：《民族问题五种丛书·赫哲族社会历史调查报告》，黑龙江朝鲜民族出版社1987年版，第3页。

兰、富锦三县和佳木斯市①。赫哲族拥有自己的语言，但是无文字，因此伊玛堪作为说唱文学，一直是口头传承，早期并无文字记载的资料传世。进入21世纪的今天，伊玛堪的传承者越来越少，伊玛堪处于濒临消亡的边缘。伊玛堪是赫哲族的民间说唱艺术，是一种单人表演的、无须伴奏、句子押韵的说唱形式。代表作有《安徒莫日根》《满斗莫日根》《香叟莫日根》《阿格弟莫日根》《乌尔托莫日根》等。除莫日根故事之外，还有动物寓言故事、惩恶扬善故事等。

关于伊玛堪的采录与整理工作，一共可以分为三个阶段。第一次系统的整理始于20世纪30年代，当时凌纯声与商章孙先生一同赶赴东北调查赫哲族，凌纯声先生著成《松花江下游的赫哲族》一书，采录了大量的伊玛堪，对伊玛堪进行了真实的记录。在这本书中，伊玛堪被定义为说唱故事而分成四类：英雄故事、宗教故事、狐仙故事和普通故事，作者更重视的是故事的叙述内容，没有保存伊玛堪独特的韵文诗体，伊玛堪原始的讲唱形式被忽略，这成为日后科研工作的一大憾事。

在20世纪50年代末，刘忠波先生等民族研究工作者深入到三江平原赫哲人聚居地，采录伊玛堪，发现了吴进才、葛德胜等优秀的伊玛堪歌手。吴进才所传承的《安徒莫日根》和葛德胜讲唱的《满格木莫日根》被保存下来，分别被刊行在《赫哲族社会历史调查》和《赫哲人》（刘忠波编写）中。此次考察的结果收获30余篇伊玛堪名目、6部伊玛堪片段。

从20世纪80年代开始，伊玛堪的采集进入第三阶段的兴盛期。采用录音的形式对伊玛堪展开新一轮的搜救工作，录音带能够很好地保护说唱艺术。这一阶段的伊玛堪记录较前两次有了科学性的进步。用录音机进行录制的方式最完整地保留了伊玛堪的原始面貌，成为珍贵的资料。

英雄叙事诗《英雄格帕欠》《波尔卡内莫日根》《布格提哈莫日根》就是在这样山清水秀的地方传唱出来的。其演唱方式是说一段、唱一段，说唱结合的口头叙事文学，鄂伦春语称之为"摩苏昆"。"摩苏昆"既有长

---

① 汪立珍：《赫哲族"伊玛堪"歌手的时代特征》，《中央民族大学学报》（哲学社会科学版）2014年第4期。

篇叙事，也有短篇叙事，既包括英雄叙事诗，也包括生活叙事诗。"摩苏昆"已经成为鄂伦春族民间文学中的代表性话语。学界对"摩苏昆"有不同的解释。一般认为，"摩苏昆"是指鄂伦春民间文学的一种讲述方式。至于其如何讲述的具体含义，鄂伦春族英雄叙事诗《英雄格帕欠》《波尔卡内莫日根》《布格提哈莫日根》的挖掘者、整理者、翻译者孟淑珍，曾专门撰写文章阐释，她1991年执笔的《鄂伦春族"摩苏昆"探解》一文专门阐释"摩苏昆"含义："摩苏昆"就是说说唱唱，唱一段，说一段，从音乐上说，"摩苏昆"有"悲调说唱""能悲能喜"的意思，"产生于鄂伦春末期，是介于神话与史诗二者之间的艺术表现形式"。[①]

把民间艺人讲一段唱一段的叙事形式，放到鄂伦春族英雄叙事诗文本中考察，我们发现，这种"说唱结合"的叙事形式贯穿鄂伦春族三部英雄叙事诗的全篇，三部史诗均是通过"说唱结合"的方式讲述了"格帕欠""波尔卡内""布格提哈"等英雄们为了寻找被妖怪"莽古斯"陷害的父母，学习武艺，离开自己多年生活的故乡，踏上寻找父母、征战恶魔的征程。这个征程是充满了挑战并且超越自然的奇幻境地，他们在那里凭借自己的智慧与朋友，与自己的仇人或敌对力量展开厮杀搏斗，获得决定性胜利，然后凯旋回归故乡，为他的族人建立安乐之邦，为他的人民带来幸福安康。

《英雄格帕欠》《波尔卡内莫日根》《布格提哈莫日根》三部英雄史诗的情节除了细微差别外，其主题内容大致相同，而英雄成长的模式更是惊人的相似：几乎都是由英雄的"出生→遇难→习武→复仇→结义→征战→婚姻→凯旋回归"等系列母题链组成。这些母题链同我国三大英雄叙事诗，以及世界不同国家民族的英雄史诗经典名篇如出一辙，而且在其叙事结构、叙事方式等方面更加具有英雄史诗的原初样态。

鄂伦春族英雄史诗具有重要的学术价值和社会意义。为了让世人了解这文化的瑰宝，孟淑珍进行了多年付出和艰难收集，正是因为有了她才没有让这些宝贵的民族英雄叙事诗淹没在辽阔的林海中。孟淑珍是出生于新

---

① 孟淑珍：《鄂伦春族"摩苏昆"探解》，《满语研究》1991年第2期。

鄂鄂伦春族民族乡的鄂伦春族人。1979年开始搜集整理、翻译鄂伦春族民间口头文学。孟淑珍完成笔录近百万字，完成40余盘磁带录音资料，整理《英雄格帕欠》《波尔卡内莫日根》《布格提哈莫日根》等多篇30余万字的民间文学作品，并于1986年发布于《黑龙江民间文学》第17、18两辑（专集）上，从此鄂伦春族的英雄史诗公之于世。同时，"摩苏昆""坚珠恩"及其多部叙事文学作品的发掘，填补了鄂伦春族文化史上的一项空白。孟淑珍1993年出版的《英雄格帕欠》，荣获国家民间文学一等奖。

在21世纪的今天，传唱英雄史诗的时光在新鄂鄂伦春族民族乡已经不再，2013年12月27日，鄂伦春族民间说唱国家级传承人莫宝凤辞世，能完整唱出长篇史诗的人已经不复存在。为了有效地继承民族文化，国际音标标注鄂伦春族可以让史诗以科学的版本形式存活起来，演唱传承下去。在赫哲族、鄂伦春族、达斡尔族等少数民族的史诗、萨满教神话等传统文化的挖掘、搜集、整理上，黄任远先生辛勤耕耘、殚精竭虑，尤其是把毕生的精力投入在赫哲民间文学的调查与研究方面，出版专著、论文近千万字。在长期田野调查与研究的基础上，对鄂伦春族英雄史诗的发展进程进行纵向与横向研究，运用国际音标注释这种科学方式，对鄂伦春族英雄史诗作了一次系统规范的文本写定，为我们了解鄂伦春族英雄史诗的原貌提供了重要的参考。

在"伊玛堪"的研究上，1988年，徐昌翰对"伊玛堪"进行了文本研究。从萨满文化角度对"伊玛堪"作品的透视，发现作品主人公的三重身份——莫日根、额真、萨满，并确定萨满身份的中心地位，对"阔力"形象作出萨满保护神的解释。"伊玛堪"充满了主人公同形形色色对手搏斗的场面，具有现实与神性的同一性[①]。这一时期，黄任远对萨满文化与伊玛堪作品《香叟莫日根》进行了分析，伊玛堪《香叟莫日根》历史悠久，口耳相传，以赞颂原始部落间征服与反征服的英雄业绩为其主要内容，具有史诗萌芽性质，深受萨满文化的渗透和影响[②]。孟慧英对神歌与

---

① 徐昌翰：《从萨满文化视角看〈伊玛堪〉》，《民族文学研究》1988年第4期。
② 黄任远：《萨满文化对〈香叟莫日根〉的渗透》，《民族文学研究》1988年第4期。

伊玛堪进行了分析，文章指出，神歌是指通古斯民族中普遍流行的萨满教仪式歌，包含较多的民族神话内容。萨满教的不同仪式是通古斯神歌赖以产生与生存的土壤。伊玛堪是我国境内的通古斯语民族之一的赫哲族的一种说唱文学形式，它被视为通古斯民族的史诗样式，或被某些学者称作传统的说唱形式。千百年来，赫哲族生活在三江平原，发展着自己的民族艺术，伊玛堪作为赫哲族的民族史诗，不仅生动地表现了赫哲族的民族情感，而且成为反映赫哲族古老历史文化的"活化石"。

1992年赫哲族学者尤志贤编译的《赫哲族伊玛堪选》出版，为保存伊玛堪作品做出了贡献。1997年黑龙江民间文艺家协会整理出版《伊玛堪》作品集。21世纪初，黄任远等人撰写了《关于伊玛堪采录、翻译、整理、编辑出版的思考》一文，这篇论文基于作者自己的学术实践，立足当前，回顾过去，对伊玛堪的采录、翻译、整理与编辑出版提出了宝贵的意见，对我国历次伊玛堪的采录情况作出了整体性思考与评价。

20世纪80年代的乌日贡大会被定型为赫哲族全民族的节日盛会，肩负起承载赫哲族传统渔猎文化的抢救与保护工作的重任。2006年，赫哲族史诗"伊玛堪"被列入第一批国家非物质文化遗产名录，肯定了伊玛堪的历史文化地位，有利于进一步保护伊玛堪文化。2010年刘雪英发表《赫哲族"伊玛堪"的生存现状》，从传承人的角度出发，指出伊玛堪正处于濒临消亡的险境，呼吁相关部门给予高度重视。2012年6月第一届伊玛堪学术研讨会在黑龙江省社会科学院举行，会议以"传承与合作"为题，交流民族神话与史诗研究成果和研究现状，探讨了文化内涵，以及建立有效的非物质文化遗产保护机制，构建相应的支撑体系等问题。

（二）伊玛堪文化信息与文化密码研究

伊玛堪的文本资料出现后，吸引大批学者进行关注和讨论，促进了伊玛堪的学术研究。拓展的研究方向，涉及各个方面：有伊玛堪语义、词源的研究，伊玛堪文学体裁的研究，伊玛堪与萨满文化的渊源，伊玛堪与各族同类作品的比较研究，伊玛堪的音乐美学、民俗价值研究，对传承者的研究等等。

1. 伊玛堪语义、词源的研究

20世纪50年代出版的《赫哲族社会历史调查》一书，首次让"伊玛堪"进入大众的学术视野，并将伊玛堪定义为赫哲族以口头相传的说唱文学。一般认为，伊玛堪是以歌颂原始部落英雄为主要内容的、有讲有唱而又以唱为主的传统的民间口头文学样式。1989年汪玢玲在《再论伊玛堪与萨满教》一文中提出，伊玛堪源于赫哲语中的"lmulhan"（阎罗王）一词，与萨满教的阴世观念有着密切关系，并从伊玛堪内容的四个方面论证了其与萨满教的渊源。① 随后黄任远针对这一观点提出了反驳，认为imakan一词可能来源于赫哲语imaha，利用语源学与图腾崇拜以及赫哲族的渔猎文明进行了阐释。何日莫则从语音学角度进行了论证分析，认为伊玛堪是从imaka的普通名词演变而成的专用名词。傅朗云的《赫哲"伊玛堪"探源》一文认为伊玛堪是以萨满教走阴用语"阴姆堪"衍生出来的，这是对汪玢玲观点的学术支持。徐昌翰在《关于"伊玛堪"一词的语义、来源及其它》中认为"伊玛堪"是源于萨满教的跳神活动。伊玛堪语义、词源的研究论题涉及了赫哲族的宗教信仰、渔猎生存方式以及社会历史变迁各个方面的文化因素，值得我们进行深入的探讨。

2. 伊玛堪的史诗属性

20世纪80年代后期学术界认为伊玛堪有史诗性质，是史诗性的民间巨著，是"原始性英雄史诗"。徐昌翰《从萨满文化视角看〈伊玛堪〉》一文认为，伊玛堪被是一种赞颂民族祖先的英雄史诗②。1994年赵秀明的《论伊玛堪与英雄史诗》③、2006年汪立珍的《满-通古斯诸民族民间文学研究》都确认了伊玛堪的史诗特点，认为伊玛堪是"赫哲族民间流传的经典口承作品英雄史诗"④。

---

① 汪玢玲：《再论伊玛堪与萨满教》，《黑龙江民族丛刊》1989年第4期。
② 徐昌翰：《从萨满文化视角看〈伊玛堪〉》，《民族文学研究》1988年第4期。
③ 赵秀明：《论伊玛堪与英雄史诗》，《佳木斯教育学院学报》1994年第2期。
④ 汪立珍：《满-通古斯诸民族民间文学研究》，中央民族大学出版社2006年版，第222页。

3. 赫哲族先民的历史、社会生活与宗教信仰

伊玛堪作为赫哲族的英雄史诗，重点塑造了莫日根这一英雄形象。赵振才的《赫哲伊玛堪中的阔力》，透过对阔力形象的解析，揭示了原始初民的宗教信仰。也有学者认为阔力忠实于莫日根，是母系氏族社会让位于父系氏族社会的结果，是对当时社会结构的反映。李熏风的《比武择配见英雄——赫哲"伊玛堪"中的古婚俗》一文，认为比武择配的故事情节是对赫哲族初民古老婚俗的反映。徐昌翰、黄任远的《赫哲族伊玛堪"莫日根—阔力型"作品的情节模式探析》提出伊玛堪是由七个情节板块构成的，不同的伊玛堪是这七个情节板块的重组。这篇文章中，作者否定了伊玛堪中一夫多妻是原始赫哲族群婚制的观点，认为这种婚配方式反映的是建立在氏族婚姻习俗基础上的萨满与保护神、助手神之间的"神圣关系"。这篇文章将每个故事情节、人物形象都看做是萨满教的映射，具有一定的借鉴意义。但是萨满教作为原始宗教，它有自己最初的宗教形式，并随着社会的发展而不断地得到补充。

伊玛堪中独特的叙述方式也吸引了学者讨论的目光。黄任远、冯丽杰的《赫哲族伊玛堪叙事结构探析》论述了伊玛堪的叙事策略。李秀华的《析伊玛堪叙事策略》借助叙事学理论，对伊玛堪的叙事策略进行研究，探究伊玛堪的叙事艺术，对口头诗学的研究起到了促进作用。2011 年韩成艳《伊玛堪中的神奇婚姻母题及其文化意蕴》对上文中提出的婚配方式做出了扩展性解说，对婚姻母题中古老民族的社会结构、群婚习俗、社会生活、宗教信仰、多文化的影响等观点进行了全面总结。

此外，李秀华、黄儒敏的《赫哲族的口头文学——伊玛堪》，海凤的《赫哲族口头流传的百科全书——伊玛堪》，杨光《浅析赫哲族的民俗文化》，黄任远的《浅谈伊玛堪反映的时代》，都永浩的《试论伊玛堪的民族学价值》，周世伟的《试论赫哲族伊玛堪的文化内涵》，刘敏的《赫哲族非物质文化遗产：伊玛堪传承、保护的历史与成就》等文章对赫哲族古老社会、北方民族的渔猎型原始文化以及研究原始宗教等方面进行了深入探讨与研究。

黄任远在萨满教与伊玛堪的相互关系方面有很深入的研究,并且揭示了伊玛堪与萨满教的渊源。在《伊玛堪与萨满教文化》一文中,认为赫哲族原始的萨满宗教影响到赫哲人渔猎生活、生产的各个方面,渗透到赫哲人的传统习惯和道德观念,由此而产生了赫哲族的渔猎文化,即萨满教文化。1988年刘金明在《赫哲文化非萨满教文化》一文中,认为伊玛堪是赫哲族文化的一部分,而并不是萨满教文化的一部分,二者有重合交叉性,但是伊玛堪与萨满文化是两个相互影响的个体,不具备完整的从属关系。讨论伊玛堪与萨满教的关系,徐昌翰的《从萨满文化视角看伊玛堪》也有一定的学术影响。在20世纪90年代,徐昌翰与黄任远编著《赫哲族文学》一书,论述了伊玛堪及其相关研究。1998年3月,孟慧英著作《萨满英雄之歌——伊玛堪研究》在社会科学文献出版社出版,这是伊玛堪研究的集大成之作。该书对赫哲族的伊玛堪进行了系统的梳理,全面地介绍了伊玛堪的演唱者、文本、史诗特征、艺术表现形式、萨满文化等,阐释了伊玛堪的深层语义和符号特征,对伊玛堪与萨满文化的关系提出了独到的见解。

4. 伊玛堪演唱者

伊玛堪演唱者被称为"伊玛堪乞玛发""伊玛卡乞尼傲"或"伊玛卡乞奈伊"。李熏风在《史诗绝唱——记赫哲族史诗演唱家葛德胜》一文中,从葛德胜的身世、成为演唱歌手的历程、葛德胜的性格等多个方面进行了研究,为我们研究口头文学的传承者提供了借鉴。1997年出版的《伊玛堪》作品集后附录了《葛德胜自传》,增加了我们对伊玛堪的感性认识,为后来的口头文学研究奠定了基础。孟慧英的《萨满英雄之歌》中详细地论述了伊玛堪演唱者的资料。2005年,高荷红的《赫哲族伊玛堪歌手研究》更为详细的描述了赫哲族伊玛堪的演唱者状况,进一步地从中发现了歌手之间的特点和共性。作者从研究歌手,这一民族神话传播者的角度切入,对伊玛堪反映的史诗特性进行了分析,具有很强的启示性。纵观伊玛堪的研究史,我们发现对伊玛堪歌手的研究较少。伊玛堪作为口头性史诗,演唱者具有举足轻重的地位,加强伊玛堪歌手的研究是一个重要的论

第二章　民族神话收集整理期的学术成就

题，也是口传神话与民族史诗未来的研究方向。

众多学者通过田野调查和文献考证发现，近百年来，赫哲族民间已经形成三代"伊玛堪"歌手。第一代伊玛堪歌手是20世纪初期至中华人民共和国成立以前的莫特额、毕根尔都、三福、尤连贵、古托力、周令额、傅哈弗、尤安喜等著名歌手；第二代伊玛堪歌手是中华人民共和国成立以后至20世纪90年代末期的葛德胜、吴连贵、吴进才、尤金良等歌手；第三代"伊玛堪"歌手是21世纪初期至今被文化部门认定的"伊玛堪"传承人，主要有吴明新（国家级非物质文化遗产"伊玛堪"传承人）、吴宝臣（国家级非物质文化遗产"伊玛堪"传承人）、尤文凤（黑龙江省非物质文化遗产"伊玛堪"传承人）、尤秀云（佳木斯市级"伊玛堪"传承人）等①。这是中央民族大学汪立珍教授亲自带着研究生王平等人实地考察、访谈了解到的传承人情况。

5. 多元视角下的比较研究

近年来，对伊玛堪的研究已经深入到与相邻民族类似史诗的比较研究中，走出了仅限于赫哲族民族内部研究的狭小空间，拓展了"伊玛堪"的研究视野。黄任远先生的《伊玛堪多元文化结构探析》一文中，将伊玛堪置于多元文化的视域之中进行研究，走出了从赫哲族文化与萨满文化这一单一视角对伊玛堪的解读，具有很大的启发意义。张嘉宾在《埃文基人的"尼姆嘎堪"与赫哲人的"伊玛堪"》中将两种文学作品进行了比较研究，认为其共性是作品主人公的话都要唱出来，情节的交代要讲出来。在接下来的不同之处分析中，作者异中求同，追寻两者深刻的渊源关系，但是对于所提出的结论并未进行深入分析。此外，还有文章将东北地区的捕鱼、狩猎、游牧三个典型民族的同类史诗进行了艺术形式与文化内涵上的对比研究。② 黄任远先生在《伊玛堪与摩苏昆——赫哲族与鄂伦春族说唱

---

① 王平：《赫哲族史诗"伊玛堪"的叙事艺术研究》，硕士学位论文，中央民族大学，2005年，第15页。

② 郭崇林：《中国东北地区赫哲、鄂伦春族与蒙古族民间英雄讲唱的比较研究》，《黑龙江民族丛刊》1997年第3期。

文学之比较》《伊玛堪与优卡拉——中国赫哲族与日本阿伊努的民间文化比较》等文章中对不同民族说唱文学的情节故事、说唱形式等方面进行了比较研究，拓展了伊玛堪研究的范围，为我们提供了一个新的研究视角。2001年，吴桂华的《满-通古斯语族民间文学的奇花异葩》将赫哲族的伊玛堪与鄂温克族的民间传说进行了比较研究，从萨满文化、英雄形象和反映的原始社会民俗几个方面进行了比较，认为两个民族拥有共同的思想情感和社会心理。

文本的搜救工作，为我们认识伊玛堪的原始面貌提供了条件，对伊玛堪语义、词源的探析，以及从史诗角度解析伊玛堪，对人们认识赫哲族历史和文化起到了积极的推动作用。尤其在赫哲族伊玛堪与萨满神教的关系方面，国内学者为我们提供了很好的学习平台。

三 三大史诗研究

西北地区多民族文化水乳交融，孕育了丰富多彩的说唱史诗。藏族英雄史诗《格萨尔》、蒙古族英雄史诗《江格尔》和柯尔克孜族传记性史诗《玛纳斯》被并称为中国少数民族的三大英雄史诗。在近四十年民族神话研究学术史上，成果丰硕，呈现夺目的光辉。

张越比较分析了维吾尔族英雄史诗《乌古斯传》与突厥神话。《乌古斯传》是我们目前所能见到的保存突厥神话最多、最具有神话研究价值的历史文献[1]。德·孟克吉雅对"蟒古思故事"与印藏文学进行了比较研究，认为"蟒古思故事"深深扎根于蒙古族传统文化的沃土之中，同时吸收了其他民族文化的瑰宝，因而变得更加绚丽多彩。作者对"蟒古思故事"中涉及印、藏文学的一些母题，做了深入的分析。主要内容有三：其一、天神下凡，平定乱世；其二、蟒古思与大海、岛国；其三、蟒古思的保护神以及关于命根子的一些内容[2]。郎樱、尚锡静比较了北方民族鹰神话与萨满文化。该研究从北方民族的鹰神话、鹰崇拜习俗与萨满文化的关系入

---

[1] 张越：《〈乌古斯传〉与突厥神话》，《民族文学研究》1987年第6期。
[2] 德·孟克吉雅：《"蟒古思故事"与印藏文学》，《民族文学研究》1988年第3期。

手，以微观的角度对北方阿尔泰语系民族萨满文化的特点进行了探索。分析了萨满的飞翔能力与鹰神话、灵魂不灭论与鹰魂母题以及鹰崇拜心理的形成与鹰文化①。

1988年4月，（西德）克劳斯·萨加斯特尔发表《史诗〈格萨尔传〉在巴尔底斯坦》。论文分析了史诗《格萨尔传》在巴尔底斯坦的流传情况，证实史诗《格萨尔传》流传于巴尔底斯坦。研究人员在尽可能大的范围内将各种巴尔底版本录制了下来，这为进一步研究提供了可能。

1989年，姚宝瑄、谢真元对三大民族英雄史诗藏族的《格萨尔王传》、蒙古族的《江格尔》和柯尔克孜族的《玛纳斯》进行了研究，认为三大史诗不仅填补了中国文学史上史诗的空白，而且以其独特的风姿，立于世界史诗之林。② 高度肯定了我国西北三大民族史诗的历史文化地位。

李沅对普米族与藏族《格萨尔》进行了比较研究，对藏族《格萨尔》在普米人中流传的原因进行了探讨，具有重要的理论意义。《冲·格萨尔》与《老藏王传奇》也具有非常重要的比较研究价值③。20世纪80年代比较文学在中国方兴未艾，全球的视野、比较视域、跨学科融会贯通作为方法论和观念论已经颇受学术界所瞩目。

徐国琼对西藏《格萨尔》与巴尔底斯坦《盖瑟尔》进行了比较研究。巴尔底斯坦是巴基斯坦东北部的一个地区，使用的是西部藏语，信奉的是伊斯兰教，广泛流传着带有佛教色彩的《盖瑟尔》。巴尔底斯坦《盖瑟尔》实际是我国藏族地区英雄史诗《格萨尔》流传到巴尔底斯坦地区以后的一种变异④。张彦平对柯尔克孜族与中亚突厥语族英雄史诗中的相似因素进行了辨析⑤。

---

① 郎樱、尚锡静：《北方民族鹰神话与萨满文化》，《民族文学研究》1988年第3期。
② 姚宝瑄、谢真元：《中国三大史诗结构之比较》，《民族文学研究》1989年第2期。
③ 李沅：《普米族与藏族〈格萨尔〉比较研究》，《民族文学研究》1989年第5期。
④ 徐国琼：《西藏〈格萨尔〉与巴尔底斯坦〈盖瑟尔〉的比较》，《民族文学研究》1990年第3期。
⑤ 张彦平：《柯尔克孜族与中亚突厥语族英雄史诗中相似因素辨析》，《民族文学研究》1991年第3期。

武文分析了格萨尔的原型,① 降边嘉措分析了《格萨尔》所受苯教文化的影响。苯教是提倡自然崇拜的多神教,也是藏族社会第一个有理论、有教义、自成体系的人为宗教,在佛教传入藏区之前,即公元七世纪以前,苯教的广泛传播对藏族文化的形成和发展产生了深远影响。②《格萨尔》这部古老的史诗也正是在这样的社会环境和文化土壤中产生和发展起来的。

四 萨满神话研究

"萨满"一词在宋代(公元12世纪)的文献《三朝北盟会编》中就有记载,是满族祖先女真人的语言,原文为"珊蛮",专指女萨满,意义为"智者"。西方学者从17世纪开始知道"萨满"一词,一些国外学者认为,这个词与梵语sramana或者巴利语samana(沙门)有关,是自古以来进入通古斯语和蒙古语的一个外来语;还有学者认为,它是北亚地方土生土长的地方语③。而多数中国学者认为,"萨满"一词是满-通古斯语汇,有激动不安和精神疯狂之意,因为突厥人称萨满为"巴克西",指的是这个人非常博学多才,有智慧。蒙古人把"萨满"称为"乌得干",是指女萨满,都不含激动、不安的意思。在世界各地的民族神话和宗教信仰中,祭祀神灵的组织者都是有知识、有学问的人。不管是巫师、东巴、毕摩、喀木、土老师,还是喇嘛、牧师、阿訇,都是智慧杰出之士。在满-通古斯语中,满语、鄂伦春语、鄂温克语、赫哲语、锡伯语,均有"萨满"一词。而突厥语族里面,维吾尔语、哈萨克语、柯尔克孜语、塔塔尔语称萨满为"喀木(kam)"或"巴克西(bahsi)"。在蒙古语族中,如蒙古族、达斡尔族等,男萨满称"波(bo)",女萨满称为"乌得干(udgan)"④。"萨满"一词最开始指的是女萨满,即巫妪,涵义包括男女萨满是后来的事情。

---

① 武文:《格萨尔原型断想——从裕固族〈格萨尔故事〉看格萨尔其人》,《民族文学研究》1992年第3期。

② 降边嘉措:《〈格萨尔〉与苯教文化》,《民族文学研究》1993年第3期。

③ [日]赤松智城:《萨满教的意义与起源》,载《萨满教文化研究》(第二集),吉林民族研究所编,天津古籍出版社1990年版,第31页。

④ 富育光、赵志忠:《满族萨满文化遗存调查》,民族出版社2010年版,第28—29页。

满族萨满的产生有两种办法：一种是"神选"，另一种是"族选"。新产生的萨满需要在老萨满指导下学习相关祭神仪式，主要是"学乌云""落乌云"。成熟的萨满巫师主要是主持氏族和家族各种祭祀活动，祭祀祖先、祭祀神灵以及跳神治病、占卜吉凶祸福。

萨满教本质上属于巫教。它早期是原始宗教，晚期发展为多神信仰和祖先崇拜。以萨满为主体，以及由神灵信仰的需要而派生的各种程式化的祭仪、神器、祭礼上萨满的服饰、神的偶像、祷神的祷文等等，都属于萨满文化的核心内容。

我国古代信仰萨满的主要是北方民族肃慎、挹娄、匈奴、勿吉、靺鞨、乌桓、鲜卑、柔然、高车、突厥、回鹘、女真、契丹等。随着民族演化，一些古代民族演化成为现代民族，如肃慎、挹娄、勿吉、靺鞨、女真演变为今天的满族、赫哲族、鄂伦春族，匈奴演化为蒙古族，突厥、回鹘演化为维吾尔、哈萨克族。今天，信仰萨满的现代民族主要是阿尔泰语系诸民族，有大约2000万人。

"满洲"自称"旗族"，或被称为"满族"。中华人民共和国成立后，被定名为"满族"。满语属阿尔泰语系满通古斯语族，有文字"满文"，其先民亦曾发明并使用"女真文"，现通用汉文。满族神话在满族人民中间世代相传，反映了满族社会生活，形式上多是从肃慎、挹娄、勿吉、靺鞨、女真等先民那里传承下来的口头作品，内容多是对祖先的崇敬和对现实的理解与追求，具有浓郁的民族特色。满族神话主要有：用满族文字记载的《长白仙女神话》、满文传说《尼山萨满》、说唱文学《空古鲁哈哈济》。其中，《长白仙女神话》是满族族源神话。萨满神话、图腾崇拜、各种神祇的祭祀以及大量神话讲述、说唱本子的保留，都在一定程度上保留了萨满文化。满族神话瑰丽宏阔，反映了满族先民在东北亚极寒地带繁衍生息的英雄主义气概，代表作有《天宫大战》《白云格格》《海伦格格补天》《鄂多玛法》《女真定水》《长白仙女》等。族源神话《长白仙女》（《三仙女》）称本民族是天上仙女来长白山躬浴时，误吞神鹊衔来朱果受孕，生下婴儿。这则神话后被改为爱新觉罗家族的始祖神话并载入《满洲实录》等史籍，广泛流传于满族聚居的各个地区。《女真定水》展示了洪荒时代满族先民与自然抗争的无畏气概。满族神话具有较为完整的体系，很多神话具有鲜明的部族/氏族性，一些重要的神话以神谕、窝车库乌勒本的形式，得以保存。

满族史诗，流传至今的有《天宫大战》《恩切布库》《西林安班玛发》《乌布西奔妈妈》等。《天宫大战》为创世神话史诗，讲述了天神阿布卡赫赫的诞生及三位始祖女神阿布卡赫赫、巴那姆赫赫、卧勒多赫赫开天辟地并降伏恶魔耶鲁里，创立三界的神话。《恩切布库》是《天宫大战》的一部分，后独立成章。其名源自满语"enduri buku"音译，意即"神跤手""与神摔跤的英雄"。《乌布西奔妈妈》则流传于东海女真部落，反映了东海女真部落独特的历史文化传统，反映了满族文学中的女真文化传统，同时也体现了满族文化内部的多样性特征。

傅英仁的《满族萨满神话》、马亚川的《女真萨满神话》、吕萍《满族萨满神话解读》[①]，都是神话的文本整理与阐释。《满族萨满神话》2004年8月由黑龙江人民出版社出版，是由已故满族民间艺术家，满族镶黄旗富察氏14代子孙傅英仁（1919—2004）口头讲述，传承人张爱云记录整理出版的，是一部具有鲜明地域特色的民族神话传说著作，反映了以宁古塔为中心的萨满神话的全貌，2008年8月，获第五届"黑龙江省文艺奖"一等奖；2007年3月《满族萨满神话》入选为黑龙江省第一批省级非物质文化遗产项目名录。傅英仁先生一生致力于满族民间文学艺术的传承与弘扬，他传授了五部满族传统说部、五十多篇萨满神话。参加过八部民俗纪录片的策划，担任《努尔哈赤》《荒唐王爷》《黑土》等电视剧民俗顾问。《女真萨满神话》是马亚川（1928—2002）口头讲述，黄任远、王益章笔录整理，2006年6月由黑龙江人民出版社出版发行。著作包含49篇古老而神秘的女真萨满神话，反映的是远古女真人对图腾信仰的神话，正文前面有著名神话研究专家白庚胜所作的序言：《非比寻常女真遗产》。

满族人对柳树有图腾崇拜，认为柳树是生命的象征，天神阿布卡恩赋

---

① 吕萍：《满族萨满神话解读》，《民族文学研究》2008年第3期。

予柳树叶以生命。萨满祭祀研究的学术成果主要有宋和平《满族萨满神歌译注》、石光伟《满族萨满跳神研究》、赵志忠的录像资料《满族石克忒立氏萨满烧香跳神舞》。

中央民族大学邢莉教授分析了北方少数民族女神神话的萨满文化特征。认为北方少数民族女神神话的神力源于萨满教。北方少数民族的女神神话折射出原始的灵魂观念①。

满族学者、中央民族大学赵志忠教授在 2005 年 7 月、2006 年 8 月、2007 年 1—8 月、2008 年 1 月多次前往黑龙江省黑河市孙吴县四季屯、黑龙江省宁安市海浪镇依兰岗满族村、吉林省九台市莽卡族满族乡东哈满族村、内蒙古自治区鄂温克自治旗、吉林省吉林市乌拉街弓通村进行萨满神话遗存调查。撰写的神话方面著作有：《萨满的世界：〈尼山萨满〉论》《满族萨满神歌研究》等等。《尼山萨满》是满族著名的神话传说，由于是用满族文字记录下来的，就更弥足珍贵。《尼山萨满》在国内外有很大的影响，在我国北方其他少数民族达斡尔族、赫哲族、鄂伦春族、鄂温克族中也长期广泛流传。赵志忠教授懂满语，在今天满族人自己已经大多不能够习用满语的情况下，尤为难得。

著名满族学者富育光多年来在东北地区调查萨满教及其神话传说，很有成绩。主要论文有：《满族萨满教女神神话初析》（与于又燕合作，1985年）、《满族火祭习俗与神话》（1986 年）、《萨满教的天穹观及其神话》（1987 年）、《满族灵禽崇拜祭俗与神话探考》（1987 年）、《论满族柳祭与神话》（1987 年）、《萨满教女神神话》（与王宏刚合作，1991 年）。学术专著有：《萨满教与神话》（1990 年）、《满族萨满教研究》（与孟慧英合作，1991 年）、《萨满教女神》（与王红刚合作，1995 年）以及《萨满论》《富育光民俗文化论集》和满族民间传说选《七彩神火》等 20 余部。满族的原生文化——萨满文化，对满族的神话传承可谓影响深远，是满族文学的精华所在。萨满教对满族神话保存、流传起到了十分重要的作用，很多

---

① 邢莉：《北方少数民族女神神话的萨满文化特征——与中原区域女神神话之比较》，《民族文学研究》1993 年第 4 期。

重要的神话以神谕、窝车库乌勒本的形式，得以保存。

《尼山萨满》是用满族文字记载的民族文献，被域外汉学家称为"满族史诗"，讲述的是女萨满尼山使人起死回生的故事。与此神话相仿的是，满族的《女丹萨满的故事》也有起死回生的神话传说。女丹萨满因没有救醒皇帝死去的妹妹，被皇帝扔进水井里面淹死。由于她含冤而死，魂灵久久不散，皇帝只好让她享受祭祀，成为萨满的创始人。鄂温克族《尼桑萨满》中尼桑萨满没有治好清朝皇亲国戚的疾病，被用绳子捆绑起来扔进九丈多深的水井里面淹死。虽然尼桑萨满死了，但是其灵魂不灭，后来鄂温克族的萨满就是继承自尼桑萨满。萨满神话的自然崇拜是"万物有灵"论的反映，原始人对大自然山川河流、万千生灵都带有崇拜与敬意。

萨满神话的图腾崇拜。图腾一词英文为 Totem，最初是北美印第安人的方言，本义为"亲属"和"标记"。图腾包括自然崇拜和对动植物的祭祀、一种公共团体的信仰、人与周围环境的亲属关系。弗洛伊德认为，图腾只不过是原始初民为了得到部落统治权而进行斗争的标志而已。动物图腾一方面是具有血肉之躯的祖先，是保护整个家族的精灵，另一方面到部落庆祝活动到来之时，这种动物又要被宰杀，由部落成员一起享受。因此，原始人如果发现其他部落和自己的图腾物是一样的，便是氏族或部落有"亲族"或者血缘关系。原始初民对动物、植物，甚至没有生命的物体都可能产生崇拜，认为与氏族或部落有血缘关系，并不许诋毁、伤害。

柳树崇拜。杨柳依依，妖娆多情，在北方民族神话中柳树演变成为生命的象征，并且成为生命的载体、满族的祖先。柳树容易生存，繁殖时成活率较高，汉语说"有心栽花花不发，无心栽柳柳成荫"，即是证明。柳树作为神树，取其枝叶茂盛，欣欣向荣之意，隐喻着人丁兴旺、子孙满堂。对植物的崇拜在各民族中都有类似的神话和宗教信仰。在日本原居民阿伊努人中，柳树也被看作他们的保护神。相传，原初的第一人就是用柳枝和泥土所造。婴儿降生，人们便用柳木为他制作一个护身符。并且相信，此物可使他一生逢凶化吉①。

　　研究民族神话，图腾是一定绕不开的。那么，图腾有什么特征呢？陶立璠先生说，一是不能随意杀害、伤害。对图腾造成无意伤害，要举行赎罪自我惩罚仪式。平时言及图腾物，要有一定的禁忌和神圣感。二是图腾崇拜是全氏族成员都须知晓的大事，男女都要举行成人礼，接纳其为氏族内部的正式成员。三是同一图腾氏族内部严禁通婚。四是氏族名称常常以所崇拜的图腾命名，后来渐渐发展为同一氏族人们的姓氏②。

　　图腾在世界各地许多民族普遍存在。特别是在一些比较原始的部落、民族中更为突出。美洲的印第安人、澳大利亚的土著人都有比较完备的图腾信仰。汉族的龙凤崇拜、哈萨克族的鹰图腾、突厥人的狼图腾、壮族人的蛙图腾、彝族人的虎图腾以及畲族、苗族、瑶族的犬图腾，都很有代表性。图腾的选择与民族生活栖息地、生活方式密切相关。以渔猎生活经济为主的民族，图腾多为鸟、熊、柳树等等，以游牧生活为主的民族，多选择狼、犬、鹰等为图腾。

　　不独少数民族如此，如满族和朝鲜族以鸟为图腾。汉族文化典籍中也记载有汉族商人的玄鸟神话。《史记·殷本纪第三》中有这样的记载：

　　　　殷契，母曰简狄，有娀氏之女，为帝喾次妃。三人行浴，见玄鸟堕其卵，简狄取吞之，因孕生契。③

　　在儒学经典《诗经》中也有神话讲述，玄鸟之卵被简狄吞食，尔后生下契，"天命玄鸟，降而生商"。"玄鸟"在这里就是一种图腾。文献记载，古代殷商人属于"东夷人"，后来发展到中原，成为商人。这与古代肃慎人、高句丽人一样，都是"东夷人"。满族人传说就是仙女沐浴，吞鸟衔来的朱果而怀孕生子，与"玄鸟生商"类似。在《魏书·高句丽传》记载

---

① [苏] 谢·亚·托卡列夫等：《世界各民族神话大观》，魏庆征译，国际文化出版公司1993年版，第377页。
② 陶立璠：《民俗学概论》，中央民族学院出版社1987年版，第274页。
③ [汉] 司马迁：《史记·殷本纪第三》第一册，中华书局1959年版，第91页。

的朱蒙神话也很相近：

> 高句丽出於夫馀，自言先祖朱蒙。朱蒙母，河伯女，为夫馀王闭于室中，为日所照，引身避之，日影又逐，继而有孕，生一卵，大如五升。夫馀王弃之与犬，犬不食；弃之与豕，豕又不食；弃之与路，牛马避之；后弃之野，众鸟以毛茹之。夫馀王割剖之，不能破，遂还其母，其母以物裹之，置于暖处，有一男破壳而出，及其长也，字之曰朱蒙①。

这类神话在神话学分类上属于卵生神话。源于鸟图腾崇拜，满族人今天祭祀天神时，特立神杆，上置锡斗，在锡斗里面放置食物以备神鹊（乌鸦）啄食。也可以看作是对鸟的敬重。

在满族神话中，有女神名称为"佛多妈妈"，又称之为"鄂谟锡妈妈"。她是满族的"福神"，也是司生育之神。这位送子娘娘与柳树具有密切的关系，因为"佛多"满语为"fodo"，即为"祈福用的柳枝"，"mama"即女神之意。"佛多妈妈（fodo mama）"就是柳枝女神。满族祭祀还有柳树枝祭祀的传说，这也与"佛多妈妈"有关。乾隆十二年（1747年）刊行的《钦定满洲祭神祭天典礼》称"佛多妈妈"为"佛立佛多鄂谟锡玛玛者，知为保婴而祀"。满语 omosi（鄂谟锡）汉译为"众孙子"，完整翻译为"结绳柳枝子孙娘娘"②，这正与满族神话意义吻合。

萨满神话的祖先崇拜是对故去的祖先的崇拜，这与中原文化多有契合，其中也包括氏族或者部落的保护神。原始人相信人死后灵魂不灭，或者神灵保佑子孙后代无祸无灾、福寿延绵。富育光先生的《萨满教天穹观念初考》《萨满教天穹观念与神话探考》《满族萨满教女神神话初析》论述了女真部落里面口头流传的萨满神话《天宫大战》，女神阿布卡赫赫团结众神战胜恶魔耶鲁里，成为长生不死、战无不胜的天穹女神。阿布卡赫

---

① 《魏书·高句丽传》，《二十五史》第三册，上海古籍出版社1986年版，第255页。
② 吕萍：《满族萨满神话解读》，《民族文学研究》2008年第3期。

赫派遣神鹰哺育了人间的第一个大萨满。在这则神话里面，萨满神话形容天空像水一样流溢，像云一样缥缈，并且把天空云影的五彩缤纷隐喻为神灵的印迹。有的萨满神谕称苍天是"舜莫林"（日马）的住地，即日马驰骋之所在，用神马奔腾来解释天穹的无穷变化。萨满神谕称颂天穹是"昂阿额顿"（风嘴），将天穹比作风的巨口，可以恣意吞噬世间万物。萨满神话中火神地位较高，被认为是天神原始的化身，是宇宙光与热的主神，与太阳神和星神地位相当，是万物生命之母。在东海窝稽部史诗《乌布西奔妈妈》里，萨满神歌唱道："火是笑着来，火是蹦着来，火是树上来，火是雨里来"。宇宙洪荒，天地初开，火的使用使人类告别了茹毛饮血的阶段，人类这一跨越性的一步，让火神成为天神的最初形象。

"萨满"，通古斯语，其最古的含义就是和天穹紧密相连。按满族史诗《乌布西奔妈妈》中的解释就是"晓彻"之意，萨满连接天空是为了能够通达、了解神意。过去，多数著述只简单翻译为"巫""精神癫狂""兴奋狂舞"，这未必准确。而一些萨满神谕中，萨满为"阿巴汉""乌汉赊夫"，在《三朝北盟会编》中女真部落称呼萨满为"乌达举"。"乌达""阿巴""乌汉"实际都是"天"（阿布卡）的音译，即天的奴仆、天使、天仆。原始初民的天穹观念是萨满教宗教思想的基础，后来产生的动物崇拜、图腾崇拜和祖先英雄崇拜意识，都是在这基础上产生的。

近四十年我国对北方萨满神话的研究，主要集中在满族先民女真族传下来的创世神话《天宫大战》上，这部神话，规模宏大，从宇宙形成，人类来源，洪水遗民，文化创造，内容包罗万象。《天宫大战》记载，萨满教早期的三女神神话是东北各族女神神话的胚胎，三女神统称为"阿布卡赫赫"，在汉语里面的意思是"天女"，与天母阿布卡赫赫对应的是地母巴那吉额姆。神谕说，天穹是女神"亚涩"。女神奇莫尼妈妈双眼紧闭时，天穹晴朗无云，草地肥沃，鸟语花香。眼睛睁开时则风雪冰雹，人间一片肃杀之气。女神是自然之母，即希腊四季更替之神德墨忒尔的满族版本。

孟慧英研究员的北方神话和萨满教研究。她的神话学著作有《活态神话——中国少数民族神话研究》（1991年）、《满族萨满教研究》（1992

年)、《萨满英雄之歌——伊玛堪研究》(1998年)、《中国北方萨满教》(2000年)、《尘封的历史——萨满教观念研究》(2000年)、《西方民俗学史》(2006年)。论文《鹿神与鹿神信仰》①阐释了北方鹿神传说。关于鹿神传说，唐代段成式《酉阳杂俎》前集卷四《境异》有如下记载：

> 突厥之先曰射摩舍利海神，神在阿史德窟西。射摩有神异，又海神女每日暮以白鹿迎射摩入海，至明送出，经数十年。后部落将大猎，至夜中，海神女谓射摩曰："明日猎时，尔上代所生之窟，当有金角白鹿出。尔若射中此鹿，毕形与吾来往；或射不中，即缘绝矣。"至明入围，果所生窟中有金角白鹿起，射摩遣其左右固其围。将跳出围，遂杀之。射摩怒，遂手斩阿弥首领，仍誓之曰："自杀此之后，须人祭天。"即取阿弥部落子孙斩之以祭也。至今突厥以人祭纛，常取阿弥部落用之。射摩既斩阿弥，至暮还，海神女报射摩曰："尔手斩人，血气腥秽，因缘绝矣。"②

孟慧英的文章说，鄂温克（埃文基）民族具有以母鹿为神祇形象的埃涅坎女神信仰。柯尔克孜族的"布古"（鹿）部落把鹿看做是自己民族的祖先神。这个部落自称是鹿妈妈的后代，至今他们还对鹿特别敬重，并且将鹿视为神圣之物。蒙古族也有鹿作为民族始祖的神话传说，"当初元朝人的祖先，生为苍色之狼，与一个惨白色的鹿相配。……产了一个人，名字唤作巴塔赤罕。"③ 因此，传说中，白鹿既是天神又是民族祖先神祇。

"萨满祭祀歌"是在祭祀祖先和自然的场合萨满演唱的礼神之歌，所唱内容因不同氏族而异，多为满语，是满族母语文学的瑰宝，亦是探究满族传统信仰体系及氏族历史变迁的重要文献。

---

① 孟慧英：《鹿神与鹿神信仰》，《内蒙古社会科学》1998年第4期。
② （唐）段成式：《酉阳杂俎》，曹中孚等校点，上海古籍出版社2012年版，第25页。
③ 满都呼：《中国阿尔泰语系诸民族神话故事》，民族出版社1997年版，第89页。

第二章 民族神话收集整理期的学术成就

"说部",原称"乌勒本",是满族民间流传的一种以认同表达为功能的长篇叙事文学样式,内容包含民族神话因素。根据其特点,可分为"窝车库乌勒本""包衣乌勒本""巴图鲁乌勒本"和"给孙乌春乌勒本"四种。传世之作有《东海窝集传》《红罗女三打契丹》《女真谱评》《金世宗走国》《金兀术传说》《两世罕王传》《扈伦传奇》《东海沉冤录》《萨大人传》《萨布素将军传》《扎呼泰妈妈》《鳌拜巴图鲁》《沙济富察家传》《碧血龙江传》《五峰山庆王坟史话》等几十部,兼具文学性与历史性,包括了神话、史诗等多种文类,但是神话多是与后世英雄传说混淆在一起。

《满族说部传承研究》是高荷红在 2011 年出版的专著。分绪论、研究概况、传承人情况调查、"书写型"传承人研究等部分。高荷红对满族说部做了全景式的研究,下了很大的资料收集功夫。

满族重要的神话传承人有傅英仁、马亚川、李成明、穆晔骏、富育光、赵东升等。

满族神话中人们把鹿神当作萨满神。满族人把鹿神称作"抓罗妈妈"。在萨满神话中,"抓罗妈妈"是一个擅长骑射的姑娘,能够听懂鹿的语言。而汉族神话传说中,孔子的学生公冶长传说能够听懂鸟语,满族作家曹雪芹所著《红楼梦》第五十八回就有公冶长能够听懂鸟语的传说:"宝玉又发了呆性,心下想到:'这雀儿必定是杏花正开时他曾来过,今见无花空有叶,故他乱啼。这声韵必是啼哭之声——可恨公冶长不在眼前,不能问他。'""抓罗妈妈"由于能够与鹿说话,成为鹿的好朋友,整天与鹿在一起。一次在狩猎途中掉入山沟摔伤,山上森林里跑出来的鹿把她叼出山沟,并且安置在安全舒适的山洞里,鹿用嘴舔净她的血迹,使其伤口愈合。后来鹿群还帮助她战胜入侵满族部落的敌人,传授她神力后使"抓罗妈妈"头上长出鹿角,成为鹿神。从祭祀仪式上看,萨满不但要扎腰铃,打手鼓,还要戴神帽,挂托力(神镜),在神帽上插两只鹿角,并系上彩色飘带。这个祭祀民俗称为"跳鹿神"。

在萨满教中,巫神的主要职责是做萨满的庇护神。鹿或其身体的一部分,甚至鹿血都被视为神圣之物。往往神灵附体,鹿获得了代神灵立言的身份。

关于萨满神鼓的来历,阿拉诺海讲述过一个这样的神话:先辈人传说,在没有人类之前,世界上只有一个地球,后来又造出另一个地球。第一个地球,是个叫腾格勒的尊神给造成的。起初,它很小,上面的山很低矮,河流又窄又细,水稀稀拉拉没有多少。等第二个地球造好之后,世间就出现了神通广大的萨满,他们用法力把地球变大,随之高山更高,河流更宽。又不知过了多少年,世上出现了萨满教。萨满大神坐在一面大鼓上,腾云驾雾,四处云游,为人类降魔除害。原来萨满乘坐的神鼓,是个两面紧包着动物皮革的大皮鼓。人间开始有喇嘛教之后,便跟萨满打起来,一打就是经年累月。萨满神人多势众,打仗总是旗开得胜,但是胜败乃一念之间,时有反复。有一次,双方又开战了,喇嘛们飞起一种叫做"敖叟拉"①的法器,降落下来,不偏不歪地正好打中了萨满乘坐的皮鼓,把鼓猛一下给打成两片,发出的声音比半天空里的霹雳雷还响,一下就把逞威的喇嘛们震服了。从此,萨满就用单面包皮的神鼓,来召集神灵和降服邪魔了。②

通古斯人萨满巫师的神帽上普遍装饰有两支高耸多叉的鹿角。神话中鹿角被认为是萨满庇护神的储藏所,一叉叉向上伸展的鹿角被看作上达天庭的象征,像萨满神梯一样是萨满灵魂上行进入天堂的凭借物。由于不同的萨满巫术能力不同,不同的萨满所能达到的天界层面就有区别,所以鹿角上的叉数又能代表萨满能力的级别。③ 南方楚地皮影戏,女英雄花冠上雉鸡翎的长短也代表着权力的大小,与北方萨满巫师的头饰有些类似。赫哲族的萨满是有等级的,以鹿角枝的叉数多少来区别品级高低,鹿角的叉数有3、5、7、12、15等几个等级。叉数越多,萨满的本领越大。

---

① 敖叟拉:传说中的一种法宝。
② 王震亚:《中华民族故事大系》第十四卷,上海文艺出版社1995年版,见赵晶《北方少数民族创世神话选集》,中国国际广播出版社2016年版,第158—159页。
③ 孟慧英:《鹿神与鹿神信仰》,《内蒙古社会科学》1998年第4期。

鹿角通天的神话见于鄂伦春族神话《鹿的传说》。再如鄂伦春族英雄神话《喜勒特根》，喜勒特根除去百眼怪物满盖和喜日克勒山上的霸王，解救出自己的姐姐，为父复仇之后，上天去为动物取名册时，就是从梅花鹿的鹿角登上天空的，天仙们也常常拿它当天梯来到人间。

五 满通古斯神话研究

近四十多年来，满通古斯神话研究取得了令人瞩目的学术成果，经过由薄弱到繁荣的学术发展历程，无论是研究成果的内容与形式、数量与质量，还是理论方法的创新及研究人才的成长，都体现出与时俱进的良好态势，对中华民族文化复兴的进程发挥出应有作用。作为中华民族神话的重要组成部分，满通古斯语族诸民族神话研究经历了发现、传承、创新发展的过程。满通古斯语族民族主要生活在中国东北部地区，主要包括满族、赫哲族、鄂伦春族、鄂温克族和锡伯族等少数民族。这些民族在长期的历史发展进程中创造和积淀了丰富的神话和史诗。

（一）满通古斯神话研究成果的整体性回顾

满通古斯神话研究是系统的学术研究，体现出国家对少数民族，尤其是人口较少的少数民族优秀文化传承与发展的重视。在满通古斯语族诸民族中，除满族人口相对较多外，鄂伦春族、鄂温克族、赫哲族等都属于人口较少的民族。没有自己的文字，定居较晚，生产方式简单，加上语言环境的变化，导致其传统文化的传承与研究处于相对薄弱的状态。在20世纪上半叶，对满通古斯神话的关注只是零零散散出现在中外学者极其有限的著述中。

1950年起，我国开展了全国范围的民族识别工作。1950年到1954年的第一阶段，确认满族、鄂温克族、鄂伦春族、锡伯族，1954年到1978年的第二阶段确认赫哲族。至此，满通古斯语族各民族都有了明确的身份，为其各种类型的传统神话研究奠定了基础。

20世纪80年代之前关于满通古斯神话的收集、抢救和整理工作进展比较缓慢，但这些民族神话的资料收集与整理工作已经进入研究者的视野。如内蒙古少数民族社会历史调查组等编写的《达斡尔、鄂温克、鄂伦春、赫哲史料摘抄》（1962年），中国科学院民族研究所、辽宁少数民族社会历史调查组编写的《满族社会历史调查报告》（1963年）等，都为此后的民族神话研究做好准备，打下学术基础。"以20世纪50年代的形态为基准，少数民族神话具有这样一些特点：首先，不少民族的神话处于活的形态，它们不仅仅是以口头的形式流传，而且还与民族的各种社会组织、生产方式、生活习俗以及各种祭仪、巫术、禁忌等结合在一起，成为这一切存在和进行的权威性叙述；其次，不少民族的神话经过祭司和歌手的整理，已经系统化、经籍化、史诗化，有较强的叙事性；再次，由于地域等的差异，同一民族的同类神话有不同的流传形态，它们可能映现了这类神话发生发展的脉络。"[①] 满通古斯神话研究在这一时期的情形与之颇为相似。

20世纪80年代之后，时逢中国改革开放的到来。这个时期的满通古斯民族神话研究成果大致可以分为神话文献采集与梳理、神话研究学术著作出版、民族神话学术会议、学术研究与数据整理平台等既各有特色又相互联系的几个板块。

以神话作品的采集或梳理为例，该时期出现了乌丙安《满族民间故事选》（1983年）、傅英仁《满族神话故事》（1985年）、爱新觉罗·乌拉希春《满族古神话》（1987年）、宋和平《满族萨满神歌译注》（1993年）、满都乎《中国阿尔泰语系诸民族神话故事》（1997年）、富育光《苏木妈妈创世神话与传说》（2009年）、富育光等《天宫大战：满族萨满创世神话"窝车库乌勒本"》（2009年）、傅英仁《宁古塔满族萨满神话》（2014年）、马亚川《女真神话故事》（2016年）等一大批系统整理的神话资料或文献，为满通古斯神话的深入研究提供前提和基础。

关于满通古斯神话研究的专著亦如雨后春笋般出现。如乌丙安《神秘的萨满世界》（1989年）、富育光《萨满教与神话》（1990年）、黄任远

---

① 刘亚虎：《近十年中国少数民族神话研究概况》，《长江大学学报》2006年第3期。

《通古斯满语神话研究》（2000 年）、汪立珍《鄂温克族神话研究》（2006 年）、郭淑云《中国北方民族萨满出神现象研究》（2007 年）、那木吉拉《中国阿尔泰语系诸民族神话比较研究》（2010 年）、赵志忠《满族萨满神歌研究》（2010 年）、张丽红《满族说部的萨满女神神话研究》（2016 年）等，都是系统阐述满通古斯神话的研究成果。此外，此阶段出版的满通古斯民族文学史中也涉及不少神话研究成果，如赵志辉《满族文学史》（1989 年）、季永海《满族民间文学概论》（1991 年）、徐昌翰等《赫哲族文学》（1991 年）、徐昌翰等《鄂伦春族文学》（1993 年）等。

以中国知网收录的学术论文为例，可以清晰体现出研究成果的分布情况。下面表中所示结果的起止时间是 1980 年至 2019 年 10 月，检索词语为满通古斯民族的名称与"神话"。

表 2-3　　满通古斯各民族神话研究统计

民族名称 统计类型	篇名检索	主题词检索	全文检索
满通古斯	5	26	1107
满族	109	181	18158
鄂温克族	0	20	46
鄂伦春族	2	19	49
锡伯族	2	7	2440
赫哲族	16	30	3756
合计	134	283	25574

目前，涉及满通古斯神话的硕博论文有近百篇，这些研究成果主要出现在进入 21 世纪之后，研究范围不断扩大，研究方法更加灵活多样，显示出满通古斯神话研究蓬勃发展的局面人才储备的良好趋势。下表是 21 世纪在满通古斯神话研究领域进行研究的硕博士论文统计[①]。

---

① 王宪昭：《中国满通古斯神话研究 70 年》，《满语研究》2019 年第 2 期。

表 2-4　　满通古斯神话研究硕博士论文统计

论文题目	作者	发表信息	主要学术贡献或观点
鄂温克族神话研究	汪立珍	中央民族大学，博士，2003年	把鄂温克族神话分为起源神话、自然神话、图腾神话、萨满神话、英雄神话五种类型，并对其内容特征、发生缘由、文化底蕴等作出全面阐释
石姓萨满神歌研究——《满族萨满神歌译注》中程式与仪式的分析	高荷红	中国社会科学院研究生院，硕士，2003年	满族石姓萨满神歌中存有大量程式的现象，印证了口头程式理论在少数民族大量活形态的史诗中的客观存在
朝鲜民族与满通古斯诸民族神话传说中的意象、母题比较研究	车海锋	延边大学，博士，2009年	通过"三重证据法"、神话母题比较等把朝鲜族和满通古斯诸民族神话传说置于比较平台，深入探索朝鲜族的原始文化面貌及其与满通古斯诸民族的原始文化渊源关系
蒙古族和满族神话的比较研究	包哈斯	中央民族大学，博士，2009年	对蒙古族和满族神话系统比较分析和解读，揭示其两民族深层文化内涵，以及在多年民族接触和民族融合中神话的发展演变进程和规律
蒙古族、达斡尔族人与异类婚配型故事比较研究	白秀峰	内蒙古大学，博士，2009年	通过对蒙古族、达斡尔族的人与异类婚配型故事类型和母题的比较，揭示了两个民族故事所蕴含的信仰、仪式、习俗等方面所呈现的民族特色和地域特色
满族萨满神话研究	谷颖	东北师范大学，博士，2010年	满族萨满神话产生于不同历史时期，折射了不同时期的物质和精神文化，亟待抢救、挖掘、整理与研究
满通古斯语族民族神树崇拜特质分析	张贺	云南大学，硕士，2010年	神树崇拜是原始思维的产物，类型丰富，蕴含着北方民族的自然崇拜，也表现出民族间的文化差异
中国满通古斯语族诸民族动物报恩故事研究	陈曲	中央民族大学，博士，2013年	通过对东北地区满通古斯语族诸民族动物报恩故事文本的多维度分析，揭示其历史价值、审美意蕴及生态理念
满族神话故事与汉文献的比较研究——以九头鸟为例	尤然	上海师范大学，硕士，2013年	满族神话故事传说在满族本民族故事的基础上，曾经历过两次较为明显的吸收汉族文化的大变革，九头鸟形象即为例证

第二章　民族神话收集整理期的学术成就

续表

论文题目	作者	发表信息	主要学术贡献或观点
神话谱系演化与古代社会变迁——中国北方满通古斯语族神话研究	李莉	吉林大学，博士，2014年	中国北方满通古斯语族的神话表明，人与自然的关系经历了一个从对自然无意识，到屈从自然，再到征服自然的过程，并呈现出图腾神话，到诸神神话，再到英雄神话依次递进的神话类型
赫哲族民间故事研究	乌力汗	中央民族大学，博士，2015年	赫哲族民间故事可分为英雄故事、图腾故事、萨满故事以及风俗故事四类。这类故事承载着伦理价值和民族文化传统的意蕴
满通古斯语族动物神话研究	吕娇	吉林师范大学，硕士，2015年	满通古斯语族动物神话是北方各少数民族在生产狩猎中创造和传承的珍贵文化遗产。动物神话传达了先民"母神崇拜"心理
满族神话的神灵体系	王玮	黑龙江大学，硕士，2015年	分析了三女神、三百女神、功能神、恶神、方位神、动物神、自然神、历史化的神及神化的人组成的满族神话的神灵体系及其特点与意义
鄂伦春族神话研究	杨金戈	中央民族大学，博士，2017年	该文较系统地阐释了鄂伦春族神话的类型、情节结构、基本母题、文化内涵和艺术特色
20世纪满-通古斯语族异类婚故事集成研究	刘雪玉	吉林大学，博士，2018年	通过对20世纪中国满通古斯语族异类婚故事进行分析，归纳其母题和类型，描述其叙事要素的状态及其所呈现的特征
鄂伦春族神话故事题材小学低段儿童绘本创作研究	奇宇	内蒙古师范大学，硕士，2019年	鄂伦春族神话故事是该民族传统文化的精髓，通过编制科学的儿童绘本可以赋予鄂伦春神话故事新的生命力，使民族文化得到更好的传承

值得一提的是，在满通古斯各民族神话研究的学术史上，出现一些很好的学术期刊，如《满语研究》《满族研究》等，这些刊物多年来一直有计划地推出大量满通古斯神话研究成果，成为该类神话学术前沿瞭望的重要窗口。

（二）满通古斯神话研究的内容与形式呈现出与时俱进态势

近四十年来，满通古斯神话研究涉及的范围十分广泛，包括满通古斯神话的界定、产生、性质、特征、价值、传承、发展等，还涉及萨满教、说唱艺术形式等方面。

1. 满通古斯神话产生与发展研究

有些学者认为，中国没有神话或没有真正意义上的神话，人口极少、没有文字的满通古斯语族诸民族更没有神话。今天看来，这种观念是不了解满通古斯神话的实际情况，或者仅仅是一知半解。对此，许多研究者以积极发掘民族传统文化为己任，把满通古斯神话研究放在"天降大任于斯人"的重要位置。黄任远论文《动植物神话与图腾崇拜——对赫哲族神话的思考之一》[1]，通过对赫哲族早期动、植物神话的分析，认为这些神话反映该民族先人对万物和人类起源的探索，是按照先人对世界的理解和万物有灵、图腾崇拜观念创造出的最原始的文化。黄任远另一篇论文《自然神话与自然崇拜——对赫哲族神话的思考之二》[2]，通过对赫哲族的日月星宿神话、山川树木神话、风雨雷火神话的分析，提出神话是原始人想象的产物，是自然崇拜的结果，反映了民族文化特色和赫哲族先人真实原始思维的观点。此外，论文《起源神话与神灵崇拜——对赫哲族神话的思考之三》[3]进一步提出，赫哲族的创世神话、自然现象起源神话、人类起源神话、族源神话等，产生在人类的童年时期，反映了原始人的心理素质和文化素质。部分研究者还从具体时间的角度对满通古斯神话的产生作出探索，如杨春风《满族神话、史诗形成时期初探》[4]一文认为，满族说部中

---

[1] 黄任远：《动植物神话与图腾崇拜——对赫哲族神话的思考之一》，《佳木斯大学社会科学学报》1998年第2期。

[2] 黄任远：《动植物神话与图腾崇拜——对赫哲族神话的思考之二》，《佳木斯大学社会科学学报》1998年第4期。

[3] 黄任远：《动植物神话与图腾崇拜——对赫哲族神话的思考之三》，《佳木斯大学社会科学学报》2000年第1期。

[4] 杨春风：《满族神话、史诗形成时期初探》，《社会科学战线》2015年第6期。

《天宫大战》等神话、史诗并非诞生于同一时期，也并非个人创作，而是历代满族先民集体智慧的结晶。

2. 满通古斯神话的性质与特征研究

关于神话的思维特征。黄任远《关于通古斯满语族神话特色的思考》① 一文，在系统分析满通语族神话动植物神话、自然神话、起源神话、萨满神话、英雄神话等五大类型的基础上，认为这些神话都是其先民按照独特的原始思维逻辑来观察和思考自然、社会和人自身的结果，其浓郁的北方文化特色与地理环境、渔猎生活有着密切的联系。张雪飞论文《试论满族神话的原始思维及其特征》② 认为，满族神话中的满族先民之原始思维方式表面上看似凌乱、幼稚，其实有理可循，透过神话的具体叙事可以进一步探寻满族先民的生存环境以及生活方式。

关于神话的文学性。从性质看，神话兼具有文学、历史学、哲学、人类学、民俗学、民族学等诸多学科的特征，具有人类早期文化百科全书的特点，但学者认知神话是从其文学性开始的。我国20世纪初期最早的一批神话研究者也多是文学家或是文学研究者，是从文学层面展开神话研究的。因此，满通古斯神话的文学性问题同样得到学者的关注。如谷颖《满族神话的文学性解析》③ 一文中提出，满族神话既有其他神话普遍具有的文学特征，也具有满族文学作品独特的文学性。满族神话的口传模式决定其并非完全封闭、数量有限的神话系统，而是一个活态的体系，无论是神话叙事中大量的谚语、俚语等，还是其他民间叙事手段都具有民众喜闻乐见的文学色彩，真正体现民族神话的民间文学特色。

关于神话的真实性。王旭《尊重神话的真实性研究——以满族神话为例》④ 一文中提到，"神话"是西学东渐的产物，在中国有时被称为"传说"。在无神论者看来，既是传说，其内容就为虚构的，是想象中的产物。

---

① 黄任远：《关于通古斯满语族神话特色的思考》，《民族文学研究》1997年第3期。
② 张雪飞：《试论满族神话的原始思维及其特征》，《通化师范学院学报》2008年第9期。
③ 谷颖：《满族神话的文学性解析》，《长春师范大学学报》2016年第11期。
④ 王旭：《尊重神话的真实性研究——以满族神话为例》，《艺术研究》2017年第4期。

其以满族神话为例，考察了神话的历史发展及其在人类历史中的重要作用，认为神话带有经验总结性质的启示性功能。神话在一些民族文化中就是历史本身，吟唱民族史诗就是传承本民族的历史起源和英雄传说。

关于神话的"民族性"。罗绮《满族神话的民族特点》① 一文提出，满族先民不同地区、不同部落、不同氏族的神话具有一定的差异性，同时又表现出一些共性特征。这些特征既体现在神话叙事的内容上，也具体表现在神话的形式以及所展现的民族地区风情上。王莹、杨萍的论文《浅谈满族神话的民族特点》② 则认为，满族神话是满族先人在远古所创造的反映自然界、社会形态，以及人与自然关系的口头文学。满族神话以女性为核心形成的庞大的女神谱系是其最为明显的民族特点，各种"格格神""妈妈神"有三百多位，这种女神崇拜或称女神信仰在世界各民族神话中相当罕见。此外，神鸟的崇拜、火的崇拜等常见的神话叙事，则与特殊的地域环境及民族文化传统有关。

3. 满通古斯神话的价值与文化意义研究

民族神话是民族文学的母本，其民族发展历史、文化记忆、民族精神、宗教信仰、生活习俗、文化意义都蕴含其中，这是民族神话研究的价值和意义所在。中央民族大学汪立珍教授《满族神话中女神形象所呈现的美学价值》③ 一文，选择了满族女神神话具有代表性的《他拉伊罕妈妈》《多龙格格》《抓罗妈妈》三篇神话为研究对象，运用马林诺夫斯基的功能理论，认为三位满族神话中的女神在形象塑造、精神品格等方面具有人格塑造的美学价值，又有引导世人积极向上的社会文化功能。王平《赫哲族神话女性形象的审美意蕴》④ 一文认为，赫哲族神话中的女性形象集合了民众的审美价值取向，是独具地域特色的外在美与拥有非凡萨满法力的神性美的融合，也有孕育生命、敢于牺牲自我、极富英雄主义的崇高美及恰

---

① 罗绮：《满族神话的民族特点》，《满族研究》1993 年第 1 期。
② 王莹、杨萍：《浅谈满族神话的民族特点》，《长春师范大学学报》2014 年第 2 期。
③ 汪立珍：《满族神话中女神形象所呈现的美学价值》，《满族研究》2005 年第 3 期。
④ 王平：《赫哲族神话女性形象的审美意蕴》，《佳木斯大学社会科学学报》2014 年第 4 期。

守伦理道德、对爱情忠贞不渝的文化精神。此外，部分成果关注到神话在传播过程中对建构社会文化的参与。如高云球、代娜新《满族神话中的族群认知与精神建构》① 一文认为，满族神话见证了民族的历史发展与族群建构，通过发生学与叙事学视阈的追根溯源，可以寻找出满族神话的叙事内涵与历史踪迹，发现神话在影响族群成员内在精神塑造、建构社会组织意识形态方面的文化功能。娜日苏《鄂温克族神话的当代教育价值初探》②一文，则重点探讨了鄂温克族神话在当代家庭、牧区、村落的人文教育中具有的丰富内涵及重要教育价值。

4. 满通古斯神话系列专题性研究

汪立珍《论我国通古斯诸民族神话传说中的动物崇拜》③ 一文认为，动物崇拜是中国通古斯民族神话传说中一个突出内容，它不但表现出人与动物关系的认知态度，而且通过人与动物姻缘、人对动物的祭祀礼仪等关系，也反映出一定的历史背景、社会环境和文化审美倾向。张雪飞、岳广腾论文《满族神话中的灵禽崇拜》④ 认为，满族神话中有很多鸟类之所以被视为灵禽神鸟，甚至加以祭祀供奉，是因为它们或有创世之功，或被视为氏族部落的祖先，或有恩于人类被视为人类的保护之神。这种意识既源于满族原始的生活需要，也是满族先民原始心理的反映。谷颖《满族石氏动植物崇拜的生态意识探析》⑤ 一文提出，满族石姓族人对与其共生共存的动植物产生的崇拜与敬畏，将动植物上升到守护族人的大神地位。这种观念可以驱使人们在与动植物长期接触中，始终保持亲密和谐的关系，有益于维护生态平衡。车海锋论文《中国东北肃慎族系民族神猪崇拜研究》⑥

---

① 高云球、代娜新：《满族神话中的族群认知与精神建构》，《中央民族大学学报》2015 年第 3 期。
② 娜日苏：《鄂温克族神话的当代教育价值初探》，《前沿》2017 年第 5 期。
③ 汪立珍：《论我国通古斯诸民族神话传说中的动物崇拜》，《满语研究》2001 年第 1 期。
④ 张雪飞、岳广腾：《满族神话中的灵禽崇拜》，《时代文学》2010 年第 3 期。
⑤ 谷颖：《满族石氏动植物崇拜的生态意识探析》，《长春师范大学学报》2015 年第 9 期。
⑥ 车海锋：《中国东北肃慎族系民族神猪崇拜研究》，《满族研究》2017 年第 4 期。

认为，肃慎族系民族视猪为保护神，形成对神猪的图腾崇奉并伴有一系列图腾禁忌，后来通古斯囊括了在语言、体态特征上与肃慎族系民族相近的鄂温克、鄂伦春、赫哲、锡伯等其他民族，表明养猪业最发达的肃慎族系民族勿吉和靺鞨与"通古斯"的关系。这些相同或相似神话现象的研究有利于聚力推进满通古斯神话的深入研究。

对满通古斯神话特定类型深入分析也是常见的专题研究。如满通古斯人类起源神话专题，谷颖《满族人类起源神话研究》①一文认为，满族的人类起源神话种类繁多，蕴含丰富，从不同侧面阐释了满族先民对人类产生的思考与认识，也体现出萨满文化对人类起源阐释的深刻影响。王宪昭的《满族人类起源神话母题探析》②一文，则从满族神话呈现的造人、生人、化生人、变形为人、婚配生人、感生人及人类再生等人类起源母题中，揭示了不同民族人类起源神话母题的共性、个性和互文性。

在满通古斯神话研究成果中，可以发现大量有关图腾神话研究、文化英雄神话研究、萨满神话研究、婚姻神话研究、神话跨学科关系研究等其他专题，对满通古斯语族各民族中以特定民族神话为对象的专题研究也十分多见，成果颇丰，此处不再赘述。

（三）满通古斯神话研究的方法创新、理论创新取得明显突破

研究方法日趋多样化，是近三十来满通古斯神话研究不断繁荣的重要原因，也是今后神话研究持续发展的重要保证。在此对该领域研究方法和理论建树做简单回顾，以期为中国神话学学科建设提供经验或参考。

1. 比较研究方法在满通古斯神话研究中的普遍应用

从目前问世的满通古斯神话研究成果看，涉及了多种比较方法，其中不仅有单一少数民族神话类型间的比较研究、不同语系民族神话间的比较研究、不同类型神话之间的比较研究、不同满通古斯民族神话之间的比较研究，还有满通古斯民族神话与汉族神话的比较研究及满通古斯民族神话

---

① 谷颖：《满族人类起源神话研究》，《长春师范学院学报》2012年第11期。
② 王宪昭：《满族人类起源神话母题探析》，《满语研究》2017年第1期。

第二章 民族神话收集整理期的学术成就

与国外神话的比较研究等。有些论著采用中外神话比较研究，如汪立珍《日本阿伊努人的说唱叙事文学——尤卡拉浅析——兼论与鄂伦春族"摩苏昆"之内在联系》①、那木吉拉《东北亚月亮阴影神话比较研究——以阿尔泰语系诸民族与阿伊努族事例为中心》② 等。有些论著采用满通古斯神话与其他民族神话相比较的方法，如禹宏《从传承方式表现内容看满族神话的民族特色——与华夏神话比较》③，杨治经《满通古斯语族与汉族部落征战神话比较》④，车海锋《满通古斯诸民族与朝鲜民族民间叙事文学中神鹿的象征意蕴》⑤，包哈斯《天神大战——蒙古族和满族天神神话比较研究》⑥，金艺铃《朝鲜与满族神话之比较——以朱蒙神话与布库里雍顺神话为中心》⑦ 等。有些论著属于满通古斯语族各民族的比较，如邱冬梅《〈尼山萨满〉满文本与鄂温克口承本〈尼山萨满〉的比较研究》⑧ 等。有些论著研究成果属于同一个民族不同神话之间的比较，如谷颖《满族说部〈恩切布库〉与〈乌布西奔妈妈〉比较研究》⑨，郭崇林《宁安、阿城满族

---

① 汪立珍：《日本阿伊努人的说唱叙事文学——尤卡拉浅析——兼论与鄂伦春族"摩苏昆"之内在联系》，《满语研究》2000年第2期。
② 那木吉拉：《东北亚月亮阴影神话比较研究——以阿尔泰语系诸民族与阿伊努族事例为中心》，《长江大学学报》2006年第6期。
③ 禹宏：《从传承方式表现内容看满族神话民族特色——与华夏神话比较》，《民族文学研究》1990年第2期。
④ 杨治经：《满通古斯语族与汉族部落征战神话比较》，《满语研究》1999年第1期。
⑤ 车海锋：《满通古斯诸民族与朝鲜民族民间叙事文学中神鹿的象征意蕴》，《延边大学学报》2007年第5期。
⑥ 包哈斯：《天神大战——蒙古族和满族天神神话比较研究》，《内蒙古民族大学学报》2008年第1期。
⑦ 金艺铃：《朝鲜与满族神话之比较——以朱蒙神话与布库里雍顺神话为中心》，《西南民族大学学报》2008年第4期。
⑧ 邱冬梅：《〈尼山萨满〉满文本与鄂温克口承本〈尼山萨满〉的比较研究》，《满族研究》2015年第3期。
⑨ 谷颖：《满族说部〈恩切布库〉与〈乌布西奔妈妈〉比较研究》，《古籍整理研究学刊》2009年第6期。

神话、传说的文化背景比较》① 等。有些论著采用不同文类之间的比较研究，如邵丽坤《满族说部与赫哲族伊玛堪之比较研究》② 等。

2. 类型、母题、原型等研究方法在满通古斯神话研究中的积极尝试

在类型研究方面，黄任远《满通古斯语族诸民族鸟神话研究》③ 一文，将满通古斯语族诸民族鸟神话划分为创世神话、始祖神话、鸟人结合神话和恩主神话四种类型。汪立珍《鄂温克族创世神话类型探析》④ 一文，将鄂温克族创世神话划分为天神创世、萨满创世、天神和萨满一起创世等类型，汪立珍《人口较少民族人类起源神话的类型与内涵探析——以鄂温克族神话为例》⑤ 一文，将鄂温克族人类起源神话的类型划分为天神抟土造人、萨满创造人类、人与动物繁衍人类、大洪水后人类再生等多种类型。

母题研究方法主要是把神话母题作为神话叙事中可解构的表意单位和分析元素，把母题作为可以测量神话的尺度，对神话作品进行定量或定性分析，据此发现所要寻找的结论。王宪昭《论满通古斯语民族族源神话中的婚姻母题》⑥ 一文，探讨了不同婚姻母题在强化民族意识、保存民族记忆、构建和谐民族关系中的桥梁纽带作用。

原型研究方法又称"神话—原型"理论，其核心是以宏观的、整体的学术视野和思维方式在神话中寻找创作的依据。杨朴《"女爱男"神话原型的变体——满族民间故事的结构论研究》⑦ 一文认为，满族民间故事凡涉及到爱情主题的作品大都表现出"女爱男"的原型，是以不同类型讲述

---

① 郭崇林：《宁安、阿城满族神话、传说的文化背景比较》，《黑龙江民族丛刊》1990年第2期。
② 邵丽坤：《满族说部与赫哲族伊玛堪之比较研究》，《满语研究》2014年第1期。
③ 黄任远：《满通古斯语族诸民族鸟神话研究》，《黑龙江民族丛刊》1997年第3期。
④ 汪立珍：《鄂温克族创世神话类型探析》，《呼伦贝尔学院学报》2007年第2期。
⑤ 汪立珍：《人口较少民族人类起源神话的类型与内涵探析——以鄂温克族神话为例》，《中央民族大学学报》2008年第2期。
⑥ 王宪昭：《论满通古斯语民族族源神话中的婚姻母题》，《贵州民族大学学报》2016年第5期。
⑦ 杨朴：《"女爱男"神话原型的变体——满族民间故事的结构论研究》，《吉林师范大学学报》2005年第4期。

着同一个原型故事，其基本叙述结构都来源于神话原型和原始性爱巫术仪式。

3. 探讨满通古斯神话的传承、发展与实践应用方面的多种方法与理论创新

神话研究的最终目的在于传承优秀传统文化的基础上，积极推动其在当今文化建设中的应用与实践。如李扬《论满族神话的萨满传承》[1]一文，以传播学原理为依据，提出萨满传承的满族神话并不是一个封闭不变的系统，而是在与其他民族文化的碰撞交流中，不断动态地吸收其他民族特别是汉族神话的有机因子。林瑶《满族神话题材舞剧的传承与创新》[2]和周荣贵《创新求异，雅俗共赏——满族神话舞剧〈白鹿额娘〉创作浅谈》[3]等论文，都以跨学科关系为切入点，探讨了满族神话题材舞剧的编创主题、舞蹈语言、艺术风格等的传承与创新问题。杨金戈《论鄂伦春族鄂温克族达斡尔族神话产业发展途径》[4]一文，从区域文化产业发展的视角，探讨了发挥传统神话资源在现代文化创意产业中的潜在效益，构建民族特色文化产业的现实问题。

文化人类学、符号学、象征学、形态学等方法也在满通古斯神话研究中得到运用。如娄佰彤《民族心灵的风景——满族神话中女性形象的文化人类学考察》[5]一文运用了文化人类学方法。谷颖《满族神话的符号载体——神偶研究》[6]一文运用了符号学方法。车海锋《朝鲜民族与满通古

---

[1] 李扬：《论满族神话的萨满传承》，《青岛海洋大学学报》1999年第1期。
[2] 林瑶：《满族神话题材舞剧的传承与创新》，《北京舞蹈学院学报》2015年第6期。
[3] 周荣贵：《创新求异，雅俗共赏——满族神话舞剧〈白鹿额娘〉创作浅谈》，《舞蹈》1999年第3期。
[4] 杨金戈：《论鄂伦春族鄂温克族达斡尔族神话产业发展途径》，《黑龙江民族丛刊》2016年第3期。
[5] 娄佰彤：《民族心灵的风景——满族神话中女性形象的文化人类学考察》，《长春大学学报》2019年第1期。
[6] 谷颖：《满族神话的符号载体——神偶研究》，《吉林师范大学学报》2014年第3期。

斯诸民族民间叙事文学中的神树象征意蕴》① 一文运用了象征学方法。王海霞、金顺爱《满族萨满神歌艺术形态解析》② 一文则运用了形态学方法。

综上所述，近四十年来，满通古斯诸民族的神话研究形成了前所未有的新局面，不仅成果数量增加，质量不断提高，而且蕴含着厚积薄发的巨大发展潜力。

小　　结

本章主要论述了民族神话收集整理期的学术成就。

首先是论述了"形象思维""原始思维"讨论与民族神话研究的关系，以及思维问题大讨论产生的时代文化氛围。结合20世纪80年代"真理大讨论""解放思想，实事求是"的思想路线的提出，中国社会改革开放提供的历史机遇，分析20世纪70年代末80年代初的学术环境和民族神话研究的成就与特点。整个社会的思想文化启蒙，特别此时文化寻根思潮的兴起，民族神话研究成为当时的学术热点。伴随着形象思维的讨论，神话学界兴起的是原始思维研究。20世纪80年代，人类学走向繁荣。泰勒的《原始文化》、弗雷泽《金枝》、摩尔根的《古代社会》、马林诺夫斯基《巫术、科学与宗教》、列维·布留尔的《原始思维》、维柯的《新科学》等著作陆续翻译介绍到中国。特别是后面两部著作，给神话学、人类学研究者予以极大的启迪，带来了研究风气的转变。

其次是论述文化人类学视野下神话研究的复兴。民族神话研究借助人类学的方法，让神话研究成为一时的热门学科，成就斐然。凭借文学人类学理论与方法来研究中华民族神话是中国学人的学术自觉，自诞生以来，为民族神话开辟了新的研究领域，不仅仅是具有方法论的意义，还有研究

---

① 车海锋：《朝鲜民族与满通古斯诸民族民间叙事文学中的神树象征意蕴》，《东疆学刊》2017年第1期。
② 王海霞、金顺爱：《满族萨满神歌艺术形态解析》，《黑龙江民族丛刊》2018年第4期。

领域的开拓和研究视角的转换。

本章还论述说明了民族神话与史诗文本的搜集整理、出版情况和学者们的研究情况，也对神话研究的学科理论及目前研究现状的不足进行了分析探讨。类型、母题、原型等方法既常用于神话内容的分析，也适用于文化意义方面的解读。许多学者大胆创新、积极尝试，无论在研究领域、研究方法，还是学术成果上，都形成了蓬勃发展的新局面。

第三章 民族神话理论阐发期的学术成就

第一节 方法论热潮与民族神话研究

一 方法论思潮的兴起

随着极左思潮在中国的广受质疑，文化思想上的禁锢有所松动。20世纪80年代学术领域出现了方法论的热潮。政治上拨乱反正，社会科学领域一步一步清除了"文化大革命"的错误思想影响。民族神话研究走出与政治的紧密联系，建构客观、科学规范而又引领时代思潮的批评与研究分析的方法成为人们心目中的理想。在这种社会大背景下，世界范围的科学方法的革命引起了理论界的注意，神话研究也不甘落后，开始引进民族神话研究领域里各种流派、思潮与方法。

这些新方法，主要是指新三论，即"系统论""信息论""控制论"。这些科学方法在改革开放之初，随着思想解放运动的兴起，陆续被介绍到中国，并引起了社会科学以及人文科学研究领域学者们的注意，但是最早开始关注的并不是民族神话研究领域的专家学者。

1980年，《哲学研究》以本刊评论员的名义发出倡议，希望学者们"积极开展科学方法论的研究"。一时间发表了一系列系统论、信息论、控制论的文章，这就在学术界形成了一股方法论的热潮。文学研究者在1985年3月、4月、10月分别在厦门、扬州、武昌召开了"全国文学评论讨论会""文艺学与方法论问题学术讨论会""文艺学方法论学术讨论会"。因此，1985年被文学研究以及其他人文社科学者称为"方法年"。民族神话研究在今天一般的意义上也可看作是文学（包括作家文学和民间文学）类型之一种。

1986年1月，著名自然科学家钱学森在《文艺研究》上发表《关于马克思主义哲学和文艺美学方法论的几个问题》，主张"三论合一"，即系统论包含控制论和信息论，由于钱学森的学术地位和学术影响，这种观点在人文社会科学领域产生了很大影响。80年代中期开始，民族神话研究发生了文化学转向。在文学研究领域，厦门大学林兴宅教授引发了1985年中国大陆的"新方法热"。90年代建立的"象征论文艺学"新体系，成为评论神话隐喻的渊源之一。林先生的文章《论系统科学方法论在文艺研究中的运用》介绍了系统科学的方法论原则：其一是整体性原则，把研究对象视为一个整体，强调相互联系；其二是结构性原则，把研究对象按照一定的方式组合起来；其三是层次性原则，把研究对象视作犬牙交错的网状结构，具有复杂的层次性；其四是动态性原则，把文学研究对象看作时刻变化的，有与时俱进的理论色彩；其五是相关性原则，用相互联系的观点看待研究对象。这些论述都是当年轰动一时的文化热点。

80年代有关"方法论"的学术专著、论文集大量出现。1986年中国社会科学出版社推出由著名科学家钱学森和文艺美学理论家刘再复合著的《文艺学·美学与现代科学》一书，1987年江西人民出版社推出江西省文联文艺理论研究编辑的《文艺研究新方法论论文集》丛书，一套5册，由于多种原因，实际上正式出版的只有第一册，即《文艺研究新方法论研究》。1987年湖南文艺出版社出版王春元、钱中文主编的《文学理论方法论研究》，1988年工人出版社出版《文学思维空间的拓展》。这些著作的出现，打破了以往僵化的、政治先行的思维模式，使人文学科的研究者开阔了学术视野，打通了人文社会科学与自然科学的巨大鸿沟，调整了学术视域的接受屏幕。融会新知，激发了研究激情和研究范围，这样，就有可能得出较为全面而相对客观而令人信服的结论。同时，按照接受理论的观点，仁者见仁智者见智，"一千个读者有一千个哈姆莱特"是很常见的事情，不可能像自然科学那样，有很绝对的统一尺度。因此，用科学方法来研究人文学科历来存在争议。当时就有一些学者提出异议。后来以《拯救与逍遥》名闻天下的刘小枫教授就在扬州"文艺学与方法论问题学术讨论会"上指出：文学研究需要的是个人的情感体验和价值判断，在文学领域内引进自然科学方法是一种饥不择食的现象。① 徐岱教授认为方法论的渗入不但是必然的，也有其必要性，但是艺术评论必须重视情感体验。"崭新的名词术语在这些文章中，与其说是一种严肃有效的科学范畴，不如说是漂亮得近乎花哨的一种比喻。"② 今天经过岁月的洗涤，大浪淘沙，也许这是一种更为理性的声音，缺少学术分量，只是堆砌新颖的、时髦的学术名词，那终究不过是空中楼阁。后来，随着科学方法论的运用，其弊端也渐渐显露出来，如果一味求新求变，随意而轻率地下结论，刻意去排斥传统方法，这是从一个极端滑向另一个极端。尤其是在民族神话研究上更为突出，如果我们理性地审视这一问题，人们对方法论的极大重视，只是一种学术观念的变化，学者们也很快发现人文学科的研究固然需要方法论的引进，但是传统方法仍不会过时。因此，1987年以后，方法论热潮渐渐退出了人文社会学科学术研究的视野。

后来人文学科的研究，当然也包括民族神话研究，发生了向内转的变化，"由外到内，即由着重考察文学的外部规律向深入研究文学的内部规律转移。"③ 在强调文学是"有意味"的形式的同时，许多新方法如俄国形式主义、英美新批评、结构主义、符号学、叙述学、读者反映批评、心理分析批评、原型批评，都涌进中国，这些里面多侧重文本内部研究，一时形成众语喧哗的时代。

刘再复曾经将方法论的引进分为三个阶段：一是"告知"阶段，即翻

---

① 钱竞：《欲穷千里目，更上一层楼——记扬州文艺学与方法论问题学术讨论会》，《文学评论》1985年第4期。
② 徐岱：《哲学观的更新与文艺学的发展》，《我的文学观》，上海社会科学出版社1987年版，第182页。
③ 刘再复：《文学研究思维空间的拓展》，《读书》1985年第2期。

译介绍阶段；二是与本学科知识体系的"并合"尝试阶段；三是"融会贯通"阶段，其实就是西方理论中国化的阶段。① 如果我们按照这一思路，认真反省系统论、控制论、信息论、文化人类学、心理学、读者反映批评、叙述学、解构主义、神话——原型批评、俄国形式主义、结构主义等批评方法走入中国的历史进程的话，就会发现，我们在三五年间走完了西方人文学科文化理论数十年的历程，这绝不是一个可喜的现象。这意味着我们只不过刚刚走过"告知"阶段，还没有完成与本学科知识的有效"并合"，就浅尝辄止。因而，虽然我们了解了许多的新方法，但真正能够达到融会贯通并为我们所用的并不多。情况往往是，一个新方法刚刚引入不久，又马上转身去追逐下一个热点。一股浮躁之气弥漫在文学批评界，并最终导致了批评界过多注重引用西方的话语体系，没有形成我们自己民族神话研究的话语系统，而造成四川大学曹顺庆教授所说的学术研究上话语体系的"失语症"。

80年代末90年代初，伴随着社会的转型，人们的生活观念也发生了变化，而功利主义浪潮却势不可挡。人欲横流、物欲狂欢的实用主义时代终于来临，在此情境之下，作为与社会生活关联密切的民族神话研究，不可避免地受到了这股思潮的冲击，学术界很快告别了孤芳自赏的"自恋"状态，迅速加入了市场化运营的全民大合唱，学者以谋生为目的，实在难以抵挡市场的诱惑。

民族神话研究学发展到20世纪后期，随着女权运动的高涨，女性主义神话学研究异军突起，引起热烈的学术争鸣和反响。英国学者拉灵顿的著作《女性主义的神话指南》运用女性主义的观点重新审视近东、欧洲、亚洲、大洋洲、南北美洲的神话传统以及20世纪的女神崇拜与研究情况。美国学者贝缇娜·纳普的著作《神话中的女性》从世界各地的神话中选出9位女性形象——古埃及的伊西丝、巴比伦的提阿玛特、古罗马的狄多、古希腊的伊菲革妮亚、印度的悉多和中国的女娲等，一一分析了她们在当时社会中的价值、能力和在公众心目中的形象，讲述女神的英雄故事和性别

---

① 刘再复：《思维方式与开放眼光》，《文学评论》1985年第6期。

挑战，在古代神话与当代现实中探寻女性命运的未来。

1980年，董鼎山将"后现代主义"引入中国。1982年袁可嘉《关于"后现代主义"思潮》发表在《国外社会科学》上，为民族神话研究提供了一种有异于传统的理解民俗与神话史诗的方式，使生活在政治话语霸权中的民族神话研究获得了二度解放。在此之前，从属于政治意识形态的民族神话研究自然难以有自己独立的地位。

20世纪末，大众文化兴起，华丽的词藻并不能够完成中国文化传统未来的使命。最后就造成这样的结果，新思潮不再新颖，缺乏前进的动力，时髦的价值消退之后，除了可以作为一种新口号哗众取宠之外，并没有留下多少有价值的东西。文化自信从何谈起？[1] 事实上，后现代主义理论进入中国，其理论并没有得到发展。对这一现象，赵毅衡不无揶揄地说："知识分子只能在做做'后学问'之余，沉溺于'后悲情'情绪之中，因为这个患了失语症的'后乌托邦'，是个要命的'后革命'时代。"[2] 与此对应的趋"新"运动：新写实、新生代、新潮小说、新写实、新体验、新情感、新历史主义等，除了表述形式有别以外，其命名的初衷和方法与"后……"并无二致。还有一个关键问题，随意命名之后，对新术语的内涵和外延没有任何界定，甚至连命名者自己也不知道如何解释，他们只管创造，不管培育，缺乏学术严肃性，非常功利，有学术流派的发明权，但是缺乏应有的阐释。

20世纪80年代，叙事学理论在中国逐渐兴起，许多学者开始运用结构主义叙事理论对民族神话进行研究。后随着表演理论、民族志诗学等动态研究理论的影响，对民族神话的研究也逐渐呈现出动态的、多样的研究特点。并且随着叙事学深入探讨，对民间叙事理论的研究也逐渐突破神话层面。董乃斌、程蔷就将民间叙事划分为言语叙事与行为叙事，指出"行

---

[1] 李锐：《旷日持久的煎熬》，《谁的人类》，时代文艺出版社2000年版，第312—313页。

[2] 赵毅衡：《"后学"与中国新保守主义》，见《礼教下延之后》，上海文艺出版社2001年版，第122—123页。

为叙事主要有两种，即仪式叙事和游戏叙事。仪式叙事，指祭祀、祷祝、祈求等民俗活动中的叙事，这类活动至今在民间仍极为发达丰富。"① 而彭兆荣更是借用人类学仪式理论、现象学理论等对仪式叙事进行了研究。他指出"在许多民族，尤其是无文字少数民族的文化叙事中，仪式是最重要的传承载体和表述'文本'，也是特定民族、族群人民生活实践和身体践行的活动和事件。"② 他对瑶族"还盘王愿"仪式的研究，其实已经超越文本，上升到瑶族族源历史的文化层面。而近年来，这种突破神话研究领域，将叙事研究扩展至文化层面的研究也日益增多。

民族神话研究领域的资料搜集完全转化为田野作业极其困难，面对如此研究困境，反思神话理论停滞的声音开始出现。除此之外，90年代出现了神话研究的新方向，即文学人类学。建构起来神话研究的新视角、新方法和新理论。但不可否认的是，尽管我们引进的神话理论产生了巨大的影响，有许多我们耳熟能详的学术观念，如欧赫美尔主义与"神话史实说"、帕莱法斯特主义、"寓意说"、麦克斯·缪勒的"语言疾病说""太阳神话说""气象说""文化遗留物"、母题、类型、原型理论、表演理论、口头程式理论、仪式说等等，但是理论建树上还缺乏中国神话学自己的理论体系。

二 图像学与民族神话研究

著名的神话学者叶舒宪提出了四重证据法。民国时代，著名学者陈寅恪先生归纳了王国维的三大治学主张："取地下之实物与纸上之遗文互相释证""取异族之故书与吾国之旧籍互相补证""取外来之观念与固有之材料互相参证"。王国维先生提出的学术研究（当然包括神话）"二重证据法"，即传世文献与地下发掘文献，"虽古书之未得证明者，不能加以否

---

① 董乃斌、程蔷：《民间叙事论纲（下）》，《湛江海洋大学学报》，2003年第5期。
② 彭兆荣：《论身体作为仪式文本的叙事——以瑶族"还盘王愿"仪式为例》，《民族文学研究》2010年第2期。

定；而其已得证明者，不能不加以肯定，可断言也"①。如王国维先生传世之作《殷卜辞中所见先公先王考》即因为在殷墟卜辞中发现"王亥"之名，联系《山海经》《竹书纪年》始知王亥为殷之先公，又参证于《世本》《楚辞·天问》《吕氏春秋》《史记·殷本纪》《汉书·古今人表》，显示在一系列古籍中"王亥"的存在，当时甲骨文、殷墟的发现给学术研究带来重大影响，新材料的发现，使许多悬而未决的问题在新的佐证面前迎刃而解。20世纪末到21世纪初，神话学界如叶舒宪又提出"三重证据法""四重证据法"。"三重证据法"是在"二重证据法"的基础上加上人类学、民俗学为佐证。"四重证据法"是在"三重证据法"的基础上加上比较图像学或图像人类学的证据②。神话学家很注重图像与图片的运用，古拓片之为佐证，如汉画像石、汉画像砖等，正是如此。这种利用考古发现的研究方法在近四十年民族神话研究中应用很多。萧兵的论文《引魂之舟：战国楚〈帛画〉与〈楚辞〉神话》（1983年），李零的著作《长沙子弹库战国楚帛书研究》（1985年）、论文《考古发现与神话传说》（1995年），吕微的论文《楚地帛书、敦煌残卷与佛教伪经中的伏羲女娲故事》（1996年）等等。这些论文都是对地下考古发现的新材料进行神话分析后的研究，由于有了新材料，民族神话研究就有了新的学术资源。

海外一些学术著作和论文对此相关问题也有所关注。如英国学者彼得·伯克的著作《图像证史》，由杨豫翻译，2008年在北京大学出版社出版。美籍华人学者张光直的著作《中国青铜时代》一集、二集1989年由生活·读书·新知三联书店出版，《美术、神话与祭祀》2002年由辽宁教育出版社出版，俄罗斯学者李亦园著作《文化的图像》1998年由上海文艺出版社出版。这些都是海外学者的神话图像学研究。

英国学者罗伯特·西格尔在1996年出版了《神话理论》（Theories of Myth），以西方传统的人类学、社会学、心理学、文学批评理论、哲学、

---

① 王国维：《论传说有史实为之素地与二重证据法》，见马昌仪《中国神话学百年文论选》（上），陕西师范大学出版社2013年版，第53页。
② 叶舒宪：《千面女神》，上海社会科学院出版社2004年版，第5页。

宗教学等不同学科为依托，阐述神话研究可以尝试的种种方法，对神话的一系列功能和意义作出解读。绪论是《神话理论种种》，第一到第八章分别是神话与科学、神话与哲学、神话与宗教、神话与仪式、神话与文学、神话与心理学、神话与结构、神话与社会，结语是《神话研究的未来》。文学方面的神话学研究，一共才区区13页，叶舒宪先生说这部分研究只占神话学研究全貌的20%。[1] 作者还有《心理学与神话》，由青年学者陈金星翻译，于2019年在陕西师范大学出版社出版，也是跨学科研究。德国学者汉斯·布鲁门伯格的著作《神话研究》2014年由上海世纪出版集团、上海人民出版社出版，上下两册也多是从文化方面谈论神话问题。与中国民族神话研究的现状相比，文学本位的神话观成为制约我国神话研究领域学术发展的一个瓶颈，这与中国神话的发展历程密切相关。梁启超、鲁迅、周作人、茅盾、谢六逸、苏雪林这许多学者本身就是20世纪有名的文学家，他们研究神话，并将其视作文学研究的一部分也不奇怪。

三 相关民族神话研究

20世纪90年代爆发了全球性"认同危机"，即将面对新的千年，人们对未来一片迷茫，呼唤新的文化理念和时代精神的出现。在文化身份认同上，以"'自我认同'取代了'传统认同'"，[2] 强调了个体的价值与身份的自我色彩。在这样的时代背景下，民族神话研究以文化身份认同取代了族群/民族认同。"人们正在根据文化来重新界定自己的认同。"[3] "文化记忆的主要功能就是为身份'定位'"。[4] 一方面，通过代代相传的集体记忆来确认文化的延续性，体现在神话的继承上，古代先民的神话传说在历

---

[1] 叶舒宪：《神话作为中国文化的原型编码——走出文学本位的神话观》，《中国社会科学报》，2010年8月12日。

[2] ［英］安东尼·吉登斯：《现代性与自我认同—晚期现代中的自我与社会》，夏璐译，中国人民大学出版社2018年版，第85—91页。

[3] ［美］塞缪尔·亨廷顿：《文明的冲突》，周琪等译，新华出版社2013年版，第1页。

[4] 赵静蓉：《文化记忆与身份认同》，生活·读书·新知三联书店2015年版，第3页。

史长河中得以让后人铭记，后人在对祖先的追忆和缅怀过程中延续着认同。神话历史化之后，神话和历史之间不再是虚构和真实的区别，人们更愿意根据现在的自我认同去建构过去的历史真实。神话与史诗也正是这样，历代的传说与神话，固化了这种文化的厚重感。

如果说拼音文字的发明掀起了人类历史上第一次媒介革命，人类从口耳相传时代跨入了拼音文字传播时代，[①] 象形文字更有表意的特征。人或神的形象通过象形字体形象地表达出来。由于没有文字或者文字不发达，口头传统仍然是这些民族最主要的神话传播方式。在中国传统社会，文字的使用是小部分人的专利，他们享有特权，受到崇拜，[②] 接受文化教育是贵族的特权，讲故事的人一般是巫觋、祭司或者是说唱艺人，他们不仅仅是拥有超凡记忆力的神话传播者、行吟诗人、史诗演唱者，还是通晓诗歌韵律的表演艺术家，更重要的是他们深谙神话和历史。中国诸民族创世神话讲述了宇宙起源和人类的由来，表达了先民的精神指向，包含了中华诸少数民族文化基因，给族群奠定了最基本的文化观念和命运共同体意识。

（一）陶阳的民族神话研究

陶阳（1926—2013）原名李伯海，与牟钟秀合著有《中国创世神话》（1989年初版，2006年再版）。2006年版本是中国第一部创世神话专著《中国创世神话》的最新修订版。第一章是绪论部分，论述了创世神话的性质和产生。第二章是中国创世神话整体概观，论述汉族和少数民族创世神话，汉族创世神话又包括汉文古籍记载的创世神话和保存在汉族口头上的创世神话。第三章是西南创世史诗，列举了彝族、苗族、纳西族、白族、哈尼族、拉祜族、德昂族、阿昌族等民族的创世史诗，最后还简要分析了西南创世史诗的特点及其结构。第四到八章分别论述的是宇宙起源神

[①] 根据麦克卢汉的观点：文明史就是传播史，就是媒介演进史，他把媒介分为四期，分别是：口耳传播、拼音文字传播、机器印刷传播和电子媒介传播。参见马歇尔·麦克卢汉：《理解媒介——论人的延伸》，译林出版社2019年版。

[②] 朝戈金：《口头·无形·非物质遗产漫议》，《读书》2003年第10期。

话、日月星辰等天象起源神话、人类起源神话、氏族与民族起源神话、文化起源神话等，作者对这几种创世神话的丰富内涵作了全方位的展现和剖析，第九章是对创世神话的社会功能与学术价值进行理论探讨。

陶阳先生曾经在《民间文学论坛》担任主编，20世纪60年代在新疆主持柯尔克孜族英雄史诗《玛纳斯》的采录工作，以披荆斩棘的开拓精神，收集整理了民族史诗《玛纳斯》的全部六部。中国学者在新疆克孜勒苏地区收集整理的中国少数民族英雄史诗第一次走向世界，引起了土耳其学界的热切关注。此外，陶阳先生在论文《史诗玛纳斯歌手神授之谜》中提出的史诗歌手演唱代际传承"神授"，至今仍然产生着巨大的学术影响。

中国神话学会于1984年5月在四川峨眉山成立，袁珂先生是第一任中国神话学会会长，陶阳先生为学会秘书长。在当时一起召开的全国民间文学理论著作选题座谈会上，陶阳先生和夫人牟钟秀的《中国创世神话》列入了这个选题，其著作1989年9月在上海人民出版社出版。在中国神话没有系统整理之前，海外学者有一种观点认为，中国神话散落在穷乡僻壤，构不成完整的体系，没有创世神话可言。刘锡诚先生很推崇这部著作，认为陶阳先生和牟钟秀女士合著的《中国创世神话》，"将中国古典神话与近十多年来搜集的各民族的大量的'活态'神话融合在一起加以研究与阐发，写成一部体系完整的专著，这在中国人文学界还是第一部"。[1] 当然学术界也给了很高的评价，2001年这部著作获得了中国民间文艺最高奖山花奖理论著作类一等奖。袁珂先生也说，陶阳、牟钟秀的《中国创世神话》"史、论兼具，言简意赅"。"结构安排合理，眉目清晰，论述简明扼要"。对于发现的神话材料非常珍贵这一点，《中国创世神话》引用的材料说"在湖北地区一直流传着《女娲造六畜》的神话：相传女娲造六畜时，先造六畜后造人。鸿蒙初开之时，天是一团混沌，地是一堆烂泥巴，女娲就掺水和泥巴摔着自娱自乐。第一天，无意中摔出一只头戴金冠，尾巴上翘，会喔喔叫的动物，给它取名叫鸡。鸡一叫，天门开了，日月星辰一齐出现在了高空。第二天，摔出一条狗。狗一阵乱跳，地门开了，便有了东

---

[1] 刘锡诚：《陶阳：创世神话研究的始创者》，《民间文化论坛》2017年第6期。

西南北四个方向。第三天到第六天，又接连捏出猪、羊、牛、马。这六种动物造出来后，为了管理它们，第七天女娲捏出了人，让人去管理六畜，每年的正月初七就定为人日。"袁珂先生说自己不禁想到古代典籍《荆楚岁时记》中的"正月初七为人日。"的句子，《北史·魏收传》也有"正月一日为鸡，二日为狗，三日为羊，四日为猪，五日为牛，六日为马，七日为人"这样的记载，袁珂先生自己编写《中国神话传说词典》"人日"条目时还说自己不知道"作鸡""作人"的开辟大神是谁，所以不敢落实在女娲身上。① 这个例子，说明了陶阳先生和夫人牟钟秀合著的《中国创世神话》，确实给予神话研究者很多帮助和启发。

在论文《创世神话的宗教功能》中，陶阳先生说，创世神话和创世史诗多存在于包含原始宗教的"经书"中②，例如纳西族的"东巴经"，就是纳西族古老的图画文字记录下来的"经书"。纳西族的创世史诗《崇搬图》（即《创世纪》）、其他经文如《黑白之战》等也包含创世神话。在彝族的原始宗教信仰中，有"毕摩"之类的巫师或祭司，是人间与神界的信使。"毕摩"熟悉彝族古文字、彝族谱牒、历法、神话和历史。而瑶族则称巫师为"师公"，土家族则称为"土老师"。师公祭祀祖先时候演唱瑶族创世史诗《盘古书》。一些少数民族没有文字，神话依赖口耳相传，如阿昌族创世史诗《遮帕麻与遮米麻》就是原始宗教巫师的口头唱词，由巫师在祖宗祭祀和举行葬礼时向阿昌族人诵唱，一方面是唱词的内容祭祀祖先或民族始祖，另一方面也极具仪式感，演唱时随歌起舞，有各种祭祀神灵的仪式。佤族《司岗里》、侗族《祭祖歌》《侗族创世纪》、壮族创世史诗《布洛陀》、苗族创世神话《妹榜妹留》也是如此。在畲族的族源创世神话中，畲族人认为自己民族起源于盘瓠，在《盘瓠王歌》（即《高皇歌》）中多有唱诵。陶阳、牟钟秀认为创世者多是原始宗教信仰的主神或大神。创世大神既是民族始祖，又是民族保护神。侗族创世神歌《嘎茫莽

---

① 袁珂：《谨严有序的创世神话论著——读陶阳、钟秀〈中国创世神话〉》，《民族文学研究》1990年第3期。

② 陶阳、钟秀《创世神话的宗教功能》，《民间文学论坛》1989年第2期。

道时嘉》演唱的是创世大母神萨天巴创世的丰功伟绩。作者引用英国人类学家弗雷泽《金枝》、德国学者卡西尔《人论》的相关论述阐释了创世神话与仪式歌舞一体的混生关系。

（二）邓启耀的民族神话研究

中山大学邓启耀教授曾经是下乡知青，在云南少数民族地区工作多年，对少数民族神话接触较多，自 80 年代开始神话学研究。学术著作有《中国神话的思维结构》（1992 年）、《巫蛊考察——中国巫蛊的文化心态》（1998 年）、《民族服饰：一种文化符号》（1991 年）等等，邓启耀教授注重在文化遗物中寻找神话，重视在田野中考察获取第一手资料，这类著作有《访灵札记》（2000 年）、《灵性高原——茶马古道寻访》（1998 年）、《鼓灵》（1999 年）、《古道遗城——茶马古道滇藏线巍山古城考察》（2004 年）、《泸沽湖纪事》（2006 年）。在论文《中国神话的逻辑结构》[①] 中邓启耀认为，"近取诸身，远取诸物"是中国神话的想象性类推论，是一种经验叙事。除语言文字之外，记述神话或原始文化的象形或者象征符号如八卦、东巴图画-象形文字，都构建了一套表述类化意象和"想象的类概念"的符号系统。再者是类的逻辑："观象于天，取法于地"。由分类很容易联系到中国神话的类比推理（形态类比、属性类比、以类度类、以己度物）"通神明之德，类万物之情"，类比也是一种感知的经验叙事。最后是逻辑发展与思维发展的文化选择。

（三）白庚胜的民族神话研究

白庚胜先生以研究东巴神话驰名于世，20 世纪 80 年代初开始从事神话学研究，出版专著《东巴神话象征论》（1998 年）、《东巴神话研究》（1999 年）、《白庚胜纳西学论集》（2008 年）。在论文《东巴神话之神山象征及其比较》[②]（1996 年）中，白庚胜先生说，东巴神话中的神山称为

[①] 邓启耀：《中国神话的逻辑结构》，《民间文学论坛》1989 年第 3 期。
[②] 白庚胜：《东巴神话之神山象征及其比较》，《民族文学研究》1996 年第 3 期。

"居那什罗山"，可以与希腊众神居住的奥林匹斯山、印度神话中的须弥山、藏族神话中的冈底斯山、汉族神话中的昆仑山、不周山、蓬莱山、方丈山相提并论。"居那什罗山"中的"居那"是"高山""大岳"之意，"什罗"在纳西族语言中意义不很明确，在信仰相近的藏族和蒙古族的语言中，有"高大"之意。东巴族神山的起源有五彩蛋孕育说、天然形成说、神灵建造说。居那什罗神山的作用，白庚胜先生分析认为，可能是天地之间的支柱，天如蓬帐、四周以五柱顶天。其他民族也有天柱支撑之说，如彝族流传的民族史诗《勒俄特依》即有四神山撑天之说，东方为木武哈达山、西方为木克哈尼山、南方为火木抵泽山、北方为尼母火萨山。彝族神话《阿细的先基》说东方为铜柱、西方为铁柱、南方为金柱、北方为银柱。哈尼族则认为天由神牛之四足托起。汉族神话也有"女娲断鳌足以立四极"的说法。人间进入神祇世界的天梯，东巴神话说，混沌初开，世界上下分为神界、人间、鬼界。这与但丁《神曲》把世界分为地狱、炼狱、天堂并无二致。宇宙的对称轴，居那什罗神山位于神界与人间之间，是这两个互相对称的空间之间的对称轴。没有居那什罗神山，将天崩地裂，神鬼不分，人间一片混乱。界山（不是人间与冥界的界限，是时间和空间的分界）、灵魂归息之所这些地方，据文献记载，纳西族人的共同祖界名曰"余祖毕吕空"。"余"指祖先，"祖"指居住，"毕吕"指山岳，"空"指洞口或门，即祖先魂灵是藏于山中的。

居那什罗神山与印度神话须弥山具有很多相似性。须弥山是印度梵文SUMERU的音译，又音译为"修迷庐""须弥楼""苏迷卢"，或意译为"妙高""妙光""安明""善高""善积"。据宗教学家任继愈说，相传山高八万四千旬，山顶上为帝释天，四面山腰为四天王天，周围有七香海、七金山。第七金山外有铁围山所围绕的咸海，咸海四周有四大部洲。作者还认为东巴神话中的居那什罗神山与巴别塔相似。《圣经·旧约·创世纪》中传说，诺亚的子孙往东迁移的时候，在示拿（巴比伦）这个地方计划修建一座巨型塔台，上可通天，但是上帝不喜欢他们的目的和做法，于是变乱他们的口音，使他们语言不通，无法交流，这样塔就无法修建。他们散住在世界各地,不同民族、不同地域的人们用不同的地方方言说话,彼此语言难以沟通交流,语言很难统一,这就达到上帝愚弄凡人的目的。人类语言如果统一,就会产生巨大的凝聚力。古代犹太人就用这种幻想的形式来解释他们不能理解的社会现象。它们的寓意是人不应该有非分之想,应该虔诚地信仰上帝,巴别塔之"巴比"即"巴贝"一词,其本义为"上帝之大门",而在上面的文句中,已经是"混乱"之意。神话学者苏雪林说:"考巴比伦古传说,即谓有一仙山曰 Khurag kurkura,其义犹云'大地唯一之山'(Mountain of all lands),或曰'世界之山'(Mountain of word),为诸神所聚居之处,亦即诸神诞生地(the birth place of gods),巴比伦若干高宇与七星坛之建筑皆此山之缩型。而中国之昆仑、希腊之奥林匹斯(奥林帕斯)、印度之苏迷(须弥)、天方之国,亦为此山之翻版。"凌纯生先生认为,"昆仑"就是"神山"的 Zikkurats 的音译。① 白庚胜先生认为"昆仑"源于古亚述语,后来演变成突厥语 QURUM。在这篇文章中,白庚胜先生还对神山的图形符号进行了解释,也对神山信仰的形成与演变做了分析。

(四)《玛纳斯》研究

1994 年 1 月,神话学家潜明兹在《民族文学研究》上发表了《佛教文化与中国英雄史诗》,论文研究了佛教传入中国后对中国史诗的巨大影响,认为佛教文化与中国英雄史诗有深厚的渊源,对佛教教义与天神、佛陀与英雄有所论述。她是这一时期比较有影响的神话学研究者,从比较史诗学的角度探讨了中国《玛纳斯》研究的艺术层次,文章《从比较史诗学看中国〈玛纳斯〉的艺术层次》分为四个方面②:其一、巫文化的影响。巫术的神话叙述,不可分割的是巫文化的语言载体。巫术,既是原始意识,又

---

① 凌纯声:《中国边疆民族与环太平洋文化》,台北联经出版公司 1979 年版,第 1570—1571 页。
② 潜明兹:《从比较史诗学看中国〈玛纳斯〉的艺术层次》,《民族文学研究》1995 年第 1 期。

有宗教仪式,是原始人借助超自然的力量去影响或控制客观世界的原始信仰和崇拜仪式的总和,英雄史诗的巫术活动主要是作为战争时企图获得胜利的一种补充手段。其二、由巫术到艺术的转换,巫术祭祀仪式有祝歌、舞蹈、仪式,是综合性的活动。后面两个方面是关于史诗艺术美的阐释,分别是:其三、没有写实主义就没有真正的悲剧之美,论述了史诗《玛纳斯》的悲剧意味。其四、超越与辉煌。论述了亚美尼亚史诗《萨逊的大卫》与《玛纳斯》的文化关联,同时文本的吟唱者玛纳斯奇居素甫·玛玛依,也进入了作者的研究范围。

大约同一时期,蒙古族学者仁钦道尔吉分析了《玛纳斯》与《江格尔》的学术共性,柯尔克孜英雄史诗《玛纳斯》与蒙古族卫拉特人的英雄史诗《江格尔》,既有共同的古老的阿尔泰语系民族英雄史诗传统,又有后期西迁以后的相互影响。

(五) 陈岗龙的民族神话研究

1994年,蒙古族学者陈岗龙和色音对蒙古族和藏族的《尸语故事》进行了研究,藏语叫"若钟",蒙语叫"喜地呼尔",是一部蒙、藏民族中以书面和口头形式广泛流传的民族神话故事集。应该指出的是,这些神鬼故事并不是经典意义上的神话,但是神仙道教之说,魔鬼妖怪之类,均属于广义的神话,由于是后来发展的,更能够了解民族文化的特点。它来自于梵语故事集《僵死鬼故事二十五则》。文章对蒙藏《尸语故事》及其与《僵死鬼故事》的关系问题进行探讨。满族学者程适良分析了《福乐智慧》中的萨满教痕迹。古典哲理长诗《福乐智慧》,完成于公元1609年—1070年,是我国维吾尔人民的珍贵文化遗产,是喀喇汗王朝时期辉煌的文学巨著,在突厥文化史上享有崇高的地位,是伊斯兰文化与维吾尔古老传统文化的合璧。以伊斯兰思想文化为主导的伦理法则与观念,在《福乐智慧》中随处可见。与此同时,萨满文化作为维吾尔历史文化的基础,在这部历史巨著中留下了深深的烙印。[1]

---

[1] 陈岗龙、色音:《蒙藏〈尸语故事〉比较研究》,《民族文学研究》1994年第1期。

第三章 民族神话理论阐发期的学术成就

(六) 夏敏的民族神话研究

夏敏分析了瑶族的狗祖崇拜和藏族的猴图腾。[①] 以狗与猴为原始图腾崇拜的民族，必然有其原始文化上的相似性特点。作者从语属瑶语支并信仰盘瓠神话的瑶族，和藏族的图腾文化进行比较，发现了形成图腾文化的相似性：以狗和猴为动物图腾与山地丛林民族的狩猎、食物采集等经济活动有关。崇信者多跨地域分布，生产活动具有游移性特点，其远古族群有过直接或间接的交往，如藏族和瑶族历史上皆与犬戎有关。狗和猴都是雄性动物图腾，是人类起源的肇始者。作者认为一切图腾崇拜有着相近的思维类型，图腾神话起源于图腾仪式。这些研究，增强了其他民族对于瑶族、藏族文化的了解。

(七) 哈尼族神话研究

云南省社科院史军超先生是联合国教科文组织（UNESCO）特聘"世界文化遗产中国专家组"成员，被称为"哈尼梯田文化的守望者"。2003年11月曾经应邀到哈佛大学肯尼迪学院进行文化交流，开展"哈尼梯田文化"的学术讲座，2011年3月又应邀到美国国会图书馆作"哈尼梯田文化"的学术讲座，传播哈尼族文化。著有《哈尼族文学史》一书，在学界享有盛誉，该著作曾经荣获中宣部、中国民协首届"山花奖"，著作《哈尼族古歌》获云南省文学艺术奖励基金一等奖，也产生很大影响，与哈尼族神话研究有关的重要论文有《读哈尼族迁徙史诗断想》《哈尼族神话中的不死药与不死观》《哈尼族文化英雄论》等。1995年，史军超对神话的变形特征做过研究。[②] 对哈尼族、汉族的变形神话进行比较研究后，他认为，原始人生活在大自然的严重威慑之下，在生命交关的时刻，为鼓足自

[①] 夏敏：《狗与猴：图腾仪式和文学中的接近类型——从瑶族与藏族图腾文化说开》，《民族文学研究》1994年第3期。

[②] 史军超：《变形的整化趣味——哈尼族、汉族变形神话比较》，《民族文学研究》1995年第3期。

己生存的勇气，战胜死亡和艰险，常常把无法逾越的生命本身加以形的变幻转化，使之得以永存，逃避灾难和凶险。作者从对哈尼族与汉族神话的比较中来研究这一问题，认为汉族神话故事情节远没有哈尼族的复杂曲折。在神话变性母题研究上，西方神话有悠久的历史，古罗马诗人奥维德的《变形记》也属于此类著作。

（八）雅琥的史诗研究

1996年，雅琥展开了对南方英雄史诗的研究[①]。南方地区有大量的原始性史诗和英雄史诗。南方英雄史诗展示了各民族先民从原始社会解体至阶级社会初期的壮阔的社会生活画面，具有独特的认识价值，塑造了一大批具有各个时代特征的英雄形象。南方英雄史诗在艺术表现方面也有自己的风格，大多具有浓郁的神话色彩、传奇色彩，具有象征、隐喻的表现形式，采用幻想、夸张与写实相结合的手法，把神仙、鬼怪、动物的世界与人间融合在一起，使作品中充满了神异诡谲的色彩，绮丽多姿，动人心弦，展示了广阔的时代生活画面，篇幅宏伟，情节复杂，人物众多，结构安排得当，线索清晰而又富于变化。语言朴实无华，生动形象，富于地方色彩和民族风格。

（九）苑利的民族神话研究

1996年，中国艺术研究院苑利研究员对朝鲜半岛新罗神话与中国白族神话现瑞母题进行了比较研究。分析了"白马""白鸡"现瑞与"金马碧鸡"之谜。"白马""白鸡"是韩民族神话中著名的祥瑞之物。最早出现在《三国遗事》有关新罗始祖、先王的诞生神话中。在中国西南白族地区，动物崇拜中有鸡与马，民间传说，这两种神奇动物常常形影相随，来去无踪，人们称之为"金马碧鸡。"苑利考察分析了二者的关系。1998年苑利研究员在前有研究的基础上，继续对韩民族与中国白族鸡龙神话做了比较研究。在朝鲜半岛新罗神话中，始祖赫居世与夫人阏英的诞生，是构

[①] 雅琥：《神奇瑰丽的南方英雄史诗》，《民族文学研究》1996年第3期。

成新罗始祖诞生神话的重要内容。作者详细考察了赫居世的夫人阏英诞生神话与中国西南白族母鸡龙神话的关系问题。

（十）刘晓春的民族神话研究

刘晓春教授是民俗学家，论著《仪式与象征的秩序》2004年曾获第五届中国民间文艺山花奖·第二届学术著作奖二等奖。其主要研究侧重文化与民俗，但是民俗活动或者仪式中往往包含着丰富的神话。1996年发表在《民族文学研究》上的论文《英雄与考验故事的人类学阐释》，从文学人类学角度阐释了英雄与考验故事，探讨了在许多民族中存在的英雄面临考验时的机智与勇敢。作者认为，故事中母题的古老意味，决定了故事深厚久远的文化渊源，作者以中国各民族流传的故事作为研究对象，同时兼及世界其他民族，作为参照。作者分析研究了英雄与考验故事的形式、故事母题与神话因子和故事结构与生命仪式。作者用多种方式对故事进行历时与共时的研究，探讨故事的古老渊源及其体现的人类共同的价值观念。该研究初看起来是研究民间故事，实则阐释了少数民族神话的许多内容。

近年著作有2015年在光明日报出版社出版的《中国节日志·春节（广东卷）》上、下册，全书近100万字，有600余幅精美插图，其中的"送神节""汉族祠堂""少数民族宗祠、厅庙""神坛庙宇""拜神""迎神送煞"，虽然是民俗活动，但是也包含着神祇信仰。

（十一）郎樱研究员的神话与史诗研究

郎樱研究员是中国社科院学部委员，长期从事柯尔克孜民族史诗《玛纳斯》研究。主要学术著作有《〈玛纳斯〉论》《中国少数民族英雄史诗——〈玛纳斯〉》《〈玛纳斯〉论析》《〈福乐智慧〉与东西方文化》《西北突厥民族的萨满教遗俗》《波斯神话及其在新疆的流传》等。1997年，郎樱用分析比较研究的方法分析了贵德分章本《格萨尔王传》与突厥史诗之母题与内容。贵德分章本《格萨尔王传》是在青海贵德发现的手抄本，由五章构成。作者认为，在《格萨尔》的各种版本中，"贵德分章本"与突厥史诗拥有更多相同的神话母题，在英雄身世的描写上，叙事模式基本相同、许多母题的内容也十分相近①。1999年郎樱又对史诗的母题进行了研究，发表《史诗的母题研究》一文，史诗母题研究是史诗文化研究的重要组成部分，古老的母题堪称"活化石"。

郎樱还对《玛纳斯》与希腊史诗进行了比较研究，作者认为，《玛纳斯》是一部东方史诗，《伊利亚特》与《奥德修纪》是西方史诗，《玛纳斯》是口承史诗，希腊史诗是书面史诗。其实，希腊史诗也是口头传颂多年，在公元前8世纪进行文字整理，定本后流传下来的。它们内容不同，叙述方式与文化背景亦迥然有异，而且在时空上有着遥远的距离，但是它们有着许多相似的情节与母题。这是比较文学在20世纪80、90年代在中国兴起之后，作为比较方法的运用，呈现出来的新的学术成果之一。

2011年10月，吉尔吉斯共和国授予郎樱研究员"达纳克尔"勋章，以表彰她在柯尔克孜民族史诗《玛纳斯》研究上长达半个世纪的杰出贡献。"达纳克尔"勋章专门授予为国与国之间的和平和友谊、为人文交流和科学研究做出巨大贡献的杰出人士。《玛纳斯》是柯尔克孜民族伟大的史诗，是吉尔吉斯共和国和中国人民共同的宝贵文化遗产。1990年出版的《中国少数民族英雄史诗——〈玛纳斯〉》是我国国内的第一部汉文专著，是中国《玛纳斯》的奠基之作。②

（十二）傅光宇的民族神话研究

傅光宇先生（1934—2001），云南大学中文系教授，代表性著作有《云南民族文学与东南亚》《傣族民间故事选》《三元——中国神话结构》《彝族创世之光》《傅光宇学术文选》等。民族神话研究方面重要论文有《方丘神话解析》《创世神话中"眼睛的象征"与"史前各文化阶段"》

---

① 郎樱：《贵德分章本〈格萨尔王传〉与突厥史诗之比较——一组古老母题的比较研究》，《民族文学研究》1997第2期。

② 简讯：《〈玛纳斯〉研究专家郎樱教授荣获吉尔吉斯共和国勋章》，《民族文学研究》2011年第6期。

《盘古"垂死化身"神话探析》等。对于傅光宇先生的学术成就,已故学者过伟先生(1928—2019)有过很好的评价:"傅氏持广义神话论,广泛搜集民间口传的、汉文典籍及少数民族文字手抄本中的、民俗中的、出土文物中的、岩画中的神话,论述其内蕴的历史、文化意义。"从尽量多的作品中提炼出理论,从尽量多的前贤种种研究成果中精细分辨哪些该商榷,哪些该采纳,哪些该发展的"傅光宇研究方法"——做出卓越的"傅光宇特色"的学术贡献。① 过伟先生还对《原始人心目中的世界》(与张福三先生合著)《创世之光》《三元——中国神话结构》做了很好的总结和评价。

1998年,傅光宇先生对"女国"神话特殊妊娠方式进行了深入探析。作者认为,在各民族的"女国"神话中,有许多奇特而有趣的妊娠方式。约可分为"思感生子""因水怀孕""窥井生子"和"感风怀孕"四类。② 关于"女国"神话的研究,许多学者都有涉猎,著名神话学家王孝廉先生在其有名的神话学著作《中国的神话与传说》中,专列一章《女儿国的传说》,里面又分"The Amazones""东方的女儿国传说""女儿国传说与古代信仰""余话"几个部分,在"东方的女儿国传说"中,王孝廉先生说:"在东方,也有相类似的女儿国传说的。中国《后汉书》的《东夷传》里说,海中有一个女儿国,国中没有男人,这个国家里有一个神秘的井,俯下身子窥视此井,就会生孩子"。"东南海上有女儿国,在这个国家里每年南风吹的时候,如果女人们赤裸着身体迎向吹来的南风,就会怀孕而生女子……""另外《梁书》的《东夷传列》说,扶桑国的东方千余里的地方有女儿国,女儿国中的女人们容貌端正,皮肤的颜色非常洁白,头发长长地直拖到地上。在二、三月的时候,国中的女儿们纷纷入水,入水以后就会有感而怀孕,到六七月份就会生孩子……"③ 此外,还举了希腊神话亚马逊女儿国、日本岛东方女人岛传说、马可波罗的著作、唐玄奘

---

① 过伟:《傅光宇云南民族文化终生情结》,《贺州学院学报》2008年第3期。
② 傅光宇:《"女国"神话特殊妊娠方式探析》,《民族文学研究》1998年第4期。
③ 王孝廉:《中国的神话与传说》,台北联经出版公司1977年版,第230—231页。

《大唐西域记》记载的女儿国。俄罗斯学者李福清院士的著作《神话与鬼话》也论及女国神话和传说，著作提及"古代希腊、古代英国、爱尔兰、冰岛、北美及南美洲印第安人、印度、中国、菲律宾、Marquesas 岛、西印度群岛（West India）都有关于女人之国或女人之地（land of maidens）的神话概念。""许多民族的神话中都有女人之国、女人之地或女人之岛的记载。"① 王宪昭研究员《中国少数民族人类起源神话研究》说："所谓感生神话，是指远古的女子或其他物体，不与异性直接交合，而是有感于动物、植物、无生命物等，而有孕生子的神话。"② 同时，还收集了许多地方的感生神话，20 世纪 60 年代，澳洲某个部落还相信，女人是因为吃了人肉才会怀孕的。③ 世界上很多地方都有这样的困惑，原始初民各自从自己的经验去理解这样的无孕生子神话，有的地方认为，感生信仰相信怀孕是图腾魂灵进入妇女体内。④ 还有人认为原始初民怀孕是自然天象感应的结果。⑤ 王宪昭研究员还论述了感生神话母题的特征、分布地区、感生的基本类型，特别是塔吉克族的感天生人、朝鲜族和蒙古族的感光生人、哈尼族和彝族以及布依族与水族的感风生人、满族的感石生人、珞巴族和壮族的饮水生人等等，很是详细，对此类神话做了穷尽式的收罗比对，具有很高的文献价值。

（十三）其他学者的民族神话研究

锡伯族学者佟中明先生是新疆社会科学院民族文学研究所学者，对锡伯族的萨满和《萨满神歌》有比较深入的研究。《论锡伯族和蒙古族神话

---

① 李福清：《神话与鬼话》，社会科学文献出版社 2001 年版，第 188—189 页。

② 王宪昭：《中国少数民族人类起源神话研究》，中国社会科学出版社 2012 年版，第 204 页。

③ [美] 蕾伊·唐娜希尔：《人类情爱史》，李意马译，云南人民出版社 1988 年版，第 13—14 页。见王宪昭：《中国少数民族人类起源神话研究》，中国社会科学出版社 2012 年版，第 204 页。

④ 何星亮：《中国图腾文化》，中国社会科学出版社 1992 年版，第 223—230 页。

⑤ 蒙飞：《中国感生神话起源初探》，《广西民族学院学报》1988 年第 3 期。

传说及英雄故事的共性问题》一文，探讨了锡伯族和蒙古族神话传说及英雄故事的文化相似性和文化渊源关系①，作者从人类最久远和构成文化基本部分的神话传说，以及"英雄时代"产生的英雄故事母题谈起，论述了锡伯族和蒙古族之间存在的文化共性和大致相似性。对两个民族神话故事共性的来历提出自己的见解：族源与地理环境、宗教与习俗、语言均存在共同性。锡伯族和蒙古族始祖神话传说及英雄故事的共性是在历史上的共同族源、相同文化生态、宗教、民俗、语言的基础上形成的，当然，也不能排除在历史上相互影响的因素。

哈萨克族学者木塔里甫、吾云研究了史诗中的神树母题。神树母题是哈萨克族及其他突厥语民族神话中的一个特殊的母题形式，称之为神树的往往是拜铁列克树，即白杨树。从神树母题来看，可分为生命树母题和树生子母题二类。将神树母题纳入文化的视角进行透视，显示出它所具有的文化性和象征隐喻性。

郭崇林对中国东北地区赫哲、鄂伦春族与蒙古族民间英雄讲唱进行了比较研究，认为东方讲唱艺术有史诗吟唱、神话讲述的成分，作者在介绍黑龙江赫哲、鄂伦春两民族神话英雄讲唱作品的采录和研究状况的基础上，进一步尝试进行"北亚民族民间英雄叙事文学比较研究"课题研究。

蒙古族学者金海研究了蒙古族变异史诗的形象特征，史诗变异是指在同一社会背景下，史诗在口头传承过程中，说唱艺人根据自己的生活经历、人生体悟和听众的反映，即兴演唱随时有所增删，因而使其同他所师承的史诗作品产生了某些差异。② 一方面是原有传统形象内涵的质的变异，另一方面是新增加的独特形象。

1998年，黄任远在文章《关于通古斯-满语族英雄神话的思考》中指出，通古斯-满语族先人在与恶劣的自然暴力的抗争中，不但争得了生存权，而且还靠他们的丰富想象，创作了与自然暴力抗争的英雄神话传说。

---

① 佟中明：《论锡伯族和蒙古族神话传说及英雄故事的共性问题》，《民族文学研究》1997年第2期。

② 金海：《蒙古族变异史诗的形象特征》，《民族文学研究》1997年第4期。

主要是对旱灾抗争的英雄神话传说进行比较，其次是与火灾抗争的英雄神话传说进行比较。

中国社科院民族文学研究所吴晓东研究员分析研究了苗族《蚩尤神话》与涿鹿之战。在苗族西部方言区，流传着许多"格蚩尤老"的传说，与汉文古籍中关于蚩尤与黄帝的涿鹿之战颇多吻合之处，不无史学上的参考价值。从人物、战争起因、图腾等诸多细节进行对比和探讨，认为这些"格蚩尤老"的传说当为蚩尤的传说，而且当为涿鹿之战历史传说的演变。

1999 年，蒙古族学者色音分析研究了阿尔泰语系民族萨满教神话，根据萨满教神话所叙述的内容，可以把萨满教神话大体划分为天地开辟神话、自然崇拜神话等两大类型。作者探讨了两大神话的内容和特征。

此外，还有北京师范大学中文系万建中教授从文化人类学角度阐释了祖婚型神话传说中禁忌母题等等。

四　此时期人口较少民族神话研究

（一）概说

从近四十年出版的民族神话作品与论著来看，一是按族别把少数民族神话和传说等广义的神话融为一体出版，如上海文艺出版社策划的故事大系；二是按照神话内容综合地把 55 个少数民族神话融为一体出版，如《中国少数民族神话》。这种出版形式和体例固然对保护少数民族神话起到一定作用，但是，没有真正呈现出中国少数民族神话独有的魅力与丰富性，为此，在当下复兴民族传统文化，创造性传承民族文化、构建中华民族精神之际，我们有必要出版体现 55 个少数民族神话真实面貌的系列丛书。一是从少数民族语言谱系和语族类型入手，分成阿尔泰语系和汉藏语系两个自然神话板块，重点整理分布在这两个语系板块内部的各语族少数民族神话，建立科学、系统的少数民族神话资料库，然后，在语族内部按照族别独立成书。这种出版体例在目前出版的少数民族神话中尚不多见。二是编选的神话资料来源于两种途径：首先是田野调查，对现在少数民族生活中传承的活态神话进行调查搜集，其次是对历史文献资料进行甄别筛选，对各民族各种文献中记载的神话资料进行精选，从中遴选出经典性的少数民族神话文本。而且，编选过程中按照神话学的类型学方法，总结各民族神话发展历程和发展规律，进行统一编排。这种按照神话学体例编排神话已经完全不同于已经出版的少数民族神话故事集。

我国55个少数民族，除回族一直使用汉语外，其余54个民族都有各自自成体系的民族语言。按照国际通用的语言谱系分类法，我国少数民族语言分为汉藏语系、阿尔泰语系、南岛语系、南亚语系和印欧语系等5个语系。

汉藏语系包括的少数民族最多，超过40个民族，包括藏缅语族、苗瑶语族、壮侗语族3个语族。少数民族神话包括：藏族神话、门巴族神话、珞巴族神话、羌族神话、普米族神话、独龙族神话、景颇族神话、彝族神话、傈僳族神话、哈尼族神话、拉祜族神话、纳西族神话、基诺族神话、怒族神话、土家族神话、阿昌族神话、苗族神话、瑶族神话、畲族神话、壮族神话、黎族神话、侗族神话、布依族神话、傣族神话、水族神话、仫佬族神话、毛南族神话、拉祜族神话等。

阿尔泰语系神话包括满通古斯语族、蒙古语族、突厥语族三个语族的神话。满通古斯语族神话包括：满族神话、锡伯族神话、鄂温克族神话、鄂伦春族神话、赫哲族神话[①]。蒙古语族神话包括：蒙古神话、达斡尔族神话、东乡族神话、东部裕固族神话、土族神话、保安族神话。突厥语族神话包括：维吾尔族神话、哈萨克族神话、柯尔克孜族神话、乌孜别克族神话、塔塔尔族神话、撒拉族神话、西部裕固族神话、撒拉族神话。

南岛语系神话包括我国台湾省高山族神话。

南亚语系神话包括佤族神话、德昂族神话、布朗族神话，分布在云南省南部边疆地区。

印欧语系神话包括俄罗斯族神话和塔吉克族神话。

---

① [苏] 谢·亚·托卡列夫、叶·莫·梅列金斯基等：《世界各民族神话大观》，魏庆征译，国际文化出版公司1993年版，第629页。

朝鲜族神话和京族神话，其语族未定。

下面笔者仅仅以北方鄂伦春族神话和南方基诺族神话来论述，与读者分享这一时期的民族神话研究特点。

（二）鄂伦春族神话研究

鄂伦春族神话包含在英雄史诗之中，鄂伦春族英雄史诗是指"摩苏昆"中以莫日根的成长经历为核心的《英雄格帕欠》《波尔卡内莫日根》《布格提哈莫日根》三篇。关于"摩苏昆"的研究，学者众多。隋书今、潜明兹、彭放、满都呼、徐昌翰、庞玉田、汪立珍、马名超、韩有峰、赵华、宋德胤、李英、孟淑珍均有比较深入的研究，但是"摩苏昆"的面世与孟淑珍关系最为密切。鄂伦春族史诗的空间构建，是以狩猎文化为主体的史诗中，随处可以看到会帮助格帕欠的喜鹊，豪爽好客的鄂伦春人，能翻山越岭的宝马……英雄史诗画面几乎囊括了鄂伦春人日常生活的全部场景以及狩猎生活的各个环节：在茂密的森林中打猎，狩猎时的种种神灵信仰。这些无不反映着渔猎文化的传统，口头神话传承着亲和自然与敬畏自然的民族精神。

鄂伦春族信仰萨满教，信仰万物有灵与征兆巫术。主要体现在史诗中处处流露的万物有灵的观念。遇到困难时，他们会求助山神"白那恰"。"白那恰"具有西方神话造物主的色彩，因此他们非常虔诚地供奉着。考陶汉莫日根等106个莫日根出征前先拜"白那恰"。

鄂伦春族神话在"摩苏昆"中有很好的传承。孟淑珍《"摩苏昆"的由来》一文认为，"摩苏昆"就是说说唱唱，唱一段，说一段，包含着一个人自己说唱给自己，喃喃自叙苦情的意思。在《鄂伦春语"摩苏昆"探解》中，孟淑珍认为，从音乐上说，"摩苏昆"含有"悲调说唱""能悲能喜"的意思；从内容上说，"摩苏昆"的含义包括求神说唱、说唱悲苦身世，说莫日根的功绩和说氏族的苦难这四个方面[①]。

对"摩苏昆"一词的词源学分析，目前学术界意见也不一致：孟淑珍

---

① 孟淑珍：《鄂伦春语"摩苏昆"探解》，《满语研究》1991年第2期。

在1990年发表的《鄂伦春民间文学艺术主要形体名称及其语源、语义》一文中指出"摩苏昆"一词同氏族与莫日根有语言渊源关系,"摩苏昆"大概源于"莫日根""莫昆"。在1991年发表的《鄂伦春语"摩苏昆"探解》中孟淑珍又提出"摩苏昆"源于鄂伦春语"摩尔布任"或"摩如布任",意思为反复、不断地悲泣。也有一些学者认为源于满语"莽斯昆比","摩苏"发声近似满语"莽斯",原有"跳舞"的意思。因此,语音近似的满语"莽斯昆比",和鄂伦春族关于"摩苏昆"的叫法,可以看作是同一语族的古老语词在大方言区里长时间传播的过程中产生的细微差别,但其语义却仍保持着某些类同的残迹①。

(三) 基诺族神话研究

基诺族是一个高度聚居的民族,主要分布在云南省西双版纳傣族自治州景洪市。基诺族有自己的语言,属于汉藏语系藏缅语族彝语支。基诺语作为基诺族社会内部的主要交际工具,负载着基诺族丰富的传统文化内涵。基诺族无本民族的文字,民族文化主要依靠口头传承,但由于现在能够理解民族语言的基诺族人日渐式微,基诺族口传文化的保留越来越少。新中国成立以前,基诺族基本上处于原始社会后期向阶级社会过渡的阶段,长期与外界隔绝,农业尚处于"刀耕火种"的状况。② 由于口头文化传播的局限性,在信息爆炸的知识经济时代,新媒体迅速发展,传统的民族口传文化暴露出时效性不强、传播方式单一、互动性差及传播空间相对狭窄等缺点,因此基诺族的口传文化正面临着巨大的危机。

基诺族的口传文化含有丰富的神话、史诗和民间传说。各民族的文化都有自己的特点,研究和保护基诺族文化就迫切需要挖掘基诺族深层次的文化传统,就其文化特征对基诺族的文化遗产进行保护,从而更好地传承基诺族优秀的民族文化。而民族神话又与原始宗教、文化习俗紧密联系在

---

① 孟淑珍:《鄂伦春语"摩苏昆"探解》,《满语研究》1991年第2期。
② 胡阳全:《近二十年基诺族研究综述》,《云南民族学院学报》(哲学社会科学版) 2000年第9期。

一起，在宗教文化研究方面，杜玉亭先生的《中国各民族原始宗教资料集成·基诺族卷》从大鼓图腾崇拜（神话传说基诺族是从大鼓中走出的民族，人们从大鼓门中走过，可以带来吉祥如意）、太阳崇拜（基诺族人喜爱在衣服的背后绣着太阳图案）、鬼神崇拜、祖先崇拜、巫师祭祀神灵及其对社会生活的影响等作了全面介绍。覃光广先生等编著的《中国少数民族宗教概览》、宋恩常先生的《基诺族原始宗教试析》等论著都认为基诺族信仰原始宗教，是由其原始社会生产状况及其初级的社会组织所决定，表现在农业祭仪、狩猎祭祀等方面尤为突出。杜玉亭先生论文《基诺族巫师产生的背景层次》对基诺族巫师产生的历史文化背景、社会生活环境进行了深入的研究，对我们了解巫师文化有很多启发。①

对基诺族口头神话的调查研究有着悠久的历史，许多前辈学者在此领域做出了积极贡献，有相当多的学术积累，对我们在21世纪建设基诺族口头神话资源基础数据库有着重要的借鉴意义。许多研究者深入云南省景洪市基诺山地区进行了大量的采访、观察、记录、收集工作，也有一批本民族的文化工作者长期扎根在基诺山，对民族文化资料进行了大量的收集工作。由于他们的辛勤工作，保存了许多珍贵资料，并整理出版了《基诺族文化大观》《基诺族文化史》《基诺族百年实录》等各种基诺族文化历史系列著作，这些著作包含着民族来源、民族神话传说等文化内容。

20世纪80年代基诺族被认定为单一民族之后，对基诺族的调查研究就没有停止过，目前已取得的成果有：杜玉亭的《基诺族文学简史》，1996年在云南民族出版社出版发行。还有《中华民族故事大系·基诺族卷》《基诺族民间故事》，刘怡、陈平主编的《基诺族民间文学集成》分为两大部分，主要收入神话传说故事等等。文化研究方面还有《基诺族简史》、刘怡等人主编的《基诺族文化大观》、盖兴之的《基诺语简志》、王懿之的《傣族基诺族历史文化论》、陈平的《基诺族风俗志》、姚宝瑄主编的《中国各民族神话·水族 布朗族 独龙族 基诺族 傈僳族》以及《中国56个民族神话故事典藏·名家绘本：哈尼族基诺族卷》等等。此外，有关

---

① 杜玉亭：《基诺族巫师产生的背景层次》，《云南社会科学》1988年第6期。

基诺族研究的论文等也相继发表,包括谢红萍的《族群记忆与现实表述——以西双版纳基诺族族源叙事为例》[①],何点点、罗绍林的《文化的表演与再生产:基诺族人神婚恋文化的人类学解读》[②],牛正勇的《基诺族的民俗文化》[③] 等,内容繁多,不一一列举。

分析现有的研究成果,在基诺族文化方面,研究者多通过实地调查基诺族文化保存的现状,继而给出相应的建议,但在今天 21 世纪时代不断发展、信息不断变更的背景下,研究者对于口传文化方面,尤其是如何更好地传承基诺族的口传文化问题上没有得出很好的结论。同时,分析有关新媒体环境下基诺族民族文化传承的有限研究文献,我们还发现,学者多从传统媒介的途径看基诺族民族文化的传承问题,鲜有学者从新媒体数字传播媒介的视角去看待基诺族口传文化传承和发展现状与对策。我们尚未见到从网络传播的角度去剖析基诺族文化发展受局限的原因,以及利用新媒体、结合新媒介传承和发扬基诺族口传文化的相关论文或专著。基于此,在新媒体环境下去研究基诺族口传文化传承中面临的挑战及路径探究,亟待学者们去拓展和加强。

第二节　跨学科研究与域外借鉴

一　不同民族之间神话的相似性

中国的一些民族跨国境而居,国外有他们民族的一部分。这些民族跨境而居,由于分散居于不同国家,在政治、社会、文化环境等方面有种种差别,尽管是同一民族,其民族神话的发展也会表现出一定的差异性,但是由于民族文化心理、历史记忆等方面的原因,那些历经千百年传承下来

---

① 谢红萍:《族群记忆与现实表述——以西双版纳基诺族族源叙事为例》,《民族文学研究》2017 年第 2 期。
② 何点点、罗绍林:《文化的表演与再生产:基诺族人神婚恋文化的人类学解读》,《四川师范大学学报》2020 年 5 月。
③ 牛正勇:《基诺族的民俗文化》,《民族论坛》2002 年第 7 期。

的民族神话，通常被认为是同一个跨境民族的共同财富。

跨境而居的民族在文化上、在神话传承上有着天然的联系。广西与越南交界，自尧舜时起即交往不断。中国境内的壮族与越南一些民族同族同源，关于侬志高的传说不但在中国广西壮族各支系当中，也在越南的侬族当中流传。云南文山州有侬智高庙，越南高平省高平城也有侬智高庙，当然这是历史人物的神化，属于传说，还不是真正原初意义的神话，属于广义神话的范畴。

研究域外民族神话，可以发现各民族历史文化的相似性。在古希腊的《荷马史诗》中，伊塔卡王奥德修斯同独目巨人波吕斐摩斯相遭遇的故事，这则故事最初起源于中国北方使用阿尔泰语系语言的古代民族，汉文古籍《山海经》就曾经记载过"一目国"，说那里的人以"一目中其面而居"。现代赫哲人萨满巫师法衣上有龟、四足蛇、短尾蛇、六条蛇等等，赫哲族、鄂伦春族萨满神鼓上画着四足蛇和短尾蛇，这些都是蛇崇拜的遗迹。在美洲的阿兹特克人，也把蛇神当作崇拜对象，阿兹特克人最尊敬的神是羽蛇神魁扎尔科亚特尔，这个神在整个中美洲受到尊敬。在俄国贝加尔湖地区，有一只长着两只角的蛇神，被认为是通古斯群体的祖先神，这说明各地对蛇神的崇拜有相似性。

二 域外借鉴，融会新知

介绍、翻译欧美神话学研究领域里的各种新理论、新资源和新方法，引导中国学人追踪学术前沿，进行学术创新，拓展思路，为中国民族神话研究提供理论资源，这已成为近年来中国学者的共识。目前一些领风气之先的学者已着手开展了一些工作，翻译出版了一些海外神话研究的名篇名著。例如美国学者阿兰·邓迪斯编的《西方神话学论文选》、日本神话学家大林太良所著《神话学入门》、俄国神话学家叶·莫·梅列金斯基所著《神话的诗学》、叶舒宪编选并组织翻译的《神话——原型批评》《结构主义神话学》等《神话学文库》中一系列著作，此外，北京大学《东方文学研究》辑刊也经常刊发域外有关东方神话与史诗研究的文章。

对新理论进行"中国化"阐释或运用西方新的神话理论来分析阐发研究中国诸民族神话的文章和著作，一时间也涌现出来一系列成果。例如叶舒宪运用西方人类学方法开展的中国神话的新方向，即文学人类学研究，现在已经在学术界很有影响。陈连山对于结构主义神话学的介绍和分析，杨利慧、王宪昭用西方故事分类学、母题学的方法进行的中国少数民族神话母题研究，朝戈金、尹虎彬等人对口头程式理论的翻译与实践等等。

海外学者对中国民族神话的研究，对我们很有借鉴意义。这里以欧美学者为例，早期美国学者洪长泰的著作《到民间去：中国知识分子与民间文学（1918—1937）》由董晓萍翻译，2015年在中国人民大学出版社出版。俄罗斯学者李福清的著作《中国各民族神话研究外文论著目录（1839—1990）》2007年在国家图书馆出版社出版，《神话与民间文学——李福清汉学论集》由张冰编选，2017年由北京大学出版社出版。这些学者对神话的研究与梳理主要集中在文献整理和口头传统的文本化。

文献整理方面，如美国博物学家约瑟夫·洛克在20世纪20、30年代就开始对纳西族东巴经文献进行收集整理，后期又进行了翻译研究，因为洛克对东巴经文的注释是与当地东巴学者合力完成的，由当地懂东巴语言的学者先为他翻译，洛克再进行转述翻译，最终达到忠实可信的程度。约瑟夫·洛克曾经在1922年到1949年，在中国生活了27年之久，是西方研究纳西族文化的权威学者，被称为"纳西学之父"。他一生搜集了8000多卷东巴文经书，分藏于美国哈佛大学、德国柏林国立普鲁士文化基金会图书馆等处，为欧美世界的中国少数民族神话研究者大开方便之门。其著作《中国西南古纳西王国》《纳西族英语百科辞典》是为作者赢得世界性声誉的学术经典。

口头传统的文本化，如安东尼·沃克对拉祜族口头史诗《牡帕密帕》的收集整理，以及完全源于拉祜族语言的翻译。[①] 美国著名蒙古学家、比利时传教士田清波对蒙古族民族神话与歌谣展开研究，他在20世纪初叶曾

[①] 张多：《美国学者搜集整理、翻译中国民间文学的学术史和方法论》，《文化遗产》2019年第2期。

经来到中国寓居达 40 年之久。在他研究蒙古鄂尔多斯的丰富著述中，最重要和最有代表性的是《鄂尔多斯志》《鄂尔多斯民间文学》《鄂尔多斯蒙语词典》。其中《鄂尔多斯民间文学》就包含大量蒙古族神话，特别是本书的第一部分就收集了许多神话和民间传说，以及某些历史传说中的片段。① 美国牧师葛维汉也曾经长期生活在中国，在苗族人的帮助下，搜集整理了 752 则神话与歌谣，著有《川苗传说》《川苗的故事和歌谣》。俄罗斯学者鲍培 1937 年用俄语撰写了《喀尔喀蒙古人的英雄史诗》，1979 年在美国出版。鲍培 1949 年后移居到了美国，由于其丰富的蒙古语言学养，在 1975—1985 年十年之间又翻译出版了 8 卷本蒙古史诗《格斯尔》。20 世纪 80 年代之后，民族神话研究迎来了久违的春天。1983 年，国内著名学者马学良和今旦合译了黔东南苗族口传史诗《苗族史诗》，2006 年美国学者马克·本德尔（Mark Bender）在海外用英语翻译以《蝴蝶妈妈：中国贵州苗族的创世史诗》为名出版。1988 年美国青年学者苏独玉（Sue Tuohy）的博士论文《想象的中国传统：以花儿、花儿会及其研究者为例》研究了西北诸民族有名的"花儿"。今天西北的"花儿"已经是世界性非物质文化遗产之一，而苏独玉也至今一直坚持不懈地向东西方介绍这种西北民歌。澳大利亚学者贺大卫（David Holm）熟悉壮族文化和古壮族文字，1994 年—1997 年他在广西田野调查时发现古代壮族文字写本的《布洛陀》，《布洛陀》是壮族民间神话的经典，是壮族传统观念文化的核心和标志。贺大卫基于田野考察，用文本细读、文化解读的方法，对《布洛陀》部分文本进行了英译，出版了《布洛陀》英译选本系列：《杀牛祭祖》（2003）、《招魂》（2004）、《汉王与祖王》（2015）。英译文本通过序言、说明、评注等方式将文本置于丰富的文化语言环境中，进行了典型的民族志阐释，形成了典型的研究型译作，开创了壮族典籍英译的新范式。并且他还到文本的原生地广西壮族自治区东兰县进行田野调查，找到了用壮族语、布依语演唱史诗的歌手。

---

① 曹纳木：《田清波与鄂尔多斯研究》，《内蒙古社会科学（文史哲版）》1992 年第 6 期。

20世纪80年代之后，美国学者柯罗利克（Sanford W. Krolick）和斯卡伯勒（Milton Scarborough）等在现象学的启发下，提出了比较系统的现象学神话理论。他们主张从人的本体论层面理解神话的根源和功能，认为神话源于人"在世界之中存在""被抛"等生存论性质，并认为神话的功能在于为生存建立一种元叙事。这些论述解答了神话学史遗留的诸多难题，打开了神话研究的新视野。[①] 在胡塞尔、海德格尔、梅洛-庞蒂、利科等学者的现象学理论指引下，他们主张从人的本体论层面探究神话的根源以及功能。而结构主义神话学、神话原型批评等理论也提供了另一种理解神话意义的可能。

三 研究趋向

民族神话研究经过几十年的发展，积累了丰富的学术成果，我们反思神话与其他学科的紧密结合，也需要思考其未来的发展方向。研读杨利慧的《21世纪外国神话学的研究趋向》[②]，姚新勇、周欣瑞的《"双重二元对立话语逻辑"与百年中国神话学》[③]，王倩、尹虎彬的《从语义比较到文明探源——论比较神话学的近代转向》[④]，乌丙安的《中国神话百年反思》（上、下）[⑤]，谭佳的《中国神话学研究七十年》[⑥]《反思与革新：中国神话学的前沿发展》[⑦] 等或许给我们有所启发。

[①] 胥志强：《论现象学的神话观》，《民族文学研究》2019年第3期。
[②] 杨利慧：《21世纪外国神话学的研究趋向》，《文化遗产》2013年第3期。
[③] 姚新勇、周欣瑞：《"双重二元对立话语逻辑"与百年中国神话学》，《民族文学研究》2017年第3期。
[④] 王倩、尹虎彬：《从语义比较到文明探源——论比较神话学的近代转向》，《江西社会科学》2009年第6期。
[⑤] 乌丙安：《中国神话百年反思》（上、下），《民间文化论坛》2009年第1期、第2期。
[⑥] 谭佳：《中国神话学研究七十年》，《民间文化论坛》2019年第6期。
[⑦] 谭佳：《反思与革新：中国神话学的前沿发展》，《民间文化论坛》2018年第5期。

（一）迈克尔·威策尔的历史比较神话学

威策尔是美国哈佛大学教授，对于印度文学经典《吠陀》和欧亚大陆的民族神话、史诗、宗教有持久深入的研究，并组织成立了国际比较神话学会，自己担任主要负责人。他们利用跨学科的方法，来研究原始初民流传下来的以及考古发掘中以及文献大量整理时后续发现的各种形式的神话，包括宗教仪式表演中的神话、考古遗迹地下发掘重新识别的神话和宗教教义故事中的神话、神话的起源与传播路径等等。应该说，从19世纪比较文学在法国诞生以来，跨学科的方法已经在学术界广泛应用。如果说神话、史诗在21世纪的今天仍然可以视为文学的一部分，那这样看来，威策尔的历史比较神话学在方法论上，是跨民族、跨文明、跨学科研究方法在神话研究上的移植与嫁接。

威策尔针对神话研究，提出这样一套系统的"历史比较神话学"的研究方法，是基于他神话研究实践中遇到的很多棘手问题。之前的神话研究或史诗研究多集中于某一神话的各种异文和变体，神话之间的相似性往往用流传学理论、传播学理论、神话传说圈理论或者神话原型理论来加以解释。但是这些解释都限于某一局部问题，未能对神话的整个系统予以解释，他认为这是不够全面的，也是不准确的。他力图在神话研究上打破前人的见解，对世界范围内的神话起源进行重新的阐释，使比较神话学能在一定程度上为民族学、人类学、历史学和语言学等学科提供学术支撑。

（二）威廉·汉森对神话概念的内涵与外延的反思

汉森是美国印第安纳大学古希腊罗马神话研究专家，学术成果丰硕，著作有《古典神话学：古希腊罗马神话世界导读》《古典神话手册》以及论文《意义与边界：对汤普森〈神话与民间故事〉一文的反思》。在这篇论文中，他评价了斯蒂·汤普森响的文章《神话与民间故事》，并给出了自己独立的思考。

汉森的神话研究启示我们：神话的原始意义是很难追本溯源的，是真的"迷思"。对于神话研究者、史诗演唱者和神话的讲述者而言,神话的原初仪式和原初意义由于年代久远,已经多有遗失,也并不重要。因此,后世神话学者与其煞费苦心地猜度那虚无缥缈的或然性源头,即如当代文论所谓的"感受谬误"和"意图谬误"就是读者的猜度,不如利用当代现有的神话资源,通过民族志的方法,具体生动地呈现出当下特定语境中神话文本化的过程以及衍生的对于表演者和听众的即时性意义。由于语言阻隔、历史信息的缺失甚至肢体语言的相互不可理解,神话中很多现象一直是一团迷雾,如中国神话《山海经》中的一些表述,对历史上是不是有这样的动物,一直也是莫衷一是。人们总是凭借自己仅有的认知,来推测面对的无知。这个理论,有自己发现神话意义的意味,是不是与神话的原初意义吻合,汉森好像并不急于去求证。

(三) 格雷戈里·施润普的现代科学与神话融合论

施润普现为美国印第安纳大学教授。专注于神话与现代科学以及科普著作之间的跨越性与相关性研究。论文《传统起源神话与现代科学:一个神话学者对于〈宇宙中心观〉一书的回应》[①] 提出的观点是,传统起源神话与现代科学所倡导的对于宇宙的起源、人类生存空间的认识之间存在着关联,但是学者们对此产生了意见分歧,一种观点认为传统神话表达了蒙昧时代原始初民天真幼稚的信仰和想象;另一个观点对神话采取了更宽容的态度,即使用广义的神话观念,并运用现代科学的新发现来对神话进行新的理解和阐释,即"再神话化",这种观念有与时俱进的特点,科学在日益发展,神话也随之向前发展。

(四) 尹教任的神话表演理论

尹教任为美国堪萨斯大学神话研究学者,运用"表演"理论研究现代口承神话有一定学术影响。其博士论文《表演神圣:韩国济州岛上的政治

---

① 《传统起源神话与现代科学:一个神话学者对于〈宇宙中心观〉一书的回应》为格雷戈里·施润普在2011年"昆仑神话与世界创世神话国际学术论坛"上发言论文。

经济学与萨满仪式》考察了当代韩国萨满跳神仪式语境中的神话讲述和表演活动。

论文《在民族志境遇中协商一则韩国民族神话》叙述了对朝鲜民族檀君神话的田野访谈。作者认为，迄今为止对檀君神话的研究大多是将之视为自洽自足的文本，而她的研究则主要是关注神话仪式表演本身。由于两位田野调查者与业余的神话讲述者在知识结构、价值观以及表演"期待视野"上的不同，最终形成的是一个有缺陷的表演。面对"有缺陷的表演"和"精湛的表演"，研究者如何取舍？尹教任认为，"有缺陷的表演"更有学术价值。德国学者尧斯的接受理论告诉我们，阅读与接受的"期待视野"决定了我们认知的局限，与既有认识期望并不吻合的神话表演也许更有价值。

我们田野作业追求神话的本真面目和神话仪式的原生态，往往在神话故事发生的当地，讲述者所讲的故事并不与我们以前书本的理论知识或者神话故事相吻合。如中原神话之鲁山牛郎织女神话，当地人传承的神话都把饺子称为"扁食"，南方并无人把"饺子"称为"扁食"，但是在北方是很普遍的称谓，如果改成书面语"饺子"，也就失去了神话的本真和原生态之美。

（五）罗伯特·西格尔：神话是"假信为真"的游戏

西格尔现为英国阿伯丁大学教授，曾执教于兰卡斯特大学。其学术贡献主要在于神话学理论和神话学史，主要著述有《神话的理论化》（1999年）、《英雄神话》（2000年）、《神话简介》（2004年）等。其中《神话简介》一书已经由北京师范大学刘象愚教授翻译成中文，改为《神话理论》，2008年在中国出版。该书的绪论为各种神话理论概述性的介绍，第一至八章以阿多尼斯神话作为案例分别论述了神话与科学、神话与仪式、神话与文学等神话与其他知识领域的交叉关系，结语展望了神话学研究的未来。该书全面评述了自19世纪末直至20世纪末以来有关神话的各种理论。作者说，19世纪以泰勒和弗雷泽为代表的神话理论认为神话是宗教的一部分，而宗教则是科学的原始对应物，科学会消解神话，但他们解释不了神话为何至今依然在继续发展并不断创新的客观事实。

在西格尔看来，好莱坞明星们就是全能之神，在成人的神话般想象中，银幕上的明星无所不能、长生不死，尽管明知他们在现实生活中并非万能，但是却无视这一切。去影院看电影助长了对影星的神化，这样就将神话与仪式结合了起来。

（六）阿尔穆特-芭芭拉·雷格尔：重新认识新时代文化语境中的神话

雷格尔是德国柏林自由大学教授，主要研究领域包括神话相关理论、文类学、叙事学、宗教学等，对荷马史诗、卡夫卡以及瓦尔特·本雅明作品中的民间故事和神话及其在20世纪文化语境中的变化有独到的研究，著作有《纳西索斯神话：从古代到赛博空间》《在童话与神话之间：尤利西斯冒险故事以及从荷马到本雅明的其他故事》《欧罗巴——公牛和星环：从与宙斯结盟到国家联合体》等等。

《纳西索斯神话：从古代到赛博空间》一书对18世纪末期以来反复讲述的纳西索斯神话进行了细致地梳理，揭示了从古典时代开始，各种作品如何对该神话进行接受与改写。作者研究后发现：18世纪初是这一神话进入现代转型的开始，现代主体概念开始凸现，纳西索斯在诗歌、艺术和文化的各个领域陆续出现。进入20世纪，开始出现在现代人的自我理解与社会生活之中。21世纪，纳西索斯进入了新的虚拟空间，以阿凡达、生物机械混合人以及其他对人自身的复制等形式出现在数字媒体表演中，这是一种新型的神话叙事。

《欧罗巴——公牛和星环：从与宙斯结盟到国家联合体》探讨了当今欧盟社会共同面临的许多严峻现实问题，指出欧洲身份认同建立在共同的传统和神话之上，民众因此而感觉到自己是欧洲的一员。该书通过人间美少女欧罗巴被众神之父宙斯化身为公牛而被诱骗的神话，从不同的观察视角对这则著名希腊神话进行了新的阐释。

（七）米妮克·斯希珀的神话研究跨文化比较研究方法

斯希珀是荷兰莱顿大学教授。在神话研究上，斯希珀多使用跨文化比较研究的方法。2004年她与中国社科院尹虎彬研究员合编的《中国少数民族文化中的史诗与英雄》在广西师范大学出版社出版，已经涉及了中国少数民族神话研究。2011年，她与中国著名神话研究学者叶舒宪、尹虎彬合著了《中国的创世和起源神话：对口头和书面传统的跨文化探索》一书，明确提出了"比较文学"以及"跨文化比较研究方法"的重要性，这是20世纪80年代比较文学在中国兴起后的新学科。她认为比较文学的任务之一是"寻求那些历史上有关联的和无关联的文化传统的相似性和差异性"，这实际上就是比较文学的影响研究和平行研究。有关联的可以用影响研究，无关联的可以用平行研究，比较文学的研究方法完全可以应用在神话研究上，而国内学者如叶舒宪等人，正是把神话学归类为比较文学人类学之中的。

（八）约瑟夫·坎贝尔：《千面英雄》与人类神话的母题同一性

坎贝尔认为各地域、各民族的神话尽管千姿百态、林林总总，但是集中比较研究后，我们会发现被原始宗教和各民族神话掩盖起来的神话母题同一性。坎贝尔在著作中写道，无论我们是以淡淡的兴趣听某个红眼睛刚果巫医的梦一般的咒语，还是以有素养的狂喜阅读不易理解的老子文章的肤浅译文；……我们所看到的总是那个形式虽然千变万化，然而内容却始终如一的故事。[1]《千面英雄》一书包括两大部分：英雄的冒险（英雄出发、被传授奥秘、归来、解答）、宇宙演化周期（发生、童贞女之子、英雄的变形、消亡、神话与社会）。在坎贝尔罗列的神话叙述中，是把不同民族和国家的同一类神话放在一起，说明一个相似的母题。还有一点是需要我们注意的，坎贝尔把神话的范围拓展的很宽，许多文学作品，如《一

---

[1] ［美］约瑟夫·坎贝尔：《千面英雄》，张承谟译，上海文艺出版社2000年版，第1页。

千零一夜》《格林童话集》都被他视为神话。

（九）山田仁史和金绳初美：民族学视域里的神话研究

日本神话学者 20 世纪前期就对西南民族神话给予极大的关注，神话研究起步较早，而且成就丰硕，曾给予中国神话学深刻的影响。中国的"神话"一词即来源于日本，20 世纪初叶，一批在日本留学的中国学者才将神话的观念引入中国。现代日本神话学为中国大陆学者熟知的学者有大林太良以及吉田敦彦等人。当代神话研究者山田仁史是大林太良晚年的学生，其治学方法也颇得大林太良先生真传，多用民族学的方法来研究神话。

金绳初美是著名神话学家王孝廉先生的弟子，2006 年毕业于日本西南学院大学，获文学博士学位，专攻文化人类学、民族学，长期从事云南少数民族文化与民间文学研究。现任日本西南学院大学国际文化学部教授，2019 年 3 月至 2020 年 2 月在云南民族大学做访问学者。在 2019 年 7 月云南楚雄创世神话与非物质文化遗产传承创新学术会议上金绳初美教授提交了自己的学术论文。

论文《泸沽湖摩梭人的神话及其生活意识》讲述了摩梭人的女神神话、成年礼及其他祭祀仪式的传说，介绍了摩梭人的文化生活及其内在因素。2019 年 7 月在云南楚雄会议上提交了论文《中日创世神话中"天与地"概念的比较研究》。论文通过对"创世神""始祖神与天女"的神话类型的分析，探讨中国西南少数民族神话与日本神话中"天与地"观念的相似性与差异性。中国西南少数民族神话和日本神话都在生活仪式、信仰习俗、节日文化、艺术表演等民俗文化中发挥着很重要的作用，作者以"创世神""始祖神与天女"的相关的信仰习俗和节日文化为例，研究创世神话与生态文化的互动性，对创世神话的传承价值和方式给出了自己的思考。

在日本，目前还有不少文化学术团体也在从事着神话研究的工作。如筱田知和基主持的"比较神话学研究会"和山田仁史等人共同发起成立的"环太平洋神话研究会"。

（十）郑在书："差异的神话学"

郑在书是韩国梨花女子大学教授，主要研究领域为神话学及中国道教文化，著有《〈山海经〉译注》（1985 年）、《不死的神话与思想：从〈山海经〉到〈神仙传〉》（1994 年）、《道教和文学想象力》（2000 年）等，他的神话研究在中国很有影响。与叶舒宪、萧兵合著有《〈山海经〉的文化寻踪——"想象地理学"与东西文化碰触》2004 年在湖北人民出版社出版。他批评中国学者的"自我中心主义"，强调神话研究要有"自己同一"的"体系性"。中国神话和古代典籍应当被视为可容纳多种解释的"文本"（Text），而不是处在"中国"作者支配下的"著作"（Work），这似乎应和着神话的变异性特征，应当认识到中国神话"是叙述由许多英雄竞争的互文性的神话体系"，而不是"由单一英雄发声音的单元神话体系"。郑在书反对文化中心主义、坚持文化多元论。他认为，现行神话学是以希腊罗马神话为原则建构起来的概念，如果按照西方神话学的学术标准，中国很多神话就不可能是西方意义上的神话。

对我们研究中华民族各个民族的神话而言，谋求阐释与西方神话的同一性，希望建构类似于西方神话的体系，拥有共同的学术标准，是学者们美好而不切实际的愿望，不同民族，文明体系、民族文化心理不同，神话的差异性是客观存在的学术事实。这就需要以文化传统和神话资源为基础，实现西方神话学体系的"中国化"。克服西方神话学的单一声调，丰富世界神话学的研究内容和理论体系，这就是 21 世纪中国神话学研究领域要追求的目标之一。还要注意的是，中国各民族神话没有希腊神话那样线条明晰的神族谱系，我们各族神话是相互影响而又内容迥异，这是中西文化的不同特点，不能削足适履，用西方文化模子衡量中国神话，应立足于东方文化的土壤，建立中国神话学。

郑氏的学术思考很有借鉴意义。中国神话学是借鉴西方神话观念、相关理论建立起来的，但是就像西方一些文类在中国缺失一样，神话在中华诸民族也有自己的特征，西方神话更像"人话"，神祇的父系母系链条非常清晰，中国神话有人与野兽、魔鬼、神灵等婚配生子，比西方神话更为丰富多彩，也更为真实。何况，随着时代发展，神话的观念也必然向前发展。

21世纪神话学的发展取向给我们以启发，19世纪、20世纪神话研究方法仍然运用在我们的学术实践中。许多神话研究者认为，19世纪的神话学热衷于讨论神话源头的纵向研究，20世纪的神话学侧重于神话的功能、交流性的讲述与展演等等，这促使神话学发生了向共时性横向研究的转变。但是，也不完全是这样，这种说法并没有能完全涵盖神话研究的视角和方法上一直存在的复杂多样性。实证的、经验性的、限定于特定区域的民族志研究也正在神话学界盛行一时。比较神话学一直有着鲜活旺盛的生命力，对于民族起源神话、文化英雄神话与神话改编为网络作品、影视作品，构成了21世纪神话学研究与应用的热点。

四　民族神话研究热点分析

（一）对少数民族神话的极大关注

1995年4月，中国台北举行了"中国神话与传说学术研讨会"，探讨了中国文化境域内不同民族的神话传说源流系统，邀请了不同学科的学者，从神话学、文学、民俗学、人类学、历史学等不同领域进行沟通与交流。会议共收到论文34篇，大陆学者马昌仪、李子贤、叶舒宪、邓启耀、杨利慧等五人参加了此次会议。会议一个突出的现象是有关少数民族神话研究的论文较多，几乎有一半是与此话题相关的学术讨论。例如乔健《传说的传承：藏民族〈格萨尔〉史诗诵唱者与拿瓦侯族[①]祭祀诵唱者的比较研究》、李子贤《中国云南少数民族的山神神话与民俗》、李壬癸《台湾南岛民族关于矮人的传说》。讨论汉民族神话和神话理论、神话学史的学者有饶宗颐、王孝

[①] 注：指美国印第安人中的拿瓦侯族。

廉、李亦园、马昌仪、柳存仁、钟敬文、杨利慧、袁珂等①。

另外，在云南，在内蒙古如通辽和呼伦贝尔，在新疆，在青海，在东北，也有多次少数民族神话学术活动。如新疆西王母神话研究学术会议就有国内外众多学者参加。

（二）新理论对神话研究的反思

21世纪全球各民族神话研究已经出现一些新的研究倾向，出现了不少反思之作，一些西方文化理论如后现代主义、后殖民主义思潮、文化多元主义以及对于文化传统、神话真实性、权力的反思，为我们的神话研究提供了借鉴。

此外，我国学者也开辟一些神话研究的学术"生长点"，例如我国学者分析当下活形态的神话，叶舒宪、田兆元的创世神话研究，杨利慧的《女娲的神话与信仰》，汪立珍的《鄂温克族神话研究》《满－通古斯诸民族民间文学研究》，王宪昭的神话学数据库建设等等都具有很大的学术影响，年轻一代的学者毛巧晖、吴晓东等让这一学科充满活力与生机。

20世纪90年代到21世纪初，表演理论也在民族神话研究中呈一时之盛。注重考察特定语境中各民族神话的表演及其文本意义的生成过程，表演者与参与者之间的互动交流，神话表演仪式活动中的即兴现场发挥，以及各种社会权力关系在表演过程中的交织与协商。神话始终处于不断变化发展之中，神话也不仅仅是原始初民对世界的烂漫想象，而是处于不断生成新的形式和意义的活态文本。

（三）神话概念的延伸与发展

神话概念的外延也不断扩大。一些学者对神话的界定坚持较狭义的看法，主要将神话视为创世和起源故事，或者"神圣性的叙事"，但也有许多学者持更宽泛的观点。实际上，如果不思变通，抱残守缺，新神话的出

---

① 杨利慧：《"中国神话与传说学术研讨会"在台北召开》，《民间文学论坛》1995年第6期。

现和神话的应用就无从谈起。

神话不再是人类愚昧时代的产物,科学在发展,神话也在发展。西格尔曾经指出,19世纪的学者将神话视为科学水平低下时解释自然现象时的想象,认为科学的发展会带来神话的消亡。而20世纪的学者们则将神话与科学看作是相互补充的,神话的幻想带来科学的进步,科学并不是神话的对立物。在21世纪,神话与科学的关系依然是人们讨论的重要话题。

卡尔·马克思曾经指出神话和史诗是人类童年时代的产物,随着生产力提高,人类对大自然有了科学的认识之后,就会抛弃神话,"在避雷针面前,丘必特又在哪里"?可是100多年过去了,科学技术得到了前所未有的极大发展,神话并没有消亡。相反,20世纪末和21世纪初的人们却迎来了神话的又一次复兴。今天,大众传媒的出现使神话的神灵形象、类型和故事母题的传播更加广泛、迅捷,如火如荼的文化旅游促使一些地方的导游成为新时代的职业神话讲述人,甚至为了吸引游客,也有意"神话"当地的人文历史。非物质文化保护也使一些地方的神话借助新的宣传媒介和政治力量在更广大的范围里传播。2005年在英国启动"重述神话"的全球性大型国际图书项目,再次使神话成为世界范围内方兴未艾的文化产业的重要动力和深厚资源。21世纪中国神话资源的再整理项目《中国民间文学大系》也是一项浩大的文化工程,目前正在持续进行中,这也必将对中国民间文学、中国诸少数民族神话研究产生持久而深入的影响。今天的神话研究不应该一味将眼光投向遥远的古代,创世神话固然涉及远古,那后起的神话和传说呢?神话与当下现实生活、文化民俗及非遗传承更应该是我们关注的核心。人们如何主动地、创造性地传承和利用神话以服务于当前的社会生活,为什么神话故事在后世继续代代相传,而众多传承者可能根本不知道神话的原初仪式和原初意义?这样深入的思考,可以使神话学跳出自身狭隘的小圈子,进而参与到与活生生的现实对话、与更多学科的对话之中[1]。

---

[1] 朝戈金、董晓萍、萧放主编:《民俗学与新时期国家文化建设》,中国社会科学出版社2013年版,第133—162页。

五　重要研究述评

2005年5月，叶舒宪的《高唐神女与维纳斯——中西神话中的爱与美主题》由陕西人民出版社出版。其中《美神由来——爱与美主题的原型发生史》借鉴了东西方各民族神话传说的故事内容，如史前维纳斯、猪龙崇拜、卜辞、女娲、西王母、阿多尼斯、伊斯塔尔等等，以及地下发现的新材料，再如中西文学作品如楚辞和莎士比亚的戏剧，正如序言所说，"突破了学科界限，在跨文化和跨学科的崭新领域中取得了重要成果"[1]。由于中国神话没有维纳斯这样专门职掌人间男女情爱的爱情女神，中国人想象的是月下老人的一丝红线。叶舒宪认为这是一种隐秘存在，"巫山神女""云雨巫山枉断肠"是一种暧昧的性幻想，潜藏在集体无意识的灵魂深处。高唐神女就是中国的维纳斯。这在当时比较文学或者说比较神话学蓬勃发展之时，其视野开阔、纵横四海的学术锐气，为作者赢得巨大的学术声誉。

在这之前的1988年，蔡大成先生在《楚巫的致幻方术——高唐神女传说解读》[2]中认为高唐神女传说出于战国时代宋玉的《高唐赋》和《神女赋》。蔡大成先生曾经是《民间文学论坛》的编辑，神话方面的著述主要有《女娲蛇身探源》(1986年)、《兄妹婚神话的象征》(1986年)、《论西王母形象中的萨满教因素》(1988年)、《东方之道——扶桑神话整体解读》(1988年)、《月蟾神话的萨满巫术意义》(1988年)、《楚巫的致幻方术——高唐神女传说解读》(1988年)。在宋玉的《高唐赋》与《神女赋》中，"且为朝云，暮为行雨"，"有巫山之女，高唐之姬，自荐枕席"。闻一多生前对楚辞与神话研究后认为："要而言之，神女之以淫行诱人者谓之瑶姬，草有服之媚于人，传变瑶姬所化者谓之䔲，男女相诱之歌辞谓之

---

[1] 叶舒宪:《高唐神女与维纳斯》，陕西人民出版社2005年版，第4页。
[2] 蔡大成:《楚巫的致幻方术——高唐神女传说解读》，《社会科学评论》1988年第5期。

谣，并今人呼妓女曰媱子，皆繇义之引申也。"① 这个说法就是说瑶姬妩媚是因为服用了䔟草，对巫山神女之多情作了阐释。

1998年社会科学文献出版社推出叶舒宪和田大宪的著作《中国古代神秘数字》，讨论了"一"与"混沌""太一·太极·太阳神"等互相紧密联系的一些数字和神话的关系，打通了中国考据学、训诂学、文字学与西方人类学、原型批评理论的学术壁垒。在中西多元文化的观照下，使中国传统神话呈现新的意蕴。这是一种典型的跨学科、跨文化的比较研究，在神话学研究上自然有方法论的意义。

著名学者李亦园院士在《一则中国古代神话与仪式的结构学研究》一文中论述道：法国学者列维—斯特劳斯在其著作《神话科学导论·卷二：从蜂蜜到火灰》中涉及到中国寒食节，并且与欧洲中古时代复活节和四旬斋②（Lent），以及与印第安人的神话和习俗进行比较，但是斯特劳斯仅仅提及寒食节的仪式，没有阐述寒食节由来的神话传说——介子推神话传说③。虽然相关的寒食节传说并没有深入展开，但是跨越东西方文明进行横向比较，也为中西方神话比较研究提供了方法与借鉴。

1993年，美国学者伊莎贝拉·霍尔瓦特对匈牙利语和突厥语诸民族民间故事《白马之子》的情节结构进行比较研究④。作者认为，匈牙利人的口头文学传统和突厥语民族的文学传统有着密切的平行关系。匈牙利民间神话故事《白马之子》和一些突厥语民族的民间神话故事结构是一致的，这说明匈牙利人不仅在文化渊源上，而且在口头文学上与亚洲草原文化都

---

① 闻一多：《闻一多全集》第2卷，开明书店1948年版，第552页。
② 注：基督教节日，始于圣灰节（Ash Wednesday），终于复活节前一天（共46天）。为了纪念耶稣曾经的40天荒野禁食，基督教信徒们就把每年复活节前的40天时间作为自己斋戒及忏悔的日子，叫做四旬斋（Lent）。教徒在此期间守斋戒，节期内教堂祭台上不供花，教徒也不举行婚配，停止娱乐。
③ 李亦园：《一则中国古代神话与仪式的结构学研究》，原载于《第一届汉学会议论文选》，台湾"中央研究院"编，1981年。见于马昌仪：《中国神话学百年论文选》（下），陕西师范大学出版社2013年版，第545页。
④ ［美］伊莎贝拉·霍尔瓦特：《匈牙利和突厥语诸民族民间故事〈白马之子〉的情节结构进行比较》，杜亚雄译，《民族文学研究》1993年第3期。

是联系在一起的。

1993年，日本学者斧原孝守对东亚民间故事进行了比较研究①，文章主要讨论了两个问题：一是关于汉族民间故事的接受问题，二是民间故事中的东亚文化圈。作者对此问题持续关注，1997年又发表了《东亚民间故事比较研究之课题》的文章。

1994年，日本京都府立大学教授若松宽对《格斯尔》与希腊神话进行了比较研究②。作者的研究思路是对日本神话学者吉田敦彦的继承，吉田敦彦研究的是8世纪出现的日本史书《古事记》。在《日本神话的特色》一书中肯定了日本神话与希腊神话的相似性。若松宽的研究认为，蒙文《格斯尔》中格斯尔可汗与希腊神话中的赫拉克勒斯类似，不难看到希腊神话的影响。赫拉克勒斯以众神之王宙斯为父，以凡间女性阿尔克蔑纳为母，成为举世无双的大英雄，建立了十二件大功绩。格斯尔可汗也以印度教的最高神祇因陀罗（即佛教之帝释天）为父，以人间女子阿木尔吉勒为母。也为人间除害，成就了许多不世的勋业。这有神话内容与神话谱系传承的相似性。

1995年，日本学者斋藤达次郎比较了纳西族东巴教神话与蒙古叙事诗③，作者比较了纳西族东巴教神话与蒙古族叙事诗之间的关系，认为纳西族文化多系统、多层次地融合着北方文化与南方文化。

1998年杨海涛发表《云南少数民族祭祀歌及其社会文化功能》，虽然不是直接讨论神话，但是祭祀神歌也涉及民族神话的内容。论文认为，祭祀神歌属民间口传文学的范畴，起源很早。但祭祀神歌有很强的神秘色彩，要完整地采集并不容易，而云南少数民族中却以活形态的方式，大量

---

① ［日］斧原孝守：《关于东亚民间故事比较研究问题》，陈岗龙译，《民族文学研究》1993年第4期。

② ［日］若松宽：《〈格斯尔〉与希腊神话》，《民族文学研究》1994年第3期。

③ ［日］斋藤达次郎：《纳西族东巴教神话与蒙古叙事诗》，白庚胜译，《民族文学研究》1994年第2期。

地传承着这一类原始宗教祭祀歌①。作者分析了祭祀歌的类别、特点以及祭祀歌的社会文化功能。祭祀是与祭神联系在一起的，一个民族的神话活动、舞蹈、祝词自然是其中一部分。汉文学中，中晚唐之际著名诗人李贺的青词，道士夜醮祭祀上天与此类似。

1999 年浙江师范大学中文系陈华文发表《叙述与文化：在表层和隐义之间——畲族螺女故事概述》一文，认为螺女故事在中国和东亚这一传说圈广泛传播，是非常古老的故事类型，在中国的魏晋南北朝时期和唐代之后有许多零散的文字记载。畲族螺女型故事是一个叙述结构相当完整的故事类型，并且在这种叙述过程中，突出了浓郁的民族或地方个性，具有叙述学和文化研究方面的价值②。

云南师范大学中文系李光荣发表《在失败的铁砧上锻打出的民族精神——论哈尼族民间文学中英雄的性格》，认为在哈尼族民间文学中很少有叱咤风云的英雄人物，多是一些英雄磨难的故事或者英雄失败乃至死亡的叙述。作者分析了产生这种情况的原因，一是故事精美而弱化了古朴苍劲的气息，对英雄搏斗缺少必要的描述渲染，不能充分表现英雄壮举③。二是神力相助从而削弱了人的自身力量的表现。哈尼族的英雄有一些与其他民族的英雄相比显得更为突出的可贵品格：智慧、宽厚、通情达理、言而有信。

北京师范大学中文系万建中教授在《祖婚型神话传说中禁忌母题的文化人类学阐释》中认为，祖婚型禁忌母题主要融入到人兽婚和兄妹婚两类神话传说之中。作者分析了人兽婚神话对禁忌母题遗漏的原因，人兽婚传说中的禁忌母题不断发展，出现了人不愿与兽继续生活而遭兽伤害的情节。兄妹（或姐弟）间的血缘婚，是人类再生神话、始祖神话中婚姻的大

---

① 杨海涛：《云南少数民族祭祀歌及其社会文化功能》，《民族文学研究》1998 年第 4 期。

② 陈华文：《叙述与文化：在表层和隐义之间——畲族螺女故事概述》，《民族文学研究》1999 年第 1 期。

③ 李光荣：《在失败的铁砧上锻打出的民族精神——论哈尼族民间文学中英雄的性格》，《民族文学研究》1999 年第 3 期。

宗样式。兄妹婚神话提供的禁忌母题，可以让我们轻易地回溯到人类史前亲本交配的经历。禁忌母题从一开始就超越了负载文化的层次而起着维系和整饬社会秩序的作用①。

中国台湾神话学家东吴大学鹿忆鹿教授是著名神话学家王孝廉先生的学生，早期关注中国内地南方民族史诗与神话，除了文本资料，还注重田野调查，收集了许多口头神话资料。20世纪90年代初，她多次从台湾来到西双版纳进行田野采风，研究少数民族神话。1992年以研究傣族创世史诗的学位论文《傣族史诗研究》获得博士学位。1996年著作《傣族叙事诗研究》由台湾学生书局出版。重要论文有《洪水后兄妹婚神话新探》（1993年）、《南方民族的洪水神话——从苗瑶彝谈起》（1996年）、《彝族的洪水神话》（1998年）、《彝族天女婚洪水神话》（1998年）。所谓"天女婚"，是说洪水过后，人类几近灭绝，天神让人间仅存的男子娶天女为妻子，繁衍后代，绵延不绝。"洪水后幸存的男子和天女婚合，在彝族文献中的记载相当普遍，天女婚似乎以彝族最普遍"②。作者还引述了大陆学者陈建宪先生的文献材料予以佐证。还有一个有趣的神话现象，洪水之前的人类大都是独眼、斜眼、直眼或竖眼，后来才变为横眼。似乎正如日本神话学家伊藤清司说过的那样，眼睛不只是道德的象征，也深深地包含着文化的意义。直眼睛象征着妖魔鬼怪、蒙昧和邪恶，横眼睛则代表着神、文化和纯正③。对于这一问题，中国一些学者有不同看法，认为眼睛的这种象征意蕴可能是后来衍生的概念，许多神话和古代文化典籍对"独眼""竖眼"的神灵并不排斥。

此一时期，海外学者的民族神话研究还有日本学者佐佐木宏干的《凭灵与萨满》（1983年）、《萨满教的人类学》（1984年），铁井庆纪的《中国神话的文化人类学的研究》（1990年）一书收录的论文如下：《昆仑传

---

① 万建中：《祖婚型神话传说中禁忌母题的文化人类学阐释》，《民族文学研究》1999年第3期。
② 鹿忆鹿：《彝族天女婚洪水神话》，《民间文学论坛》1998年第3期。
③ [日]伊藤清司：《眼睛的象征——中国西南少数民族创世神话的研究》，《民族译丛》1982年第6期。

说试论》（1975年）、《"中"：神话学试论》（1980年）、《道家思想乐园思想》（1980年）、《中国古代神话传说：圣俗对立》（1983年）。此外，京都大学的小南一郎著有《西王母与七夕传说》（1974年）、《中国神话与故事》（1984年）、《楚辞的时间意识——从九歌到离骚》（1986年）等。海外学者的神话研究，特别是对中国神话的研究，由于保持了一定的心理疏离，观察视角不同，真正是"它山之石，可以攻玉"，借鉴他者的眼光，反思我们的少数民族神话研究，或许能够给我们更多的启发。

小　　结

本章主要阐述了民族神话理论阐发期的学术成就。

首先是阐述20世纪80年代方法论热潮与民族神话研究。80年代大量西方文化资源引进中国，各种理论让人眼花缭乱，给神话研究以启迪，让学者们视野开阔，使民族神话更具包容性与开放性。也分析了缺乏神话研究话语体系的"失语症"，造成食洋不化、削足适履地用西方神话阐释中国神话的学术弊端。

其次是论述民族神话的跨学科研究和对域外研究成果与方法的借鉴。一些少数民族神话的发现有赖于民族识别，研究民族神话需要民族学、语言学、人类学、考古学等众多学科的知识，无疑是一种跨学科研究。国外神话的最新学术进展，如俄罗斯、德国、日本、韩国、芬兰等这些国家的神话研究，对国内民族神话的研究有一定的导向性和借鉴意义。本章还分析了陶阳、邓启耀、白庚胜、陈岗龙、夏敏、雅琥、苑利、刘晓春、郎樱、傅光宇、乌丙安、富育光、黄任远、孟慧英、汪立珍、郭淑云、那木吉拉、赵志忠、徐昌翰等学者的民族神话史诗研究，在学者研究成果的梳理的继承上，探讨了民族神话研究的得失。

第四章　21世纪民族神话研究的全面繁荣

随着21世纪的到来，少数民族神话研究出现新的气象，学术新人辈出，新的神话学理论、新的研究领域大量涌现，随着社会传播媒体和神话传承方式的快速发展，民族神话研究呈一时之盛。许多学者和平台做过总结性的工作，2002年9月至今，《中国民间文艺学年鉴》在华中师范大学、中国民间文艺家协会、中国社科院文学研究所的合作下，连续出版多年，并且，由于各民族神话研究的累累硕果，每卷都设置有"神话编"，而中国文学年鉴社推出的《中国文学年鉴》自1981年创刊以来，在其每年的研究综述中，《民间文学研究综述》和《少数民族文学研究综述》都有神话研究的内容。各民族神话的研究深度见证了当代中国随着国家综合实力的提升带来的强大文化自信。

第一节　多民族神话研究新格局

一　研究概述

新世纪以来，中国民族神话研究依然保持着旺盛的生命力，随着研究的纵深推进，出现了一些新的理论视角和方法[1]。许多学者认为，神话学不应该一味将眼光投向原始初民的蒙昧时代，同时还应该面向未来思考神

---

[1] 杨利慧：《21世纪以来的中外神话学》，《民俗学与新时期国家文化建设》，朝戈金、董晓萍、萧放主编，中国社会科学出版社2013年版，133—162页。

话的持续发展问题。虽然神话的研究跨越了诸多学科，但是核心内容还是创世神话与民族起源、文化功能、神灵信仰、部落英雄传说。虽然对神话进行研究肇始于古希腊时代，但是现代学术意义上的神话研究却是18世纪欧洲的启蒙运动之后，尤其是在19世纪后半期随着殖民主义对海外的扩张、希腊罗马神话也进行文化输出的结果。从19世纪末到20世纪，神话学史上涌现出了诸多研究流派，如人类学派、仪式学派、心理学派、结构主义学派、表演理论、口头诗学等，这些都是西方文化的产物。

在21世纪的中国，国家提出文化自信、民族自信的号召，注重传统文化的传承创新和文化保护，民族神话的研究取得了丰硕的成果。神话资料的田野调查、文献研究以及数据化都有重大推进，理论与方法也有不少新的突破，很多神话学者，如吕微、叶舒宪、朝戈金、李子贤、陈建宪、田兆元、陈连山、那木吉拉、汪立珍、吴晓东、陈岗龙、王宪昭、毛巧晖等大陆学者以及台湾地区的鹿忆鹿、钟宗宪、高莉芬、刘惠萍等均为此做出了重要贡献。

（一）文学人类学、四重证据法

叶舒宪是成名之后去四川大学攻读的博士学位，2003年其博士学位论文《文学与人类学——知识全球化时代的文学研究》即是关于文学人类学的学科理论总结和研究梳理。2005年以来提出"四重证据法"。其研究往往纵横捭阖，精骛八极，心游万仞。其《文学人类学教程》文辞富赡、一泻汪洋，虽然专业性很强，但是文笔流畅，可读性很强。所谓"四重证据"，前面已经做过介绍，此处不再赘述。目前叶先生在上海交通大学神话研究中心，学术活动频繁，2016年、2017年至今在开创神话研究方面颇有建树。90年代提出三重证据法，使民族神话研究拥有了人类学的新视野。21世纪初，叶舒宪提出四重证据法。"描述跨学科潮流影响下的文化整合认知范式出现及其重要价值，侧重在古史研究方面，梳理出从信古、疑古、释古到立体释古的四阶段发展演变轨迹。揭示文学人类学与文化研究、新史学、物质文化研究等领域的对话、互动与交融，及其在未来的方法论探索意义。"① 叶舒宪认为这样可以帮助神话研究走出传统研究依靠文字文献的老路，借助于文化人类学的宏阔视野和跨学科知识系谱，"获得多方参照和交叉透视的'打通'效果，使得传世古文献中误解的和无解的难题获得重新审视的新契机"。还因为，一方面许多神话需要依赖于文字流传，另一方面神话有隐秘性，语言文字不能揭示其深奥含义，往往借助于仪式、图像显示出来。"四重证据法"是中国神话学在21世纪伊始所取得的理论成就和学术实践，随着神话研究的深入发展，日益显示出其巨大的生命力。

（二）新神话主义

"新神话主义"指的是20世纪后期以来席卷全球的文化寻根思潮，其特征是在思想倾向上回归前现代社会的神话想象，在价值观上反思文明社会，批判工业文明及其现代性，向往原始、纯真、未受工业污染及商业文明侵蚀的初民社会，具有理想主义的倾向。18世纪后期卢梭等人批判工业文明，向往田园生活与未被破坏的大自然，19世纪初浪漫主义寻求与大自然为伍，向往远方与异域，就是这种理想情怀的具体体现。具有神话色彩的小说有《魔戒》《塞莱斯廷预言》《第十种洞察力》，以及《与狼共舞》《指环王》《哈利·波特》《达·芬奇密码》《蜘蛛侠》《纳尼亚传奇》等充满神话想象的影视作品。对魔法巫术、女神信仰、神话重构和非西方神话传统的再发现，成为新神话主义潮流进入21世纪以来最突出的题材。新神话主义进行跨文化比较，其宏大视野，理应成为今天神话学研究者，尤其是重述神话建构神话意义创造者的必备素质。

（三）神话的哲学思考

神话信仰——叙事是人的本原的存在。中国社科院文学所吕微研究员多年来的神话研究可以说是一种哲学思考，思考的深度在同时代学者中很少有人能够企及，进一步认定了"神话信仰——叙事是人的本原的存在"。

---

① 叶舒宪：《文学人类学教程》，中国社会科学出版社2010年版，第343页。

与神话研究相关的学术著作主要有《隐喻世界的来访者——中国民间财神信仰》（学苑出版社，2001年）、《神话何为——神圣叙事的传承与阐释》（社会科学文献出版社，2001年）、《民间叙事的多样性》（与安德明合编，学苑出版社，2006年）、《中国民间文学史》（与祁连休、程蔷联合主编，河北教育出版社，2008年）。

其中，论述神话哲学思考的著作是《神话何为——神圣叙事的传承与阐释》。这部著作对神话隐喻和象征特别关注，作者认为神话不可能是远古时代的具体生活仪式原型，神话的原型只能是共时性的、"先验性"的结构。原型不能理解为经验，而要理解为经验的构成形式，原型的还原不应朝向远古的历史或现实的生活，而是共时性的"先验"维度①。作者在完成《神话何为——神圣叙事的传承与阐释》这一著作后，又研究胡塞尔现象学和康德先验哲学，从现象学和康德哲学的层面进行神话的哲学思考。

（四）现代口承神话的民族志研究

杨利慧教授凭借文学人类学的理论与方法，关注神话在特定语境中的传承、表演及其意义随时间、空间的即时变化、表演者与参与者之间的互动与相互影响，以及各种社会权力关系在表演过程中的交织与协商等等，这实际上是德国学者姚斯接受美学理论的具体应用。接受理论强调读者或者观众的参与，双向交流构成新的意义。

著作《现代口承神话的民族志研究——以四个汉族社区为个案》（陕西师范大学出版社，2011年）是一种田野调查研究。突破了中国神话学研究领域长期流行的依赖古代文献和考古学资料进行文本考据的方法和视角选择的局限，对当代中国民族神话研究，尤其是以往较少关注的"现代口承神话"，进行了具体而微的民族志考察，弄清楚了一些中国神话在民间社会层面具体如何传承接受的基本事实。

---

① 胥志强：《走向神话现象学——吕微先生神话思想阅读心得》，《长江大学学报》2015年第11期。

(五) 神话母题研究及数据库建设

中国社科院王宪昭研究员的神话母题研究近年影响很大。[①] 体系庞大，内容精深，收罗神话资料不遗余力，达到了同时代学者中一般人难以企及的高度。作者以布依族神话《当万和蓉莲》和《日月星》神话为例，探讨了母题方法在民族神话研究中的具体运用，论述了母题的研究价值：一是母题对神话研究的类型定位功能；二是母题在同类神话叙事研究中的对比功能；三是通过母题解读神话文化内涵与分析叙事结构。为了神话资源的充分利用，王宪昭研究员主持的"中国神话母题W编目数据库"建设项目，为神话研究者提供了极大便利，著成《中国神话母题W编目》（以下简称《W编目》）一书，于2013年出版。

该书是关于中国各民族神话母题的工具书，也是中国第一部全面提取中国各民族神话母题名称并系统拟定母题代码的神话学术研究和神话母题分类的皇皇巨著。正如作者自己所言："在可以唤醒人类记忆的时空通道中，神话及其母题编码就像一页扁舟，引导我们与已经远去的祖先交心对话，感知人类千年未泯的文化信仰和人文精神"[②]。

(六)《神话学文库》系列著作

作为"十二五"期间国家重点图书出版规划项目和国家社科基金重大招标项目"中国文学人类学理论与方法研究"阶段性成果，《神话学文库》第一辑包括《神话——原型批评》《结构主义神话学》《文化符号学——大小传统新视野》《20世纪希腊神话研究史略》等8部译著和9部专著共17本著作。《神话学文库》通过翻译介绍国际学术前沿神话学研究领域的理论成果并推出最新的中国学人神话学的学术结晶，阐释、分析、总结了神话学研究的各种不同的视角、学说和方法，构建了适应中国发展需要，

[①] 王宪昭：《论母题方法在神话研究中的运用——以两篇布依族"人化生日月"神话为例》，《贵州民族大学学报（哲学社会科学版）》2018年第3期。

[②] 王宪昭：《中国神话母题W编目》，中国社会科学出版社2013年版，第2页。

并且具有中国特色的神话学研究体系、学科体系、学术体系、话语体系。《神话学文库》（第二辑）是在第一辑成功出版的基础上，继续引进14种国外优秀神话学著作，并推出7种中国本土学者的研究著述，共计21种，约750万字。作为第一辑的延伸，进一步夯实了中国神话学的研究基础，引领中国神话学研究向纵深迈进，扩大了中国神话学研究的世界影响力。

下表是《神话学文库》已经出版的著述目录：

表4-1　　　　　　　　《神话学文库》著作一览表

作者	著作类型	原作者	书目
马倡仪	编选		《中国神话学百年文论选》（上、下册）
叶舒宪	编选		《神话——原型批评》（增订版）
叶舒宪	编选		《结构主义神话学》（增订版）
叶舒宪、章米力、柳倩月	编选		《文化符号学：大小传统新视野》
叶舒宪、户晓辉	译著	［英］詹姆斯·乔治·弗雷泽	《〈旧约〉中的民间传说：宗教、神话和律法的比较研究》
叶舒宪、金立江	译著	［美］萨缪尔·诺亚·克拉莫尔	《苏美尔神话》
杨利慧、张霞、徐芳、李红武、仝云丽	撰著		《现代口承神话的传承与变迁》
杨利慧、张成福	撰著		《中国神话母题索引》
陈建宪	译著	［美］阿兰·邓迪斯编著	《洪水神话》
王倩	撰著		《20世纪希腊神话研究史略：理论与方法》
王倩	译著	［美］南诺·马瑞纳托斯	《米诺王权与太阳女神：一个近东的共同体》
陈器文	撰著		《玄武神话、传说与信仰》
邱宜文	撰著		《〈山海经〉的神话思维》
刘惠萍	撰著		《伏羲神话传说与信仰研究》
唐卉、况铭	译著	［日］吉田敦彦	《日本神话的考古学》

续表

作者	著作类型	原作者	书目
高莉芬	撰著		《蓬莱神话：神山、海洋与洲岛的神圣叙事》
西安外国语大学神话学翻译小组	译著	[爱尔兰] 托马斯·威廉·黑曾·罗尔斯顿	《凯尔特神话传说》
陈金星	译著	[英] 罗伯特·A·西格尔编著	《心理学与神话》
李琴、董佳	译著	[美] 凯瑟琳·摩根	《从前苏格拉底到柏拉图的神话和哲学》
姜丹丹、刘建树	译著	[美] 凯文·斯齐布瑞克	《神话的哲学思考》
刘一静、葛琳	译著	[荷] 奥斯腾	《众神之战：印欧神话的社会编码》
金立江	译著	[意] 马里奥·利维拉尼	《古代近东历史编撰学中的神话与政治》
刘惠萍	撰著		《图像与神话：日月神话之研究》
张洪友	撰著		《好莱坞神话学教父约瑟夫·坎贝尔研究》
王伟	译著	[英] 米尔恰·伊利亚德	《熔炉与坩埚：炼金术的起源和结构》
田兆元	撰著		《神话叙事与社会发展研究》
刘曼	撰著		《魔杖与阴影：金枝及其在西方的影响研究》
叶舒宪、李家宝	编选		《中国神话学研究前沿》
赵周宽、田园	译著	[德] 瓦尔特·伯克特	《神圣的创造：神话的生物学踪迹》
叶舒宪	译著	[美] 简·哈利法克斯	《萨满之声：梦幻故事概览》
多雅楠	译著	[美] 博里亚·萨克斯	《神话动物园：神话、传说与文学中的动物》
李琴	译著	[英] 唐纳德·A.麦肯齐	《巴比伦与亚述神话》
王倩	译著	[瑞典] 马丁·佩尔森·尼尔森	《希腊神话的迈锡尼源头》

续表

作者	著作类型	原作者	书目
刘志峰	译著	[韩]徐大锡	《韩国神话研究》
徐达斯	译著	[印]毗耶娑天人	《薄伽梵往世书》（上、下册）
陈建宪	撰著		《中国洪水再殖型神话研究：母题分析法的一个案例》

《神话学文库》代表了新世纪神话研究的成就，虽然不仅仅是民族神话研究，但是对于学科理论和方法的借鉴意义以及开拓学者们的研究视域很有助益。特别是国外神话研究，更容易让我们的神话研究与世界学术同步，了解本学科最前沿的学术进展。

（七）2011年出版的"神话历史研究"丛书

该丛书是神话学、文化人类学领域中的一批富有学术勇气的学者，从神话历史的视角对传统文化元典《春秋》《仪礼》《礼记》《淮南子》等的全新解读。该丛书的作者们都是有志于跨学科研究的人文学者，视野开阔，有新时代的学术锐气。目前已经出版的著作有：谭佳的《断裂中的神圣重构：〈春秋〉的神话隐喻》、荆云波的《文化记忆与仪式叙事：〈仪礼〉的文化阐释》、唐启翠的《礼制文明与神话编码：〈礼记〉的文化阐释》、黄悦的《神话叙事与集体记忆：〈淮南子〉的文化阐释》、方艳的《〈穆天子传〉的文化阐释》、叶舒宪、唐启翠的《儒家神话》、林炳僖的《韩国神话历史》、金立江的《苏美尔神话历史》、叶舒宪的《图说中华文明发生史》等。这套丛书对儒家经典及其它传统文化经典进行了新世纪的神话解读，赋予了这些经典以新的意义，有学术创新的价值。

（八）"文明探源的神话学研究"丛书

这套系列丛书的核心成果，是社会科学文献出版社2015年推出的几部著作。叶舒宪的《中华文明探源的神话学研究》、谭佳的《神话与古史：中国现代学术的建构与认同》涉及我国文明探源和神话历史，另外几部是从西方文明探源的前沿性的著作翻译过来的,即德国学者瓦尔特·伯克特的《希腊文化的东方语境——巴比伦、孟菲斯、波斯波利斯》、美国学者金芭塔丝的《女神的语言:西方文明早期象征符合解读》和英国学者玛丽·道格拉斯的《作为文学的〈利未记〉》。

(九)《中国民间文学大系》文库和电子文献数据库建设

这是国家级重点工程,被学术界评价为是有史以来记录民间文学数量最多、内容最丰富、种类最齐全、形式最多样、最具活态性的文库。为中华优秀传统文化传承创新、为包括民族神话的原始资料民间采集提供了难得的机遇。由中国文联、中国民间文艺家协会组织全国各地的民间文艺工作者开始实施,于2018年正式启动,计划到2025年出版1000卷,每卷100万字,共10亿字。2019年12月25日,《中国民间文学大系》首批示范卷成果发布,推出了包括"神话·云南卷(一)""史诗·黑龙江卷·伊玛堪分卷""传说·吉林卷(一)""故事·河南卷·平顶山分卷""歌谣·四川卷·汉族分卷""长诗·云南卷(一)""说唱·辽宁卷(一)""小戏·湖南卷·影戏分卷""谚语·河北卷""谜语·河南卷(一)""俗语·江苏卷(一)""理论(2000—2018)·第一卷(总论)"等12大类的部分地区的文库。其中民族神话的资料搜集整理成立了叶舒宪任组长、杨利慧、陈连山、王宪昭等人任副组长的专家组,指导全国各地各民族神话搜集与文献资料汇编工作。

为了进一步适应今后的阅读、研究与利用的实际需要,2010年12月,中国民间文艺家协会启动了包含各民族神话、史诗在内的中国口头文学遗产数字化工程,力求用技术力量打造数字化的中国民间口头文学的文化长城,已陆续完成10多亿字民间口头文学记录文本的数字化存录,最终将形成体系完备的"中国口头文学遗产数据库",计划到2025年完成20多亿字的口头文学数字化工程。以有效避免因各种因素造成的纸质资料遗失和损坏,并使阅读、检索和利用这些作品及资料变得更为方便、快捷和准确,从而实现更大范围的资源共享。20世纪80年代《中国民间故事集成》

《中国歌谣集成》《中国谚语集成》"三套集成"出版,但是只有少数文本公开出版,出版了省卷本,绝大多数县卷包括神话文本资料都未能与社会大众分享,并且还没有收录包含民族神话、民间说唱小戏、诸民族史诗等内容,这些遗憾在文库出版中会有弥补的机会。21世纪的神话资料收集整理工作着力还原民间文学的本真形态,精心编纂出具有民间文化传统精神和当代人文意识的优秀作品文库。编纂出版大型文库和建设中国口头文学遗产数据库,为中华民族保留了珍贵鲜活的民间文化记忆。这必将进一步增强民族自豪感,作为中华民族各个少数民族神话研究的重典而载入史册。

21世纪还出现了叶舒宪、王宪昭主编的《中华创世神话精选》(上海人民出版社,2020年)、刘亚虎的《创世的"神圣叙述"——南方民族创世神话阐释》(中国社会科学出版社,2020年)、吴晓东的《神话、故事与仪式:排烧苗寨调查》(学苑出版社,2020年)、郭恒的《英语世界的中国神话研究》(中国社会科学出版社,2020年)、叶舒宪的《叶舒宪学术文集:中国神话哲学》(陕西人民出版社,2020年)、吴晓东的《盘瓠神话源流研究》(学苑出版社,2019年)、陈建宪的《中国洪水再殖型神话研究:母题分析法的一个案例》(陕西师范大学出版社,2019年)、刘惠萍的《图像与神话:日月神话研究》(陕西师范大学出版社,2019年)、萧兵的《神话学引论》(陕西师范大学出版社,2019年)、王青的《中国神话的图像学研究》(科学出版社,2019年)、闫德亮的《古代神话与早期民族》(社会科学文献出版社,2018年)、杨利慧的《神话与神话学》(北京师范大学出版社,2009年)、杨利慧的著作英文版《中国神话手册》。黄泽《神话学引论》(海南出版社,2008年)、王增永《神话学概论》(中国社会科学出版社,2007年)等等。这些著作有些是专业的神话研究,为某一领域的呕心沥血之作,有些是作为普及型的读物,介绍了一般性的神话知识,为许多神话爱好者所喜爱,产生了广泛的影响,扩大了神话学的传播。中原神话的研究者之一高有鹏著有《中国现代民间文学史论》一书,于2004年10月在河南大学出版社出版。这部著作是作者《中国民间文学史》的姊妹篇。在《中国现代民间文学史论》中，作者论述了现代著名作家和学者胡适、鲁迅、周作人、茅盾、老舍、闻一多、朱自清、郑振铎的民间文学观念，当然也包括神话观念。这与20世纪90年代、21世纪初的学术研究热点密切相关，当时的美学理论家蔡仪、蒋孔阳等人的美学研究受到学界极力推崇，大谈"文学观念论"，在文学范围内研究神话，借助文学家的声誉扩大民间文学研究的影响，在当时是一种主流研究倾向。

除了以上著作之外，新世纪少数民族神话研究取得辉煌的成就，涌现出许多有代表性的学者和研究成果，如拉木吉拉教授对阿尔泰语系神话的研究、白庚胜的东巴神话研究、刘亚虎研究员对南方少数民族神话的研究、汪立珍教授对东北神话的研究、邢莉教授对藏族神话的研究、吴晓东的苗族神话研究、陈岗龙的蒙古族神话研究等，都产生了很大的影响。

在与海外学术界交流与对话方面，也有新的进展，中国社科院朝戈金研究员翻译美国学者阿兰·邓迪斯的学术名著《西方神话学论文选》，1994年在上海文艺出版社出版，很受学界好评。在新世纪又增删翻译部分篇目，以《西方神话学读本》为名2006年在广西师范大学出版社发行，内容涉及神话概念、神话的仪式意义等等，是神话学学者的案头之作。叶舒宪、谭佳的《比较神话学在中国：反思与开拓》是新世纪第一部比较神话学研究专著，有别于20世纪90年代蔡茂松先生的《比较神话学》，该书内容包括"比较神话学反思"和"比较神话学新开拓"两部分，分十章。特别是第四章运用文学人类学的理论，用大传统阐释小传统的神话文本。第七章论述西方神话理论对于中国比较神话学学术创新的意义。第八章论述神话研究田野作业和地下考古新材料的发现，对于拓展研究领域的意义，富有新意的是本章第三节讨论艺术学对于神话研究的启发。第九章讨论了神话研究中图像叙事的价值。杨利慧、安德明的《中国神话手册》是英文神话学专著，分别于2005年、2008年在美国两次出版发行，扩大了中国神话研究领域中国学者的学术影响，可以让西方世界更好地了解中国。

二 个案分析

下面以彝族神话和瑶族史诗《密洛陀》的研究，以窥 21 世纪民族神话研究的特点。

（一）文献整理情况

2007 年，梁红、普学旺以彝文、国际音标、直译、意译四行体对照及整体意译整理的神话文本《阿黑西尼摩》，由云南民族出版社出版发行。2008 年，杨家福彝文释读，师有福、满丽萍等以彝文、国际音标、直译、意译四行体对照及整体意译，整理出来包括神话传说的《滇彝古史》，由云南民族出版社出版发行。2009 年，曹应组、杨发起、杨玉仙等演唱，师有福、师宵收集整理的《爱佐与爱莎》，由云南民族出版社出版发行；同年由普寿有、李朝旺、普德珍主编的《彝族阿哩：生辰长诗卷》，由云南民族出版社出版发行。2010 年，普照彝文释读，普璋开、普梅笑编译，以彝文、国际音标、直译、意译四行体对照及整体意译整理的《红河彝族创世史诗》，由云南民族出版社出版发行；同年，施文贵、施选以彝文、国际音标、直译、意译四行体对照及整体意译整理的《查姆（一）》和《查姆（二）》两卷，由云南民族出版社出版发行。2012 年，龙保贵以彝文、国际音标、直译、意译四行体对照及整体意译整理的《尼苏史诗》，由云南民族出版社出版发行。同年，武自立、张国富、李学亮、毕天才等以彝语国际音标、直译、意译三行体及整体意译整理的《阿细先基（一）》和《阿细先基（二）》两卷，由云南民族出版社出版发行。与此同时，2009 年，由普学旺、左玉堂主编，《查姆》《梅葛》《阿黑希尼摩》《阿细的先基》《尼苏夺节》《尼迷诗》等收入《云南少数民族古典史诗全集》（上卷），由云南教育出版社出版社发行。2010 年，普学旺、李涛主编的《阿黑西尼摩》《尼苏夺节》《绿春彝族创世史诗》彝文原件及汉译本分别收入《红河彝族文化遗产典藏》（影印本）第一、二卷，由云南人民出版社出版发行。2016 年，施文科、李亮文唱述，普学旺、罗希吾戈译

《阿黑希尼摩》和郭思九、陶学良整理《查姆》两书收入《中华大国学经典文库》，由（北京）中国国际广播出版社出版发行。2016年，普梅笑、李芸选编《红河彝族创世史诗选编》，由云南民族出版社出版发行。

2002年，由蓝永红和蓝正录搜集、整理和译注的《密洛陀古歌》问世。全书分上、中、下三册，9万多行，共计340多万字，是目前已经出版的各个《密洛陀》汉译本中搜集规模最大、内容最完整、资料最全面的版本[①]，被称为一部集布努瑶古文化之大成的鸿篇巨作，为研究《密洛陀》提供了极大方便。1981年，韦其麟为莎红《密洛陀》单行本出版所撰写的序言，首开《密洛陀》研究之先河。此后，伴随每一次《密洛陀》汉译本的问世，都掀起学界一阵阵的研究热潮。这些研究，涉及众多学科领域，大体可分为综合性研究和专题研究。

（二）相关研究

1. 《密洛陀》的综合性研究

所谓综合性研究，即是从多个方面对《密洛陀》展开论述，或进行归纳。比如韦其麟的《密洛陀·序言》，就从史诗的人物形象、艺术特色等方面进行讨论。综合性研究成果较多，有以下四种类别：一类是学者为各个《密洛陀》汉译本所写的序言，有许多介绍和评论。一是搜集整理者自己所写的导言、札记或后记，如蒙通顺（1988年）、蒙冠雄（1999年）所写的札记、蒙松毅（1999年）所写的导言、蓝永红（2002年）所写的后记等；另一类就是学者如农学冠（1988年）、蓝芝同（1999年）、农冠品（2003年）、卢勋（2003年）等人对《密洛陀》的评介和研究；最后一类为专著或学位论文。如蒙有义编写的《密洛陀》（科学技术出版社，2014年），该书从历史渊源、人神谱系、价值作用、使用场合与表现类型、文化元素以及传承研究等多方面对《密洛陀》展开全面分析与解读。

[①] 覃琮：《布努瑶密洛陀史诗的活态传承与文化自觉》，《广西族大学学报》2016年第5期。

2. 《密洛陀》的创世特点研究

陆桂生认为史诗《密洛陀》突出地反映了布努瑶先民创造世界的英雄业绩,具有"人类创造了自身、创造万物,人是万物之灵,反映了母系社会痕迹,运用半人半神的表现手法"的创世特点。认为在密洛陀的"创世"史诗中,体现了"人与自然互生关系、确立人类改造自然的主体性"的自然文化观。[①] 在另外的一篇文章中,作者认为密洛陀神话揭示从神到人、从自然到人、从个体的人到社会的人的转变过程,显示出人类起源过程中人的巨大的"创世"力量及其在创造人类、创造民族、创造文明中的巨大作用,[②] 体现出"密洛陀"神话传说的文化人类学意蕴及其非物质文化遗产保护的重大意义。

3. 《密洛陀》的哲学思想价值研究

韦英思从唯物论、辩证法思想、科学思想和汉、壮、苗、瑶同源四个方面对《密洛陀》的思想价值进行了探讨。陈路芳认为《密洛陀》具有"气生万物的宇宙起源说、动物变人的人类起源说、万物异动的朴素辩证法思想"等哲学思考。朱国佳从史诗的天人合一、生存信念等方面探讨布努瑶独特的生存智慧。谢少万、刘小春从认知语言学的理论范畴出发分析了《密洛陀》的思想内涵和语言认知规律,并认为《密洛陀》史诗折射出瑶族及其先民朴素的宇宙观、唯物史观和辩证法思想。胡媛从史诗的艺术特性分析了布努瑶伦理道德的多维内涵。何连翠认为《密洛陀》蕴涵着世界的本原是水的自然本体论、人与自然互生互惠的自然价值观和群体劳动创造自然的实践自然观。卢明宇以美学为武器,认为《密洛陀》存在万物同源、人类同根、和谐共生的思想。

4. 《密洛陀》的族群记忆及其认同研究

郑威认为《密洛陀》实际上是一个记忆文本,包含族群认同的文化思想,它对布努瑶族的族群历史、族群认同和族群边界进行了意义建构和重新阐释,不断强化布努瑶的族群认同和归属意识。蓝芝同认为,《密洛陀》

[①] 陆桂生:《布努史诗〈密洛陀〉的创世特点》,《广西教育学院学报》2016年第1期。
[②] 陆桂生:《瑶族史诗〈密洛陀〉初探》,《民族文学研究》1984年第4期。

对研究创世神话、瑶族迁徙、世俗生活和宗教信仰等文化习俗方面具有重要的历史文化价值。

5.《密洛陀》的信仰研究

近年来，叶建芳《神圣之门：瑶族的家与社会》《人观与秩序：布努瑶送魂仪式分析》等论文着重考察布努瑶的信仰体系和仪式。她的调查表明，布努瑶普遍信仰密洛陀，传统神祇主要来自密洛陀神话传说；宗教活动中的"驱神赶鬼"，主要是驱赶或协调密洛陀在造人类时不小心造出的一些野兽、鬼怪、和密洛陀一起创世的两代大神。信仰构成布努瑶生活重要的组成部分，它作为"制度"分别从人与祖宗、血缘、家族、姻亲、地缘几个方面形成社会关系，与亲属等世俗制度一起，维持着布努瑶社会的稳定、和谐与发展。

6.《密洛陀》的传承保护研究

关注《密洛陀》传承保护问题，从饮食、居住、节日、文学艺术、宗教信仰、铜鼓、服饰等方面论述了密洛陀文化的构成，并从传播学的角度提出开创史诗文化传承的新举措。由于时代飞速发展和文化生态环境的急剧变迁，《密洛陀》的传承氛围由盛转衰，促使了一批接受现代教育的"书写型"传承人的觉醒，开始有意识地维护、保护和传承史诗文化。

综上所述，可以看到，半个多世纪以来史诗《密洛陀》的搜集整理和研究取得了很大的成就。对于布努瑶这样一个深居桂西北石山地区、被外界所知较晚的瑶族支系，《密洛陀》不再像中华人民共和国成立之前，是学界无人问津、无人知晓的"研究盲点"。2011年《密洛陀》成为国家级非物质文化遗产以后，这部史诗在整个瑶族历史和文化中的地位、非物质文化遗产价值、传承状况、创新性发展等问题越来越受到人们的关注，学界对《密洛陀》研究正进入活跃期。

（三）存在的问题与努力方向

1. 研究成果形式单一

《密洛陀》是活形态的史诗，布努瑶把演唱《密洛陀》与日常生产生活联系起来，形成包括宗教祭祀仪式、节日庆典、婚丧嫁娶、狩猎、神判与诅咒等多个使用场合，每个场合都会演唱一部分《密洛陀》或其分支歌的相关内容。从传承形态来看，《密洛陀》是由语言叙事、仪式化行为、图像叙事和景观叙事共同构成的完整谱系。但是，目前《密洛陀》整理出来的版本，多是文字的"文本"，缺乏其他形式的神话传承，活形态传承的完整性被割裂掉了。

2. 搜集整理的区域过于集中和狭窄

目前各个汉译本的《密洛陀》，原始神话资料的来源地是大化县的七百弄乡、巴马县的东山乡，以及都安县的下坳镇、大兴乡等地，其他区域的版本还没有得到搜集整理。素材的来源是布努瑶"四姓瑶"中的蓝氏家族和蒙氏家族，韦氏、罗氏两大家族涉及甚少。从目前的调查来看，都安县的东庙、隆福、龙湾、青盛等地，大化县的板升乡等地尚有不同的版本亟待去搜集和整理[①]。

3. 重文本、轻田野的研究倾向

由于布努瑶主要聚居在广西的"石山王国"，交通闭塞，加上巫公群体所传唱的是一种古老的宗教语言，必须有专业的布努瑶学者协助才能甄别和翻译，田野工作难度极大，因而多是文本研究。而关于《密洛陀》的流传状况、传承群体、传承形态、创编规律、传承现状等田野作业很少。是故，目前《密洛陀》的研究成果大多低水平重复，开拓性贡献不多。

4. 《密洛陀》文化内涵研究挖掘不够

近年来，中国各少数民族史诗的研究开始转入口头范式，树立了"活形态"的史诗研究观。在口头诗学的理论观照下，从口头程式理论、民族志诗学、表演理论等重要学说对史诗进行阐释和研究成为趋势。研究者的关注重心从静态的文本转向了对史诗的演唱者、口头程式化、创编、演述语境、交互指涉、流布与变异、史诗与民俗信仰的互渗等议题的综合研

---

① 覃琮：《民族史诗研究的谱系视角和传承保护——以瑶族史诗〈密洛陀〉为例》，《楚雄师范学院学报》2019年第5期。

究。但是，目前《密洛陀》的研究，大多仍停留在对《密洛陀》的历史文化意义、文学特征的讨论上，尚未揭示《密洛陀》作为活形态史诗的文化特征，彰显《密洛陀》的个性特征和独特价值。

《密洛陀》与其他民族史诗的比较互鉴研究相对薄弱。布努瑶在长期的迁徙过程中，其族源和文化并非是单一的、固化的，而是融入了苗、汉、壮等多个民族文化基因。目前，学界对《密洛陀》史诗的比较研究，主要是基于文本的比较，尚没有深入挖掘《密洛陀》的传承群体是如何与其它民族的史诗或神话传承群体进行交流和互鉴的，如对《密洛陀》的巫公与《布洛陀》的麼公进行比较研究。

5. 研究方法的变革

应该看到，21世纪以来，学者开始对神话研究进行梳理与讨论，众多学者关注学科范式、研究方法的转化。20世纪80年代，国家层面启动了三套集成工作，进行包括少数民族神话在内的民间文学在全国范围内的文本搜集，带动了民族神话研究的发展。民族神话研究领域大量新的理论开始介入，精神分析理论、文化相对论、故事形态学、结构主义神话学、口头程式理论、表演理论等交融并置，但是八九十年代只是引入，并未全面深入，尤其是表演理论和口头诗学的影响到21世纪才开始全面呈现。①

三 学科理论探讨

21世纪初期，继续翻译了大量神话研究和文化研究理论，新方法的大量引入使得神话研究拔高政治思想的文本分析渐趋被打破。首先就是民间文学与作家文学关系的讨论。21世纪初，神话与民族探源密切相关，创世神话被重新梳理与批评检视，与民族自信、文化自信一起来讨论，同时新兴的人工智能、新媒体数字技术也被纳入此讨论视野。

在民族神话研究领域，传统神话研究者很少把神话当成口头文学看待和研究，而是首先把口头文本的神话转化为书面文本，然后按书面文学的概念框架和学术范式进行研究，导致了民族神话研究口头性特征的丧失。

---

① 毛巧晖：《新中国民间文学研究七十年》，《东方论坛》2019年第5期。

文字文本取代口头文本，中西皆然。21世纪以来，民族神话研究发生了从书面到口头的转换，同时神话、史诗也渐趋被替换为"口头传统"（或"口头文学"）等。

21世纪对于"口头性"的阐述触及民族神话研究的本源问题，同时不断形成新的研究方法和新技术手段的大量运用，推动着民族神话研究的发展。母题分类、主题、神话故事类型等成为神话形态分析的"重要概念"与理论工具，母题、母题链、主题引起了相邻学术领域的关注，如母题与主题的区分就是比较文学的重要研究内容，母题也与数据库建设紧密结合，为研究者提供了资料库与新的数据平台，当然其效用度与影响力还需长期考察，有待检验。

口头诗学的发展推动了民族神话对"口头性"的关注和研究方法的选择。20世纪末21世纪初，朝戈金、尹虎彬、巴莫曲布嫫等开始大量译介帕里—洛德口头诗学理论，其关注口传文本背后"口头的诗歌传统"，注重分析总体性的民族文化谱系，从而对"非书面样式的结构、原创力和艺术手法""口头创编"等进行阐释。朝戈金《口传史诗诗学：冉皮勒〈江格尔〉程式句法研究》《关于口头传唱诗歌的研究——口头诗学问题》《口头诗学》，高荷红、罗丹阳主编的《哲勒之思（口头诗学的本土化实践）》（中央民族大学出版社2017年），王杰文著作《表演研究：口头艺术的诗学与社会学》（学苑出版社2016年）等引领了史诗研究范式的转换，同时也影响对其他民间叙事的研究，如歌谣、民族神话等开始关注"口头传统""程式化套语""大词"等。

钟敬文强调民族神话的口头性，提出应从"目治之学"转向"耳治之学"，因为最原始的神话与史诗在没有文字的时代已经产生并广泛流传于原始初民之中。朝戈金《"回到声音"的口头诗学：以口传史诗的文本研究为起点》则进一步阐明了"声音"是口传诗学与一般意义诗学的核心区别，并回应了新技术时代口传叙事的存在形态及延续与传播等问题。[①] 陈

[①] 朝戈金：《"回到声音"口头诗学：以口传史诗的文本研究为起点》，《西北民族研究》2014年第2期。

泳超的《背过身去的大娘娘：地方民间传说生息的动力学研究》（北京大学出版社，2015 年），通过对于山西洪洞县民间信仰习俗"接姑姑迎娘娘"中关于娘娘的身世传说田野调查，这实际也是受众的参与，引起传说口头文本的改变问题，是"读者反应理论"在民族神话研究中的体现，考察了神话传说背后的民众诉求与实践，将传统的"书面"文本回复到具体时空"关照"与阐释。同时，注重口传叙事的"表演（或演述）语境"，从理查德·鲍曼的表演理论引入，到学界对其大量使用，"语境中的表演""交流实践"中的文本等成为"口头性"分析的新维度。

第二节　非物质文化遗产与民族神话研究

一　什么是非物质文化遗产

21 世纪初，非物质文化遗产研究兴起，为民族神话研究提供了新的历史机遇和新的研究材料，很多口头传承的民族神话、民族史诗本身就是非物质遗产的一部分。联合国教科文组织在 2003 年通过《保护非物质文化遗产公约》，我国也正式参与其中，在国内开展非物质文化遗产保护工程。联合国《保护非物质文化遗产公约》和《中华人民共和国非物质文化遗产法》都把人类的"口头传统"作为非物质文化遗产的重要内容和样式进行了表述。2006 年国家全面启动非物质文化遗产保护，至今已十年有余，"非遗"亦从不见经传到成为学术关注的热点。神话的文化价值成为政府与学者讨论的关键，出于文化搭台、经济唱戏的需要，地方政府非常热心地推广地方文化名片，如果有了神话传说和非物质文化遗产，更是一方可以借重的文化资源。从文化资本、文本重构对神话研究的持续关注，这类研究成为 21 世纪民族神话研究发展面临的新语境，这对民族神话研究而言既是挑战也是机遇。

二 个案分析

（一）伊玛堪研究

伊玛堪具有非常重要的文化意义。是赫哲族世代传承的宝贵的民族文化遗产，是歌颂赫哲族英雄的说唱文学，是赫哲族心中神秘而古老的英雄史诗。是反映原始渔猎生活和风俗习惯的百科全书。"伊玛堪"和赫哲语当中的"伊玛哈"，与汉语中"鱼"的意思很接近，同时"伊玛堪"又和赫哲语"捕鱼""伊玛卡乞"又非常接近，"卡乞"连贯以后念"堪"，所以伊玛堪可以等同于"伊玛卡乞"，而且赫哲人对唱伊玛堪的人叫做"伊玛卡乞尼奥"或"伊玛卡乞玛卡"，汉语意思就是唱伊玛堪的老头。伊玛堪的原意接近为"伊玛哈"和"伊玛卡乞"，最早的含义就是"捕鱼人的歌"也就是"赫哲人的歌"。在俄罗斯境内有那乃人，那乃人也有类似于伊玛堪这样的长篇英雄故事，叫做"宁格玛"。

伊玛堪的发展情况从原来的长篇伊玛堪到短篇伊玛堪、片段伊玛堪发展。原来的伊玛堪歌手掌握了长篇的伊玛堪，但是随着老歌手的离去，后继无人，后来的年轻人学会的伊玛堪只是一些长篇伊玛堪的片段。从过去到现在来看就是由长篇到短篇到片段的发展。伊玛堪是有固定的模式，即程式化的演唱。伊玛堪有七个模式，一是伊玛堪主人公莫日根的出世。二是莫日根怎样学会神通。三是莫日根西征。四是死而复生。五是在西征时和对手结拜为兄弟。六是复仇胜利。七是英雄凯旋、祭祀神灵和祖先。现在的伊玛堪歌手演唱就没有了原来的形式，而是多样化、灵活化、片段化，情节较少，带着歌手的个性化的语言。伊玛堪也由神话英雄慢慢的发展到了普通的渔猎劳动英雄，又发展到日常生活的渔猎生活降而成为普通人。发展趋势是由神话到现实，从半人半神的英雄到普通的老百姓、普通的渔民和猎人。说唱地点也发生变化，原来演唱伊玛堪都是在萨满祭祀的时候，或者是节日的时候唱，或是婚葬嫁娶的时刻唱，逐渐演变为在渔摊唱，在打猎的地方唱，在院子里唱，在冬天家里的炕头上唱。伊玛堪歌手的身份发生了变化，原来的唱伊玛堪歌手都是部落的首领或是部落里的大萨满，在一定的庄重的场合唱伊玛堪，慢慢地发展为普通的渔民、普通的猎人唱伊玛堪，发展到今天即使是普通的赫哲人也可以演唱伊玛堪了。传承的方式也变得多样化，原来的伊玛堪是家族传承，父亲唱传给儿子，儿子传给孙子。除了家族传承就是社会传承，社会传承是通过伊玛堪歌手传承给社会上的年轻人，发展到现在就变成了采录者、研究者把伊玛堪记录下来，出版学术著作，再由年轻的赫哲人阅读这些著作而传承，这就变成了书本传承，书本学习掌握伊玛堪。现在唱伊玛堪的人很少，懂赫哲语的人也不多，必须尽快保护和抢救我们的民族文化和歌手。在伊玛堪被评为国家级文化遗产之后，文化部出面保护，2011年联合国教科文组织批准了伊玛堪是世界级的亟须保护的非物质文化遗产，我们更有保护我们自己的传统民族文化遗产的义务。

2014年，黑龙江人民出版社出版了《伊玛堪集成》上、中、下三卷，共收集了48部伊玛堪。收录了包括20世纪30年代凌纯声，50年代刘忠波、马名超，80年代黄任远、王士媛等学者的伊玛堪田野调查采录成果，是伊玛堪集大成之作，为保护非物质文化遗产提供了田野调查的范例，具有重要的学术价值，记录了很多赫哲族的神话传说。

伊玛堪中的人物具有半神半人兼具有萨满巫师的特点，每一部伊玛堪中的莫日根（英雄）的身上都是如此，这个特质就符合英雄史诗里主人公半人半神的特点。程式化的情节结构，史诗的情节都具有固定的板块和固定的模式。英雄史诗的特征比较明显，英雄的结拜，英雄的比武求婚，英雄死而复生，英雄徒手搏斗这四种情节都是我们史诗中的古老母题，伊玛堪中这些母题全部都具有。萨满祭祀也有体现，伊玛堪中有祭祀、萨满跳神的场面。中国著名的三大史诗《江格尔》《玛纳斯》《格萨尔》就经常有祭祀的场面。伊玛堪中的场面比三大史诗中描述的还要壮大，比如说在《香叟莫日根》的结尾，用100个野兽100只天鹅来祭祀神灵，百兽百禽等等说明场面的浩大，而且祭祀之时是全部落的人都一起参加祭祀，结束之后全部落的人在一起用大锅炖兽肉，全部落的人在一起分享，因此可以看出这个场面是非常宏大的。

伊玛堪的英雄神话故事中有很多中国传统文化因素，也有很多基督教因素，甚至很多的蒙古因素。赫哲族的族源不是单一的，包括蒙古族、满族、黑龙江下游的其他它少数民族，甚至包括后来山东移民而来的汉族，这些民族慢慢演变成后来的赫哲族，赫哲族不是单一的民族，而是多元化的民族融合而来。凌纯声先生早就提出"赫哲族是一个多元民族的集合体"，《赫哲族简史》（民族出版社，2009年）这本书中也提到过赫哲族族源的来历，这就说明赫哲族不仅仅具有赫哲族本民族的文化，而是多元文化的融合，受宗教萨满文化、渔猎文化、蒙古民族文化、江北的俄罗斯文化、满通古斯语族（满族、锡伯族、鄂伦春族、鄂温克族）的文化影响，这些影响都体现到了伊玛堪的神话内容之中。

有的学者认为伊玛堪源于萨满文化和伊拉木汗（赫哲语"阎罗王"的意思），有的学者认为伊玛堪和伊拉木汗有关系，萨满到阴间去即与"伊木坎"这个词有关系，伊玛堪即伊木坎，"伊木坎"就是阴曹地府的意思。也有学者认为伊玛堪在赫哲族的方言中原意是萨满跳神时唱的歌。还有的学者认为，伊玛堪和那乃族的宁格玛是一样的，因为宁格玛也是在萨满跳神时的唱词，认为伊玛堪等同于宁格玛，但是不否认其神话色彩。

伊玛堪和蒙古的英雄史诗是有关联的，都属于英雄史诗。当代非物质文化遗产研究专家冯骥才先生即认为赫哲族伊玛堪和我国少数民族三大史诗一样都是英雄史诗。著名神话学家刘锡诚认为他是英雄叙事诗，还没有达到英雄史诗的级别。

关于伊玛堪的特点。一是口耳相传和活态传承，二是即兴发挥。歌手演唱时自己会进行创作，添加新内容。如歌手吴连贵，《乌苏里船歌》就是由他所唱的民歌《想情郎》所改编，歌手特长是唱民歌，在唱伊玛堪的时候就把他会唱的民歌加进去，使这个伊玛堪更受人欢迎，情节更丰富。《乌苏里船歌》，从幼年听到老年，尤志贤老人说这是以他们赫哲族的民歌为基础，然后再经过艺术家的加工整理而成的。红遍了全国，并且编入了联合国教科文组织编写的东南亚民歌教材中，这就说明赫哲族文化走向了世界。伊玛堪已经成为世界非物质文化遗产，这是神话研究者早年未曾想到的。赫哲族有一个词叫"因特鲁"，意思是"加花点"，就是讲述的过程中增加一些描写。再就是取笑逗乐，把可以让听众发笑的笑料加入进去，增加细节，使伊玛堪演唱更加吸引人，我们今天看到《荷马史诗》也是这样，荷马演唱史诗时也加入现场情景的一些情节。

伊玛堪采录的几个时期。一是开拓时期，1930 年凌纯声先生采录了 19 个伊玛堪故事。二是确认时期，当时不叫伊玛堪，在凌纯声的书里是赫哲故事，后来学者们认为这 19 个故事是伊玛堪，1957 年到 1958 年，中国社科院刘忠波教授采录两部伊玛堪在《赫哲族简史》《赫哲族社会历史调查》这两部著作里，才确认了当时赫哲族地区流传的伊玛堪确实叫伊玛堪。三是抢救时期，让歌手录音、翻译、采录伊玛堪。四是文献出版时期。先后出版了《赫哲族伊玛堪》《伊玛堪集成》和《伊玛堪与赫哲人田野调查》等。

在神灵和人间英雄人物的塑造上，伊玛堪中主要形象有莫日根英雄形象、阔力神鹰形象、神灵形象、妖魔形象。

在文化渊源上，伊玛堪与萨满文化密切相关。东北的萨满文化与东南沿海的妈祖文化、西南的东巴文化、长江流域的巴蜀文化、荆湘文化、吴越文化、黄河流域的河洛信仰等都属于原始信仰。自从 2011 年 11 月 23 日，赫哲族"伊玛堪"被列入联合国"亟须保护的非物质文化遗产名录"以来，其传承与保护问题受到社会各界越来越多的关注，相关研究与探索也从未间断。可是，赫哲族年轻一代，他们从小接受现代教育，对学习和传承"伊玛堪"说唱艺术却兴趣不大。非物质遗产的珍贵和稀有，让今天的学者有义务增强赫哲族人的民族情结和文化意识，增强他们传承本民族文化的自觉性。

自然生态环境和渔猎生活习惯是"伊玛堪"说唱艺术产生的土壤，但是，随着经济的发展，森林、河流、湖畔等伊玛堪的传统说唱场所逐渐消失，网络传媒、数字技术、AI 技术的广泛普及，生存处境非常逼狭。目前"伊玛堪"表演的内容仍然以古老的神话传说为主，表演时单一使用赫哲语，使得除当地或本族的少数人之外，其他人根本无法通晓它的含义，这极大地影响了人们对伊玛堪的兴趣和接受程度。所以，在"伊玛堪"原有丰富多样的主题的基础上，如何融入时代的内容，表现人们当代的社会生活内容，表达人们当下的情感和人生感悟，是"伊玛堪"成为当代一种喜闻乐见的民族艺术的关键所在，这也是新神话主义的内在要求。

21世纪以来，伊玛堪研究和非物质遗产的传承或许能够给我们以资借鉴。2012年6月16日在哈尔滨召开了首届伊玛堪学术研讨会，扩大了学术影响。截至目前出版了以下一些伊玛堪学术著作，分别是黄任远主编的《黑龙江流域少数民族英雄叙事诗·赫哲族卷》，2012年由黑龙江人民出版社出版，此书是国家出版局优秀民族图书资助出版，获全国第2届百部优秀民族图书奖。黄任远著《赫哲族》2012年由辽宁民族出版社出版，此书获全国第3届百部优秀民族图书奖。黄任远、刁乃莉、金朝阳主编《伊玛堪论集》（上、下），2013年由民族出版社出版。黄任远著《伊玛堪与赫哲人田野调查》，2015年由黑龙江人民出版社出版，此书2016年荣获黑龙江省艺术学科优秀成果一等奖。黄任远著《伊玛堪研究报告——对歌手吴连贵的调查》，2016年由中国社会科学出版社出版。此外，还有宋宏伟主编的《伊玛堪集成》，2014年由黑龙江人民出版社出版。张学文的《伊玛堪论文集》，2013年由黑龙江人民出版社出版。陈恕的《赫哲族伊玛堪》，2012年由黑龙江人民出版社出版。20世纪80、90年代的著作，如孟慧英的《萨满英雄之歌：伊玛堪研究》（1998年由社会科学文献出版社出版），尤志贤的《赫哲族伊玛堪选》（1989年由黑龙江省民族研究所出版），在新世纪仍然发挥着巨大的影响。付春梅的《葛德胜伊玛堪遗存》，2019年由黑龙江教育出版社出版。王维波的《中国赫哲族史诗伊玛堪》，2014年由辽宁人民出版社出版。侯儒、丁媛的《守望与薪传：赫哲族"伊玛堪"传承人研究》，2020年由社会科学文献出版社出版。韩成艳的《伊玛堪：从民族史诗到非物质文化遗产》，2020年由社会科学文献出版社出版。这些都是新世纪伊玛堪研究的重要成果。

未来的伊玛堪研究，伊玛堪研究资料数据库的建设，是当务之急，需要增加有关伊玛堪的著作、论文、手稿、录音带、录像带、照片、文章、报道等资料的搜集工作。举办伊玛堪研究成果展，扩大其学术影响和社会影响。建立伊玛堪学术研究成果出版基金，用来资助《黑龙江伊玛堪学术研究》丛书的出版，保证一些优秀的学术著作如《伊玛堪研究学术史》，国外学者的伊玛堪专著翻译出版等。适时召开伊玛堪国际学术研讨会，呼吁更多专家学者共同来研究这项联合国教科文组织批准的保护项目，培养学术新人，发现研究人才，扩大研究队伍，保证伊玛堪研究后继有人。

伊玛堪有说有唱，无乐器伴奏，是一种古老的民间说唱艺术，被誉为"北部亚洲原始语言艺术的活化石"，2006年被列入首批国家级非物质文化遗产名录，2011年被联合国教科文组织列入"亟须保护的非物质文化遗产名录"。当代对伊玛堪的研究、传承和保护已成为国际性的课题。

自20世纪80年代以来，黑龙江省采录整理了大批民间文学作品，出版了《伊玛堪》《黑龙江伊玛堪》《黑龙江乌钦》《黑龙江摩苏昆》《黑龙江神话》《黑龙江传说》《黑龙江故事》《赫哲族民间故事选》《鄂伦春族民间故事选》《伊玛堪集成》《女真神话》等一大批著作，特别在早年编纂民间文学（故事·歌谣·谚语）三套集成"黑龙江卷"时，各地市、县、企业的积累文本资料约2.7亿字。毫无疑问，这将是研究伊玛堪一批非常宝贵的资料。

（二）研究者简介

1. 李熏风

李熏风（1915—1998），四川省资中县桃花村人，曾任《嫩江日报》主编，《黑龙江日报》总编辑、秘书长，长期在黑龙江省社会科学院工作。曾经担任中国民间文艺研究会理事、黑龙江省民间文艺家协会副主席等职。发表与伊玛堪研究相关的论文有《从〈松花江下游的赫哲族〉看民族民间文学的治学问题》[①]《赫哲渔村采风录音》《赫哲族英雄叙事诗〈满斗

[①] 李熏风：《从〈松花江下游的赫哲族〉看民族民间文学的治学问题》，《黑龙江民族丛刊》1985年第1期。

莫日根〉》①《伊玛堪——赫哲百科全书》②《此武择配见英雄——赫哲"伊玛堪"中的古婚俗》③ 等。《赫哲族英雄叙事诗〈满斗莫日根〉》对《满斗莫日根》的内容、意识形态表现、民族风俗和讲唱艺术进行了全面论述。

2. 徐昌翰

徐昌翰（1936—）又名徐昌汉，安徽巢湖人，曾任黑龙江省社会科学院文学研究所所长、研究员、黑龙江省民间文艺家协会副主席等。现为中国社会科学院萨满文化研究中心客座研究员。出版著作有《赫哲族文学》《鄂伦春族文学》，主编《中国民间故事集成·黑龙江卷》《黑龙江民间故事集成》《黑龙江神话》。发表的论文有《赫哲神话漫议》④《从萨满文化视角看〈伊玛堪〉》。⑤

3. 张嘉宾

张嘉宾（1943—），曾任《黑龙江民族丛刊》编辑部负责人、研究员。著作有《黑龙江赫哲族》《赫哲族研究》（合著），编辑出版了《简明赫哲语汉语对照读本》《赫哲族伊玛堪选》等 10 余部著述。关于伊玛堪研究论文有《赫哲人的说唱文学——伊玛堪》⑥ 和《埃文基人的"尼姆嘎堪"与赫哲人的"伊玛堪"》。⑦《埃文基人的"尼姆嘎堪"与赫哲人的"伊玛堪"》分为两个方面内容，一是论述埃文基人的神话、史诗与说唱等民间文学，二是对尼姆嘎堪与伊玛堪的比较研究。据此，作者认为二者内涵上有着差异、读音相近、内容形式一样，存在着渊源关系。

---

① 李熏风：《赫哲族英雄叙事诗〈满斗莫日根〉》，《民族文学研究》1983 年创刊号。
② 李熏风：《伊玛堪——赫哲百科全书》，《黑龙江民间文学》1990 年第 21 集。
③ 李熏风：《此武择配见英雄——赫哲"伊玛堪"中的古婚俗》，《黑龙江民族丛刊》1985 年第 3 期。
④ 徐昌翰：《赫哲神话漫议》，《民族文学研究》1991 年第 1 期。
⑤ 徐昌翰：《从萨满文化视角看〈伊玛堪〉》，《民族文学研究》1988 年第 4 期。
⑥ 张嘉宾：《赫哲人的说唱文学——伊玛堪》，《西北第二民族学院学报》（哲学社会科学版）1999 年第 1 期。
⑦ 张嘉宾：《埃文基人的"尼姆嘎堪"与赫哲人的"伊玛堪"》，《黑龙江民族丛刊》1996 年第 1 期。

4. 黄任远

黄任远（1947—），原名黄顺运，浙江绍兴人。1969 年中学毕业后，知识青年上山下乡插队来到黑龙江同江的农村。同江是松花江与黑龙江汇流处，自古以来便是赫哲人的故乡。从江南鱼米之乡来到白山黑水，年轻的黄任远立即被赫哲族独特的文化魅力吸引，结识了吴连贵、吴进才、尤树林、尤金良、葛德胜等知名伊玛堪歌手，采录整理了许多珍贵的一手材料，开始与赫哲文化、伊玛堪史诗结缘。他刚到农村时遇到一个叫尤志贤的公社领导，是当地赫哲族的一个长者。在交流时，尤志贤时常会讲一些赫哲族的故事、唱赫哲族民歌、介绍赫哲族的伊玛堪。黄任远逐渐被赫哲族文化的魅力吸引，当时给他印象最深刻的就是以赫哲族民歌为基础加工整理而成的"乌苏里船歌"。黄任远感受到赫哲族文化的珍贵，出于文化的直觉，便自觉地就把老人所讲的东西全部记录了下来。当时并没有所谓文化遗产的概念，更没有想过几十年以后伊玛堪会成为弥足珍贵的世界非物质文化遗产。

黄任远采集收录伊玛堪无疑是一件异常艰难的工作。为了学习赫哲语，他就拜赫哲老人为师，经过大约三四年的时间，整理了一本 3000 多个单词的《赫哲语汉语对照词典》作为学习教材，并请尤志贤老师——校对。后来买到俄语版的《那乃语词典》，那乃语即是赫哲语。为了能真正走进赫哲人家，融入赫哲文化，他强迫自己适应赫哲族人的生活习惯与饮酒交往等等。最初，他以调查记录研究入手，如撰写《论赫哲族萨满》等一些民族文化论文；第二阶段是单个民族文化的整体研究，以《赫哲族风俗志》为代表著作；第三阶段是相邻民族文化的比较研究，《通古斯-满语族神话研究》是代表作；第四阶段是比邻国家民族文化比较研究，代表作是《赫哲族与阿伊努文化比较》等；第五阶段则是伊玛堪专题研究阶段，出版了《伊玛堪研究史》等代表性著作。

随着调研工作的深入，黄任远对伊玛堪的名称进行了分析界定。他认为，在临近的俄罗斯境内，那乃人也有类似伊玛堪的长篇史诗"宁格玛"，它们都是反映赫哲族英雄故事的长篇说唱。黄任远认为两者区别源于生活区域的不同，那乃人生活在黑龙江下游一直到库页岛，赫哲人生活在上游地区，下游人叫宁格玛，上游人叫伊玛堪。

作为"捕鱼人的歌"，伊玛堪的篇幅较长，篇目也多，且长、中、短篇均有，但故事情节大都围绕着赫哲民族英雄莫日根展开。作为富有神话内容的说唱艺术，长篇伊玛堪的叙事结构有固定模式和情节，即典型的程式化特征。

随着时代的发展，传唱中的伊玛堪在我们的认知上不断深化，从神话史诗到现实生活，呈现出世俗化、生活化的趋势，史诗固有的特性被不断弱化。伊玛堪固有的模式被慢慢打破了，呈现出多样化、灵活化、片段化的趋势，故事情节变少了，歌者的个性化语言逐步显现。伊玛堪的神话英雄慢慢演变成为普通的渔猎劳动英雄；伊玛堪的仪式功能发生了转变，固定地点、固定情景被打破，由祭祀、节庆、婚嫁等仪式说唱逐渐演变为渔摊、猎场、院落、屋内炕头的即兴表演；伊玛堪歌者的身份也在变化，起初的伊玛堪歌者都是部落首领或大萨满，后慢慢发展为普通的渔民、猎人。

伊玛堪是以说唱的形式记录赫哲族历史文化的百科全书，它保留了鲜活的赫哲语，具有神话学、民族学、历史学、语言学、人类学等多学科的学术价值，如今伊玛堪已经进入国际视野。目前，国家已经命名了2位国家级传承人和4位省级传承人，举办了伊玛堪学习班，培养了数百名年轻的赫哲族歌者，伊玛堪抢救、保护与传承工作得以推进。推进赫哲族伊玛堪研究工作，需要让学术研究与保护实践并举，让思想与实践同行共进。

回顾黄任远的伊玛堪研究，采集录制过吴进才演唱的《尤虎莫日根》《阿格弟莫日根》，吴连贵演唱的《木竹林莫日根》《木都力莫日根》等，尤树林演唱的《马尔托莫日根》《射日莫日根》等，尤金良演唱的《希特莫日根》《坎特莫日根》等，葛德胜演唱的《香叟莫日根》《吴胡萨莫日根》等，这些珍贵的一手资料后来陆续整理发表在《伊玛堪》《黑龙江伊玛堪》《赫哲绝唱：中国伊玛堪》《伊玛堪集成》《赫哲族文学》《通古斯-满语族神话研究》《赫哲那乃阿伊努原始宗教研究》《伊玛堪研究史》

《伊玛堪歌手吴连贵研究报告》《伊玛堪与赫哲人田野调查》等著作中。40多年的努力，黄任远最大的欣慰就是完成了老歌手们的临终嘱托，出版了30多部赫哲民族文化研究的著作，至今仍从事民族神话的研究和民族文化的传承。

5. 孟慧英

孟慧英（1953—），女，河北省黄骅县人，中国社会科学院民族学与人类学研究所研究员。主持完成国家社科基金项目"满族萨满教研究"和"中国原始宗教与原始文化"，其研究方向为萨满文化、民族宗教、民俗学。先后出版专著11部、译著3部、辞书3部、资料集3部，发表学术论文120多篇。伊玛堪研究代表作为《萨满英雄之歌——伊玛堪研究》（社会科学文献出版社，1998年），此书共分五章，分别是伊玛堪概述、伊玛堪与英雄时代、伊玛堪的艺术表现、伊玛堪解读和伊玛堪的符号解释。该书是第一部专门研究伊玛堪的理论著作，作者对英雄史诗的特征进行了系统的理论探索，研究伊玛堪所反映的英雄时代的典型社会与宗教信仰风貌，依据英雄史诗的一般性质和宗教特点对伊玛堪进行考察，认为"伊玛堪不仅具备了英雄史诗的基本性质，而且还创造了相当出色的艺术成就"。作者还运用普罗普的故事形态学理论和结构主义神话学理论对伊玛堪的结构进行了分析。"伊玛堪解读""伊玛堪的符号解释"结合萨满文化背景，系统阐释了伊玛堪的原始宗教寓意和各种符号的文化内涵，为破解伊玛堪的"文化密码"提供了钥匙。①

民族神话研究方面的论著还有《彝族毕摩文化研究》，（民族出版社，2003年）、《寻找神秘的萨满世界》（西苑出版社，2004年）、《中国北方民族萨满教》（社会科学文献出版社，2000年）、《尘封的偶像——萨满教观念研究》（北京出版社，2000年）、《满族萨满文本研究》（合著，台湾五南图书公司，1997年）、《活态神话——中国少数民族神话研究》（北京大学出版社，1992年）、《满族萨满教研究》（合著，北京大学出版社，1991年）。

---

① 黄任远、刁乃莉：《赫哲族伊玛堪研究史》，民族出版社2016年版，第194页。

研究伊玛堪的论文还有《伊玛堪的艺术成就》①《伊玛堪中的寄魂形式与特征》②《伊玛堪与神歌》③等。

6. 于晓飞

于晓飞（1955—），女，黑龙江省勃利县人，从20世纪80年代起，多次赴赫哲族地区采访。1990年赴日本，先后在NHK担任中文播音员和日本的高校兼任汉语讲师，现任日本大学法学部副教授。1999年考入国立千叶大学攻读博士学位。在荻原真子教授和中川裕教授的指导下，连续十几年深入赫哲族地区进行田野调查。采录了最后一位歌手尤金良说唱的两部伊玛堪《希特莫日根》和《坎特莫日根》，用赫哲语原文记录并整理出版。2002年获得博士学位。对赫哲族语言、文化、信仰等方面的研究论文先后在日本、中国、加拿大、美国、俄罗斯等国际会议上发表。主要著作有《赫哲族的伊玛堪（英雄叙事诗）研究》（日本明石书店，2005年）、《赫哲族与阿伊努族文化比较》（与黄任远合著，黑龙江人民出版社，2001年）。主要伊玛堪研究论文有《赫哲族叙事诗伊玛堪》④《世界非物质文化遗产伊玛堪的再生和保存》⑤等。

三 附记：南方少数民族神话仪式活动——彝族火把节

传统文化节日活动是非物质文化遗产的一部分，是国家、民族的重要而特殊的文化记忆，是国家的标志性、象征性文化。同时，少数民族传统节日活动也与民族的神话传说紧密联系在一起。此处谨以笔者的田野调查作为附记，让读者了解非物质遗产民族节日的盛况。

---

① 孟慧英:《伊玛堪的艺术成就》,《中央民族大学学报》1998年第6期。
② 孟慧英:《伊玛堪中的寄魂形式与特征》,《黑龙江社会科学》1996年第5期。
③ 孟慧英:《伊玛堪与神歌》,《民族文学研究》1995年第2期。
④ 于晓飞:《赫哲族叙事诗伊玛堪》,《社会文化科学研究》,2000年第4号。
⑤ 于晓飞:《世界非物质文化遗产伊玛堪的再生和保存》,《黑龙江社会科学》2012年第4期。

滇中火把节，传承彝文化
——2019年7月云南楚雄彝族火把节与神话传承仪式活动见闻

火把节祭火大典

火把节是一个多民族的传统节日。彝族、白族、纳西族、拉祜族等少数民族，都有着过火把节的传统。流传至今的火把节，不仅保留了诸多民俗功能，更蕴含着各民族趋吉避凶的美好心愿，其中的彝族神话传说最具代表性。

彝族神话传说中，很早以前，天上有个大力士叫斯惹阿比，地上有个大力士叫阿体拉巴，两人都神力惊人。有一天，斯惹阿比要和阿体拉巴比赛摔跤，可是斯惹阿比意外地被摔死了。天神恩梯古兹知道了此事，大为震怒，派了大批蝗虫、螟虫来吃地上的庄稼。阿体拉巴便在农历六月二十四的晚上，砍来许多松树枝、野蒿枝扎成火把，率领人们点燃起来，到田里去烧虫。从此，彝族人民便把这天定为火把节，可见火把节的起源是与少数民族神话分不开的。

2019年7月26日，彝族火把节祭火大典在云南楚雄市太阳历公园举行。祭火大典仪式由毕摩协会会长亲自主持，颂念经文，吟唱史诗，为来到"祭火大典"的人们送上至高祝福。用彝语吟唱迎接火神、缅怀祖先生存创业发展艰辛的《火把节古歌》，然后跳火把节开场仪式大锣笙。在云南俗称朵觋的毕摩发挥了神圣的仪式感，正如彝族学者普驰达岭的诗歌吟唱：

你如秋雁行空/你如鹰眼守疆/你如祖魂在场/你似众神临空/你让河流弯曲/你让鬼魔远遁

你指间滴落的时光/写满指路灵舞的谱系/你舌尖上居住的母语/穿行于涂满彝文的谱牒/你总要放空自己的手势/让天地间的神灵/顺着你的嗓音/来来去去

你总要朝圣一节竹叶向天举杯/让阴阳之界的祖灵/顺着你密密麻麻的经诵/进进出出

你总要放低自己的头颅/让高天行云的大雁/顺着你的祭铃/南来北往

你总要面朝一棵神树招魂/让一切自然之神/顺着你翻飞的毕扇/呼之即来挥之即去

你总要目送一只神鹰/让聚落中的生灵/顺着你飘扬的睿智/永远在阴阳和睦中过往

古老的火把节经历了岁月变迁，一些传统习俗也衍生出了不同的变化。在久远的岁月，火把节是属于少数民族的传统节日，人们用它祈求丰收、诸事平安。在21世纪的今天，火把节则成为了西南民族民俗文化的地域性传承，是少数民族神话传承的庄重仪式，使八方游客慕名而来。

从"民族节日"到"东方狂欢节"

火把节现在变成了一年一度的"东方狂欢节"。

在取火仪式上，胸前纹绘老虎图案的彝族男青年，由贝玛诵经祭献山神祈求来年风调雨顺、五谷丰登，用彝族传统的方式进行钻木取火，取到火种后再举行点火仪式，大家跳起欢快的火神舞，来庆祝并感谢火神。

火是彝族人民的精神图腾。火是彝族追求光明的象征，彝族的图腾崇拜是火，象征似火一般的热情和生生不息，彝族举行火把节是图腾崇拜的一种仪式。特别是到了农历六月二十四日前后，楚雄到处是火的世界，歌舞的海洋。正如这次研讨会上楚雄当地作家苏轼冰所说的那样，一年一度的火把节，根在彝山，彝族是火的女儿。

火的海洋

火把节活动充分考虑群众的互动性和参与性，共策划了"带着手机游楚雄"摄影大赛、火把节文化周活动开幕式、火把音乐生活节、"彝歌声声"万人左脚舞撒火把狂欢、楚雄彝族毕摩文化研习会、"彝乡狂欢"系列文化活动、"火树银花"焰火晚会、"非遗"动态展示、"畅游彝乡"精品旅游活动等11项内容丰富、群众参与性强的活动内容，占活动总数的

70%以上，游客可以尽情参与其中。

2019年7月25日—28日在云南楚雄师范学院召开第三届滇中非物质文化遗产论坛会，26日晚，也就是火把节开始的当天晚上，几个参加会议的老师和楚雄师范学院的学生一起逛太阳历公园，这是火把节的主会场。公园广场上人潮涌动，好不热闹。大约七点半左右，三个穿黑衣的毕摩鱼贯入场，做完仪式以后，每三个火把簇成一堆，无数的火把堆，无数的舞者，当然还有起伏的人潮，使人确信火把节必定有火炬若星斗降下人间的盛况。骤然一声响，是烟花窜上云霄，顿时，最紧张的时刻到了——点火把堆啦！接着人群按着顺序手牵手围成一个大圆圈，欢快地载歌载舞。

火把节上"彝绣"与"服饰大赛"

彝族人世代爱美、追求美。"选美"是彝族火把节的传统项目。彝族赛装节已有1353年历史，被誉为世界上最古老的"乡村T台秀"。在传统选美活动中，美丽的彝家姑娘盛装打扮，手持黄伞，围着草坪上的火堆缓缓舞步表演"朵乐荷"，评审标准包括身材相貌、穿着打扮、品德修养等多个方面。

如今，这一选美活动已经拓展到了彝绣、彝族服饰的传承与品牌打造方面。传统"赛装节"实现了与时代的完美接轨。在今年"丝路云裳·七彩云南2019民族赛装文化节"系列活动中，高潮部分活动与"中国·楚雄2019彝族火把节"叠加举行，7月25日晚，除了对"丝路云裳·民族服装服饰设计暨形象大使大赛（决赛）"获奖作品进行颁奖外，彝族服饰秀《云绣彝裳》也进行了首演。

《云绣彝裳》服饰秀余温未了，"丝路云裳·七彩云南2019民族赛装文化节民族服装服饰设计暨形象大使展演"于26日上午继续上演。

今年火把节活动最大特点是群众的互动性和参与性，让每个在场的人们尽可能地参与活动，感受彝族火把节上的欢快愉悦。火把节上不仅是跳舞，而且还有不同的火把节仪式，如：云南玉溪新平是祭祖仪式；大理巍山是无人机灯光秀；昆明宜良是千人舞火龙；楚雄是彝绣秀场；红河个旧是剥苞谷比赛等。

火把节的演变与发展

如今的火把节不仅是一年一度的盛大节日，更是成为了一种文化符号，带着我们的民族文化自信，走向国际舞台。经过多年的培育和打造，火把节已成为楚雄彝州重要的节庆文化品牌和对外宣传的一张亮丽名片。

在今年火把节来临之际，楚雄州更是将"2019中国原生民歌节""丝路云裳·七彩云南2019民族赛装文化节"和"楚雄2019彝族火把节"三节合一，升级打造成为国内一流的特色化民族盛会，并坚持"政府主导、社会参与、市场运作"的导向，提早谋划、精心组织，使整个节庆活动内容主题突出、丰富多彩，既保留了中国楚雄彝族火把节往年出彩的传统活动，又高度融入了多姿多彩的民歌、民族服饰文化。整个节庆由主题活动、重点活动、商贸活动、群众狂欢活动4大板块23项具体内容构成。与往年相比，特别增加了带着手机游楚雄摄影大赛、楚雄火把音乐生活节、火把节文化周、"畅游彝乡"精品旅游等丰富多彩的群众狂欢活动。

小　　结

本章论述了21世纪以来民族神话研究的全面发展情况和多民族神话研究的新格局。

首先，随着21世纪的到来，新的神话学理论、新的研究领域大量涌现，随着社会传播媒体和神话传承方式的快速发展，民族神话研究呈一时之盛。民族史诗的研究、神话母题研究、口头传统的研究，都涌现出来一大批优秀的研究成果。西南民族神话研究和东北民族神话研究是其中最突出的存在。文学人类学、四重证据法、新神话主义、口承神话、民族志研究、母题索引方法等这些理论研究方法的发展，给民族神话研究带来新的研究角度，各民族神话数据库建设、《神话学文库》、"神话历史研究"

"文明探源的神话学研究"等大型丛书的出版和《中国民间文学大系》这样的国际文化工程的启动，使民族神话资料搜集、整理、出版达到空前的规模。

其次阐述了非物质文化遗产与民族神话研究情况。非物质文化遗产提高了我们对民族独特的民歌、史诗演唱、萨满、民族节日的重视，非物质文化遗产包括民族神话的内容，民族神话也有非物质文化遗产的因素。研究非物质文化遗产的同时，往往也是自觉的民族神话研究。在非物质文化遗产化的过程中，各民族神话资源的底层、边缘性亦被改变，它开始成为国家话语中心的文化资源。各民族神话的文化价值受到地方政府的高度重视，如果有了神话传说和非物质文化遗产，更是一方可以借重的文化资源。由于文化资本、文本重构对民族神话研究的极大关注，这类研究成为21世纪初叶民族神话研究发展面临的新的社会文化现状，这对民族神话研究而言既是巨大的挑战也是难得的机遇。

第五章　学术期盼与当代神话学研究

第一节　学术期盼

一　民族神话的当代文化价值

各民族的神话是人类文明传递的火炬，产生于久远的历史，历久弥新，每个民族都曾经创造并至今仍然流传有自己本民族的神话，我们要寻找本民族的来源、历史演变、哲学思维、文学艺术、民风民俗等文化现象的源头，几乎都会溯源到本民族的神话。随着时代发展，我们需要文化求新求变，文化寻根，各民族神话就是孕育产生新思想的摇篮。

无论东方还是西方，民族神话研究多依靠古代文献的记载和地下新材料的出现来拓展学术空间，唯有新材料的出现，唯有新观念、新方法的引进，才会带来民族神话学的研究进展。民族神话多有"向后看"的研究倾向，也因为神话是原始先民的歌唱，历史长河积淀了丰富的研究材料。但是，这种研究倾向不利于利用神话资源与现代社会接轨，神话是古代的，也是现代的，甚至更是面向未来的，我们对未知世界的幻想，其实正切合原始初民对未知世界的迷茫。各民族的神话一直与时俱进，需要我们唤醒神话研究对当下迅速变化的社会文化环境的极大关注：对于各民族的神话在大众文化、商业、电影、电视、电子游戏、网络文学、雕塑绘画、文化遗产旅游、网上数字产品等领域中普遍存在的创造性转化现象，神话学界对此的研究性回应还难以让社会承认。由此造成的遗憾就是：神话创新不能追随时代发展的脚步，面对日益变化的现代社会，神话学界缺乏有力的回应，从而削弱了其参与当下社会文化建设和学术对话的能力，也严重束缚了学科理论和体系的创新。而实际上，新神话孕育在古老神话和史诗的基础上，并在21世纪得到了蓬勃的发展。①

二 研究成绩

近三十多年以来，对西南地区的各民族创世神话和创世史诗、东北的萨满神话和伊玛堪史诗说唱、中南地区的楚巫神话、各地的傩公傩母神话、北方的鹰神话和西王母神话、南方的虎神话、盘瓠神话的研究，都取得了相当大的进展，并相应出现了以地域为特色的民族神话研究群体，他们的成果已经为海内外学界同仁高度关注。

20世纪上半叶，林惠祥、芮逸夫、岑家梧、杨堃等学者用西方理论展开扎实研究，为这门学科奠定了厚实的基础。但后来由于诸多原因，这种学术传统没有坚持下来。20世纪80年代至今，民族神话研究蓬勃发展，成就斐然。丰富的学术成果，有待整理、挖掘，能够为今后学术界民族神话研究理清发展脉络，共同促进民族神话的发展繁荣。

20世纪80年代开始，随着比较神话学的恢复，借鉴西方的新理论、新方法，出现了民族神话研究上文学人类学的新趋向；90年代伴随着神话学与民族学、人类学、社会学、宗教学等学科交叉，以及神话学、民间文学的学科归属等问题，世纪末的学术反思中神话学等民间文学研究的本位缺失成为讨论热点；21世纪到来之际，伴随学者对不同思潮、不同流派的梳理与讨论，民族神话研究呈现多维视野与多元范式的兴盛局面。特别是新神话主义、文本重构（民俗志诗学）、神话的转借及创作性利用、民族溯源等对神话研究主体的观照等理论思考的深入。民族神话研究发展面临新的语境和新的时代环境，既是挑战也是难得的发展机遇。

---

① 杨利慧、张多：《神话资源创造性转化的探索之路》，《长江大学学报》（社会科学版）2019年第1期。

综观神话学史，民族神话研究从总体上来说主要是世界范围内各民族神话的比较研究。但是每一个研究者都难以把握全世界各个民族的神话资料而只可能熟悉占有其中的一部分，对于民族神话研究学术史来说也是这样，研究者面对的是浩如烟海的研究资料，学者众多，观点各异，不可能收罗穷尽，只能举其大端。民族神话研究的发展，主要取决于两个方面的研究进展：一是与神话学相关的学科（如民族学、人类学）相结合而获得新的突破和发展，即新理论、新方法的出现。二是新材料的出现，发掘出新的神话资料或对原有资料进行重新审视。我国神话研究起步较晚，面临的主要问题是对各民族神话发掘不够充分，一些国内外神话研究者直到今天，仍仅仅将汉文古籍记载的神话等同于中国神话，在西方一些学者眼中，甚至有人认为中国缺少创世神话和民族史诗，实际上，我们国家拥有大量的创世神话和史诗，如今成册出版的就有许多，如下表：

表 5-1　　　　　　　　我国创世神话与史诗整理出版情况表①

族别	史诗名称	创世主神	规模
彝族	《梅葛》	天神格兹带领子女造天地	4600 余行
	《查姆》	涅侬倮佐颇召集共同商量造出天地来	2100 余行
	《洪水泛滥史》	天神策更苴降洪水，又繁衍人类	3000 余行
苗族	《古歌》	巨鸟科啼生天地，生巨人神整天地	7000 余行
	《史诗》	造天地日月，雷公姜央兄妹造制人烟	3600 余行
纳西族	《创世纪》	东神色神置万物，生善神生宇宙卵	3000 余行
白族	《开天辟地》	盘古盘生变天地	400 余行
哈尼族	《奥色密色》	天王杀龙牛造天地	2000 余行
拉祜族	《勐呆密呆》	天神厄莎命令扎罗造天、娜罗造地	
	《牡帕密帕》	天神厄莎先后创造了天地万物和人类	1000 余行
阿昌族	《遮帕麻和遮米麻》	遮帕麻造天，遮咪麻造地	2000 余行
土族	《混沌周末》	盘古开天地	
侗族	《嘎茫莽道时嘉》	萨天巴女神命众神造天地日月	

① 乌丙安：《中国神话百年反思（下）》，《民间文化论坛》2009 年第 2 期。

续表

族别	史诗名称	创世主神	规模
水族	《开天立地》	牙巫女神撑开天地，造日月	600 余行
佤族	《司岗里》	天神里和地神伦造天地和人间万物	
景颇族	《穆脑斋瓦》	汪拉、能班木占造天地日月	
瑶族	《密洛陀》	密洛陀劈天地造日月，命令神一起造山川河流	2000 余行
汉族	《黑暗传》	混沌诸神出世、盘古开天地	3000 余行

由于各民族创世史诗和神话陆续被发现，特别是汉民族史诗《神农架黑暗传》的新发现，这是在少数民族史诗之外，为人数最多的汉民族提供了史诗的学术证据，这更有学术意义。日本神话学家伊藤清司才说，"我们期待着中国神话研究从以往长期闭塞状态推移开去向光明的广阔的视野展开，将是大有希望的。"[①] 因为各民族神话研究在我国一直是小众团体的学术，虽然圈内热闹，但在整个人文学科中并不是显学。

民族神话资料主要在民族地区，21世纪提出的"一带一路"发展战略为"一带一路"沿线地区民族神话的发展、繁荣、传承创新带来新机遇。草原丝绸之路是北方地区的重要通道，是我国北方文明的肇兴之地和蒙古、满等通古斯民族起源之地，其游牧文明、渔猎文明曾波及北极圈和欧洲。历史上，在此地域传承的蒙古族史诗《江格尔》、蒙古族舞蹈、民歌"呼麦"、马头琴音乐等民族神话与史诗在增进各国之间各民族相互了解、文化交流等方面发挥了重要作用。草原丝绸之路地域曾经诞生了蒙古族著名史诗《江格尔》《格萨尔》《蒙古秘史》《呼麦》等神话巨著。自古以来，在蒙古高原等地跨境而居的蒙古（布里亚特、巴尔虎）以及鄂温克（俄罗斯称"埃文基"）、鄂伦春（俄罗斯称"奥罗奇"）等民族在这片冻土地上，伴随着萨满教的发展创造了一系列凝聚民族精神与智慧的神话，它们封存着蒙古族文学古老的记忆和文化的血气。这些蕴含着蒙古族文化密码的神话连通了欧亚大陆和草原文明，对世界文明产生了深远

[①] 乌丙安：《中国神话百年反思（下）》，《民间文化论坛》2009 年第 2 期。

影响。

　　草原丝绸之路上聚居着蒙古族等一些跨境民族，国境内外的同一民族语言相通、习俗相近，因此与沿线国家和地区开展民族神话与民族史诗等底层民间的文化交流，从这里入手，道路最便捷、条件最有利。研究草原丝绸之路上的民族神话对于发展中俄蒙以及欧洲各国睦邻关系、跨境民族之间的经济贸易友好往来和东北边疆稳定具有重要的现实意义。"一带一路"倡议的提出意味着中国人看世界和看自我的眼光都需要调整，在今天的民族神话研究上，需要用世界眼光看待北方民族神话的历史、当下和未来；需要世界眼光看待自身、建构文化、重塑神话与史诗的辉煌。观察视角的调整，体现了文化自觉和文化自信。

　　草原之路诸民族神话饱含古老的民族历史记忆和文化传承的血脉。从某种层面上看，草原丝绸之路各民族神话之于中国，有些类似中国之于世界文化的意义，而这种意义和价值将撬起人们对草原丝绸之路诸民族神话新的思考路径。神话是了解一个国家最便捷的管道和窥探一个民族心灵最直接的窗口，所以我们需要更内在、更深层的神话与民族心灵的交流。

　　历史上沿着黑龙江流域居住的诸多民族，如鄂温克族、鄂伦春族、赫哲族、满族、蒙古族、达斡尔族以及日本的爱奴人等土著民族在神话、传说、故事等民间文学、传统文化等方面曾有过密切交流。时至今天，"一带一路"的实施与推进，为中俄日三国神话与史诗的新交流，带来新的机遇和对话，这种机遇可以加强中俄日东北亚各民族文化认同，并利用民间文学软实力，加快推进东北亚各国各民族文化交流与认同，进而更好地推动东北亚各国经济增长与人类命运共同体的建设。中俄日三国土著民族有许多共同的英雄史诗，沿着黑龙江（阿穆尔河）流域时代聚居着中国的鄂温克、鄂伦春、赫哲、满族，以及俄罗斯的埃文基人、那乃人，以及日本的爱奴人等诸多土著民族，根据相关文献记载，这些民族在语言、文化、习俗等方面保留着相同或相似的文化元素，并拥有多种形式相同或相似的民间文学作品。他们都拥有神圣意义的口头文学样式，其演唱往往都在夜间或在黑暗中进行，中国赫哲族民间文学"伊玛堪"、鄂伦春族的"摩苏昆"，俄罗斯境内那乃族的"宁曼"、埃文基人的"尼姆纳堪"、奥罗克人的"宁玛"、奥罗奇人的"尼玛"也莫不如此，都隶属于民间文学体裁范畴之英雄史诗类型，是一种具有神话性质的，曾经真实存在过的，但是在很久以前发生过的英雄故事传说。黑龙江流域中、俄、日民族的英雄史诗和各民族神话传说保存了他们关于族源的历史记忆，包括民族祖先的来源、迁徙的历史、社会风俗文化认同、宗教信仰等内容，而且，中俄日土著民族的文化交流内容非常丰富，几乎涵盖了所有的体裁，如神话、史诗、英雄传说、故事、萨满歌曲等等，并且在主题、母题、形象等方面有着千丝万缕的联系。这些民族一衣带水，他们的神话与史诗，无论在历史上还是今天，对于中俄日三国之间的文化交流、经济建设等方面必将起到重大的理论导向作用。中、俄、日民族神话的新时代交流，让民族国家的文化演进趋同化，而文化的寻根和本土化回归也将成为一股世界潮流，这也是近年来提倡人类命运共同体的具体体现。

21世纪的今天，民族神话话语体系的建构已经取得一定的成绩，历经了从"民族性"到"多元性"的发展轨迹。从现代性意义上的民族神话研究的话语建构而言，它与我国20世纪50年代展开的"民族识别"密切相关。通过对调查资料的归纳和整理，对先前"自然状态"存在的少数民族神话，主要是民间神话进行了现代性的统计编目和整理研究，在客观上，为形成现代意义上的"少数民族神话"提供了研究基础。由此，也就决定了少数民族神话的奠定与形成建立在民族识别工作的基础之上，而少数民族神话话语体系的建构，从一开始就与"少数民族"的构建行为密不可分。

从建国初期的民族政策的制定开始，少数民族神话即被纳入到民族国家话语体系，成为不可或缺的文学想象方式。这一时期，少数民族神话作为新时代话语体系的重要组成部分，在不同的民族文化背景下，呈现出不同的民族风貌。

历经1949—1979年近三十年间的少数民族神话、传说等民间文学调查之后，专门对少数民族神话、史诗与作家文学进行研究的学术理论期刊（双月刊）《民族文学研究》于1983年创刊，目前为中国社科院民族文学研究所管理，民族文学研究所汇聚了一批学养丰富、志于民族文化、民族文学研究的学者。《民族文学研究》是少数民族文学研究领域最高级别的刊物，主要刊登对中国各少数民族作品的研究及文学理论研究，也刊载神话学、史诗学及相关学科的研究成果，刊载世界各国研究中国少数民族文学与文化研究的理论文章等。从1983年至今，《民族文学研究》发表了不少民族神话研究的论文，涉及各民族神话比较研究，少数民族与汉族、少数民族与外国民族神话以及跨境民族神话研究。这些论文彰显了民族神话研究的新视角和新观点，构建了民族神话研究理论的话语体系。

进入到20世纪80年代以后，随着西方现代化思潮的大量涌入，文化"寻根"潮流也裹挟而进。诺贝尔文学奖作品、哥伦比亚小说家马尔克斯的《百年孤独》等拉美"魔幻现实主义"作品最为风靡，其魔幻情节犹如神话一样，鼓舞了一大批中国作家和人文学者。他们将文化的民族性与世界性联系起来，在研究中表现出强烈的"文化寻根"意识，从而跳出了狭隘的民族思想，进入到国家话语体系之内。这种对"民族性"的追求，在"民族意识"的觉醒中，渐变为一种自觉性行为，学界也出现了对"民族性""民族意识"等概念的阐发、界定以及论争。

21世纪开始，少数民族神话研究体现了这一时期民族神话话语体系的多元性。社会环境发生了急剧的变化，也带来了民族神话研究的多元化格局。这种多元化呈现出双重性的特征：世界性视域极大地拓宽了民族神话的研究空间，主要表现为西方的概念和技巧的借鉴，但也容易流于生硬的概念植入和纯粹的技巧展示。同时，文化多元化的冲击极大地激活和焕发了民族神话研究对民族性、国家性和世界性的追求。

中国民族神话研究的整体性与目标指向性不言而喻。这一时期发表的代表性文章有毕桪的《哈萨克神话传说里的波斯成分》[1]，刘宗迪的《从书面范式到口头范式：论民间文艺学的范式转换与学科独立》[2]和乌力吉

---

[1] 毕桪：《哈萨克神话传说里的波斯成分》，《民族文学研究》2002年第1期。
[2] 刘宗迪：《从书面范式到口头范式：论民间文艺学的范式转换与学科独立》，《民族文学研究》2004年第2期。

的《阿尔泰语系某些民族共同拥有的神话因素》①，万建中、李琼的《20世纪比较故事学发展轨辙》②，王学振的《西南少数民族逃婚调的民族特色——以傈僳族长歌〈逃婚调〉和壮族长歌〈幽骚〉为例》③，这些神话研究论文呈现少数民族神话研究的理论建树，文化间的开放，承认差异，并通过文化对话，达到文化之间的相互理解、相互尊重、相互宽容，是神话研究的目的所在。作为多元一体格局下的民族神话理论建设，在其话语的建构过程中应该更多开放吸纳，才能提高民族神话的吸收能力和对外的辐射能力，从而真正构成多元文化背景下的中国民族神话研究突破。

进入新世纪以来，为了应对急剧变化的社会环境，一些期刊纷纷进行了转型化操作。如《民间文学论坛》改名为《民间文化》几经周折后现又改为《民间文学论坛》，还有创办于1980年6月的《山茶》，1994年总第80期更名为《山茶·民俗文化时察》（全年仅此1期），1995年总第86期更名为《山茶·自然与民俗》（全年共3期，次年即1996年全年仅1期），1997年更名为《山茶·中华人文地理杂志》，1998年更名为《山茶·人文地理杂志》，2000年更名为《华夏·人文地理》，2005年更名为《华夏地理》。沿着更名的轨迹，我们就能看出民族文化期刊为求生存付出的巨大努力和最后离场的黯然，这些刊物，未必都是神话研究的内容，但是多为涉及民族文化的内容与生活纪实。

近四十年的民族神话研究，研究的深度和广度是20世纪80年代以来的重大学术变迁，无论从规模还是深刻性上，抑或是从典范性上来说，都堪称中国学术的巨大转型④。21世纪的神话学正在经历从"以现代化（西方化）为纲"向"以中国化为纲"的学术话语体系的转变。放弃"以阶

---

① 乌力吉：《阿尔泰语系某些民族共同拥有的神话因素》，《民族文学研究》2004年第2期。
② 万建中、李琼：《20世纪比较故事学发展轨辙》，《民族文学研究》2009年第2期。
③ 王学振：《西南少数民族逃婚调的民族特色——以傈僳族长歌〈逃婚调〉和壮族长歌〈幽骚〉为例》，《民族文学研究》2009年第4期。
④ 王学典：《学术上的巨大转型：人文社会科学40年回顾》，《中华读书报》2019年1月2日。

级斗争为纲",确立"以经济建设为中心"的政治路线,是四十年中国改革开放、经济腾飞的基础和起点,以往的人文社会科学甚至一度成为政治斗争的利用工具,人文社会科学在动乱的年代整体上处于被"改造"的境地,知识分子也处于被"改造"的地位。

20世纪80年代以来的改革开放,影响乃至决定了这一时期神话研究的走向。"解放思想、实事求是"的思想路线,真正意味的是对政治与学术关系的大幅度调整,政治对学术的松绑,给了学术研究相对独立的思考空间,不必用政治言论代替学术思考。近四十年来民族神话研究领域所发生的最大变化,是学术与政治所形成的相对平和自然的关系,这奠定了神话研究持续繁荣的基础。由于神话研究离开政治核心的极大关注,属于文化与文学领域,学术研究自由度的空前加大,为改革开放四十年来民族神话研究的极大发展提供了从未有过的宽松环境。2016年5月,习近平总书记发表《在哲学社会科学工作座谈会上的讲话》,强调指出,坚持和发展中国特色社会主义,必须高度重视哲学社会科学,要着力构建中国特色哲学社会科学,在指导思想、学科体系、学术体系、话语体系等方面,要充分体现中国特色、中国风格和中国气派。[①] 这在政治意识形态层面为民族神话研究的未来发展指明了方向和道路,推动民族神话研究走上"本土化"或"中国化"的新阶段,可谓意义重大,因为神话本来就是西方的传统学问,从某种意义上讲,我们以前的神话研究、史诗研究很多都是套用西方神话的理论模子来衡量我们自己的神话和史诗。

中国的人文科学的学术研究从孤立于世界学术大家庭之外到全面融入世界学术主潮,打破闭关自守的状态,是人文科学加速发展的另一重大动力。从民族神话研究学术史来看,今天是人文科学学术发展最为活跃、最为繁荣、最富生机的时期,学术创新也迎得了难得的历史发展机遇。

下面结合21世纪以来民族神话和史诗的研究概况来谈谈神话和史诗研究最新的发展趋势:

[①] 王学典:《学术上的巨大转型:人文社会科学40年回顾》,《中华读书报》2019年1月2日。

新世纪到来之际，口头诗学延续着强劲的学术影响力，给民族史诗和民族神话以启迪，史诗演唱者、演唱方式和演唱环境，以及演唱歌手与听众的互动反映均是学术界持续关注的热点问题。另外是史诗研究的原生态视角，活形态史诗的挖掘与研究必然与田野作业这类研究的深入开展密切相关，这些都是21世纪史诗研究出现的新特点。

20世纪90年代史诗研究主要是书面文本的研究范式拓展，主要是文献文本研究。涉及以下几个方面：一是文化背景研究。史诗的产生年代、演变规律与民族族源的关系。二是艺术审美研究。史诗的艺术特征、史诗之美、语言演唱艺术特点等。三是社会学研究。政府更替之社会组织、爱情婚姻、民风民俗、政治经济。四是史诗类型学研究。主题与母题分类、类型学阐释等，但是这些多是单向研究，缺乏"接受理论"和"读者反应理论"这些歌者与听众双向的相互影响。"接受理论"重视读者的意见，在史诗这方面来说，即是听众与受众的感受，"读者反应理论"在这一点上也是重视演唱环境和表演者，以及表演者和观看者或听众的互动的。21世纪初，朝戈金、尹虎彬、巴莫曲布嫫等许多中国学者开始对以往中国神话与史诗研究的书面文学研究范式展开理论反思。他们都曾经在哈佛大学学习，力求将米尔曼·帕里（Milman Parry）和阿尔伯特·洛德（Albert B. Lord）创立的口头诗学理论引入中国学界，提出了史诗研究关注的中心要由书面转向口头，而且朝戈金的《口传史诗诗学：冉皮勒〈江格尔〉程式句法研究》、巴莫曲布嫫的《史诗传统的田野研究：以诺苏彝族史诗"勒俄"为个案》、尹虎彬的《"口头程式理论"（Oral Formulaic Theory）》《史诗的诗学：口头程式理论研究》等给中国史诗研究的口头范式和学术转型提供了一个绝佳的学术范例。①

经过朝戈金、尹虎彬、巴莫曲布嫫对口头诗学系统的介绍、翻译以及本土化，以口头诗学为理论资源，分析具体史诗演唱传统的个案研究，这样一种立足本民族史诗传统的史诗研究学术范式逐渐在中国学术界得以确

---

① 冯文开：《史诗研究七十年的回顾与反思（1949—2019）》，《民间文化论坛》2019年第3期。

立。一大批中国学人开始对朝戈金、尹虎彬、巴莫曲布嫫的史诗观念和研究范式产生浓厚的学术兴趣，纷纷将其诉诸学术实践，形成了一时的研究热潮，如陈岗龙《蟒古思故事论》深化与拓展了蟒古思故事研究；斯钦巴图的《蒙古史诗：从程式到隐喻》阐述了蒙古史诗中程式化特征和隐喻的表达方式与隐喻意义；阿地里·居玛吐尔地的《〈玛纳斯〉史诗歌手研究》把《玛纳斯》置于"演唱中创编"的口头生态中，揭示了《玛纳斯》演唱文本的生成过程，对《玛纳斯》的演唱传播规律进行了学理上的探讨和总结。

口头诗学推动了中国史诗研究由书面文本转向口头文本，研究者自觉地以口头诗学替代书面文学理论去研究文论无法解释的史诗演述事件，重新发现那些被书面理论遮蔽的演述传统、演唱模式。钟敬文曾在给朝戈金《口传史诗诗学：冉皮勒〈江格尔〉程式句法研究》撰写的序言中提倡和呼吁史诗理论的转型，肯定口头范式在将来的史诗研究、各民族神话研究中的普遍意义。一时间，口头诗学成为 21 世纪初学界共同关注的学术话题。[①]

20 世纪 80、90 年代，由于建构富有中国特色、中国气派的学术体系和话语体系的需要，中国史诗研究话语的提炼与本土诗学体系建构提上来史诗研究创新的工作日程。巴·布林贝赫的《蒙古英雄史诗的诗学》（中国社会科学出版社，2018 年）对此具有示范意义。在论述蒙古英雄史诗中关于原始崇拜、祭祀庆典等仪式活动时，巴·布林贝赫挖掘分析了其深厚的传统文化内蕴，创造性地从蒙古民族的文化与审美、风俗习惯等各个方面，论述具有了理论化和系统化的高度。巴·布林贝赫已经突破单学科研究蒙古英雄史诗的藩篱，开拓性地跨越多个学科的理论和方法，具有比较研究的汇通视域，在立足民族本土文化资源的基础上对蒙古英雄史诗的诗学体系进行了理论阐释和学术归纳。

近四十年来，中国神话与史诗研究取得了令人瞩目的学术成果，但是

[①] 冯文开：《史诗研究七十年的回顾与反思（1949—2019）》，《民间文化论坛》2019 年第 3 期。

也应该承认，目前传承人研究、美学研究、母题分类研究、数据库建设等诸多神话研究成果还需要归纳与总结。中国各民族神话与史诗研究也还有着许多不足，在传承人研究、文本整理与分析、理论建设、各民族神话与史诗学术话语体系等方面还有待完善与提升。同时，对中国神话与史诗研究对象多元化、研究方法多样化、研究视野多维化的学术思想理论体系进行科学的总结，创立中国各民族神话与史诗研究的范式，充分带动各民族中国神话与史诗研究向前发展，增强中国各民族神话与史诗研究的国际影响力和与国际神话与史诗界研究对话的能力。

第二节 存在问题和未来方向

今天的各民族神话研究，学者们高度重视田野调查，重视口头文本，正是因为其保持了其原初的文化生态和文学样式。但同时我们也应该看到，文本记载的各民族神话历经千百年而不朽，也正是各民族神话得以历代传承的主要原因。口头文本得以传播，早期仍然是靠文本记载和传承人口耳相传，能够把各民族神话和史诗原貌复原，在今天已经是遥不可及的事情。各民族的神话研究历经几十年的发展，随着时代发展和学术进展，暴露出来许多深层次的问题。本节先以个案分析为基础，然后论述民族神话研究。

一 个案研究：以《密洛陀》搜集整理和研究为例

民族神话研究存在的问题和未来的方向，是一个需要充分论证的话题。这里以前辈学者在《密洛陀》搜集整理和研究方面的思考为例进行论述，分析时适当展开联系当前的各民族神话研究实践。

（一）全面搜集和整理《密洛陀》不同时期的重要版本

其一，运用数字媒体技术、智能设备和传统的手段如文字、声音、图像、视频等多种记录方式，整理出包括语言、声音、仪式场景、歌手演唱、表演现场、观众互动等在内的丰富素材，共同形构《密洛陀》史诗活形态的鲜明特征。其二，运用上述手段，保存历代歌手不同的唱叙版本，建立史诗文字文本和口头文本数据资料库。其三，加大对《密洛陀》的田野调查研究，特别是《密洛陀》传承形态的综合调查，其中包括语言叙事的调查：一是调查演唱语言在不同情境、场所的选择和实践；二是调查布努瑶在不同的场合对密洛陀的不同称呼（有10种不同的称呼）及其含义；三是调查围绕《密洛陀》主体之下的其它史诗、神话和传说。如英雄史诗《阿申·耕呆传》（阿申和耕呆是密洛陀创造的第二代儿女中的大儿子和二儿子）等其他衍生神话史诗文本的状况。

（二）《密洛陀》传承现状的全面调查

首先，调查《密洛陀》在布努瑶聚居地的传播情况，借助日本学者柳田国男传说圈理论分析《密洛陀》的史诗传播范围及其规律。其次，调查《密洛陀》的"布西""分"歌手、"布商"和"耶把"和爱恋歌歌手四大传承群体的传承谱系。包括师承系统、传授方法、演唱技巧、沟通与交流等材料，借此了解和掌握《密洛陀》的传承规律。再次，调查《密洛陀》传承群体的生活境遇。民族神话与史诗传承存在的问题也是不可忽视的，一方面是传承乏人，再就是观众日渐凋零，因此我们更应该调查研究史诗演唱者的情况。特别是巫公的生活史，因为巫公不是简单的史诗演述人，而是"什么都懂、什么都会"全能型人才，是神祇的信使，有希腊神话中神使赫尔墨斯的色彩。了解巫公的生活和地位变迁，有助于把握当下《密洛陀》活态传承遭遇的困境。最后，调查《密洛陀》的演述现场，包括民俗背景，巫公（歌手）的素质、声音特质、程式化套语、与现场观众的互动等，借以掌握《密洛陀》的演述规律。

（三）田野调查与神话文本的重要性

田野调查拓展到民族神话研究，涉及民族神话与史诗的学科理论问题。民族神话研究的学科理论长期徘徊不前，没有大的突破，主要是学科归属和学科地位问题没有得到很好的解决。自从20世纪80年代以来，钟敬文先生的《民间文学概论》是各个大学民间文学课程通用的教材，专门开设《神话学》课程的高校比较少，一些是作为选修课开设的。但是钟敬文先生的学术框架体系多年以来固定沿袭下来，缺少随着学术发展的变化。今天民族神话研究提倡口头传统，注重田野调查，由于缺乏强有力的学科理论支撑，主要是各民族神话研究的神话学放置在民间文学里面，可是在学科目录里，中国语言文学的二级学科就无民间文学的存身之地。我们研究各民族神话，是以生活形态的神话与书面文本记载的神话为研究对象的，生活形态是神话保存、演变、传承的语境，离开了田野的神话，就缺乏神话现场的神圣感和仪式感。田野作业能够解决许多文字文本神话不能解决的问题，如学者阿南《从创世神话的社会作用看神话的本质特征》一文介绍了新中国成立之前云南省碧江县的一场民族纠纷，怒族和傈僳族为了争夺猎场发生争端，都声称是自己的民族祖先最先来到这个猎场，后来是双方的头领分别从洪水神话兄妹婚配再造人类神话，一代一代背诵民族的传承根谱，结果怒族传了64代，傈僳族传了30代，结果傈僳族只好认输，放弃对猎场的争夺。① 这让民族神话充当了民族发展历史的见证人，一些文字记载的神话中并无相关的民族族源信息。

　　田野作业有使人身临其境的优点，但是也有其缺点，从各民族神话的研究来看，我们更离不开神话文本，因为田野作业这是一个一个具体的神话，可以是个案研究，却不具备普遍性的意义。许多民族都没有"神话"的概念，如景颇族就把神话称为"通德拉"。田野作业最受学术界关注的是神话的语境而非神话本身，这种学术指向把语境引向了民族学、宗教学、社会学、民俗学、人类学等学科，这对于神话学的理论建设是不利的。"我们不仅需要通过田野作业去积累事实，更需要从日益增长的事实材料中，去发现事物的普遍性与必然性，建立起科学的理论体系，然后再

---

① 阿南：《从创世神话的社会作用看神话的本质特征》，见刘魁立、马昌仪、程蔷等编《神话新论》，上海文艺出版社1987年版，第209页。

回到田野中去加以检验和修正。"① 生活形态的神话是鲜活的艺术生命,而文本记载的神话却能够历经千秋万代而得以保存。阿波罗在哪里？雅典娜在哪里？他们只能存在于盲诗人荷马演唱的史诗中,我们只能从文字中找到。晚近发现的古巴比伦神话《吉尔伽美什》,被学术界认定是现存世界上最古老的一部完整史诗,尽管刻写其定本的泥版被认定在公元前2000年左右,但其中的某些神话传说却源于公元前3000年的苏美尔时代。19世纪中叶起,考古学家在古代亚述帝国首都尼尼微图书馆等遗址上,才陆续发掘出大量楔形文字泥版。后来通过学者的研究才发现这批文字记载的是一部久已失传的古代巴比伦史诗,泥版总数为12块,洪水故事只是记载于第11块泥版上的一段插话。中国清末发现河南安阳的甲骨文,据王国维考证,记载着殷商王公世系和早期部落的历史传说。由此看出,文字传承的神话与史诗其生命力多么让人惊叹！

（四）拓宽《密洛陀》的研究领域

布努瑶的神话中,认为密洛陀是创造万物之神,《密洛陀》是与布努瑶的其他文化互渗共生的。学界认为,祝著节和铜鼓应是需要重点拓展的研究领域。据《中国少数民族文化大辞典·中南、东南地区卷》介绍,祝著,布努瑶语为五月二十九日始祖母密洛陀的生日。祝著节是敬奉密洛陀的节日。每年农历五月二十九日,家家户户杀鸡宰羊备酒,聚餐痛饮,吹奏唢呐,击铜鼓、对山歌,表演武术,热闹非凡。研究史诗必然涉及演唱仪式及器物,目前布努瑶铜鼓的研究偏重于音乐、艺术和技艺制作,但是还远远不够深入,因为在史诗《密洛陀》中,铜鼓是密洛陀创造的,武神们曾利用铜鼓射杀日月、抗灾,族人后来在楠妮婚宴中跟危娘（一只母猴）学会了敲打铜鼓、铜鼓舞等等。因而,对布努瑶铜鼓的研究应该必须进行全方位的综合研究,因为蕴含着本民族丰富的神话传说。

---

① 陈建宪：《走向田野,回归文本——中国神话学理论建设之一》,《民俗研究》2003年第4期。

（五）与国外史诗研究进行学术交流与对话

神话与史诗研究要与国外神话与史诗研究进行话语碰撞、沟通交流，扩大我国史诗研究在世界史诗学界的学术影响。一是要自觉运用口头程式理论、民族志诗学、表演理论、叙事学理论等重要文化理论对《密洛陀》进行精审深细的诗学分析，探索《密洛陀》的表达系统，揭示其创编和传承规律，丰富、检验甚至修正以印欧语系为研究对象而抽象出来的口头诗学理论，构建中国史诗学自己的话语体系；二是探寻民瑶族文化的历史渊源，寻找各民族文化交流互鉴和新时期中华民族文化认同和国家认同的根基，培育中华民族共同体意识，构筑中华民族共有精神家园，为文化复兴的中国梦提供学理支持。

再如弥勒市彝族口传类创世史诗《爱佐与爱莎》：

> 遥远荒古时，天地浑浊，茫茫雾海。过来数百年，气神赛添出世；再历数千年，雷神西伦出现；又越万万年，风神默查问世。三大神互相配合，一个放雷劈雾块，一个放风吹云朵，一个施阴阳二气，浑浊天地开始出现。由于三大神的作用，属清气的雾神德玉波为天，数浊气的瘴仙达玉嫫沉为地，两神配合而生万物始祖冬德红利。天地出现后，太阳神添直用清浊二气洗太阳，当试放时只发一次白光就消失了。太阳女神拉梅和达梅用红绿二色镀洗太阳，太阳开始发光，昼夜初开①。

《爱佐与爱莎》用较多的篇章记述了世界万物的形成、发展、变化，认为"生老衰亡"是不可抗拒的客观规律。分析了"清""浊"二气清洗太阳，彩色的太阳就发出光亮。红河彝文类创世史诗《尼苏夺节》记载了人的产生是泥巴变成猴子，猴子变成人，并经历了独眼、直眼到横眼的形

---

① 曹应组、杨发起、杨金华、杨家福、张正仙等演唱：《爱佐与爱莎》，师有福、师宵收集整理。云南民族出版社2009年版，第3—22页。

成、完善的进化过程,以及从"只知母,不知父"的母权社会过渡到"兴娶嫁"的父权制社会的过程。同时红河彝文创世史诗《采药炼丹经》说"有病要求医,求医要寻药;月有圆缺时,命有始终时。长生不老药,人世间没有;要只能治病,人不免一死,在这世界上,万物皆如此。"还有《死丧起源经》中记载"树若不砍伐,树茂难见天;草若不割掉,草旺难见路;人若不死亡,人多地难容。"内容有朴素的唯物思想,重视自然规律。认识到凡人的生死宿命,并在史诗中演唱,生老病死,新陈代谢,中西史诗皆然。古希腊神话《荷马史诗》中阿喀琉斯作为人与神之子,尽管有大神宙斯的庇护,依然逃脱不了命运之神的安排。巴比伦史诗《吉尔伽美什》中恩启都尽管是人间的大英雄,也最终死去。这些"死亡"母题在中西方史诗中是普遍存在的。

二 学科理论与创新性发展方向思考

2017年10月,中国社科院文学研究所曾经举办"神话学反思与思想研究"学术研讨会,此次的会议论文由社科院谭佳整理为《神话中国:中国神话学的反思与开拓》,2019年4月在生活·读书·新知三联书店出版发行。这是一批目前活跃在神话研究领域优秀学者的深入思考,是他们"数十年磨一剑"的研究精华,体现出中国神话研究当下的水准以及问题反思的开拓性展望。全书按学科的内在逻辑来分章节,在编排上附有每位作者的研究概述和重要作品介绍,并由其推荐该领域数种重要的文献,以便让专业学者、有兴趣的读者深入了解中国神话学的前沿风貌。全书分上、下两编,上编是理论批判和学术史反思,下编是谱系重构和个案开拓。收入的文章有叶舒宪的《"神话中国"vs"轴心时代":"哲学突破"说及"科学中国"说批判》、吕微的《重新认识中国神话:从"神话形式优先论"的立场》、户晓辉的《神话与形式:重建神话学的阐释维度和伦理学价值》、杨利慧的《朝向当下的神话学:"神话主义"再阐释》、陈连山的《走出西方神话的阴影:兼论神圣叙事作为概念的可能性》、李川的《反思中国神话学的"神话历史化"命题》、谭佳的《重勘中国神话学的起点与特点：以章太炎〈訄书〉为中心》、杨儒宾的《重构神圣的物论：五行原论与原物理》、王仁湘的《从考古文物看先秦造神运动：以凤鸟为视角》、陈泳超的《从感生到帝系：中国古史神话的轴心转折》、刘宗迪的《从东土女神到西国女酋：〈西王母〉新考》、吴晓东的《历史还是神话：对涿鹿之战的再考察》、王宪昭的《中国多民族神话资料建设：以母题编码和数据库为中心》、李辉的《从基因谱系重建神话古史》①。这些文章反映了当代神话研究思考的深度和面临的诸多问题。

（一）对神话学术概念的反思

"神话"概念是舶来品，近代以来，我们的先辈为了与西方神话观念相吻合，存在着削足适履式的"以西就中"，中国传统文化的"七略""四库"并无能与现代西方神话观念完全契合的经典。建构中国现代神话学的先驱们无暇思考进行理论消化的神话概念，是有局限性的，根据西方"神话"概念从古典文献中寻找出来的中国神话资源料，又与西方神话体系并不吻合，这给中国各民族神话研究带来了极大的困惑。先驱者的研究目的是要为中国各民族神话寻找能够与西方神话相媲美的中华民族自己的神话。由于各民族神话反映久远的历史面目，因而成为建构"中华民族"溯源的文献依据。神话学与社会学、人类学、考古学这些由于西方学术观念而新兴的人文学科一起，共同完成了"中华民族多元一体格局"的意识形态认同。

（二）对中国神话不成体系的反驳

西方学者们认为中国神话"零散不成体系"和"历史化"，之所以为人诟病，原因在于用西方神话理论体系对中国神话做了扭曲的阐释。中国学者的应和也值得商榷，一方面，希望有中国自己的神话体系和建构自己的神话学，希望凭借神话资源还原不清晰的古代文明史，如夏这一朝代的历史，至今仍很模糊，西方学者质疑我们是否有这一朝代。构建中国各民

---

① 谭佳：《反思与革新：中国神话学的前沿发展》，《民间文化论坛》2018 年第 5 期。

族神话的"谱系"。然而,为了能在古代典籍中发现和西方"神话"内容相似的神祇爱恨故事,魔幻变形故事,"镶嵌、拼凑"文献进行文本重构,很少反思"中国神话零散不成体系"的判断之正确性。其实这正是中华民族神话不同民族间相互影响的证明,希腊神话有《神谱》这样的神族谱系之作,但是即使如此,神祇之间李代桃僵的故事也时有发生。另一方面,中国神话"历史化"已经成为神话研究的一个确定不移的结论,法国的马伯乐和美国的杰克·波德都用这个观点去阐释相关中国神话问题。[①] 21世纪一些学者深入思考,突破了"神话→历史"的这一藩篱,从中华文明体系的特点提出了质疑。陈连山教授认为,从中国传统文化进行学理审视,而不是从西方现代神话概念出发,就不需要假设所有中国上古史都是由神话经过历史化转化而来,也不需要假设中国神话经历了普遍的历史化。中国现代神话研究学术史上关于"中国神话历史化"的观点,实际上是古代神话从非本原的神话向本原的神话的转换,不是什么神话消亡的历史罪证,反而是在中国神话史乃至世界神话史上都意义重大。[②]

(三)"神话遗产"的反思

神话与史诗是少数民族优秀的文化遗产,重要性不言而喻,必须在保持文化多样性的前提下,让世界各民族文化互相借鉴、互相渗透,才能永葆勃勃生机。"非物质文化遗产是人类共有的智慧财富和资源,只有融合进入当代人类社会生活方式,才会具有新时代的生命力。在这一过程中,非物质文化遗产会因为愈多的参与和适用于当今社会的人类生产和生活形式,其存在的价值和意义就越大,而这一过程,又是非物质文化遗产因当代人通过自身的理解和转化,将其适用于现代生产和生活的一个创新过程,是为文化的'再创造'。"[③] 文化的再造与新生是奠定在既有的文化土

[①] 谭佳:《反思与革新:中国神话学的前沿发展》,《民间文化论坛》2018年第5期。

[②] 谭佳:《神话中国——中国神话学的反思与开拓》,生活·读书·新知三联书店2019年版,第3页。

[③] 娄芸鹤:《非物质文化遗产的文化价值再造》,《东北大学学报(社会科学版)》2014年第1期。

壤之上的，流传千百年的神话与史诗正是这样非常宝贵的文化资源，是我们文化复兴文化新生的原材料和原动力。

2006年6月，"神话遗产"在学术界产生较大反响。《长江大学学报》"当代语境中的神话资源转化"栏目有许多学者谈到这一问题，如陈建宪的《以非物质文化遗产的眼光保护与开发神话资源拒绝"伪"民俗现象》，谈到湖北长阳土家族自治县的廪君神话和武汉大禹治水神话，论述了神话资源的本真性问题，这对民族神话资源的保护和传承具有借鉴意义。

（四）研究方法的反思

面对浩如烟海的中国各民族文献神话、口头文本神话、图形神话和祭神仪式神话，如何找到切入点和着力点，成为神话研究者不得不深入思考的问题。对各民族神话进行系统性分析研究，神话母题分类是各民族神话资源数据库的通行方法。

王宪昭研究员是国内各民族神话母题分类研究和神话资源数据库建设的代表性学者。他占有海量的神话文献，提出中国多民族神话的母题分析方法。他的论文《中国多民族神话资料建设：以母题编码和数据库为中心》以神话母题归类编码和数据库建设为例，对中国多民族神话资料学建设做出了突出贡献。他认为按照母题进行分类编码的最终目的是，可以建立起诸民族神话比较研究以及神话与历史、宗教、人类学、民俗学等多学科之间的信息通道。因此，神话母题编目是一个建立在逻辑框架下的编码体系，其本质在于体现神话学学科和相关学科的潜在联系。构建科学系统的母题体系要以准确的神话分类为前提，还要做好母题类型内部层级的划分与呈现，最重要的是关于神话数据库各层级母题系列实例的提取与表达。在21世纪民族神话研究的学术背景下，民族神话数据库的建设、研究与分析，必将成为未来民族神话研究领域的最有效的方法。

各民族神话在神话图像、器物，如汉画像石、汉画像砖等中广泛存在，此外还有祭祀仪式中的神话。以神话母题为线索的研究要尽最大可能充实数据库中各民族神话的讲述人录音、田野调查影像、神话图片以及数字化文本方面的采集与归类，以及以文字、声音、图片、影像形式记录的民间祭祀、节日、集会等民俗活动中的活态神话等。

在研究方法的反思方面，还有吴晓东的《神话研究的认知视角》①，从现代语言学层面进行了论述和思考。陈泳超的论文《关于"神话复原"的学理分析——以伏羲女娲与"洪水后兄妹配偶再殖人类"神话为例》② 论述了古史还原的问题。户晓辉对人类学研究神话的反思，彭兆荣对神话叙事中"历史真实"的质疑，论文《神话叙事中的"历史真实"——人类学神话理论述评》认为，神话学家借助人类学理论积累了大量的研究成果，神话经常有传说、英雄故事混入其中，这对事物或者未知世界的描述与历史或者"伪历史"叙事不同，但是并不妨碍人类通过神话叙事了解和把握"历史的真实"③。

（五）传播技术和传承方式的反思

以现代媒介传播为动力，建立健全传承民族神话数字化工程。21世纪，信息技术、网络传输、人工智能等数字化技术被广泛运用到了民族神话研究领域，为这些由于口头性、变异性等特性而难以保存和发展的民族神话传承带来了难得的发展机遇。民族神话的传承创新要抓住国家重视非物质文化遗产数字化的时机，积极推动了数字化保护与传承工作。运用虚拟现实和可视化展示技术，创建神话与史诗吟唱的虚拟空间。采用3D数字动画技术将开天辟地、原始的造物（包括盖房子、狩猎和畜牧、农事、造工具、盐、蚕丝）、婚事和恋歌（包括相配、说亲、请客、抢棚、撒种、芦笙、安家）等融入进去。进行原始画面再现，搭建起与原初神话叙事中相似的场景，实现神话或史诗原型的虚拟再现、知识可视化及互动操作，使人们能够不再仅仅通过枯燥的文字和数据了解远古神话的独特内涵，而

---

① 吴晓东：《神话研究的认知视角》，《民族文学研究》2006年第4期。
② 陈泳超：《关于"神话复原"的学理分析——以伏羲女娲与"洪水后兄妹配偶再殖人类"神话为例》，《民俗研究》2002年第9期。
③ 彭兆荣：《神话叙事中的"历史真实"——人类学神话理论述评》，《民族文学研究》2003年第5期。

是自己置身原始荒原之中，具有亲自体验、身临其境之感。利用数字电视、网站、移动互联网等数字媒介将民族神话文化资源从平面传播转化为交互立体传播，深化神话的文化内涵的传播，使人们得以更大范围地学习、研究、传承和开发利用神话资源。

以产业开发为手段，利用民族神话文化资源进行文化产业开发。伴随着新媒体的崛起，文化资源向文化产业的转变，需要打造出从内容生产、运营推广到产品附加值扩展的全产业链条，实现向特色文化产业转换。民族神话文化资源产业开发顺应了文化产业内涵式创新发展道路，深挖了民族精神文化内涵，加强了与相关文化产业融合发展。文化产品之间的连接融合更为明显，借助于神话史诗，小说、动漫、影视剧、游戏等相互渗透、相互融合。如史诗《梅葛》的神话资源利用就可以借鉴神话传说类动画开发的成功经验，打造一部《史诗梅葛》动漫影视作品。"梅葛"并不仅是个民间神话，它是由丰富的彝族传统文化元素组成，如梅葛天神形象、造天地的创举、老虎化生万物、人类的诞生和灭亡，洪水泛滥和兄妹婚配再次繁衍人类、彝族早期人类的各种发明创造等关键文化元素。影视作品通过综合运用民族传统元素，借助"梅葛"的文化内涵，充分融合彝族的其他传统文化元素，比如彝族的传统民居建筑、传统生活用具、古时狩猎、撵山等文化活动，先民们的恋爱和婚姻等文化主题。进行"梅葛"文化衍生品的多元化开发，"梅葛"本为彝语吟诵和流传，为产业化需要，可将彝语翻译成汉语甚至是英语、韩语、日语等语言。以文化"创意"为核心，打造出梅葛文化引人瞩目的创意产品，并通过线上线下平台进行文化营销等。

以非遗旅游为契机，打造非遗主题公园。围绕民族神话中的文化遗产而建设的主题展览、街头雕塑、庙宇、故居、故事所述事件发生的场地以及其他各种风物遗迹等。直接展现文化遗产的主题演出；若干社区和专家共同认可的传承人；神话研究者的指导等。[1]

---

[1] 杨利慧：《遗产旅游与民间文学类非物质文化遗产保护的"一二三模式"——从中德美三国的个案谈起》，《民间文化论坛》2014年第1期。

长江上游叙事长歌中,我国少数民族的三大英雄史诗——《格萨(斯)尔》《玛纳斯》《江格尔》2006 年被列入首批国家级非物质文化遗产名录,其中,《格萨(斯)尔》《玛纳斯》这两部史诗更是在 2009 年入选联合国教科文组织《人类非物质文化遗产代表作名录》。各民族有自己的创世史诗,彝族有《查姆》《梅葛》《阿细的先基》《勒俄特依》。白族、纳西族、独龙族都有自己的《创世纪》,哈尼族有《哈尼阿培聪坡坡》《雅尼雅嘎赞嘎》,彝族有"六祖史诗"诗系,苗族有《溯河西迁》《俐巴俐玛》,瑶族有《寻根歌》等。文化与非物质遗产方面,拉祜族有《牡帕密帕》《根古》,阿昌族有《遮帕麻和遮咪麻》,德昂族有《达古达楞格莱标》等等。

　　神话与史诗的接受群体方面。当前的年轻人在电视、电影、网络构建的图像视频环境中长大,对传统的神话与史诗了解的机会失去很多,也缺乏关注的兴趣。语言不通,生活隔膜。各民族神话和史诗传承还需要有新的文化元素,要使古老的神话焕发生机。存在问题是轻视活态传承,往往是重文字而轻音乐、轻仪式和场景。这里面有这技术的原因,也有着传统文化对于文字地位的重视,比如汉民族传说仓颉造字,鬼神夜哭,人类一旦拥有识字阅读的能力,就不再虔诚地信奉他们了。新疆大学教授热依拉·达吾提在北京师范大学全国研究生暑期学校的讲座"2012 年中国民俗学研究与新时期国家文化建设"或许能够给我们以启发,维吾尔族民间达斯坦①说唱艺术被列入国家级非物质文化遗产后,不少民间说唱艺人已经相继离去,目前发表的演唱本子也全部属于文学文本,由于缺乏科学的搜集、记录方法,以及没有设备条件,其中属于音乐、表演方面的特点没有保留起来,只对文本做了记录。为了对维吾尔族民间达斯坦进行全面、系统地搜集与整理,我们重新回到民间,得出一些经验:应该重视资源的整合与共享、重视对民间说唱艺术原生态状态下的拍摄记录、重视版权问题,应让优秀达斯坦作品返回民间,应注意拍摄资料并加以保存。利用现

---

① 达斯坦:为维吾尔语,意为"叙事长诗",新疆维吾尔族、哈萨克族等少数民族民间弹唱的一种曲艺形式,所演唱多为神话传说、民间故事。

代技术保留声像的档案资料库，将来仍然可以使人们听到先辈人的声音和看到他们的形象，使传承人从中找到灵感，使族群可以找到他们过去的声音并由此找回和延续他们过去的记忆。①

民族神话研究必须有新的手段。一是数字化技术的应用，二是新媒体技术的应用。网络化的今天，影响深远的新媒体已经成为我们日常生活中不可或缺的一部分。网络化、电子化的社会应用和全球化的普及使新媒体成为一种崭新的人类交往方式和文化传播途径。在当今飞速发展的网络时代，数字化和电子介质形式的文化遗产才会被更好地、更广泛地传播并得到传承。

新媒体是指以数字技术为基础，以网络为载体进行信息传播的媒介，诸如数字杂志、微信、网络博客、微博等，利用数字媒介技术、网络传播技术，通过互联网、宽带局域网、无线通信网、卫星等渠道，向用户提供信息和文化服务。新媒体的出现和广泛应用使得媒体传播形式由传统的定点、定时、单向传播开始向灵活、多变、互动式转变。在民族神话口耳相传的过程中，讲述者会根据自身的关注点或存在的记忆向在场的其他人传达信息，加上自己创作和表演时的即兴发挥，接受信息者再根据前人传达的信息进行传播，因此口耳相传的方法在极大程度上会导致神话内容上信息的丢失和信息的添加，不利于民族神话的继承、传播和发展，而新媒体手段具有毋庸置疑的巨大传播力和影响力。20世纪80年代是录音机、录像机、照相机，21世纪的今天我们拥有技术之先进，自然较之40年前不可同日而语，今天是网络化、人工智能化，手机、平板录音、照相和书写，电脑存储和传输。

新媒体为人们搭建了人性化的媒介传播、人际互动的交流平台，其信息发布的时效性、全面性、交互性、伴随性及整合性等特点，使人们享受到穿越时空、不受环境条件制约的互动交流，为人们的生活带来了极大的便利。在当前如雨后春笋一般的网络媒体发展潮流中，研究如何将口传神

---

① 朝戈金、董晓萍、萧放等主编：《民俗学与新时期国家文化建设》，中国社会科学出版社2013年版，第225页。

话通过传统媒体和新媒体手段记录、保存和传播，如何真正合理利用好这种新的媒体形式挖掘传承人的兴趣，找到一条更利于自身发展的新路子，这些更是值得我们关注和研究的问题。

第三节 民族神话研究的当代意义

在 21 世纪之初，中华各民族神话资源的有效利用和创新性转化一时间成为热门话题。《长江大学学报（社会科学版）》开设的"神话学与神话资源转化研究"专栏从 2006 年迄今的十多年时间里，一直致力于探索相关问题，陆续刊发了包括刘锡诚[1]、叶舒宪、陈建宪[2]、吕微、田兆元[3]、万建中[4]、杨利慧[5]、王宪昭[6]、孙正国[7]等在内的数十位神话学者的文章，

---

[1] 刘锡诚：《在中西文化比较视野下看神话资源转化的中国实践》，《长江大学学报（社会科学版）》2006 年第 3 期。

[2] 陈建宪：《以非物质文化遗产的眼光保护与开发神话资源，拒绝"伪"民俗现象》，《长江大学学报（社会科学版）》2006 年第 3 期；陈建宪：《论神话生境》，《长江大学学报（社会科学版）》2015 年第 3 期。

[3] 田兆元：《中国神话史研究的若干问题》，《长江大学学报（社会科学版）》2006 年第 2 期；《节日神话：概念及其结构——以〈荆楚岁时记〉为中心的讨论》，《长江大学学报（社会科学版）》2015 年第 4 期；《研究当代神话可以写在神话学的大旗上》，《长江大学学报（社会科学版）》2017 年第 5 期。

[4] 万建中：《神话文本的阅读与神话的当代呈现》，《长江大学学报（社会科学版）》2006 年第 3 期。

[5] 杨利慧：《我想写一部怎样的神话学教科书》，《长江大学学报（社会科学版）》2011 年第 3 期；《21 世纪以来代表性神话学家研究评述》，《长江大学学报（社会科学版）》2014 年第 6 期；《"神话主义"的再阐释：前因与后果》，《长江大学学报（社会科学版）》2015 年第 5 期；《神话资源创造性转化的探索之路》，《长江大学学报（社会科学版）》，2019 年第 1 期。

[6] 王宪昭：《"神话主义"引发神话研究新思考》，《长江大学学报（社会科学版）》，2017 年第 9 期；《试析人类起源神话中的"生人"母题》，《长江大学学报（社会科学版）》，2014 年第 3 期。

[7] 孙正国：《全球化语境下看神话资源转化的两难选择》，《长江大学学报（社会科学版）》2006 年第 3 期。《当代语境下神话资源的"公共空间化"》，《长江大学学报（社会科学版）》2008 年第 1 期。

多方面阐述了神话作为文化资源在当代的继承和发展,神话与其他文化艺术样式的结合产生新的神话及其文化衍生品。

一 神话的创造性转换

杨利慧教授重新阐释过"神话主义"。20世纪后期,由于现代文化产业的兴盛和电子媒介技术的巨大影响而产生的对神话的转化、挪用和重构,神话语境的改变,为不同的读者和观众提供了不同的接触机会,并被赋予了新的功能和意义。2014年、2016年,杨利慧在《云南师范大学学报(哲学社会科学版)》上主持"电子媒介中的神话主义""神话主义研究"等神话研究专栏。她将电子媒介中的神话文本分为援引传统的文本、融汇传统的文本与重铸传统的文本。① 这实际上是利用神话资源的程度不同,援引、融汇、重铸分别是引用神话、融合神话、重新建构神话的过程,处于逐渐递进的关系。但是正如杨利慧本人所言,神话主义探索目前还存在不少局限:第一,主要聚焦于电子媒介和遗产旅游两个领域,未能呈现和涵括更广大范畴内复杂多样的神话转化和利用情况;第二,对现象的描述较多,理论的挖掘深度不够;第三,从学科体系创新的角度讲,现有研究还有待进一步推进和深化;第四,在应用层面上,缺乏对神话的创造性转化的经验和模式的提炼和总结。

在国内"神话主义"概念出现的同时,国际学术界随之提出"新神话主义"的概念,有人认为这与俄国神话学者梅列金斯基有关,也有人认为是电影导演维托利奥·科特法威的创造。用来描述当代影视作品及其他艺术作品对神话故事内容的借用和改造,这一说法似乎在与神话题材相关的电影中,研究者给予了更多的关注②。

21世纪初,著名神话学者叶舒宪也对新神话主义发表了重要见解。

---

① 杨利慧:《当代中国电子媒介中的神话主义》,《云南师范大学学报(哲学社会科学版)》2014年第4期。

② 杨利慧:《"神话主义"的再阐释:前因与后果》,《长江大学学报(社科版)》2015年第5期。

《人类学想象与新神话主义》（见《文学理论前沿》第 2 辑，北京大学出版社，2005 年）《再论新神话主义——兼评中国重述神话的学术缺失倾向》[1]《新神话主义与文化寻根》[2] 等文章对新神话主义作了详尽的阐释：指的是 20 世纪末以来，随着电子技术和虚拟现实的出现而兴起神话与魔幻潮流，其标志性作品包括畅销小说《魔戒》《塞莱斯廷预言》《第十种洞察力》以及电影《与狼共舞》《指环王》《哈利·波特》《达·芬奇密码》《蜘蛛侠》《纳尼亚传奇》《黑客帝国》《怪物史莱克》等一系列文学和艺术创作、影视动漫产品及其他各种视觉文化。这些魔化色彩浓厚的艺术作品充满对前现代社会的神话想象、民间信仰及文化寻根意识，并在价值观上反思文明社会及工业化，批判资本主义和现代性对自然社会造成的伤害。叶舒宪对神话的宽泛理解，很符合美国神话学家坎贝尔的神话思维。神话的产生没有历史界限，自古及今，都有不断演变的新神话产生，只要作品有超自然的神灵出现，即可视为神话。

神话不是固定不变的，今天《大话西游》《西游记之大闹天宫》中的孙悟空已经不是吴承恩神魔小说中的孙悟空形象，也不是 20 世纪 80 年代电视剧《西游记》中孙悟空形象的克隆版本。电影《画皮》Ⅰ、《画皮》Ⅱ也不仅仅是《聊斋》中的女鬼与书生爱情故事，而是赋予了当今时代的精神内涵。《画皮》中的情爱，女子为情爱而甘于牺牲自己而灰飞烟灭，仅仅是为了成全自己深深爱着的男子。这类神话故事感动人们更多的是符合今天社会思潮的精神向往。

神话故事或神祇形象并不是固定不变的，一味强调原初性，往往失去对社会的意义。需要促进民族神话面向当代，拥抱生活，体现现代性民族神话固然具有原始文化的特征，但是也会随着时代的发展而发展，目前新媒体发展迅猛，可以进行神话与影视传媒的移植和嫁接，进行神话的创造性转换，这样既可以使传承千年的神话保持活力，继续传承下去，也可以

---

[1] 叶舒宪：《再论新神话主义——兼评中国重述神话的学术缺失倾向》，《中国比较文学》2007 年第 4 期。

[2] 叶舒宪：《新神话主义与文化寻根》，《人民政协报》，2010 年 7 月 12 日。

使影视作品因为具有神话因素，能够进行艺术创新。

在神话转向当代现实生活与文化思潮探讨中，当代文化固然有许多小说涉及神话与传说的内容，但研究上多作品分析、从文艺学视角出发，缺乏神话学的视野，文艺评论家、作家多不是神话学家。论者大多没有冷静思考神话资源内在逻辑和演变源流，很多文学作品是借助神话演说着自己想表达的故事或精神理想。

在当代万物互联的时代，电影、电视剧、网络剧、网络游戏、网络小说、手机游戏、社交软件、数码科技，无不是神话获得新生命的当代文化场域，在东西方大学课程，网络与新媒体中很多艺术设计也是把神话文本作为写作材料的基础。

二 民族神话的创造性应用

中华各民族神话在现代社会有多方面的应用。民族神话与文化旅游开发，是其在商业价值的利用。如今许多地方的文化旅游项目，都是以民族神话传说为吸引人气的名片。陈建宪以湖北长阳土家族廪君神话的复活为个案，撰写的《民间文学资源的创造性转换——关于长阳廪君神话复活的理论思考》[①] 一文，指出神话具有历史和现实的双重属性，在今天的现代化浪潮中，民间文学传统可以实现现代化的转换，但不能改变其传统的内核，否则其转换形式会走向灭亡。叶舒宪还写了多篇论文、著书立说认为神话能够起到医病救人的作用，古代是巫医，今天心理医疗、心理暗示很多也是利用神话及其隐喻。东北艺术家让伊玛堪和皮影戏艺术融合，编写了《西温莫日根》，将伊玛堪的故事用皮影的形式表演，就是神话创新性应用。

促进文化旅游，丰富民族文化生活。神话故事是优美的，具有诱人的永久魅力。许多地方借助当地的神话传说，开展文化旅游，也传承了神话，导游的神话解说其实也是神话的一种传播方式。民众增加了文化知识

---

① 陈建宪：《民间文学资源的创造性转换——关于长阳廪君神话复活的理论思考》，《湖北民族学院学报（哲学社会科学版）》2004年第2期。

和见闻，旅游开发也取得了经济效益，能够取得双赢的效果。

商业价值上可以借助神话研究，建立文化主题公园，可以借助神话故事和神话人物、神话中的动植物进行雕塑，另外也可以用木料、石材进行神话题材的雕刻。以此来吸引儿童和青少年参与神话相关的文化活动。

三 民族神话与图像艺术

民族神话不仅是口头语言艺术，也是群体观念和信仰的表达，因此，口头讲述以外，还有雕塑、绘画、表演等展现方式。图像神话的出现是有原因的，当神话的口头叙事不足以规范约束人们时，就需要有其他形态的叙事来予以辅助。于是人们又将神话物象化，通过物象叙事来警示世人。关于神的塑像和庙宇及刻着圣谕的石刻都是物象叙事的典型代表。口头话语逐渐发展出文字、图像、雕塑等衍生方式。

对于神话相关的图像艺术的研究，一直受到神话学研究者的极大关注。神话一方面通过语言（口头语言与书面语言）传承，一方面通过实物传承，如雕像、石刻等等。对于神话图像学的最新学术进展，王倩写了一系列相关论文，对此问题有许多介绍。她曾在《论国外神话图像阐释的意识形态转向》中有所论述：一是探讨神话图像与历史隐喻之间的关系；二是阐释神话图像在建构核心价值观中发挥的作用；三是论述神话图像如何创造国家意识形态[1]。叶舒宪在新世纪之初，提出的四重证据法，就留意到实物和图形在神话叙事上的价值，也就是一种实物叙事和图像叙事。借助图像和器物、雕像、石刻等等演绎、描述神话故事[2]。

《民族艺术》2008—2010年各期"神话与图像"专栏上的许多文章专门论述这种图像神话，有许多别开生面的研究，值得向广大读者推荐，开拓了从图像上研究分析各民族神话的思路。

---

[1] 王倩：《论国外神话图像阐释的意识形态转向》，《贵州大学学报（艺术版）》2014年第3期。

[2] 叶舒宪：《文学人类学教程》，中国社会科学出版社2017年版，第376页。

四　海外的神话资源转化

在欧美神话学界，对世界各地域、各民族的神话资源的当代转化进行研究，美国比较神话学家约瑟夫·坎贝尔是其中集大成者，其著作如《千面英雄》《上帝的面具》《神话的力量：在诸神与英雄的世界中发现自我》等，对神话的界定就相当宽泛，不时也引用世俗生活的材料，许多传说或现当代人物故事混迹其中。这些著作是新神话主义的滥觞，坎贝尔对神话的见解涉及生活与现实的诸多方面。

坎贝尔的神话研究具有直面当下的勇气和文化使命感。他对神话作以宽泛的界定，认为共同的外在环境、种族起源、身体（神经或者心理结构）特质、人生历程构成了人类多元文化传统多个民族神话的共同根基，这些是神话产生及得以传播的外部因素。如果把神话视为文学之一种，丹纳在《艺术哲学》里面谈到文学艺术与种族、环境、时代息息相关，坎贝尔则有自己的理解，坎贝尔被称为兼容并包的学者，努力将表面看来相互冲突、难以包容的思想融合在一起，吸收各家之长而不拘泥于各种理论之缺陷。坎贝尔的神话研究关注于世俗与大众，产生了广泛的影响，为未来的神话研究开辟了新的方向。其著作中借用了许多瑞士心理学家弗洛伊德的思想，探讨了梦与神话的关系，不过，坎贝尔并不满足于弗洛伊德主义的理论学说，他并不认为俄狄浦斯情结是人类原始文化与创世神话诞生的本源力量，也许在今人看来，梦与情欲之"力比多"的解释，更多的是弗洛伊德的一家之言。坎贝尔将世界各民族神话看成是符号刺激的应激反应，甚至通过神话意象对人类精神的冲击，来讨论神话力量的来源。他的解释非常具有启发意义，也就是说，神圣的力量、艺术的力量、宗教的力量甚至电影的力量都与符号刺激有密切的关系[①]。坎贝尔将神话看成蕴含思想启迪的精神宝藏，他希望从神话世界寻找治疗西方精神痼疾的救赎力量。正是他的著作所具有的救世情怀，才使其著作对美国当代文化产生了重要的影响。坎贝尔在其有名的著作《千面英雄》中写道："原始的和历

---

① 张洪友：《约瑟夫·坎贝尔神话意象观解析》，《绵阳师范学院学报》2018年第7期。

史上的人类的宗教、哲学、艺术、社会形式、科学技术的主要发明，使人不得安眠的梦，全都产生于基本的神话魔法指环。"[1] 这或许夸大了神话的社会作用，但是神话是新思想的源泉却是不争的事实。有了各民族众多神话的绚丽想象，才使我们对远方对未来有着无限憧憬，充满了无限希望。

传统西方神话学者把神话局限于上古原始社会，如弗雷泽的《金枝》，基本是分析原始部落的原始信仰和风俗，他们认为原始社会退出历史的舞台之后，神话也就戛然而止。"神话是原始文化的孑遗"，这是马克思主义经典作家的观点，苏联也一直延续这种观点，并且给新中国的神话学学术研究以巨大的影响，现在的许多神话学教材也还在沿用这种观点。这就造成在中国，神话与当代人的生活与想象、神话与自我想象甚至神话与文化创意之间的联系被忽略了，这种神话观的负面影响也是显而易见的。一方面中国多民族神话的当代传承创新、现代语境中借用神话出现了问题；另一方面，影视界、网络终端标榜为新兴媒体，掌握新时代的话语权，不屑于向中国多民族神话这种所谓的"陈旧"文化学习，20世纪我们就曾经有一个时期，神话被看做是"迷信"的东西。他们按照自己的爱好取舍来随意剪辑神话，坎贝尔的神话学著作可以称为好莱坞世界的神话学编码。[2]

坎贝尔的神话研究有源自西方19世纪初期浪漫主义的传统，浪漫主义推崇远方和异域这些能够带来想象和理想的地方，以及民间文学。民间文学中的神话和民间传说能够给浪漫主义带来奇异的色彩。新神话主义是20世纪学术发展的新生力量，借助神话的力量推演自己的言说，面对传统神话失效所导致的文化困境和人生难题、对于传统神话反思以及高度发达的科学为新神话所带来的契机等，我们需要考虑是神话与当今社会生活、神话与自我、神话与科学等方面的关系，这些问题在将来会为神话研究开拓新的研究领域。在坎贝尔那里，神话的力量能够引导后现代主义笼罩下的西方走出精神的荒原，实现文化的复兴，具有神性的力量。传统神话失效

---

[1] [美] 约瑟夫·坎贝尔：《千面英雄》，上海文艺出版社2000年版，第1页。
[2] 张洪友：《神话旅行与救世情怀——约瑟夫·坎贝尔及其神话研究》，《百色学院学报》2017年第5期。

的情况下，坎贝尔探索如何使神话成为引导人生、激励人生的重要力量；在融合神话与科学的冲突的基础上，坎贝尔希望神话的力量能够消融不同群体间的冲突和隔阂。

五 民族神话的传承方式创新

许多民族的神话传说、史诗民歌都是以口头的方式传给下一代，这些真实反映出民族先民在社会生活中的发展特征、历史资料、风情民俗、人文景观，而这些神话传说和史诗歌唱只能用口头的方式传承下去。但在口头传承的转述中，会耗费大量时间和精力，同时会出现转述错误、记忆混淆、人为改造等诸多不可控因素，这些因素致使神话传说故事在讲述过程中发生改变，《荷马史诗》文字定本对于保存口传神话具有保存故事原貌的巨大意义，不然在历史的长河中可能湮没无闻。随着社会的发展变迁，人事更替，这些口头文学正在迅速消失，这些冲击，使得一个民族的传统文化的保护变得更加困难，因此，我们迫切地需要寻找一种更符合时代发展的途径来保存文献资料中难以寻获的珍贵的口传文化，这在弥补口头文学及文化传承方面有着极其重要的作用。

我们研究民族神话，首先考虑的是学术价值。民族神话和史诗是民族文化的源头，是维系民族发展的灵魂。随着改革开放的深入发展和社会的巨大进步，民族地区经济也不断发展，特别是旅游业的兴起，更是对原本生活闭塞的少数民族人民的生产生活带来巨大的变化。但是随着现代文明的发展和大众传媒的影响，很多口头文学越来越不被重视，甚至正在迅速消失，如果不重视，不抢救，那么这些口传文化将永远消失在历史长河中，对中华民族文化的多样性造成不可弥补的损失。

伊玛堪是赫哲族历史文化的百科全书，它保存了鲜活的赫哲语，具有多学科的学术价值，现在伊玛堪成为联合国非物质文化遗产之后，伊玛堪进入了国际视野，受到极大的关注，做好伊玛堪的抢救保护和研究工作，对为后人留下伊玛堪珍贵的文化遗产具有重要的现实意义和社会意义。

随着老歌手的去世，伊玛堪已经成为绝唱，即将走上了消失的边缘，而申遗成功后有了国家层面的重视，加大了保护的力度，对伊玛堪的传承创新起到了积极的作用。但是大部分经费都花在了会议上、访问上、调研上和出国办班上，而用于歌手的传承保护、伊玛堪的学术研究、伊玛堪研究成果的出版、伊玛堪成功的宣传上，这些方面还得不到机制、体制的保障。用在伊玛堪的国际学术交流上的精力和心血还远远不够，没有达到理想的效果。

现在伊玛堪的传承人越来越少，且文化程度普遍较低，愿意学伊玛堪的赫哲族人也越来越少，对于赫哲族本民族的年轻一代，必须加强对自己民族文化的认同感，让赫哲族本民族的人重视起来，真正地热爱它，这才能更好地进行创新性保护和传承这种非物质文化遗产。伊玛堪关键是靠伊玛堪歌手传承，离开了伊玛堪歌手一切都是空话。所以必须加大力度关心伊玛堪歌手、关心现在伊玛堪歌手的生活工作，给予他们一定的生活补助。目前国家级非物质文化遗产传承人补助是一年 2 万人民币，这有助于对传承人的保护。因为这是靠伊玛堪歌手进行传承而不是靠学者传承。学者可以研究，扩大影响，但是口头文化，特别像伊玛堪仍然需要歌手一代一代地演唱下去。保留他们演唱的原始记录，必要的时候进行市场化的公益演出，让更多的人了解伊玛堪。

为了支持伊玛堪的传承和保护，2017 年 5 月，国家主席习近平亲自到赫哲渔村八岔村进行访问，听了当地的伊玛堪歌手的演唱，访问了当地的赫哲老人，参观了赫哲文化的展览，说明了国家领导人对赫哲文化的重视。必须让更多的人了解赫哲族文化，让更多的人了解伊玛堪。口耳相传是传承形式，可以把伊玛堪的演唱视频数字化媒体上传到网络上来，扩大伊玛堪的传承的知名度。甚至有学者提出，建立伊玛堪展览馆，建立中国伊玛堪学，让我们中国的伊玛堪文化真正的走向世界，让世界了解赫哲族的伊玛堪，出版中国伊玛堪全集，出版伊玛堪的研究学术史，通过一系列的研究成果来展示中国伊玛堪文化的辉煌灿烂。

早期少数民族神话一直都是口头传承，很少以书面的形式流传下来，对于赫哲族神话来说，民国学者凌纯声的著作《松花江下游的赫哲族》

（1930年）是是包含民族神话这门综合性学科的开山之作。后来60、70年代文化遭到厄运，甚至伊玛堪歌手被打成"黑五类"都不敢演唱了，所以我们的采录也是冒风险的。现在变成国家非物质文化遗产后，发生了巨大的转变，学者们陆续发现了赫哲族的伊玛堪，鄂伦春莫苏昆、达斡尔族的乌钦、满族的说部等等。

赫哲族目前尚缺乏正式出版的民族来源及发展的历史文献，伊玛堪史诗正好替代了赫哲族的历史叙述，反映了古代原始部落的民族争战、四方迁徙和文化发展。可以说是一部活生生的伊玛堪的社会历史，具有神话之外多学科的学术价值，是原始的文献资料。另外，今天21世纪的赫哲族人大多数已经无法使用本民族母语进行文化交流了，由于汉文化的强大影响，日常生活已经改为了用汉语交流，但是伊玛堪史诗是用赫哲语演唱的，至今依然完整地保存着赫哲族的语言。

六 民族神话的社会价值

我们研究神话还考虑神话的社会价值。伊玛堪史诗演唱叙述着英雄莫日根怎么去捕鱼、捉熊、射鹿的故事，以及比武招婿，跳神治病，兄弟复仇，西征，徒手搏斗，凯旋，祭祀神灵等等，这些是当时赫哲族社会的真实反映。从彝族创世史诗《梅葛》，我们知道彝族人视它为彝家的根谱，每逢年节都要吟唱，了解祖先如何开天辟地、创造万物、洪水灾后重建家园，婚事和恋歌、死亡与丧葬等等，很多都是社会生活知识。

两千多年前，我国草原之路上的马蹄声开启了中国同俄罗斯、蒙古国、中亚、欧洲等各国的经济、政治、文化往来，在这条历史悠久的草原丝绸之路上诞生了《江格尔》《格斯尔传》《蒙古秘史》和《呼麦》等底蕴深厚、传统悠久的蒙古族经典艺术作品，其中史诗《江格尔》在蒙古国、俄罗斯、布里亚特共和国、图瓦共和国等诸多国家传承，对周边国家产生了深远的影响。目前，出版有蒙、汉、德、日、俄等多种文字版本《江格尔》，《江格尔》研究成为一门世界性学科。2006年《江格尔》《呼麦》已经列入世界非物质文化遗产。这是一个民族的根脉与灵魂，表现美好人性、追求人类共同价值的蹊径，也是各民族文化认同的通行证。

七 理论创新的意义

回顾近四十年的神话研究，不仅有神话研究的理论与方法大量引进，使中国神话研究得以复兴壮大，可以说，没有对外开放，没有对西方现成的学科体系的借鉴，没有从西方、从日本借鉴神话观念，我们就不能发展起来中国自己的神话学。

20世纪80年代初，中国神话学会成立，民族神话研究才慢慢恢复、重建，并逐渐发展壮大成为今天颇具规模的学术队伍。随着改革开放的深入和社会的不断发展，民族神话的研究领域也不断拓展，神话学与人类学交叉融合就产生新的学科或者说是新的研究方向，即今天蓬勃发展的文学人类学。就人文学科来看，文学的新兴学科如比较文学、比较神话学、史诗学、比较故事学等不断涌现。人文学科逐步兴盛繁荣，在传统文化复兴，文化自信、民族自信的今天，成为瞩目的热点。

中国神话学会承担着追踪国际学术前沿、规划本学科发展、组织学术会议、推动国内国际学术交流、开展知识普及教育的职能，成为学术繁荣发展的重要推动者。[①] 如1987年10月学会在河南省郑州市组织召开了第一届神话学学术讨论会，两年后在黄河文艺出版社出版了学术论文集《神鬼世界与人类智慧》，2006年8月又分别在河南省郑州市和周口淮阳召开了中国神话学国际学术研讨会，与会专家围绕中国神话学百年以来的发展历程进行了回顾与展望，探讨了国际神话学对中国神话学的影响，高度肯定了中原地区的活态神话类型和传承。特别是周口，传说伏羲、女娲、神农都曾在此建都，出现了"创世神话群"，会后由大象出版社出版了学术论文集《神话中原》，使中原神话研究在学术界产生很大影响。中国神话学会的一系列活动，提升了中国神话学研究的地位和影响，加快了走向世界、融入世界的步伐。神话学会的建立，不但映衬出学术研究的繁荣，更

[①] 王学典：《学术上的巨大转型：人文社会科学40年回顾》，《中华读书报》2019年1月2日。

昭示着民族神话学术研究正在形成一个独立的场域。今天生机勃勃的民族神话学研究的自我反思与突破,"为我们了解中国文明起源、中华文明特质、多民族文化现象、中国的现代性话语以及为当代文化建设提供了必要的解析视角和宝贵资源"。①

近四十年来,随着中国宏观政策的调整,中国人文社会科学经历了根本重建和整体转型,民族神话研究自然也不例外,但民族神话研究的某些偏颇也不容讳言:缺少中国民族神话研究的话语体系,或者说民族神话研究的方法与评价过多依赖西方,民族神话研究话语体系"中国化"做得远远不够。在民族神话的应用和文化开发上,有发展,有市场需求,但也只是刚刚起步。只有正视自己的不足,才能保证我们的民族神话研究持续向前健康发展。

小　　结

本章论述了目前学术界对民族神话研究的希望与期盼,以及当代民族神话研究取得的主要成绩、存在的问题和不足,以及下一步努力的方向。

首先是论述了对民族神话研究的学术期盼。20世纪上半叶,林惠祥、芮逸夫、岑家梧、杨堃等学者用力艰深,为这门学科奠定了厚实的基础。但后来由于诸多原因,这种学术传统并没有很好地坚持下来。20世纪80年代至今,民族神话研究蓬勃发展,成就斐然。丰富的学术成果,有待整理、挖掘,学术界亟须为今后民族神话研究理清发展脉络,共同促进民族神话的发展繁荣。随着新神话主义、文学人类学、口头传统等学科理论的发展,新的传播媒介对神话的创造性借用和转换,为这门学科注入了新的活力。

其次分析神话研究目前存在的问题。对各种存在的问题进行梳理分析,提出建设性的意见。民族神话史诗传承人缺失,造成神话演唱难以为继;活态神话面对强势的现代文明,如何保持原生态;中国神话研究的失

---

① 谭佳:《中国神话学研究七十年》,《民间文化论坛》2019年第6期。

语症，西方神话话语体系的"中国化"做得不够等。同时对学科理论与创新性发展方向进行了思考，如对神话学术概念的反思、对中国神话不成体系的反驳、对"神话遗产"、研究方法、传播技术和传承方式的反思，等等。

再次阐述民族神话研究的当代价值与意义。民族神话研究具有增强民族凝聚力的意义，对建设中华民族一体格局和铸牢共同体意识具有现实意义。尊重多元文化，让各少数民族的神话传承和神话研究繁荣兴盛，"美美与共，各美其美"。神话研究的目的从最终的意义上来讲，主要是这样几个方面：一是从历史学角度，考察一个神话发生、发展、传承、传播、演变的轨迹，神话有民族的历史记忆和文化传承，民族神话遮蔽了政治和世俗，保留了神话的本色和纯真；二是从社会学角度，考察各民族神话在现实生活中的作用，它们对于民族文化精神、民间风俗以及当代生活的巨大影响，这是神话的社会功能和社会意义之所在；三是从文学角度，研究神话为什么能具有不朽的魅力，使一代代人为之倾倒，这是其审美属性。

参考文献

中文著作：

［英］马林诺夫斯基：《巫术科学宗教与神话》，李安宅译，商务印书馆 1936 年版。

王孝廉：《中国的神话与传说》，台北联经出版社 1977 年版。

秋浦：《鄂伦春社会的发展》，上海人民出版社 1978 年版。

钟敬文：《民间文学概论》，上海文艺出版社 1980 年版。

袁珂：《山海经校注》，上海古籍出版社 1980 年版。

［美］杰克·波德：《中国的古代神话》，程蔷译，上海文艺出版社 1982 年版。

［日］白川静：《中国神话》，王孝廉译，台北长安出版社 1983 年版。

张光直：《中国青铜时代》，生活·读书·新知三联书店 1983 年版。

田兵、陈立浩：《中国少数民族神话论文集》，广西民族出版社 1984 年版。

［俄］史禄国著：《北方通古斯的社会组织》，吴有刚、赵复兴、孟克译，内蒙古人民出版社 1984 年版。

林耀华：《原始文化史》，中华书局 1984 年版。

袁珂、周明：《中国神话资料萃编》，四川省社会科学出版社 1985 年版。

袁珂：《中国神话传说词典》，上海古籍出版社 1985 年版。

陈炳良：《神话、礼仪、文学》，台北联经事业出版公司 1985 年版。

林耀华：《原始文化史》，中华书局 1984 年版。

张福三、傅光宇：《原始人心目中的世界》，云南人民出版社 1986 年版。

萧兵：《楚辞与神话》，江苏古籍出版社 1986 年版。

何新：《诸神的起源》，生活·读书·新知三联书店 1986 年版。

［法］列维·布留尔：《原始思维》，丁由译，商务印书馆 1986 年版。

王孝廉：《中国的神话世界》（上、下册），台北时报出版公司 1987 年版。

陶立璠：《民俗学概论》，中央民族学院出版社 1987 年版。

刘魁立、马昌仪、程蔷：《神话新论》，上海文艺出版社 1987 年版。

袁珂：《中国神话》（一），中国民间文艺出版社 1987 年版。

萧兵：《楚辞与神话》，江苏古籍出版社 1987 年版。

叶舒宪：《神话—原型批评》，陕西师大出版社 1987 年版。

［英］弗雷泽：《金枝》，徐育新等译，中国民间文艺出版社 1987 年版。

袁珂：《中国神话史》，上海文艺出版社 1988 年版。

王孝廉、吴继文：《神与神话》（论文集），台北联经出版公司 1988 年版。

巫瑞书等：《巫风与神话》（论文集），湖南文艺出版社 1988 年版。

潘定智等：《贵州神话史诗论文集》（论文集），贵州民族出版社 1988 年版。

过竹：《苗族神话研究》，广西人民出版社 1988 年版。

刘城淮：《中国上古神话》，上海文艺出版社 1988 年版。

［日］森安太郎：《黄帝的传说——中国古代神话研究》，王孝廉译，台北时报出版公司 1988 年版。

［日］大林太郎：《神话学入门》，林相泰等译，中国民间文艺出版社 1988 年版。

［俄］李福清：《中国神话故事论集》，马昌仪编译，中国民间文艺出版社 1988 年版。

［英］卡纳：《人类的性崇拜》，方智弘译，海南人民出版社 1988 年版。

［美］蕾伊·唐娜希尔：《人类情爱史》，李意马译，云南人民出版社 1988 年版。

袁珂：《〈山海经〉神话与楚文化》，楚风编辑部编《巫风与神话》，湖南文艺出版社 1988 年版。

袁珂：《〈山海经〉中有关少数民族的神话》，王孝廉编《神与神话》，台北联经出版公司 1988 年版。

高明强：《创世的神话和传说》，上海三联书店 1988 年版。

岑家梧：《图腾艺术史》（影印本），上海文艺出版社 1988 年版。

隋书金：《鄂伦春神话传说选》，上海文艺出版社 1988 年版。

陶阳、钟秀：《中国创世神话》，上海人民出版社 1989 年版。

毛佑全、李期博：《哈尼族》，民族出版社 1989 年版。

孙作云：《天问研究》，中华书局 1989 年版。

何新：《龙：神话与真相》，上海文艺出版社 1989 年版。

[日] 伊藤清司：《山海经中的鬼神世界》，刘晔原译，中国民间出版社 1989 年版。

潜明兹：《神话学的历程》，北方文化出版社 1989 年版。

谢选骏：《中国神话》，浙江教育出版社 1989 年版。

何新：《龙：神话与真相》，上海人民出版社 1989 年版。

杨昌鑫：《土家族风俗志》，中央民族大学出版社 1989 年版。

姚宝烜：《华夏神话史论》，北岳文艺出版社 1989 年版。

萧兵：《中国文化的精英——太阳英雄神话比较研究》，上海文艺出版社 1989 年版。

[美] 克雷默：《世界古代神话》，魏庆征译，华夏出版社 1989 年版。

[德] 麦·缪勒：《比较神话学》，金泽译，上海文艺出版社 1989 年版。

[法] 格拉耐：《中国古代的祭礼与歌谣》，张明远译，上海文艺出版社 1989 年版。

魏庆征：《外国神话传说大辞典》，中国国际广播出版社 1989 年版。

袁珂：《中国民族神话辞典》，四川社会科学院出版社 1989 年版。

鲁刚：《世界神话辞典》，辽宁人民出版社 1989 年版。

玄珠、谢六逸、林惠祥：《神话三家论》（影印本），上海文艺出版社 1989 年版。

[英] 马科斯·缪勒：《比较神话学》，金泽译，上海文艺出版社 1989 年版。

蓝鸿恩：《中国各民族宗教与神话大辞典》，学苑出版社 1990 年版。

孟慧英：《活态神话——中国少数民族神话研究》，南开大学出版社 1990 年版。

朱可先、程健君：《神话与民俗》，中原农民出版社 1990 年版。

富育光：《萨满教与神话》，辽宁大学出版社 1990 年版。

张福三：《走出混沌——民族文学的文化思考》，云南民族出版社 1990 年版。

罗开玉：《中国科学、神话、宗教的协合——以李冰为中心》，巴蜀书社 1990 年版。

[苏] 梅列金斯基：《神话的诗学》，魏庆征译，商务印书馆 1990 年版。

[美] 戴维·利明等：《神话学》，李培茱等译，上海人民出版社 1990 年版。

[美] 阿兰·邓迪斯：《世界民俗学》，陈建宪等译，上海文艺出版社 1990 年版。

萧兵：《黑马——中国民俗神话学文集》，台北时报文化公司 1991 年版。

张振犁：《中原古典神话流变论考》，上海文艺出版社 1991 年版。

刘城淮：《中国上古神话通论》，云南人民出版社 1991 年版。

徐显之：《山海经探原》，武汉出版社 1991 年版。

常征：《山海经管窥》，河北大学出版社 1991 年版。

叶舒宪：《英雄与太阳——中国上古史诗的原型重构》，上海社会科学院出版社 1991 年版。

王小盾：《原始信仰与中国古神》，上海古籍出版社 1991 年版。

袁珂：《中国神话通论》，巴蜀书社 1991 年版。

袁珂：《山海经全译》，贵州人民出版社 1991 年版。

金荣权：《中国古代神话通检》，中州古籍出版社 1991 年版。

鲁云涛：《民族文化与民族文学》，云南民族出版社 1991 年版。

王孝廉：《中国的神话世界》，台北时报文化出版公司1992年版。

叶舒宪：《中国神话哲学》，中国社会科学出版社1992年版。

邓启耀：《中国神话的思维结构》，重庆出版社1992年版。

何星亮：《中国图腾文化》，中国社会科学出版社1992年版。

喻权中：《中国上古文化的新大陆——〈山海经·海外经〉考》，黑龙江人民出版社1992年版。

扶永发：《神州的发现——〈山海经〉地理考》，云南人民出版社1992年版。

[英]爱德华·泰勒：《原始文化》，连树声译，上海文艺出版社1992年版。

[德]恩斯特·卡西尔：《神话思维》，黄龙保等译，中国社会科学出版社1992年版。

[美]艾瑟·哈婷：《月亮神话——女性的神话》，蒙子等译，上海文艺出版社1992年版。

何星亮：《中国图腾文化》，中国社会科学出版社1992年版。

张光直：《美术、神话与祭祀》，台北稻乡出版社1993年版。

袁珂：《中国神话通论》，巴蜀书社1993年版。

徐华龙：《中国神话文化》，辽宁教育出版社1993年版。

武世珍：《神话学论纲》，敦煌文艺出版社1993年版。

傅光宇：《三元——中国神话结构》，云南人民出版社1993年版。

龚维英：《女神的失落》，河南大学出版社1993年版。

马卉欣：《盘古之神》，上海文艺出版社1993年版。

王增勇：《神话与民俗》，陕西人民教育出版社1993年版。

涂元济、涂石：《神话、民俗与文学》，海峡文艺出版社1993年版。

陈钧：《中国神话新论》，漓江出版社1993年版。

傅光宇：《彝族神话：创世之光》，广西民族出版社1993年版。

徐昌翰、隋书今、庞玉田：《鄂伦春族文学》，北方文艺出版社1993年版。

[英]泰勒：《人类学》，连树声译，上海文艺出版社1993年版。

［日］小南一郎：《中国的神话传说与古小说》，孙昌武译，中华书局 1993 年版。

［苏］谢·托卡列夫：《世界各民族神话大观》，魏庆征译，国际文化出版公司 1993 年版。

潜明兹：《中国神话学》，宁夏人民出版社 1994 年版。

王国维：《古史新证》（影印本），清华大学出版社 1994 年版。

［日］安居香山、中村璋八：《纬书集成》（上、中、下），上海古籍出版社 1994 年版。

张开焱：《神话叙事学》，中国三峡出版社 1994 年版。

陈建宪：《神祇与英雄——中国古代神话的母题》，生活·读书·新知三联书店 1994 年版。

王孝廉：《水与水神》，学苑出版社 1994 年版。

钟宗宪：《炎帝神农信仰》，学苑出版社 1994 年版。

富育光、王宏刚：《萨满教女神》，辽宁人民出版社 1995 年版。

芮传明、余太山：《中西纹饰比较》，上海古籍出版社 1995 年版。

宫玉海：《〈山海经〉与世界文化之谜》，吉林大学出版社 1995 年版。

陆思贤：《神话考古》，文物出版社 1995 年版。

［美］乔瑟夫·坎伯：《神话》，朱侃如译，台北立绪文化事业有限公司 1995 年版。

［美］约翰·维克雷：《神话与文学》，潘国庆等译，上海文艺出版社 1995 年版。

袁珂：《袁珂神话论集》，四川大学出版社 1996 年版。

林惠祥：《文化人类学》，商务印书馆 1996 年版。

廖群：《神话寻踪》，上海古籍出版社 1996 年版。

潜明兹：《中国古代神话与传说》，商务印书馆 1996 年版。

钟伟今：《防风神话研究》，安徽文艺出版社 1996 年版。

冷德熙：《超越神话——纬书政治神话研究》，东方出版社 1996 年版。

［日］伊藤清司：《中国古代文化与日本——伊藤清司学术论文自选集》，

张正军译，云南大学出版社 1997 年版。

满都呼：《中国阿尔泰语系诸民族神话故事》，民族出版社 1997 年版。

王国维：《王国维学术经典集》（上、下），江西人民出版社 1997 年版。

[英] 丽莉·弗雷泽：《金叶》，汪培基等译，上海文艺出版社 1997 年版。

杨泓：《美术考古半世纪——中国美术考古发现史》，文物出版社 1997 年版。

杨利慧：《女娲的神话与信仰》，中国社会科学出版社 1997 年版。

闻一多：《神话与诗》，华东师大出版社 1997 年版。

陈建宪《神话解读》，湖北教育出版社 1997 年版。

朱炳祥：《伏羲与中国文化》，湖北教育出版社 1997 年版。

袁珂：《中国神话大辞典》，四川辞书出版社 1998 年版。

李亦园：《宗教与神话论集》，台北立绪文化公司 1998 年版。

扶永发：《神州的发现——山海经地理考》（修订本），云南人民出版社 1998 年版。

田兆元：《神话与中国社会》，上海人民出版社 1998 年版。

张振犁、陈江风：《东方文明的曙光——中原神话论》，上海东方出版中心 1998 年版。

白庚胜：《东巴神话象征论》，云南人民出版社 1998 年版。

张家钊等：《填海逐日——袁珂神话研究纪念文集》，四川大学出版社 1998 年版。

杨福泉：《原始生命神与生命观》，云南人民出版社 1998 年版。

杨正文：《最后的原始崇拜》，云南人民出版社 1998 年版。

金荣权：《中国神话的流变与文化精神》，天津人民出版社 1998 年版。

林辰：《神怪小说史》，浙江古籍出版社 1998 年版。

刘亚虎：《南方史诗论》，内蒙古大学出版社 1999 年版。

茅盾：《茅盾说神话》，上海古籍出版社 1999 年版。

陈连山：《结构神话学：列维·斯特劳斯与神话学问题》，外文出版社 1999 年版。

潜明兹：《中国神源》，重庆出版社1999年版。

张岩：《〈山海经〉与古代社会》，文化艺术出版社1999年版。

范三畏：《旷古逸史——陇右神话与古史传说》，甘肃教育出版社1999年版。

傅亚庶：《中国上古祭祀文化》，东北师范大学出版社1999年版。

王先霈、王又平：《文学批评术语词典》，上海文艺出版社1999年版。

章行：《山海经现代版》，上海古籍出版社1999年版。

朱炳祥：《土家族文化的发生学阐释》，中央民族大学出版社1999年版。

刘亚虎：《荒野上的祭坛——中国少数民族祭祀文化》，北京出版社2000年版。

［美］约瑟夫·坎贝尔：《千面英雄》，张承谟译，上海文艺出版社2000年版。

李淞：《论汉代艺术中的西王母图像》，湖南教育出版社2000年版。

金荣权：《中国古代神话稽考》，中国文联出版社2000年版。

［马来西亚］丁振宗：《古中国的X档案——以现代科技知识解〈山海经〉之谜》，中州古籍出版社2001年版。

［俄］李福清：《神话与鬼话》（增订本），社会科学文献出版社2001年版。

吕微：《神话何为——神圣叙事的传承与阐释》，社会科学文献出版社2001年版。

冯时：《中国天文考古学》，社会科学文献出版社2001年版。

何立平：《崇山理念与中国文化》，齐鲁书社2001年版。

马昌仪：《古本〈山海经〉图说》，山东画报出版社2001年版。

高有鹏、孟芳：《神话之源——〈山海经〉与中国文化》，河南大学出版社2001年版。

刘少匆：《三星堆文化探秘及〈山海经〉断想》，昆仑出版社2001年版。

王孝廉：《岭云关雪——民族神话学论集》，学苑出版社2002年版。

曹毅：《土家族民间文化散论》，中央民族大学出版社2002年版。

鹿忆鹿：《洪水神话——以中国南方民族与台湾原住民为中心》，台北里仁书局 2002 年版。

[法] 莫里斯·哈布瓦赫：《论集体记忆》，毕然、郭金华等译，上海人民出版社 2002 年版。

[德] 尼采：《悲剧的诞生》，周国平译，广西师范大学出版社 2002 年版。

胡太玉：《众神之国——三星堆》，中国言实出版社 2002 年版。

孙作云：《中国古代神话传说研究》（上、下），河南大学出版社 2003 年版。

孙作云：《美术考古与民俗研究》，河南大学出版社 2003 年版。

尹荣方：《神话求原》，上海古籍出版社 2003 年版。

叶舒宪、萧兵、[韩] 郑在书：《〈山海经〉的文化寻踪》，湖北人民出版社 2004 年版。

叶舒宪：《千面女神》，上海社会科学院出版社 2004 年版。

巫鸿：《礼仪中的美术：巫鸿中国古代美术史文编》，生活·读书·新知三联书店 2005 年版。

[法] 葛兰言《古代中国的节庆与歌谣》，赵丙祥、张宏明译，广西师范大学出版社 2005 年版。

丁山：《古代神话与民族》，商务印书馆 2005 年版。

满都呼：《中国阿尔泰语系民族民间文学》，内蒙古教育出版社 2005 年版。

叶舒宪：《高唐神女与维纳斯》，陕西人民出版社 2005 年版。

汪立珍：《满-通古斯诸民族民间文学研究》，中央民族大学出版社 2006 年版。

冯时：《中国古代的天文与人文》，中国社会科学出版社 2006 年版。

刘锡诚：《20 世纪中国民间文学学术史》，河南大学出版社 2006 年版。

[美] 阿兰·邓迪斯：《西方神话学读本》，朝戈金等译，刘魁立主编，广西师范大学出版社 2006 年版。

刘宗迪：《失落的天书：〈山海经〉与古代华夏世界观》，商务印书馆 2006 年版。

刘敦愿：《美术考古与古代文明》，人民美术出版社 2007 年版。

王增永：《神话学概论》，中国社会科学出版社 2007 年版。

周作人：《欧洲文学史》，东方出版社 2007 年版。

杨利慧：《神话与神话学》，北京师范大学出版社 2009 年版。

曹应组、杨发起、杨金华、杨家福、张正仙等演唱：《爱佐与爱莎》，师有福、师宵收集整理，云南民族出版社 2009 年版。

叶舒宪：《文学人类学教程》，中国社会科学出版社 2010 年版。

富育光、赵志忠：《满族萨满文化遗存调查》，民族出版社 2010 年版。

文日焕、王宪昭：《中国少数民族神话概论》，民族出版社 2011 年版。

贺学君、蔡大成等：《中日学者中国神话研究论著目录总汇》，中国社会科学出版社 2012 年版。

张错：《西洋文学术语手册》，上海译文出版社 2012 年版。

王宪昭：《中国少数民族人类起源神话研究》，中国社会科学出版社 2012 年版。

马昌仪：《中国神话学百年文论选》（上、下册），陕西师范大学出版社 2013 年版。

王宪昭：《中国神话母题 W 编目》，中国社会科学出版社 2013 年版。

[美] 塞缪尔·亨廷顿：《文明的冲突》，周琪等译，新华出版社 2013 年版。

杨利慧：《21 世纪以来的中外神话学》，中国社会科学出版社 2013 年版。

王丙珍、关小云、关红英：《鄂伦春族文学研究》，北方文艺出版社 2014 年版。

李子贤：《李子贤学术文选——探寻一个尚未崩溃的神话王国》，云南人民出版社、云南大学出版社 2015 年版。

[德] 扬·阿斯曼：《文化记忆：早期高级文化中的文字、回忆和政治身份》，金寿福、黄晓晨译，北京大学出版社 2015 年版。

赵静蓉：《文化记忆与身份认同》，生活·读书·新知三联书店 2015 年版。

赵晶：《北方少数民族创世神话选集》，中国国际广播出版社 2016 年版。

黄任远、刁乃莉：《赫哲族伊玛堪研究史》，民族出版社 2016 年版。

王宪昭：《中国创世神话母题实例与索引》，中国社会科学出版社 2018 年版。

彭荣德、王承尧整理并汉译：《梯玛歌（汉英对照本）》，张立玉、李敏杰、杨怏、邓之宇译注，外语教学与研究出版社 2018 年版。

谭佳：《神话中国——中国神话学的反思与开拓》，生活·读书·新知三联书店 2019 年版。

吴晓东：《盘瓠神话源流研究》，学苑出版社 2019 年版。

王宪昭：《中国神话人物母题数据目录》，中国社会科学出版社 2019 年版。

叶舒宪、王宪昭：《中华创世神话精选》，上海人民出版社 2020 年版。

毛巧晖：《盘瓠神话研究学术史》，学苑出版社 2020 年版。

刘亚虎：《创世的"神圣叙述"——南方民族创世神话阐释》，中国社会科学出版社 2020 年版。

吴晓东：《神话、故事与仪式：排烧苗寨调查》，学苑出版社 2020 年版。

中文论文：

贾芝：《扼杀民间文学是"四人帮"反马克思主义的一场疯狂表演——兼驳"文艺黑线专政"论》，《文学评论》1978 年第 1 期。

[日] 伊藤清司：《眼睛的象征——中国西南少数民族创世神话的研究》，《民族译丛》1982 年第 6 期。

邓启耀：《从云南少数民族的原始艺术看原始思维的特征》，《思想战线》1982 年第 6 期。

侯哲安：《伏羲女娲与我国南方诸民族》，《求索》1983 年第 4 期。

李熏风：《赫哲族英雄叙事诗〈满斗莫日根〉》，《民族文学研究》1983 年创刊号。

陆桂生：《瑶族史诗〈密洛陀〉初探》，《民族文学研究》1984 年第 4 期。

袁珂：《再论广义神话》，《民间文学论坛》1984 年第 3 期。

阎云翔：《图腾理论及其在神话学中的应用》，《山茶》1984 年第 6 期。

[日] 谷野典之：《女娲、伏羲神话系统考》，沉默译，《南宁师院学报》

1985 年 1、2 期。

郑凡：《神话学研究方法的几个问题》，《云南社会科学》1985 年第 4 期。

阿南：《关于阿昌族神话史诗的报告》，《民间文学论坛》1985 年第 5 期。

傅光宇、张福三：《创世神话中眼睛的象征与史前各文化阶段》，《民族文学研究》1985 年第 1 期。

谢选骏、曹漱芳：《两面观——中国少数民族神话的文化特质》，《民族文学研究》1986 年第 2 期。

白水夫：《鄂伦春族人类起源神话探奇——浅谈神话产生的三个基本因素》，《黑龙江民族丛刊》1986 年第 3 期。

杨鹓、胡晓东：《试论苗族远祖传说对盘古神话的影响》，《民族文学研究》1986 年第 4 期。

叶绪民：《原始思维在英雄神话中的制约作用——中国少数民族英雄神话与外国英雄神话的比较探讨》，《民族文学研究》1986 年第 5 期。

何新：《论远古神话的文化意义》，《学习与探索》1986 年第 3 期。

蔡大成：《兄妹婚神话的象征》，《民间文学论坛》1986 年第 5 期。

张铭远：《顾颉刚古史辨神话观试探》，《民间文学论坛》1986 年第 1 期。

张越：《〈乌古斯传〉与突厥神话》，《民族文学研究》1987 年第 6 期。

富育光：《论萨满教的天穹观及其神话》，《世界宗教研究》1987 年第 4 期。

姚远：《西王母神话源流新证》，《民间文艺季刊》1987 年第 1 辑。

李子贤：《论佤族神话——兼论活形态神话的特征》，《思想战线》1987 年第 6 期。

郎樱、尚锡静：《北方民族鹰神话与萨满文化》，《民族文学研究》1988 年第 3 期。

徐昌翰：《从萨满文化视角看〈伊玛堪〉》，《民族文学研究》1988 年第 4 期。

黄任远：《萨满文化对〈香叟莫日根〉的渗透》《民族文学研究》1988 年第 4 期。

赵国华：《生殖崇拜文化略论》，《中国社会科学》1988年第1期。

蒙飞：《中国感生神话起源初探》，《广西民族学院学报》1988年第3期。

阎云翔：《试论龙的研究》，《九洲学刊》（香港）1988年第2期。

宋兆麟：《洪水神话与葫芦崇拜》，《民族文学研究》1988年第3期。

雷金松：《畲瑶盘瓠神话比较》，《民族文学研究》1988年第3期。

蔡大成：《楚巫的致幻方术——高唐神女传说解读》，《社会科学评论》1988年第5期。

蔡大成：《论西王母形象中的萨满因素》，《云南社会科学》1988年第2期。

杨知勇：《神系、族系的一致性与祖先神话的形成》，《民间文艺季刊》1988年第4期。

［日］伊藤清司：《〈山海经〉与华南的古代民族文化》，《贵州民族学院学报》1988年第4期。

谢继胜：《藏族的山神神话及其特征》，《西藏研究》1988年第4期。

郭于华：《论闻一多的神话传说研究》，《民间文学论坛》1988年第1期。

杜玉亭：《基诺族巫师产生的背景层次》，《云南社会科学》1988年第6期。

德·孟克吉雅：《"蟒古思故事"与印藏文学》，《民族文学研究》1988年第3期。

孙作云：《蚩尤、应龙考辨——中国原始社会蛇、泥鳅氏族之研究》，《民间文学论坛》1989年第1期。

吕微：《论昆仑神话的二分世界》，《民间文学论坛》1989年第2期。

姚宝瑄、谢真元：《中国三大史诗结构之比较》，《民族文学研究》1989年第2期。

邓启耀：《中国神话的逻辑结构》，《民间文学论坛》1989年第3期。

吴荣曾：《战国汉代的"操蛇神怪"及有关神话迷信的变异》，《文物》1989年第10期。

孙元璋：《昆仑神话与蓬莱仙话》，《民间文学论坛》1989年第5期。

李沅：《普米族与藏族〈格萨尔〉比较研究》，《民族文学研究》1989 年第 5 期。

何新：《扶桑神话与日本民族起源——〈山海经〉中远古神话的新发现》，《学习与探索》1989 年第 4—5 期。

饶宗颐：《大汶口"朙神"记号与后代礼制——论远古之日月崇拜》，《中国文化》1990 年第 2 期。

孙机：《三足乌》，《文物天地》1990 年第 1 期。

林河：《"槃瓠神话"访古记》，《民间文艺季刊》1990 年第 2 期。

王景琳：《西王母的演变》，《文史知识》1990 年第 1 期。

刘锡诚：《九尾狐的文化内涵》，《民间文学论坛》1990 年第 6 期。

何光岳：《西王母的来源与迁徙》，《青海社会科学》1990 年第 6 期。

郭崇林：《宁安、阿城满族神话、传说的文化背景比较》，《黑龙江民族丛刊》1990 年第 2 期。

张志尧：《人首蛇身的伏羲女娲与蛇图腾崇拜——兼论山海经中人首蛇身之神的由来》，《西北民族研究》1990 年第 2 期。

徐昌翰：《赫哲神话漫议》，《民族文学研究》1991 年第 1 期。

谢继胜：《藏族战神小考》，《中国藏学》1991 年第 4 期。

孟淑珍：《鄂伦春语"摩苏昆"探解》，《满语研究》1991 年第 2 期。

郭于华：《死亡起源神话略考》，《民间文学论坛》1991 年第 3 期。

陈建宪：《宇宙卵与太极图——论盘古神话的中国"根"》，《民间文学论坛》1991 年第 4 期。

钟敬文：《评介〈活态神话——中国少数民族神话研究〉》，《民族文学研究》1993 年第 3 期。

王树明：《蚩尤辩证》，《中原文物》1993 年第 1 期。

斧原孝守、陈岗龙：《关于东亚民间故事比较研究问题》，《民族文学研究》1993 年第 4 期。

胡宗英：《西王母形象的演变》，《上海道教》1993 年第 1 期。

降边嘉措：《〈格萨尔〉与苯教文化》，《民族文学研究》，1993 年第 3 期。

［日］森雅子：《西王母原型》，金佩华译，《世界宗教资料》1993年第1期。

罗绮：《满族神话的民族特点》，《满族研究》1993年第1期。

张岩：《〈山海经〉与中华民族起源》，《文艺研究》1994年第2期。

［日］斋藤达次郎：《纳西族东巴教神话与蒙古叙事诗》，白庚胜译，《民族文学研究》1994年第2期。

夏敏：《狗与猴：图腾仪式和文学中的接近类型——从瑶族与藏族图腾文化说开》，《民族文学研究》1994年第3期。

启良：《西王母神话考辨》，《湘潭大学学报》1994年第3期。

胡运鹏：《试论〈山海经〉中黄帝的真实性》，《云南民族学院学报》1994年第4期。

陈岗龙、色音：《蒙藏〈尸语故事〉比较研究》，《民族文学研究》1994年第1期。

李锦山：《西王母题材画像石及其相关问题》，《中原文物》1994年第4期。

王兆明：《〈山海经〉和中华文化圈》，《东北师大学报》1994年第5期。

马昌仪：《程憬及其中国神话研究》，《中国文化研究》1994年秋季号。

杨宽：《秦诅楚文所表演的诅的巫术》，《文学遗产》1995年第5期。

田兆元：《论主流神话与神话史的要素》，《文艺理论研究》1995年第5期。

赵宗福：《岗仁波钦信仰与昆仑神话》，《西北民族研究》1995年第1期。

荣宁：《试析西王母神话与羌族社会》，《青海民族研究》1995年第1期。

张得祖：《昆仑神话与羌戎文化琐谈》，《青海民族学院学报》1995年第2期。

何兆雄：《〈山海经〉是巫医经》，《炎黄世界》1995年第2期。

孟慧英：《伊玛堪与神歌》，《民族文学研究》1995年第2期。

王廷洽：《〈山海经〉所见之树神崇拜》，《当代宗教研究》1995年第2期。

牛天伟：《试析汉画中的西王母画像》，《中原文物》1995年第3期。

胡建国：《古傩面具与〈山海经〉》，《民族艺术》1995 年第 4 期。

王崇顺、王厚宇：《淮阴高庄战国墓铜器图像考释》，《东南文化》1995 年第 4 期。

钟年：《女娲抟土造人神话的复原》，《寻根》1995 年第 3 期。

杨堃、罗致平、萧家成：《神话及神话学的几个理论与方法问题》，《民间文学论坛》，1995 年第 1 期。

吕微：《楚地帛书、敦煌残卷与佛教伪经中的伏羲女娲故事》，《文学遗产》1996 年第 4 期。

陈建宪：《垂死化身与人祭巫术——盘古神话再探》，《华中师大学报》1996 年第 3 期。

刘宗迪：《鼓之舞之以尽神——论神和神话的起源》，《民间文学论坛》1996 年第 4 期。

雅琥：《神奇瑰丽的南方英雄史诗》，《民族文学研究》1996 年第 3 期。

王家佑：《西王母昆仑山与西域古族文化》，《中华文化论坛》1996 年第 2 期。

彭继宽：《土家族原始宗教述略》，《民族论坛》1996 年第 6 期。

尹荣方：《西王母神话新论》，《民俗研究》1996 年第 2 期。

杨宽：《楚帛书的四季神像及其创世神话》，《文学遗产》1997 年第 4 期。

佟中明：《论锡伯族和蒙古族神话传说及英雄故事的共性问题》，《民族文学研究》1997 年第 2 期。

郎樱：《贵德分章本〈格萨尔王传〉与突厥史诗之比较——一组古老母题的比较研究》，《民族文学研究》1997 第 2 期。

金海：《蒙古族变异史诗的形象特征》，《民族文学研究》1997 年第 4 期。

潜明兹：《百年神话研究略论》，《铁道师院学报》1997 年第 6 期。

赵沛霖：《中国神话的分类与〈山海经〉的文献价值》，《文艺研究》1997 年第 1 期。

欧阳健：《从〈山海经〉看神怪观念的起源》，《上海师大学报》1997 年第 1 期。

黄任远：《通古斯：满语族宇宙起源神话比较》，《北方民族》1997年第2期。

黄任远：《关于通古斯满语族神话特色的思考》，《民族文学研究》1997年第3期。

黄任远：《满通古斯语族诸民族鸟神话研究》，《黑龙江民族丛刊》1997年第3期。

王小盾：《汉藏语猴祖神话的谱系》，《中国社会科学》1997年第6期。

邢莉：《西王母的演变》，《中国道教》1997年第4期。

赵沛霖：《中国神话的分类与"山海经"的文献价值》，《文艺研究》，1997年第1期

周建邦：《〈山海经〉研究概述》，《寻根》1997年第6期。

林鸿荣：《〈山海经〉中的奇禽怪兽》，《寻根》1997年第6期。

刘宗迪：《黄帝蚩尤神话探源》，《民族艺术》1997年第1期。

鹿忆鹿：《彝族天女婚洪水神话》，《民间文学论坛》1998年第2期。

孟慧英：《鹿神神话与信仰》，《内蒙古社会科学》1998年第4期。

孟慧英：《伊玛堪的艺术成就》，《中央民族大学学报》1998年第6期。

尹荣方：《刑天神话与上古农业祭礼》，《中文自学指导》1998年第1期。

高有鹏：《中国神话研究的世纪回眸》，《中国文化研究》1998年第4期。

陈建宪：《精神还乡的引魂之幡——20世纪中国神话学回眸》，《河北师大学报》1998年第3期。

鹿忆鹿：《彝族天女婚洪水神话》，《民间文学论坛》1998年第3期。

傅光宇：《"女国"神话特殊妊娠方式探析》，《民族文学研究》1998年第4期。

王红旗：《〈山海经〉之谜寻解》，《东方文化》1998年第5期。

周静：《西汉时期的西王母信仰》，《四川文物》1998年第6期。

杨海涛：《云南少数民族祭祀歌及其社会文化功能》，《民族文学研究》1998年第4期。

董楚平：《中国最早的创世神话》，《杭州师院学报》1998年第2期。

徐宏图、张爱萍《从"禹祭"到"泥祭"——中日洪水神话比较》,《民族艺术》1998 年第 2 期。

刘宗迪:《狐魅渊源考》,《攀枝花大学学报》1998 年第 1 期。

王钟陵:《神话原型批评之我见》,《文学评论》1998 年第 3 期。

郎樱:《史诗的母题研究》,《民族文学研究》1999 年第 4 期。

陈华文:《叙述与文化:在表层和隐义之间——畲族螺女故事概述》,《民族文学研究》1999 年第 1 期。

万建中:《祖婚型神话传说中禁忌母题的文化人类学阐释》,《民族文学研究》1999 年第 3 期。

叶舒宪:《山海经神话政治地理观》,《民族艺术》1999 年第 6 期。

常金仓:《古史研究中的泛图腾论》,《陕西师大学报》1999 年第 3 期。

常金仓:《由鲧禹故事演变引出的启示》,《齐鲁学刊》1999 年第 6 期。

高有鹏:《面向 21 世纪的中国神话研究》,《社会科学辑刊》1999 年第 3 期。

贾雯鹤:《重黎神话及其相关问题——山海经与神话研究之一》,《社会科学研究》1999 年第 3 期。

柳莉、贾征:《20 世纪中国洪水神话研究概述》,《武汉水利电力大学学报》1999 年第 2 期。

王子今、周苏平:《汉代民间的西王母崇拜》,《世界宗教研究》1999 年第 2 期。

刘宗迪:《浑沌的命运》,《民族艺术》1999 年第 4 期。

李扬:《论满族神话的萨满传承》,《青岛海洋大学学报》1999 年第 1 期。

胡阳全:《近二十年基诺族研究综述》,《云南民族学院学报(哲学社会科学版)》2000 年第 9 期。

高友鹏:《鲁迅的神话学观》,《鲁迅研究月刊》2000 年第 9 期。

马昌仪:《山海经图:寻找〈山海经〉的另一半》,《文学遗产》2000 年第 6 期。

金荣权:《〈山海经〉研究两千年述评》,《信阳师范学院学报》2000 年第

4 期。

陈建宪：《论比较神话学的"母题"概念》，《华中师大学报》2000 年第 1 期。

陈岗龙：《蒙古族潜水神话研究》，《民族艺术》2000 年第 2 期。

贺学君：《中国神话研究百年》，《社会科学研究》2000 年第 5 期。

潜明兹：《中国神话学五十年》，《民俗研究》2000 年第 1 期。

张福三：《太阳、乌鸦、巫师——对我国太阳神话的一点思考》，《民族艺术研究》2000 年第 5 期。

黄任远：《赫哲族的自然神话和自然崇拜》，《民族文学研究》2000 年第 3 期。

刘宗迪：《百兽率舞：论原始舞蹈的文化效应》，《文艺研究》2000 年第 3 期。

罗志田：《〈山海经〉与近代中国史学》，《中国社会科学》2001 年第 1 期。

李德靖：《鲧堙洪水议——〈山海经〉一则神话的解释》，《史林》2001 年第 1 期。

吕微：《鲧、禹故事：口头文本与权力话语》，《民间文化》2001 年第 1 期（学术专号）。

萧兵：《西王母传说的人类学重构》，《民族艺术》2001 年第 2 期。

马昌仪：《明刻山海经图探析》，《文艺研究》2001 年第 3 期。

高有鹏：《面向 21 世纪的中国神话学研究》，《社会科学辑刊》2001 年第 3 期。

魏崴：《四川汉代西王母崇拜现象透视》，《四川文物》2001 年第 3 期。

贺学君：《中日中国神话研究百年比较》，《文学评论》2001 年第 5 期。

陈连山：《文化视野对中国现代神话学发展的影响》，《湖北民院学报》2001 年第 4 期。

汪立珍：《论鄂温克族熊图腾神话》，《民族文学研究》2001 年第 1 期。

牛正勇：《基诺族的民俗文化》，《民族论坛》2002 年第 7 期。

常金仓：《伏羲女娲神话的历史考察》，《陕西师大学报》2002 年第 6 期。

刘宗迪：《〈山海经·海外经〉与上古历法制度》，《民族艺术》2002 年第 2 期。

刘宗迪：《山海经·大荒经与尚书·尧典的比较研究》，《民族艺术》2002 年第 3 期。

鹿忆鹿：《眼睛的神话》，《民族艺术》2002 年第 3 期。

刘宗迪：《太阳神话、山海经与上古历法》，《民族艺术》2002 年第 4 期。

朱存明：《铸鼎象物与汉画像渊源》，《民族艺术》2002 年第 4 期。

李立：《新中国神话研究的回顾与思考》，《文史哲》2002 年第 2 期。

赵沛霖：《顾颉刚先生对中国神话学的巨大贡献》，《贵州社会科学》2002 年第 1 期。

叶舒宪：《神话的意蕴与神话学的方法》，《淮阴师院学报》2002 年第 2 期。

董楚平：《中国上古创世神话钩沉——楚帛书甲篇解读兼谈中国神话的若干问题》，《中国社会科学》2002 年第 5 期。

毕桪：《哈萨克神话传说里的波斯成分》，《民族文学研究》2002 年第 1 期。

陈泳超：《关于"神话复原"的学理分析——以伏羲女娲与"洪水后兄妹配偶再殖人类"神话为例》，《民俗研究》2002 年第 3 期。

吕微：《传统经学与现代神话研究》，《广西民院学报》2003 年第 5 期。

乌丙安：《20 世纪日本神话学的三个里程碑》，《东南大学学报》2003 年第 4 期。

黄震云、杨胜朋：《20 世纪神话研究综述》（上、下），《徐州师大学报》2003 年 1、2 期。

陈建宪：《走向田野 回归文本——中国神话学理论建设反思之一》，《民俗研究》2003 年第 4 期。

朝戈金：《口头·无形·非物质遗产漫议》，《读书》2003 年第 10 期。

刘宗迪：《海外经、大荒经地域及年代考》，《民族艺术》2003 年第 2 期。

朱存明：《汉祠堂画像的象征主义研究》，《民族艺术》2003 年第 2 期。

陈泳超：《闻一多神话研究解析》，《民族艺术》2003年第3期。

刘宗迪：《昆仑原型考》，《民族艺术》2003年第3期。

朱存明：《汉代椁棺画像的象征模式》，《民族艺术》2003年第4期。

林继富：《论西藏的天神信仰》《民族文学研究》2003年第3期。

彭兆荣：《神话叙事中的"历史真实"——人类学神话理论述评》，《民族文学研究》2003年第5期。

刘毓庆：《中国古代北方民族狼祖神话与中国文学中的狼意象》，《民族文学研究》2003年第4期。

那木吉拉：《古代突厥语族诸民族乌鸦崇拜习俗与神话传说》，《民族文学研究》2003年第4期。

廖明君、朱存明：《汉画像与中国传统审美观念的探讨》，《民族艺术》2004年第1期。

陈建宪：《民间文学资源的创造性转换——关于长阳廪君神话复活的理论思考》，《湖北民族学院学报》2004年第2期。

乌力吉：《阿尔泰语系某些民族共同拥有的神话因素》，《民族文学研究》2004年第2期。

刘宗迪：《从书面范式到口头范式：论民间文艺学的范式转换与学科独立》，《民族文学研究》2004年第2期。

刘宗迪：《概念辨析：神话和神话学》，《民间文化论坛》2004年第4期。

仲高：《欧亚草原石人、鹿石与萨满文化》，《民族艺术》2004年第3期。

王政：《红山文化玉璜与双首龙蛇的俗信观念》，《民族艺术》2004年第4期。

吕微等：《神话：想像与实证——山海经研究座谈会发言选载》，《民族艺术》2004年第4期。

刘宗迪：《华夏上古龙崇拜的起源》，《民间文化论坛》2004年第4期。

刘宗迪：《西王母神话的本土渊源》，《湖北民院学报》2004年第1期。

钟宗宪：《图腾与中国神话研究的迷思》，《民族文学研究》2004年第1期。

张从军：《画像石中的西王母》，《民俗研究》2004年第2期。

汪立珍：《满族神话中女神形象所呈现的美学价值》，《满族研究》2005年第3期。

刘宗迪：《烛龙考》，《民间文化论坛》2005年第6期。

刘宗迪：《中国现代神话学：在思想与学术之间》，《民间文化论坛》2005年第2期。

吕微：《顾颉刚：作为现象学者的神话学家》，《民间文化论坛》2005年第2期。

陈连山：《中国神话学应该如何评价神话的历史地位》，《民间文化论坛》2005年第2期。

刘惠萍：《中国现代神话学研究的学术反思》，《民间文化论坛》2005年第2期。

叶舒宪：《中国神话学百年回眸》，《学术交流》2005年第1期。

叶舒宪：《中国神话的特性之新诠释》，《中国社科院研究生院学服》2005年第5期。

胡武：《二十世纪洪水神话研究述评》，《雁北师院学报》2005年第1期。

廖明君、杨利慧：《朝向神话研究的新视点》，《民族艺术》2005年第1期。

刘宗迪：《伏羲女娲兄妹婚故事的源流》，《民族艺术》2005年第4期。

刘宗迪：《西王母考》，《民俗研究》2005年第5期。

吕雁：《中国南方民族创世史诗与神话的体系化》，《民族艺术研究》2006年第1期。

田兆元：《中国神话史研究的若干问题》，《长江大学学报（社会科学版）》2006年第2期。

吴晓东：《神话研究的认知视角》，《民族文学研究》2006年第4期。

万建中：《神话文本的阅读与神话的当代呈现》，《长江大学学报（社会科学版）》2006年第3期。

孙正国：《全球化语境下看神话资源转化的两难选择》，《长江大学学报

（社会科学版）》2006 年第 3 期。

刘锡诚：《在中西文化比较视野下看神话资源转化的中国实践》，《长江大学学报（社会科学版）》2006 年第 3 期。

陈连山：《走出西方神话的阴影——论中国现代神话学之西方神话观念的局限》，《长江大学学报（社会科学版）》2006 年第 5 期。

那木吉拉：《东北亚月亮阴影神话比较研究——以阿尔泰语系诸民族与阿伊努族事例为中心》，《长江大学学报》2006 年第 6 期。

陈建宪：《以非物质文化遗产的眼光保护与开发神话资源，拒绝"伪"民俗现象》，《长江大学学报（社会科学版）》2006 年第 3 期。

刘亚虎：《近十年中国少数民族神话研究概况》，《长江大学学报》2006 年第 3 期。

李滟波：《中国创世神话研究述评》，《上海师范大学学报（哲学社会科学版）》2006 年第 5 期。

叶舒宪：《再论新神话主义——兼评中国重述神话的学术缺失倾向》，《中国比较文学》2007 年第 4 期。

车海锋：《满通古斯诸民族与朝鲜民族民间叙事文学中神鹿的象征意蕴》，《延边大学学报》2007 年第 5 期。

汪立珍：《人口较少民族人类起源神话的类型与内涵探析——以鄂温克族神话为例》，《中央民族大学学报》2008 年第 2 期。

吕萍：《满族萨满神话解读》，《民族文学研究》2008 年第 3 期。

包哈斯：《天神大战——蒙古族和满族天神神话比较研究》，《内蒙古民族大学学报》2008 年第 1 期。

金艺铃：《朝鲜与满族神话之比较——以朱蒙神话与布库里雍顺神话为中心》，《西南民族大学学报》2008 年第 4 期。

乌丙安：《中国神话百年反思》（上、下），《民间文化论坛》2009 年第 1 期、第 2 期。

娄佰彤：《民族心灵的风景——满族神话中女性形象的文化人类学考察》，《长春大学学报》2009 年第 1 期。

万建中、李琼：《20 世纪比较故事学发展轨辙》，《民族文学研究》2009 年第 2 期。

颜翔林：《当代神话及其审美意识》，《中国社会科学》2009 年第 5 期。

万建中：《神话的现代理解与叙述》，《北京师范大学学报》2009 年第 1 期。

彭兆荣：《论身体作为仪式文本的叙事——以瑶族"还盘王愿"仪式为例》，《民族文学研究》2010 年第 2 期。

张泽洪、熊永翔：《道教西王母信仰与昆仑山文化》，《青海社会科学》2010 年第 6 期。

黄静华：《非物质文化遗产情境中的少数民族神话》，《民族艺术》2010 年第 3 期。

谷颖：《满族人类起源神话研究》，《长春师范学院学报》2012 年第 11 期。

那木吉拉：《阿尔泰语系民族和日本"不死水"神话比较研究》，《内蒙古师范大学学报》2012 年第 4 期。

贵志浩：《论 20 世纪中国文学的神话记忆》，《广西民族大学学报》2012 年第 2 期。

邓章应：《水族文字起源神话研究》，《贵州民族学院学报》2012 年第 1 期。

刁彦、桑吉仁谦：《土族神话研究》，《中国土族》，2012 年第 1 期。

杨利慧：《21 世纪外国神话学的研究趋向》，《文化遗产》2013 年第 3 期。

景志强：《蒙古族和满族天女型族源神话比较——以蒙古族〈天女之惠〉和满族〈长白仙女〉为例》，《山西高等学校社会科学学报》2013 年第 11 期。

王怀义：《图像与意象：神话美学研究的逻辑言路》，《民族艺术》2013 年第 1 期。

王青：《从"图像证史"到"图像即史"：谈中国神话的图像学研究》，《江海学刊》2013 年第 1 期。

黄静华：《论作为"非物质文化遗产"的少数民族神话》，《文化遗产》

2013 年第 3 期。

谷颖：《满族神话的符号载体——神偶研究》，《吉林师范大学学报》2014 年第 3 期。

娄芸鹤：《非物质文化遗产的文化价值再造》，《东北大学学报（社会科学版）》2014 年第 1 期。

朝戈金：《"回到声音"口头诗学：以口传史诗的文本研究为起点》，《西北民族研究》2014 年第 2 期。

杨利慧：《当代中国电子媒介中的神话主义》，《云南师范大学学报（哲学社会科学版）》2014 年第 4 期。

王倩：《论国外神话图像阐释的意识形态转向》，《贵州大学学报（艺术版）》2014 年第 3 期。

包媛媛：《中国神话在电子游戏中的运用与表现：以国产单机游戏〈古剑奇谭：琴心剑魄今何在〉为例》，云南师范大学学报 2014 年第 4 期。

汪立珍：《赫哲族"伊玛堪"歌手的时代特征》，《中央民族大学学报》2014 年第 4 期。

林瑶：《满族神话题材舞剧的传承与创新》，《北京舞蹈学院学报》2015 年第 6 期。

陈建宪：《论神话生境》，《长江大学学报》2015 年第 3 期。

高云球、代娜新：《满族神话中的族群认知与精神建构》，《中央民族大学学报》2015 年第 3 期。

田兆元：《节日神话：概念及其结构——以〈荆楚岁时记〉为中心的讨论》，《长江大学学报》2015 年第 4 期。

杨利慧：《"神话主义"的再阐释：前因与后果》，《长江大学学报》2015 年第 5 期。

胥志强：《走向神话现象学——吕微先生神话思想阅读心得》，《长江大学学报》2015 年第 11 期。

杨春风：《满族神话、史诗形成时期初探》，《社会科学战线》2015 年第 6 期。

谷颖：《满族神话的文学性解析》，《长春师范大学学报》2016 年第 11 期。

王宪昭：《中国少数民族神话研究的学术发展分期刍论》，《民族文学研究》2016 年第 3 期。

田兆元：《研究当代神话可以写在神话学的大旗上》，《长江大学学报》2017 年第 5 期。

车海锋：《朝鲜民族与满通古斯诸民族民间叙事文学中的神树象征意蕴》，《东疆学刊》2017 年第 1 期。

车海锋：《中国东北肃慎族系民族神猪崇拜研究》，《满族研究》2017 年第 4 期。

姚新勇、周欣瑞：《"双重二元对立话语逻辑"与百年中国神话学》，《民族文学研究》2017 年第 3 期。

谢红萍：《族群记忆与现实表述——以西双版纳基诺族族源叙事为例》，《民族文学研究》2017 年第 2 期。

王宪昭：《论母题方法在神话研究中的运用——以两篇布依族"人化生日月"神话为例》，《贵州民族大学学报（哲学社会科学版）》2018 年第 3 期。

杨利慧、张多：《神话资源创造性转化的探索之路》，《长江大学学报（社会科学版）》2019 年第 1 期。

王宪昭：《中国满通古斯神话研究 70 年》，《满语研究》2019 年第 2 期。

张多：《美国学者搜集整理、翻译中国民间文学的学术史和方法论》，《文化遗产》2019 年第 2 期。

胥志强：《论现象学的神话观》，《民族文学研究》2019 年第 3 期。

谭佳：《中国神话学研究七十年》，《民间文化论坛》2019 年第 6 期。

结　　语

　　拙著是在国家社科项目"近三十年民族神话研究学术史"结项成果的基础上修改而来。在当时项目开展过程中，一方面是考察各民族神话文献搜集、整理、出版情况，前期基础是田野调查了解了各少数民族地区口头传承神话的口头文本和文字记录文本，考察各民族神话产生的文化环境和社会自然环境，以及传播情况和传承人的情况；另一个方面是对近四十年民族神话研究成果的搜集与梳理工作，但在研究中发现研究资料浩如烟海，阅读文献的工作量非常巨大，各民族都有自己的史诗和神话，如果要判断其他学者的研究是不是精当，作以中肯的评价，需要去阅读学者们的大量著作和文章，还需要尽可能要地走向传承神话的生活环境，尽可能地接触传承人，如果不实地考察各民族神话的发生、传播地域，是不可能全面了解其他学者神话研究的真实性和客观性的。尽管如此，我们还是知道没有办法去收罗穷尽，挂一漏万是在所难免的。在课题结项告一段落之际，笔者思考了自己的点滴经验和一些不足，做了认真地修改，在这里求教于各位学术前辈和同行专家。

　　一是研究内容结合田野调查和文本研究，整合了丰富的学术资源，梳理了学者们拓展的新研究空间与研究方法。融合中西方神话研究学术范式，对诸民族神话的类型和研究方法展开了相关思考，以重要神话研究学术成果的述评为基础，建构了研究学术史的轮廓。

　　二是突破了文本研究的范围。不仅评述了学者们对文字神话、口传神话的研究，还对学者们关于古代图像美术资料（如墓葬壁画、图腾、石刻等）上的各民族神话的研究给予了关注。叶舒宪等学者提出的"四重证据法"，神话图像是主要的，这是用不会说话的雕像、壁画讲述着千年不朽的神话，甚至其"玉石神话"也可作如是观。拙著多处论述了文学人类学对民族神话研究的借鉴意义和理论指导意义。

三是建立了民族神话研究学术史的批评模式，运用神话资源进行新的理论批评，参与文艺学对话。对民族神话研究的成果评判其优劣高下，加以比较鉴别，运用了跨学科、跨文明的比较研究方法。研究方法上遵循了研究资料运用中博与精的相互结合，遵循了历史判断与逻辑关系的辩证统一。当然不可能阅读穷尽所有的少数民族神话及其异本，也不可能阅读穷尽所有神话研究者的学术著作，只能有所选择和侧重。民族神话只是民间文学之一种形式，在学科范式上自然需要运用民间文艺学的批评方式进行美学批评与学理分析。

四是思考了目前民族神话研究领域存在的困难和问题，结合日本、欧洲诸国、韩国等国外的神话研究，以及我国台湾地区民族神话研究的成功经验寻找对策和新的理论支持，致力于这一时期少数民族神话研究学术史的建构。

总之，拙著对前人的民族神话研究学术成果进行了比较深入的梳理，开展学术史研究，对前人研究成果进行评述，以究得失，可以为本领域和相关学科的后续研究提供必要的参考。

但是笔者也反思了成果存在的不足或欠缺，以及尚需深入研究的问题，主要有以下几个方面：

一是对于具有丰富神话资源的少数民族地区田野调查不足，我们国家有55个少数民族，每一个少数民族都有自己的神话，虽然尽可能外出考察，但往往是浮光掠影，短时间考察一个民族的神话和文化，获得丰富的学术资源是做不到的，因为多数情况下是参加学术会议开展学术交流时，进入民族地区。专门调研某一民族的神话，开展的比较少，特别是西北地区，笔者甚少涉猎。故此在撰述文稿时也有留下西北民族神话研究方面的许多缺失和遗憾。开展学术史研究，固然是评述学者们对各民族神话的研究，但是研究者如果不了解学者们达到的深度、广度和可信度，要去评价学者们研究成果的优劣，也是难以做到的。

二是学术交流问题。由于时间和主客观条件的限制，去国外进行学术交流机会不多，欧洲、韩国、日本都有对中国神话研究用力精深的学者，可惜交流甚少。最后还有民族语交流的问题，当时国家社科项目课题组成员只懂朝鲜语和满语，其他如彝族语言、蒙古族语言等都存在交流障碍，这也影响着第一手神话资料的收集，也影响到评价其他民族的神话研究上。

三是民族神话的口头传统问题。许多民族有语言，没有文字，神话或史诗只能口耳相传。一些民族现在习惯用汉语言文字交流，但是演唱自己民族的史诗、祭祀祖先和神灵唱祭祀歌的时候，都还是用自己民族的语言，如萨满祭祀演唱伊玛堪。其他民族也是这样类似的情况，拙著在这方面的研究还不够深入。

四是神话的当代创造性转换问题。涉及到新的传播媒介较多，甚至抖音、微信、微博、网络小说和视频、影视等等，都可以利用民族神话资源进行神话借用和转换。但是本研究多关注的是文字文献。只有新兴传媒的力量，神话才能够传播的更加遥远。

最后，笔者思考了这样一个问题，就是民族神话与汉族神话的关系问题，不可过于泾渭分明，如伏羲女娲神话，汉族中有此神话，少数民族中也普遍存在。一方面要保持民族文化的本真与纯正，另一方面民族融合、文化融合也是难以阻挡的趋势，也许我们民族神话研究正期望着新的理论开拓带来新的研究机遇吧，若如此，则我们的研究更有持续推进、加以完善的机会。